剑气龙光

游四清 —— 主编

江西人民出版社
Jiangxi People's Publishing House
全国百佳出版社

图书在版编目（CIP）数据

剑气龙光 / 游四清主编 . -- 南昌：江西人民出版社，2024. 7. -- ISBN 978-7-210-15662-8

Ⅰ. I235

中国国家版本馆 CIP 数据核字第 2024GJ7369 号

剑 气 龙 光

JIANQI LONGGUANG

游四清　主编

责 任 编 辑：陈才艳

封 面 设 计：同异文化传媒

江西人民出版社 Jiangxi People's Publishing House 全国百佳出版社 出版发行

地　　址：江西省南昌市三经路 47 号附 1 号（邮编：330006）

网　　址：www.jxpph.com

电 子 信 箱：jxpph@tom.com

编辑部电话：0791-86898115

发行部电话：0791-86898801

承　印　厂：江西千叶彩印有限公司

经　　销：各地新华书店

开　　本：787 毫米 ×1092 毫米　1/16

印　　张：26.75

字　　数：260 千字

版　　次：2024 年 7 月第 1 版

印　　次：2024 年 7 月第 1 次印刷

书　　号：ISBN 978-7-210-15662-8

定　　价：68.00 元

赣版权登字 -01-2024-895

序

当我们读到王勃盛赞丰城的千古名句“物华天宝,龙光射牛斗之墟;人杰地灵，徐孺下陈蕃之榻”时，当我们重温明代抗倭名将邓子龙的诗句“磨就霜锋胆气雄，神光长射斗牛中。张华去后无消息，千百年来起卧龙”时，我们就会自豪振奋、热血沸腾，心中不由的对这片美丽神奇的土地充满眷恋，对这片土地上伟大睿智的人们满怀敬意。

丰城山川锦绣，民风淳朴，俊彩星驰。灿烂辉煌的剑文化、瓷文化、水文化、书院文化、商帮文化、古建筑文化等都凝聚着剑邑儿女过人的智慧与才华;“物华天宝，人杰地灵”“君子之交淡如水”“丰城剑气”“下榻留宾”“源头活水”，这些千百年来熠熠闪烁着光芒的成语典故都是源自丰城这片土地。正是这些多元的文化，从而形成了丰城一种独特的地域文化，涵养造就了丰城人敢想敢干、敢为人先、豪爽大气、重情重义的独特个性品质，创造出一个个令人惊叹的成就。

龙光射牛斗，剑气冲云霄。为弘扬独特的丰城文化，彰显丰城人独特的个性品质，进一步提炼提升“丰城精神”，从而推动丰城各项事业跨越式高质量发展，丰城市文联特组织编辑出版《剑气龙光》一书。该书共收集徐谷子、方武的《露梁大海战》、易华的《一榻千秋》、游四清的《风情小镇》三部影视文学作品。

编者

2023 年 11 月

目录

露梁大海战

历史题材影视文学

作者/徐谷子　方武

·主要人物

邓子龙（1531—1598） 明朝援朝抗倭副总兵，号大千，别号虎冠道人，江西丰城人。精通天文，谙熟地理，善射骑，能诗赋，工于书法，文武兼备，有岳武穆风度。

明嘉靖年间赴福建、广东沿海抗倭，屡建奇功，升为参将。

明万历十一年，奉命出任云南永昌（今保山）参将，率戚继光旧部平定西南边乱，火烧缅军万象阵，抗击缅甸东吁王朝的入侵，升迁副总兵。二十年，罢官归乡。

明万历二十六年四月，年已六十七岁高龄的邓子龙奉命复职，为陈璘副将，援朝抗倭，与日寇激战于露梁津，同朝鲜水师统制使李舜臣并肩作战，双双慷慨捐躯。

邓子龙一生清廉，连死后运灵柩回乡的盘缠，都是由家兵家将沿途乞讨而来，留给后代的财产仅有《横戈集》《兵法直指》和《风水说》三书手稿。朝鲜为其建庙祭祀。《明史》为其立传。

上部 火开万象阵

1

明朝嘉靖年间。江西丰城，俗称“剑邑”，因“龙泉”、泰阿“双蛟龙宝剑”而闻名。

赣水苍茫，雾锁龙山。

一轮红日冲破云雾，喷薄而出，一个繁华的江南小镇渐渐呈现出来。

“卖芹菜、萝卜、大蒜啰！”“灯草换鸡毛！”“冻米糖！”大街小巷充斥着小商小贩的叫卖声和生意人行色匆匆的身影。

“走开！走开！”一群汉子舞枪弄棒吆喝着街上行人。行人纷纷闪躲。

东门，气势恢宏的孔庙。剑匣亭耸立在县立学宫东侧，四周竹影婆娑，秋桂飘香。

孔庙内外，游人如织，人山人海。

剑匣亭前，三五行人，颇显清静；亭阶左侧，摆着一个简陋的堪舆测字摊子，招幡上写着：祖传仙术，恩赐寿官。身材魁梧、眉清目秀的邓子龙头戴四方平定巾，身着深灰色交领道袍，足蹬编花苎麻草鞋，满脸春风地招揽生意。

一位鹤发童颜老道从孔庙出来，匆匆来到剑匣亭前，稍稍打量了邓子龙一番后，指出招幡笑问：敢问施主，此为何意？

邓子龙拱手行礼，含笑作答：仙师见笑了，现丑，现丑！

老道默默颔首，似赞亦贬：笔走龙蛇，杀气透天。

邓子龙一怔，谦逊请教：仙师何出此言？

老道一双锐利的眼睛盯着邓子龙的脸，片刻后，摇摇头说：老朽看你小小年纪，倒有几分仙风道骨。请问师承何方高人？

邓子龙面呈几分愧色：实不相瞒，小生只是出于无奈，迫于生计，重操祖上旧业罢了。

老道：你是……

邓子龙：晚辈邓子龙，字武桥，本县落星桥邓家人氏，祖父邓金，家父邓华，家境贫寒，仅以堪舆糊口。

老道点点头：怪不得，怪不得！原来你就是有“名神通”之称、世宗赐封“寿官”的堪舆大师邓华老先生之后啊！

邓子龙：惭愧！惭愧！

老道沉吟片刻，指着亭柱上的楹联“遗匣犹然怀故土，化龙今且伏何方”，问：对这副名联，贤侄有何高见？

邓子龙：大师见笑了，晚辈岂敢卖弄？

老道：闻道不分先后，学问哪有老少。

邓子龙：那晚辈就不客气了。所谓故土，可小可大，能远能近。小者，可为哺育的方寸之地；大者，能看作五湖四海、茫茫神州。无论身在何地，处处都是生我养我的故土家乡，这也是为人之本，立业之根，如果忘却根本，又何言故土情怀，男儿志向呢？

老道连连称赞：后生可畏，后生可畏也！

剑匣亭前。老道打开随身携带的包袱，取出一本《拳经》和一部兵法，郑重地交给邓子龙。

邓子龙不解：这……

老道：老朽从道数十年，历尽山水万千，纵览世间众生，眨眼烟云散尽，欲思不可思，欲为不能为。今遇贤侄，三生有幸。这是老朽几十年用心血写成的书，送与有缘之人，也不枉老朽平生修为了。

邓子龙受宠若惊：晚辈岂敢无功受禄？

老道：贤侄若经得起大的磨难，日后必成大器！

邓子龙不再推辞，跪在老道面前拱手：先生大恩大德，武桥没齿难忘！如不嫌弃，请受弟子一拜，拜谢师父。

老道扶起邓子龙：称人师者，必大才大德，老朽何德何能？贤侄是人中龙凤，日后必有高人指点。

邓子龙：师父仙居何处？别后何时再相见？

老道：四海为家，有缘便有相会之日。

邓子龙跪地叩首再拜。

孔庙前大街上。一群恶徒已经赶了上来，拦住杜员外送彩匾的队伍。

领头的恶徒二狗子双手叉腰讥讽：杜员外，你今天是吃多了、喝蒙了吗？怎么连东西南北都分不清呢？我家林师傅可是住西路街，你怎么把这匾送到东路街来了呢？

另两个恶徒野猫、猴子扯开匾上彩绸，嘻嘻笑：不错，不错，这“人间神仙”四个字，只有我们师傅配得起。

杜员外：你们……

二狗子嘿嘿笑了一声：我师傅说，你和那个姓邓的小子联合起来败坏了我师傅的名声，抢了我们的地盘，砸了我们的生意，要和你们好好算算这笔账！

杜员外：你们……真是欺人太甚！

二狗子从怀中取出一封信交给杜员外：还有，这是我师傅下的战书，你把它交给邓子龙，明日是八月十五中秋节，我师傅在家门口摆了擂台，要与邓子龙比个高下，他有胆就来，没胆来就即刻滚出丰城的地界，别再到别人饭碗里抢饭吃！

城郊汪家庄。庄院周围是连片的良田、林地和果园。庄主汪员外家为四进三天井、砖瓦结构的深宅大院。庭院西侧是结满果实的柚子树、柿子树，喜鹊在高枝上叽喳鸣叫。

丫鬟三三满脸喜色拿着一张告示，匆匆地穿过大院直奔绣楼：小姐，小姐！

大宅第三进的绣楼上，十八岁的汪孟秀眉清目秀、华骨端凝、落落大方。此时她正对着镜子梳妆。

三三闯进绣房，扯起孟秀就走：快，看热闹去！

汪孟秀轻轻推开三三：无非荡秋千、踢毽子，有什么好看的。

三三将告示递给孟秀：小姐，城里有人比武啦！

汪孟秀接过告示，惊喜地问：比武？

三三：听三林叔讲，可热闹呢，村子上好多人天麻麻亮就赶去了。

汪孟秀心有所动：这么远，怎么去呀？

三三：骑马呀！

汪孟秀：走！说着拉着三三飞快地跑了出去。

县城白云寺。

一间简陋的舍房，这是邓子龙平日栖身的地方。杜员外拿着战帖哭丧着脸苦苦哀求正在挥毫作诗的邓子龙。

杜员外:老弟，不，邓大师，你就看在我这张薄脸上，去比试比试吧。

邓子龙：他做他的生意，我看我的地，井水不犯河水，和他争什么高低？

杜员外：老弟，话可不能这样说，有道是同行生妒，“船多不碍港，车多不碍路”篙子插烂泥呀！他硬说是你砸了他的招牌，抢了他的生意，砸烂了他的饭碗，断了他的财路啊！

邓子龙仍无动于衷：由他说吧。

杜员外急得快要跪下了：那是一尊得罪不得的瘟神啊，你不要紧，一人吃饱，全家不饿，大不了拍拍屁股走人。可我不同呀，家大业大，老老少少一大家子，你想想，那无赖能叫我们安生吗？

邓子龙苦笑着无奈地摇了摇头，草草收拾纸墨。

西路街林家。一对重有千斤的石狮凶煞地蹲守在大门两边。大院前空场地上搭立起比武擂台，空中彩旗飞舞，场上人山人海，鼓乐震天。

林家的徒子徒孙耀武扬威地在台子上走来走去，指指点点。

二狗子迈步走向台子前方，扯着嗓门叫嚷：各位，静一静！比武马上开始了，先由我宣布一下今天比武的规矩……

城郊山野小道。

两匹快马踏着荆棘，蹚过浅溪，一前一后朝着县城飞奔而来。

汪孟秀和三三紧勒缰绳，分别伏在两马背上，挥鞭急行。

相貌威武凶煞的林竞高一副武士打扮，旁若无人地坐在擂台中央太师椅上。

二狗子毕恭毕敬地在林竞高耳语片刻后，点了点头，大步流星走到台子前方，朝台下黑压压的人群拱手抱拳，大声宣布：各位父老乡亲，比武马上开始，我师傅林竞高老先生已在这里恭候多时，大家是有目共睹的，若邓子龙怯场不敢应战，则按自动弃权处理，输赢自明。

台下观众一片哗然，有人东张西望寻觅邓子龙的行踪，有人指指点点交头接耳，议论纷纷。

汪孟秀和三三也刚好来到比武场外，急忙翻身下马，急步钻入人群，挤到台前。

二狗子：现在，我数三声，如邓子龙还不出场，比武将宣告结束。一、二……

二狗子“三”字还未出口时，邓子龙在人群中现身，跃上擂台。

邓子龙向台下观众拱手抱拳：在下邓子龙，今日承蒙林老座盛情相邀，逼上擂台。

林竞高傲慢地斜视了邓子龙一眼：小子不必说东扯西，拿命来吧！

邓子龙向后退半步，不恭不卑地拱拱手：林老座手下留情！

林竞高迈好马步，不等邓子龙落下话音，一掌便向邓子龙正胸处打了过来。

邓子龙一惊，慌忙侧身避让，并借风打力，顺势回敬一招。

林竞高防不及防，刚刚打出去的双拳还来不及抽回，一股掌风便直逼而来，踉跄跌退数步。

台下围观群众大声叫“好”，欢呼声雷动。

汪孟秀眼睛发亮，也情不自禁地鼓起掌来。

林竞高再也不敢小觑对手了，稳住心神，拳脚并用，一个泰山压顶直取邓子龙天门。

邓子龙冷冷一笑，暗暗将千钧之力运于双臂，侧身避开林竞高打近自己天门的双掌，同时出击，将林逼退丈余，跌倒在台柱旁。

台下又爆出阵阵欢呼声。

汪家大宅，汪员外如热锅上的蚂蚁，急得团团转，背着手在大厅上走来走去，夫人黄氏也坐立不安，面对神龛上的祖宗牌位，双手合一，虔诚祈祷。

家丁匆匆从前厅走了进来：老爷。

汪员外急切地：小姐找到了吗？

家丁：老爷，马房三叔说，小姐和丫鬟三三，大清早偷了两匹快马。

汪员外：她偷马干什么？

家丁：三叔说，她们骑马上县城里看热闹去了。

汪员外：什么热闹？

家丁：说是“老地仙”林竞高要和“少地仙”邓子龙打擂台。

汪员外：一个大姑娘家，到处抛头露面，成何体统！

黄夫人：闺女没事就好，没事就好。

汪员外：都是你惯坏了！

城郊，落星桥邓家村。

邓氏家祠里里外外聚满了邓氏家族的人。

一群年轻气盛后生早已按捺不住心头怒火，一个个扎脚捋手，义愤填膺。

邓维新：那个姓林的家伙，自己装神弄鬼骗人钱财，还想吃独食，容不得子龙哥，赶尽杀绝，真是欺人太甚！

旺八：他是欺子龙哥单枪匹马，势单力薄！

良十：打狗也欺主人啊！

众青年个个摩拳擦掌：哪还等什么？走啊！

族长捻了捻长胡须，打了个手势，稳住众人，不紧不慢地说：莫急，莫急！

邓维新：我们再不赶过去，子龙哥可要吃亏啦！

旺八：对！对方人多势众。

良十：再不去人，外人都会说我们邓家无人啦！

族长：这样乱兵上阵，岂不是送肉上砧板？

众青年：邓家儿郎，哪个怕死？！走！

青年后生纷纷从祠堂里操出刀枪棍棒，冲出大门。

族长急得直跺脚。

邓子龙婶娘被人请到祠堂禾场，婶娘急得“扑通”一声双膝跪倒在地，拦住出阵的众后生。

领头的邓维新一怔，慌忙双手扶住婶娘：婶子！您这是干什么啊！

婶娘：去不得，你们去不得呀！

旺八：他林竞高太欺负人了，难道我们邓家无人了？

众青年七嘴八舌：怕什么？不就是拼命吗！

婶娘：你们听婶子说……

邓子龙婶娘依旧跪在大路口，拦住众人，双眼泪水模糊：各位贤侄，你们的情，婶子领了。你们要相信子龙，他决不是一个无事生非、争强好斗的人，比武自有他的道理，大家不必挂心。你们这样冒冒失失地去，不但帮不了他，反而会闹出人命，到时就不可收拾了。这是子龙绝不会允许的！大家听婶子一句话，回去吧，子龙没事的。

准备上阵拼命的后生们被说动了。

祠堂门口急得团团转的族长也长长舒了口气。

擂台比武趋于尾声。几个回合下来，林竞高被邓子龙打得跌倒又爬起，爬起又跌倒，已经筋疲力尽。邓子龙收手，上前扶住又要跌倒的林竞高。

台下观众掌声不断，喊“好”声一阵接一阵。

林竞高稳住身子，恼羞成怒，暗中运气，气贯指尖，伸出右手食指，直取邓子龙咽喉。

突然，“嗖”的一声，台下飞来一片鹅卵石子，击中林竞高刚刚伸出的手指。紧随着，一个黑影飞到台前，愤怒地对着讶异的林竞高喊：无耻！

在台上压阵的二狗子等纷纷围拢过来。邓子龙大喜过望，喊了声“师父”，向来者欲行大礼。来者就是在剑厘亭赠书的老道，他赶忙扶住欲跪的邓子龙：武桥，你也太仁慈了！

林竞高捂住被老道卵石击伤的手指，痛苦万分。老道严厉地盯着林竞高：你太歹毒了！这后生一直让着你，才不致你在众人面前丢人现眼。不料你却使出卑鄙手段，反而要取他性命。

邓子龙摸摸脖子，恍然大悟，暗暗抽了口冷气。台下观众议论纷纷，一齐指责林竞高的无耻行为。老道迈步台前：各位说说，按照我们丰城武界规矩，此等卑劣行为，该如何处置？

台下观众义愤难平，振臂高呼：斩手指！

老道威严地逼向二狗子：按照今日比武议定，胜出者应如何奖励？二狗子吓得结结巴巴：林家万贯家财任邓大侠处置。

老道：好！今日我就按照丰城武界规矩和比武约定，作一个裁决，林竞高生性残忍，作恶多端，老朽要当众废他武功，令他再无法伤人，从而改过从善。老道边说边微微扬起左掌，隔空拍向呆若木鸡的林竞高。林竞高随着一股逼来的掌风袭来，瘫倒在台角。台下又是一片欢呼。

老者笑着问邓子龙：贤侄，你是胜者，你说，这林家家财万贯，良田千顷，要什么，任你挑！

邓子龙傻笑着摸了摸头，一时间倒不知如何回答。汪孟秀不言不语，只是含情脉脉盯着邓子龙，观察邓子龙的表情。

台下却爆发出一阵阵喊叫：要房！要田地！

邓子龙无动于衷，看了一眼林家大门口那对守门的石狮，然后用眼光征询师父的意见。老道微笑着赞许地点了点头。

邓子龙向台下拱手抱拳：各位父老乡亲，这对石狮蹲在这里为林家看守大门，作威作福，吓唬百姓，鄙人早就看不下去了。我们落星桥邓家地盘小、村子穷，祠堂里买不起守门石狮，今日请大家作个见证，我要把它带回村子，为我们邓家祠堂守门！

台下不等邓子龙说完，叫“好”声又一阵高过一阵响了起来。

石狮放置在邓氏宗祠门边。祠堂张灯结彩，喜乐震天，全村一片欢腾。邓维新、旺八，良十等一班后生拿着大红绸子红花为邓子龙披红挂彩。

邓子龙：莫闹啦，莫闹啦！

邓维新：你为我们邓家长脸啦，这朵大红花，你不挂，谁敢挂？

旺八：可不，族上还要为你摆酒庆功呢！

刘氏祠堂内，刘万金召集族上重要人物议事，气氛沉寂又森严。

老者一：这下那姓邓的小子可算是出尽风头啦。

老者二：可不，连西路街有名的地头蛇都被他打得服服帖帖呢！

…………

刘万金不耐烦地把手上银质水烟筒往香案上狠狠一敲：别尽长他人志气，灭自己威风啦！今日请各位议事，就是要拿出对付他邓家的办法。

老者一：族长有何高见呢？

老者二、老者三：对对对，请族长拿个主意。

刘万金：等他邓家翅膀长硬了，可就晚啰，所以，我们今日必须拿出个对策。

老者一：有什么好主意，请族长快说！

刘万金：这第一么，我们要子女多读书，长知识，求功名。有崽不读书，好比养头猪。只有读书，才能做官，只有做官，才能有权有势。

老者二：怪不得你拼命地把你儿子世曾送往省城读书。

刘万金：人无远虑，必有近忧啊。这第三嘛，眼下当务之急是要如何才能对付邓子龙那小子。

老者们你看看我，我看看你，面面相觑。

老者一：邓子龙力大无比，武功高强，又有高人相助，难啦！

刘万金：邓子龙确实是我心头之患啦。硬的不行，就来软的吧。

老者二不解其意：软的？

刘万金：天机不可泄露，附耳过来。

刘万金与老者二耳语一阵子后，老者三犹豫地：这，这怎么行？

刘万金狠瞪一眼：无毒不丈夫啊！

邓家祠堂炊烟袅绕，酒香扑鼻。厅堂摆满了酒席，人们忙碌着传菜、上酒。一名厨子打扮的伙计偷偷溜进灶房，乘人不备，掏出一个小纸包，将粉末悄悄撒在那盘冒着热气的鲤鱼盘子中。族长执意将胸挂大红花的邓子龙推向上座后，大声宣布开席，鞭炮声、锣鼓声立即震天响。

酒过三巡后，族长直起身子，扯着嗓子：各位乡亲，趁今天大喜日子我要宣布，我们落星桥邓家正式改为落星桥狮子邓家！喝酒族人拍手齐声叫“好”。

厨师将那盘鲤鱼送到邓子龙面前，族长用筷子夹起大鱼头放在邓子龙碗里：贤侄，你是能人啊！按照乡风民俗，这盘鲤鱼，是专门为你做的，鲤鱼跳龙门啊，贤侄吃了，大富大贵，步步高升！邓子龙无法拒绝，只得夹起碗中鱼头吃了一口。

2

南昌府。赣水悠悠绕城而过，滕王阁雄伟华丽的英姿倒映在清波绿水之中。

校场上旌旗招展，悬挂在将台上方写有“嘉靖三十七年武科乡试”字样的大红彩绸横幅格外引人注目。台下挤满了看热闹的人，汪孟秀、邓维新、旺八、良十、三三都在人群中间。

汪孟秀神情欣喜而紧张，悄悄向 三三使了个眼色后，主仆二人相继挤出人群。

提刑按察使左以辉和巡按御史徐臣伟两位大臣肃立将台神气而威严地主持着一年一度的武科乡试。巡按清了清沙哑的嗓子，打起官腔：经过多轮策试筛选，确立了今天参与终极比试人员名单，现宣布——丰城邓子龙、清江李维新、安义刘敬祖、袁州陈大山、奉新张义林和万载徐慕良。

主考官走到巡按身边接过花名册，接着宣布：今天比武分两场，一是骑射，二是步射，夺魁者，中解元、入士林、册备兵部，等官候职。

下面，我宣布——嘉靖三十七年武科乡试夺魁正式开始！

邓子龙等六名初试胜出学子踌躇满志地应声跃上将台，拱手抱拳向主考官员和观众致礼。

台下观众乱哄哄地拥向台侧比武场。

校场一角陈列着刀、枪、箭、棒各种兵器，拴有数十匹战马。

邓子龙等人精心挑选着自己喜爱的弓箭和战马。

三声炮响。披挂停当的学子们扬鞭催马，冲入校场。

群马绕场三圈后，除邓子龙在马群后面策马信步外，其他五人全都弯弓搭箭，射向靶子，五箭均中靶心，场下观众齐声叫“好”。

邓子龙不慌不忙，双足一挟，良马四蹄腾空，立即搭箭扣弦，巧用百步穿杨功夫，连发三箭，一支射中靶心，另一支射落靶子上空彩球，还有一支箭将验靶士兵擎起的信号旗射出一个窟窿。

主考官高声宣布结果：丰城邓子龙夺魁！

邓维新、旺八等拍手欢呼拥向邓子龙，七手八脚地把邓子龙高举过头顶，抛向天空。

邓氏宗祠张灯结彩，一片欢腾。

邓子龙身披红花骑着高头大马在邓维新等一班后生的簇拥下款款走来。

祠门口爆竹噼里啪啦响起，邓子龙翻身下马。

族长兴高采烈地迎出祠堂大门。

汪员外家也是喜气洋洋，举家欢腾。

绣房。三三高兴地为坐在梳妆台前的小姐梳妆打扮，镜子中映出汪孟秀明媚的笑容。

大厅。汪员外脸露喜色，忙前忙后地张罗着为爱女筹办喜事。

邓氏祠堂杯幌酒溢，花钗锣鼓欢快地奏出悦耳动听的传统曲牌《喜盈门》。

酒过三巡，老族长端起酒杯：高兴啊，高兴啊！我们邓家双喜临门啦！一是武曲星降临，二是举人老爷娶亲。我们邓家十二代都没出大官啰，大喜，大喜啊！

数匹快马在山村小道上挥尘奔驰。

吹吹打打、喜爆声声。邓子龙新房中，红灯笼高挂，喜烛高照。

邓子龙和汪孟秀一对新人站立在高贴着“天地君亲师位”的祖宗牌位前。

婶娘身着新衣,满脸含笑站立喜堂一侧。两把红木太师椅空置桌前。

主持婚礼的老族长高声呼喊：一拜天地！

邓子龙、汪孟秀转身参拜天地。

族长：二拜高堂！

太师椅空置，良久没人入座。

族长再喊：二拜高堂！

仍然没人响应。邓子龙心头大急,双手把婶娘按坐在西侧太师椅上,婶娘不好意思再三推让。

邓子龙：要是婶娘不坐，侄儿的堂也不拜了！

婶娘：这怎么使得！

族长知其中缘由，上前安慰：使得，使得。有道是“生是父母不由己，养身父母大似天”。这高堂嘛，非你莫属！

邓子龙眼含泪水，跪在婶娘跟前:婶娘待小侄恩重如山，没有婶娘，哪有武桥？您不坐，谁人敢坐，何人能坐？

听邓子龙一说,喜巾盖头的汪孟秀腹背颤动,也双膝跪倒在婶娘面前。

酸甜苦辣一齐涌上婶娘心头，泪水直流。

快马来到邓氏祠堂前。公差翻身下马，将马拴在场边大柏树上后，快步奔向邓子龙屋堂。

公差问拦挡在门口的旺八：邓子龙呢？哪个是邓子龙邓大人？

旺八：你怎么这么不懂事？我家老爷正做喜事哩。

公差：军务紧急，片刻不可耽误！

旺八：什么紧急还有人家拜堂重要吗？

公差：巡抚大人怪罪下来……

旺八一把夺过公文，不耐烦地挥挥手：天大的事我旺八担着。去，去，去，到祠堂喝喜酒去！

夜阑人静。红烛燃烧近半，宾客已散。

邓子龙似醉非醉兴冲冲揭去新娘红缎盖头:娘子，小生这厢有礼了。

汪孟秀将身子挪在一边，含羞不理。

邓子龙再次向前，卖着小心：娘子，小生这厢有礼！

汪孟秀娇嗔地说：你心里还记得我这个娘子呀。

邓子龙：小生从不敢忘怀。

汪孟秀：那好，我来问你，我们婚约期限是几年？

邓子龙：六年。

汪孟秀：现在是多少年？

邓子龙：整整九年。

（回忆：邓子龙与汪员外约定六年内取得功名，迎娶汪孟秀）

汪孟秀：那你还不狠心吗？

邓子龙摸摸脑袋不好意思地说：实在是让娘子久等了，这厢赔礼，赔礼！

汪孟秀娇羞地笑了笑：免了吧。

邓子龙实话实说：不瞒娘子，这些年跟随师父闯荡江湖，除学得一身本事外，实在与名利无缘啊。

汪孟秀：奴家是那势利眼吗？

邓子龙：当然不是。只是大丈夫言而有信，我曾说过不成就一番事业就不进汪府。

汪孟秀：倒也是个言而有信的男子！

邓子龙：娘子更是位多情多义的绝代佳人！

汪孟秀：相夫教子是妇人本分。

邓子龙：保家卫国更为男儿天职！

两个新人相视而笑，相拥入眠。

晨鸡啼破晓月，婶娘披衣打开大门后，返回堂屋，又打开门角鸡笼门，笼中鸡迅速出笼，满庭院乱跑。

婶娘望了一眼东堂紧闭的新房，饱经风霜的脸上露出会心的笑容。

婶娘穿起围裙走进厨房洗锅抹灶起炉，拉响了风箱。

洞房，残烛烧尽。

邓子龙被“哒哒”的风箱声惊醒，慌忙翻身爬起，一边穿着衣裳，一边推醒梦中的妻子：快起床，日头都屁股高了。

汪孟秀打了个哈欠，也慌忙起床穿衣。

邓子龙带着妻子走进厨房，汪孟秀一展大家闺秀风范，两手指相扣在腰，俯首弯腰向正在烧火做饭的婶娘行了个大礼：婶娘早安！

婶娘赶忙起身双手扶住侄媳：免了，免了。子龙，风箱木盒里盖着热水，快快端去汪小姐洗漱！

汪孟秀：婆婆，别这样小姐小姐的，要折煞媳妇了。

婶娘爱怜地望着侄媳：好好好，就叫你孟秀啦。

汪孟秀捋起袖子，坐到灶前拉起风箱，婶娘赶忙阻住：别别别，你是刚过门的媳妇，初来乍到，不知锅灶，歇着吧。

邓子龙见两人如此融洽，开心地笑了：婶娘说得对，我们这一带有这个老规矩，新过门的媳妇先享三天清福哩。

汪家大厅显得有些清冷。汪员外背着手在厅堂里踱来踱去。

三三没精打采地走下绣楼，心情也好像有些烦闷。

汪员外叫住三三：你怎么回来了？

三三：回老爷，是小姐打发我回来的。

汪员外：为什么啊？

三三：小姐说，不用人伺候了。

汪员外：一个千金小姐，一个举人老爷，却不用佣人，这成何体统？

三三：小姐说，她嫁鸡随鸡，嫁狗随狗，入乡随俗，邓家上百户人家，都靠种地为生，她也不能好吃懒做，带头坏了村上的规矩。

汪员外无可奈何地苦笑一声：这是吃苦的命啊。三三，今后你两边跑动，小姐有什么事，一定要早早告知老夫。

三三低低应声：是，老爷。

邓氏祠堂厢房，桌上杯盘狼藉，旺八和公差酩酊大醉，伏案昏睡，旁边长凳上放着那封公文和包袱。

管事走进厢房收拾桌上残菜剩汤，用筷头“笃笃笃”地敲着桌子，大声地吼叫：旺八，天亮啦！

旺八惊醒，双手揉着发红的眼睛，呆头呆脑地问：老叔，我睡了多久呀？

管事：连头带尾，整整三天啦！

公差也被吵醒，一眼便瞧见长凳上的公文，慌忙抓过便跑：误大事了！

旺八睡意全消，拍着光光的脑袋瓜子，嘴里说了声“糟糕”，也风风火火地跟着公差跑出祠堂。

邓子龙家门口摆着一顶大红花轿和拴有一匹颈项扎着大红花的高头大马。

堂中八仙桌上堆着各种各样的礼品。

婶娘掀开门帘：子龙，快些，天快黑啦！

邓子龙牵着汪孟秀出门，指着桌上礼物和门口的花轿、大马:婶娘，这是……

婶娘笑望着一对新人，轻轻点了一下邓子龙的额头：憨头，今天是什么日子呀？

邓子龙：回门啊。

婶娘：晓得回门还有什么疑问呢。

邓子龙：侄儿是说这花轿……

婶娘：你是举人老爷，孟秀就是夫人，要有身份啊。

邓子龙：婶娘，您从小就教育侄儿要知艰识苦莫忘根本，怎么今天就挂起了“天官牌”呢？我们有手，能提东西；有脚，可走山路，这花轿、马就免了吧。

婶娘满意地笑了：就依侄儿吧。不过，那班后生上门用的花钗锣鼓，可不能扫了人家的兴啰。

邓子龙知婶娘说得在理，也不好再说什么，只得点点头：就依婶娘吧。

麻石铺就的巷道。邓维新走在巷子里一边敲锣一边喊叫：旺八，旺八！

公差和旺八一前一后急匆匆迎着邓维新走来。

旺八：叫魂啦！

邓维新：都找你半天了，快，就差你了！

旺八：找我干吗？

邓维新敲响手中铜锣：子龙哥回门，打锣鼓啊。

旺八摇摇头：回不成啰。

邓维新：别瞎说！

旺八用手指了指刚从邓维新身边走过去的公差背影。

邓子龙夫妇手提着回门礼物，刚拐出巷口，便被迎头而来的公差拦住。

公差向邓子龙行过礼后，赶紧递上那份密函。

邓子龙不敢怠慢，立即展开信细读。

邓维新跟着旺八赶忙来到邓子龙身边。

邓子龙紧锁浓眉，面对公差：既为紧急，为何此时才迟迟送达？

公差瞪了旺八一眼，不敢大声回话：这……

旺八不知轻重，漫不经心地替公差回答：前天就到了，是小弟怕误了大哥的好事。

邓子龙心中有火，但又不便发作，牵着妻子就往回走。

汪孟秀不明所以，一脸茫然。

婶娘匆匆迎出大门，望着返回的邓子龙等人：忘了什么东西啦？

邓子龙摇摇头，双手搀扶着婶娘：屋里说吧。

众人屏声敛息跟在邓子龙后面进到屋堂。

邓子龙把公文交给婶娘：婶娘，巡抚下调令了。

婶娘瞄了一眼文书，顺手交给身边的汪孟秀：我老了，眼睛不中用了，也不识字。孟秀，你眼睛光亮，快给婶娘看看，上面都说些什么？

汪孟秀接过文书，一目十行，脸上露出复杂的表情。

婶娘察言观色，心知此信非同一般，更加着急起来：快说，都说了些什么啊？

汪孟秀收起文书交回丈夫，笑着回答婶娘：婆婆，大喜啊！巡抚大人亲自点名，要夫君赴南昌上任啦！

婶娘喜上心头，“扑通”一声跪倒在神位前连磕三个响头：祖宗保佑，我家子龙出头了！

邓维新、旺八等人跟着拍手欢呼。

婶娘起身，吩咐邓维新、旺八等一班后生：万鞭爆竹响起来！花钗锣鼓敲起来！吹吹打打吹起来！

众人欢天喜地同时回应：好嘞！

不久，落星桥狮子邓家村鞭炮雷鸣、锣鼓喧天。

一路鲜花，一路欢声笑语。

邓子龙和汪孟秀手挽手默默地走在两旁长满鲜花的村道上，心里有千言万语，却又不知从何说起。

邓子龙牵着汪孟秀来到祠堂前，对着祖宗和族人三跪三拜后，深情地取了一把泥土放进贴胸的口袋。

汪孟秀再也忍受不了内心离别之痛，哇的一声哭出声来。

邓子龙张开双手捧着汪孟秀的脸，并为她擦拭泪水，装作笑颜：夫人，送君千里，终有一别，武桥就此别过。

汪孟秀止住泪水，苦苦一笑：妾身失态，夫君莫见笑。

邓子龙深情望着妻子：儿女情长，人之常情，夫人情深至此。可慰武桥平生！

汪孟秀深情地推了一把邓子龙：大丈夫志在天下，驰骋万里，你放心去吧。

邓子龙抱拳向汪孟秀深深一揖后，毅然转身大踏步走到路口，跃上马背，飞驰而去。

祠堂前，村道边，村民纷纷挥手与远行的亲人道别。

汪孟秀、婶娘久久地凝望着邓子龙的背影。

3

明嘉靖末年，朝政渐趋败落，官逼民反。江南樟树、铜鼓、铅山诸地，匪患连连，人心惶惶；更有倭寇侵扰，福建海域倭寇尤甚，朝廷内外，危机四伏。

邓子龙、公差分别骑两匹快马赶路。

晨雾渐散，绳金塔、滕王阁的影子依稀可见。

南昌府。巡抚刘世曾稳坐衙门，气定神闲，正闭目养神。提刑按察使左以辉、巡按御史徐臣伟两人坐立不安，心里急得团团转。

桌案上，剩香残烛。

徐臣伟看了一眼即将燃尽的香烛：限期都快到了，这个邓子龙……

左以辉有些幸灾乐祸似的：好小子，官还没有当，倒先摆起了大架子！

徐臣伟：莫说骑马，就是乘船此时也该到了。

左以辉：误了军情，看他有几个脑袋担待？

刘世曾漫不经心地说：再等等吧。

公差和邓子龙骑着马一前一后来到府衙，公差抢先下马跑进衙门，径直来到签押房向久久等候着的刘、左、徐三位官员禀报：大人，邓子龙到了！

刘世曾睁开双目，喜形于色：快请！

左以辉看了眼刚刚燃尽熄灭的香烛，摇了摇头：这小子，还真福大命大！

邓子龙不等公差传话就风尘仆仆地走进房门行礼：各位大人，邓子龙奉命叩见。

刘世曾颇为满意地扶起跪倒在自己面前的邓子龙：请起。看座！

公差暗暗舒了口气，搬了把空椅子搁在邓子龙面前：请坐。

邓子龙朝公差笑了笑落落大方地坐下。

刘世曾待邓子龙落座后，和颜悦色地说：邓解元一路风尘，鞍马劳顿，我们就开门见山、长话短说吧。眼下匪患四起，朝廷正是用人之际，本府看你为文武之材，特呈兵部批准，先委任你为把总，往临江府点领三百兵卒，火速征剿樟树盗匪，若功成后，兵部自然要为你升官晋职了。

邓子龙：多谢巡抚爷提携，子龙决不负厚望。

刘世曾笑嘻嘻地点点头：希望本府没有看错你。

徐臣伟将一封文书交给邓子龙，再三叮嘱：兵贵神速。你可凭此书向临江府领取兵马钱粮，限时三月回来复命。

邓子龙接过文书，向三位大人深深一揖后，转身，大步跨出房门。

洪水暴发，赣水咆哮，浊浪翻滚。

樟树码头被沉沉雨雾笼罩，渔船、货轮挤满江边，随着浪涛起伏，发出震耳的啪啪声。船舱、船头横陈的大刀、长矛等各式冷兵器，为这个古老码头增添了几分肃杀之感。

从码头拾级而上，直通一条宽阔的大街。街道两边，一家家大大小小的铺子挨着，店铺大门旁挂着“济生堂”“华佗医馆”等等药店名号招牌。

店门紧闭，街上行人稀少，死气沉沉。

更夫从巷子深处走来，边敲打梆边喊：太平无事啰！

大街上开始有些响动，店铺的大门也相继打开。

一个农夫打扮的壮实汉子挑着一担韭菜沿街叫卖：韭菜，卖韭菜啰！

济生堂的伙计站在铺门口：喂，买菜！

菜农在药铺门口放下担子，用稻秆扎起一把韭菜。

伙计：唉唉唉，你是第一次卖菜吗？

菜农笑了笑，摇摇头：我是丰城塘家圩的，比较少来这里。

伙计：怪不得。我铺里吃饭的人多，这一把还不够塞牙缝，称十斤吧。

菜农弯腰边扎韭菜边聊天：这樟树街怎么都这么晚开铺门？

伙计笑了起来：你没听说我们樟树最近出贼、出盗、出土匪吗？

菜农：难怪，难怪。可是，也没听说出什么大事啊？

伙计：说是强盗土匪吧，但一不打人，二不砸店，三不放火。

菜农：啊？还有此等土匪？

伙计：他们只是抢钱、抢粮，不抢人。

阁皂山，群峰耸立，绵延百里。山上苍松巍巍，翠竹参天，薄雾袅绕，云蒸霞蔚。山门两旁石岩上，分别刻有“道教福地”“清江碧嶂”八个醒目的大字。

一条窄窄的石阶小路蜿蜒而上直达顶峰。

峰顶上有一块较为开阔的石坪，“药王庙”依山而建，气势颇为雄伟壮观。庙的两边，搭有数间简易土屋，百十号土匪聚集屋内大碗喝酒，大块吃肉，可谓其乐融融。

药王庙内香烟袅袅，烛火通明。一个面目清秀、衣着整洁简朴的中年汉子跪伏在香案前的蒲团上默默祈祷。

喝得酩酊大醉的小头目端着一大碗酒歪歪扭扭地跨进庙门：大王，不！张智大哥，弟兄们要我敬……敬……

名叫张智的壮汉起身，扇了扇冲到鼻子边的酒气，厌恶地说：吃，吃，吃，叫你们吃，吃了上餐不晓得下餐！

小头目双眼通红，双手将酒碗捧到张智眼前：管他呢，今朝有酒今朝醉，咱们吃萝卜，吃一节，剥一节！

张智推开小头目送上的酒碗：吃死你！

酒泼了一地。

临江府。知府王立文召集所辖樟树镇、临江镇、黄土岗文武官员，商议剿匪事宜。

王知府用手势招呼官员们安定下来后，指着邓子龙说：先向各位介绍一下，这位就是巡抚大人亲自委派来协助我临江府剿贼平乱的邓子龙，巡抚大人慧眼识英才，他的实职本为小旗，一到 我们临江府，便提拔成把总啦。

王知府话中的意思，官兵们心领神会。

王知府话语更加露骨：邓大人既然是巡抚大人派来的，定有过人之处，那就听听您的高见吧！

邓子龙冷冷一笑，按下蹿上心头的怒火，针锋相对：偌大一个临江府，养兵千余，存粮万担，不足百号山贼，却能如此嚣张，岂不为天下人笑话？

在场官员们全被邓子龙掷地有声的话语镇住，乱哄哄的场面立即安静下来。

王知府心头一怔，知邓子龙话有所指，也即刻软了三分：本府无能，还得靠邓大夫鼎力相助啊！

邓子龙见局面转好，也就见好就收，立起身子，向在座的官员拱手一揖，谦逊平和语气中更不乏果敢与坚毅：知府大人，各位兄台，在下来到贵地，不为贪天之功，目的只在破贼擒敌，须仰仗各位大人协力同心。

王知府再也不敢小觑怠慢邓子龙了，语气随之谦和下来：邓大人果然不愧为成大事之人，佩服，佩服！但此等恶贼，邓大人也千万不可小觑轻敌。

樟树知县：听说阁皂山上有好几百个强人哩，个个都能飞檐走壁，人人都是刀枪不入。

邓子龙笑了笑：你们都是道听途说罢了。不瞒各位大人，在下来此之前，曾到樟树探访得知，山上盗贼总共不足百人，只为财，不害命，抢掠经年，却未损官民半条人命，也未发生一例打砸、烧杀强奸的案情。

樟树知县：要是这样的话，就不叫强盗土匪了。

邓子龙点点头：他们人性并未泯灭，我们只能把他们叫作山贼。

王知府：强人也好，山贼也罢，都有乱于民，全在征剿之列。

邓子龙：知府大人一语中的。不过，我们剿贼只是手段，平息方为目的。

王知府：那邓大人还等什么？就按巡抚大人的交代速点三百人马，快快出兵吧。

邓子龙笑着摇摇头：剿匪定要三百，破贼只需百人。

王知府：你……

邓子龙：难道知府大人还嫌临江府的兵马钱粮太多了用不出去吗？

众官员一齐哈哈大笑。

临江府黄土岗千卫所。营地兵强马壮，兵库各种武器装备齐全。

王知府带着邓子龙一路谈笑来到兵营，指着营地、兵库向邓子龙一一介绍。

邓子龙赞叹不已：兵强马壮，粮草充盈，可见知府大人治理有方啊。

王知府颇为得意：这可是本府的全部家当啰。老弟，好马任你挑、好刀由你选！

邓子龙：那子龙就不客气了。

邓子龙先在兵营点齐一百人马后，又跟着王知府来到兵器库，兴致勃勃地观赏、精心把玩着库中陈列着的佛郎机、虎蹲炮等新式火器。陪同的火器训导官指着火器一一介绍。

邓子龙大喜过望：王大人，邓某大开眼界啰！

王知府：那邓大人也别太贪心啊。

邓子龙：不敢。

王知府：我可有言在先，这五雷炮和虎蹲炮，大人只能选一门，还要留一门作为本府的镇府之宝啊。

邓子龙与训导官耳语，训导官点头指着那门五雷炮。

邓子龙笑了笑：就要它吧。

王知府哈哈大笑：外行，大人真是外行！论杀伤力，当选虎蹲炮，那五雷炮就是雷声大，伤不了人的。

邓子龙也哈哈大笑：在下也只是用它助威而已。

阁皂山云遮雾障，春雨蒙蒙。曲曲折折的石阶小路，泥水冲刷着石上青苔，邓子龙带领临江府一百兵马冒雨艰难前行。

四名士兵抬着笨重的五雷炮吃力地、小心翼翼地沿着狭窄的泥泞小道攀行，走在后面的一名士兵气喘吁吁，脚下一滑，身体顿失去平衡，双膝跌跪到脚下石板上。

抬炮的其他三名士兵身子也随之晃动，肩上大炮眼看就要跌落，走在前面瞻前顾后的邓子龙飞身而下，伸手一把托住炮架，低低说了一声"小心"后，便帮他们把大炮提了起来。

官兵在临近药王庙的一块较隐蔽的草坡上集结，邓子龙仔细观察了一下四周环境，果断排兵布阵。

樟树知县率一小股士兵钻进身旁荆棘小路，绕向大庙后面的竹林。

邓子龙率领主力直奔大庙贼营。

贼人们横七竖八地挤在铺着禾草的土屋地上，昏昏沉睡，呼噜声不绝于耳。

樟树知县率人已经在庙后竹林隐蔽就绪，一支支乌黑的枪口对准山下贼营。

邓子龙率人埋伏在山庙前石路两边，五雷炮对准贼营。

一只山鸟惊出竹林，绕着庙顶飞旋。

隐蔽在路边荆棘丛中的邓子龙，顺手拿过身边士兵手中的鸟铳，朝着飞鸟“呯”的一声打了一枪，飞鸟应声跌落在山庙石阶上。

众贼被枪声惊醒，顿时乱作一团。

张智睡眼惺忪披衣走出庙门，望着坪子上那群拖鞋拎裤乱作一团的贼人：大清早的，见鬼啦！

众贼人纷纷指着石阶上被击落的山鸟，惊慌失色：有官兵！

张智见状心里一颤，咳嗽一声壮壮胆子，对着前面林子抱拳一拱，高喝一声：何方神仙，请现身一见！

身着戎装的邓子龙应声闪出，飞跃到张智面前，指着那些狼狈不堪的贼徒，冷笑一声：你是贼首？

小头目恼羞成怒，领着一班手下举枪舞棒，团团围住邓子龙。

隐蔽在庙后竹林子里的士兵，端枪瞄准庙前的张智。

樟树知县即刻暗暗摇头，用手势制止端枪士兵。

士兵慢慢松开扣枪的手指。

邓子龙不慌不忙，蹲下身子，伸出右腿，打了一个扫堂腿，小头目纷纷跌倒。

张智喝退众贼，不无惧色地望着威风凛凛的邓子龙：好一个扫堂腿！好一个孤胆英雄！你独闯阁皂山，是完全不把本山寨放在眼里吗？

邓子龙又是冷笑一声：区区百几号山贼，何须大军压境？

张智：要知本寨主刀枪无情啊！

邓子龙：你不必倚仗人多势众，看看吧！

邓子龙说话间向山前山后吹口哨。

山前山后两支伏兵即刻现身，枪口一齐对准山寨。

众贼瞧见眼前阵势，吓得连退三步。

邓子龙（指着路口待命的五雷炮）：难道寨主还有退路吗？

众贼惊疑的目光一齐聚焦在那门五雷炮上。邓子龙向守炮士兵打了个手势，守炮士兵不敢怠慢，立即装弹拉绳。

轰的一声，地动山摇。

一群群山鸟受惊，纷纷飞出深山老林。

众贼掩耳，吓得面如土色。

樟树知县直起身子长长舒了口气，向庙前邓子龙伸出大拇指。

邓子龙逼上一步，望着张智语重心长：我看寨主和这一班弟兄，也并非大奸大恶之人，改恶从善，才是唯一出路！

张智羞愧满面：不瞒大人说，我们都是迫于生计啊，除了偷和抢之外，还能有什么出路呢？

邓子龙：有田的可以回去种田，无地的也可以去投军杀敌啊。

小头目有些不信：我们还能当兵？官府会要我们吗？

邓子龙：眼下朝廷正在用人之际，只要你们改邪归正，武桥敢为各位担保！

众贼感激涕零，一片欢呼。

4

春日融融，山花盛开，山歌阵阵，乡村欢腾。

田地里，小麦待收，金涛千层。

邓子龙和夫人汪孟秀在山地上挥镰收割麦子，一把把割好的麦秆整整齐齐地在他们身后摆出一个长长的“一”字。

汪孟秀一身农妇打扮，浑身上下完全看不到半点千金小姐的模样，她收起跨开的双腿，伸直腰杆，用左手抹了一把额头上的汗水，望着在前头的丈夫。

邓子龙恰巧直腰小憩，两人眼光相对，相视而笑。

“小姐！小姐！”三三满头大汗挥着镰刀向他们跑来。

汪孟秀：妹子，你来凑什么热闹啊？

三三：老爷说姑爷打了大胜仗，要小姐陪着姑爷，就吩咐三三过来帮忙啦！

邓子龙深情地看着汪孟秀：真是可怜天下父母心啊。

汪孟秀瞪了邓子龙一眼：他都已歇息三个多月啦，再不动动可就要长成一头肥猪啦。

邓子龙伸出手爱怜地拧了一下汪孟秀的脸蛋：叫你骂我肥猪！

汪孟秀害羞地撇开邓子龙的手，连骂三声：肥猪，肥猪，肥猪！

邓子龙又要伸手，汪孟秀扭转身子跑开，发出银铃般的笑声。

夫妻俩在麦地空隙间相互嬉闹追逐。

村头。婶娘挑着饭菜茶水担子，兴冲冲向麦地走去。邓维新、旺八、良十等一班后生肩上扛着担子急匆匆跟在婶娘后面。

婶娘望着眼前这群冒冒失失的后生：你们这是要去打仗啊？

邓维新：我们家麦子都收割完了，去帮帮大哥。

旺八：早点割完，也好跟着大哥去当兵打仗。

婶娘：当兵？

良十：大哥告诉我们，他得了令，明天就要去福建抗倭。

婶娘：去福建我晓得，可他没说……

邓维新：确实是大哥亲口答允我们的。

婶娘：他多大的官啊，有这么大的权力？

邓维新：大哥说，眼下正是多事之秋，朝廷急需用人，他蛮有把握的。

婶娘：那好，那好，你们也都有出息啰！

邓子龙、汪孟秀、三三望着来到地头的婶娘、邓维新等人笑出声来：造反队来啰。

婶娘取出饭菜茶水招呼邓子龙三人：开饭啰！

邓子龙拉着汪孟秀走到地头，接过婶娘送上的饭盆子狼吞虎咽起来。

邓维新一班后生不再嬉闹。忙着把地上割好的麦子扎好，再摊开绳子捆起来上担。

春宵苦短，雄鸡啼报五更。

汪孟秀悄悄爬起来穿衣下床，默默为丈夫收拾行装，眼里含满了泪水。

邓子龙也是一夜没有睡好，跟着翻身起床，悄悄走到妻子背后，张开双臂，拦腰抱住妻子，把她紧紧抱在自己怀里。

汪孟秀慌忙擦干泪水，轻轻推开丈夫：看你，还像个新郎似的。

邓子龙深情地闻着妻子秀发傻笑：小别胜新婚嘛。

孟秀用纤纤手指轻轻点了下丈夫额头：你呀！……

晨光初露，树梢雀鸣。

村头大路口黑压压地挤满了人，邓维新、旺八、良十等后生全都跪起脚尖焦急地望着村头。

邓维新：大哥怎么还不来呢？

旺八：莫不是被大嫂拖了后腿？

良十：大嫂不是那样的人。

婶娘将邓子龙送出大门：千万莫忘了给家里写信啦！

邓子龙双手把婶娘推回屋堂：婶娘，放心吧。

婶娘老泪纵横：婶娘老啦。身子骨一天不如一天，侄儿远走天涯，恐怕从此……

邓子龙：婶娘千福千寿，万万不可伤感。

汪孟秀也上前安慰婶娘：婆婆积德多善，菩萨会保佑您老多福多寿。

邓子龙刚要反身离去，婶娘便转过身子抽泣了起来。

邓子龙忍住了泪水，双膝跪在门槛外边朝屋里的婶娘后背拜了又拜。

天已渐亮，秀江岸边，停靠着一艘宽大的篷船，两个船夫搬起挂在船帮上的条板，吃力地搭到岸。

船出秀水，汇入赣江，眼界立即异常宽阔开来。邓子龙弯身出舱，站立船头，举目眺望，龙头山、水泊滩、龙雾洲、生米街尽收眼底，诗情画意涌上心头，不由信口高声吟道：磨就青锋胆气雄，神光直射曲江东。张华去后无消息，千百年来起卧龙。

邓维新、旺八等听见邓子龙吟诗声，争先恐后挤出船舱，赞不绝口。

邓子龙笑笑说：这原是早先写的一首小诗，只是喜欢，如今随兴吟了起来。

邓维新：怪不得都夸大哥文武兼备，有岳武穆风度呢。

巡抚刘世曾在滕王阁宴会厅大摆酒宴，左以辉、徐臣伟等一班主要官员陪同。

篷船靠拢码头，邓子龙等一行背着行装相继钻出大舱，站立船头，准备上岸。

刘世曾带着官员们匆匆迎上前去。邓子龙看见刘巡抚一班官员心头一惊，慌忙跃上码头，抱拳行礼：大人，您这是为何？

刘巡抚：一个堂堂临江府剿贼年余毫无功效，可邓大人一出马，就马到成功，可喜可贺呀！

徐御史：巡抚大人爱才，人人皆知。不仅亲自来到码头恭迎，还在滕王阁宴会厅设宴专门为老弟接风洗尘呢。

邓子龙推辞不得，被刘巡抚连推带拉前往滕王阁宴会厅。

邓维新、旺八等紧紧跟上，却被卫士们死死拦住。

远远围观的人群中，张智跳脚高呼：邓大哥，邓大哥！

刘巡抚把邓子龙拉到滕王阁宴会厅，分宾主坐定后，亲自为邓子龙倒上一杯酒：邓大人，说实话吧。今日本府为你接风是假，送行却是真。

邓子龙不解：大人，此话怎么说？

刘巡抚：樟树剿贼暂且不说吧。只是近几年来，倭国贼寇，漂洋过海，累累犯我海域，围县夺府，烧杀抢掠，无恶不作，福建、浙江两省、受害尤甚。而两省兵力严重不足，难破敌贼，兵部特令我发兵驰援。此番出兵，非比寻常，征讨的不只是几个山贼土匪，对手是勇猛凶残背有靠山的倭贼流寇，成败影响甚大。我再三考虑，能胜任挂帅领兵者，非你莫属！

邓子龙起身正要说些什么，楼下却传来一阵阵“邓大哥！”“大哥！”

乱哄哄的呼喊声，他微皱眉头，抱拳请示：小人先去看看。

刘巡抚点点头：去吧。

邓子龙反身急步下楼。

楼阁前宽阔的场子上，除聚集着邓维新、旺八、良十等数十名邓家后生外，还有张智带来的上百号人马，他们直呼“大哥！”“邓大人！”乱哄哄地要往里面闯。

侍卫见阻挡不住这股人流。便端起火铳“砰！砰！”放了两枪。

枪声更加激起了众人的愤怒，旺八挺身向前一把夺过侍卫手中的火铳在膝头上一折，长枪便立即被断成两截，掷于脚下石板地上。

侍卫一齐围向旺八，举棒便打。

“住手！”邓子龙赶到。

刘巡抚听到枪声，走到窗前察看。

旺八等人全都恭恭敬敬地拜倒在邓子龙面前。

邓子龙双手扶领头的张智。张智不肯起身，向邓子龙苦苦哀求。

邓子龙不停地点点头。

刘巡抚反身入座，赞许地说：了不起呀，了不起，这个邓子龙还真有两下子！

众官员不知原委，都一脸愕然地望着刘大人。

邓子龙返回宴厅向官员们致意后，径自走到刘巡抚面前：大人，小人有个不情之请。

刘巡抚：请坐请坐，有话坐下说。

邓子龙指了指窗外：下面那些人，是小人的乡友，全都是前来投靠大人的，请大人给条出路。

刘巡抚哈哈大笑：这是好事啊，朝廷正是用人之际，何况还要打虎亲兄弟，上阵父子兵呢！既然是亲朋好友，那就放在老弟帐下调用吧！

邓子龙大喜过望，拱手施礼：多谢巡抚大人！

府衙校场。旌旗招展，鼓号撼天。

五百人马整齐列队，待命出征。

邓子龙一身戎装，威严洒脱地向台上的主官施礼报告：江西剿倭队全体官兵都已到齐，请巡抚大人检阅训话。

刘巡抚迈上一步，巡视了一遍台下整装待发的队伍，满意地点了点头，高声说:将士们，你们是江西的优秀儿女，承负着江西父老的重托，满载着福建人民的殷殷期望，任重而道远，本府代表家乡人民为你们壮行，望你们驰骋海疆、奋力杀敌，祝你们旗开得胜，马到成功！

众将士齐声：牢记家乡父老重托，不辜负福建人民期望！

邓子龙跨上战马，以剑指天：出发！

春雨霏霏，苔路湿滑。

邓子龙率部队风雨兼程。

5

福州城郊沿海乡镇。

浓烟滚滚，乌云蔽日。哀号声、惨叫声回旋在圩镇上空。

圩镇烈火熊熊，数间店铺尽数烧毁。倭贼凶悍残忍，烧杀抢掠，无恶不作。

百姓惊恐万状，拖儿带女在大街上奔跑，仓皇逃命。

邓子龙率部赶到福州城外，见远处火光冲天，不由得皱紧眉头，勒住马头。

探子急急来报：报大人，前方甘蔗乡有数百名倭贼流窜作案，已烧毁店铺八间，抢掠民众百家，并掳去女子二十余人。

邓子龙一听，立即怒发冲冠，拔剑施令：众将听令！

张智上前低声劝阻：大人，万万不可。

邓子龙：为何？

张智不惧，依旧直言：大人，我们刚到福州城，尚未到巡抚衙门报到，擅自出兵，有违军令；再者我们是客兵，只能协助配合福建主力作战，如此贸然上阵，亦恐有喧宾夺主、贪功之嫌！

邓子龙虽然心中明白张智所言在理，但无法压抑自己的满腔怒火：倭贼撞到枪口上，哪还管得什么军令不军令、客兵不客兵！来呀！

张智不再多言，心中多出几分对邓子龙的钦佩与敬畏。

邓子龙：维新、旺八听令！命你二人速带二百人马抢占闽江码头，截断倭寇退路，我和张智率主力杀敌救人。各将速去，片刻不可耽误！

邓维新、旺八精神抖擞，领兵向码头进发。

邓子龙与张智并马而行：张兄，武桥小看你啦。

张智报以感激地一笑：大人大智大勇，张智唯大人马首是瞻。

海风呼啸，巨浪滔天。

大队倭贼挟裹抢掠到的财物得意扬扬地涌向海岸，一小股倭贼押着一群年轻女子紧随其后。

闽江码头停靠着数十艘倭船,守船的倭贼时而探出头来向岸上 张望。

邓维新、旺八率部赶到，将士纷纷跃上贼船，挥刀砍杀守船倭贼。

邓维新指挥士兵凿沉、烧毁倭船。

邓子龙率大队人马来到圩镇大街，见倭寇早已撤走，大街上一片狼藉，便慌忙下马向一名路过的老者打听。

老者神色慌张，待看清眼前人并非倭贼后，便伸手指向海岸方向。

邓子龙飞身上马，将剑指向海岸方向，独自冲到大军前面。

邓维新、旺八带领兵马冲向码头的倭寇。

倭寇凶恶无比，丢弃掠来的财物，纷纷围向旺八等人，展开拼杀。

倭首慌忙指使群倭将那群抢来的女子押上尚未毁尽的船只。

一匹快马率先冲进倭阵，来人长刀一挥，数颗血淋淋的倭寇脑袋随之落地。

援军快速从三面围困倭寇，与邓维新部对敌形成合围之势。

邓军士气高涨，奋勇向前，直杀得倭贼节节败退。

邓子龙手起刀落，又连砍三名倭贼，待再次将大刀举起时，忽然发现倭寇已离岸逃窜的数艘海船，立即勒马跳出圈外，喊了声“旺八，随我来！”便策马追上前去。

风鼓篷帆，贼船渐渐驶入深海。

旺八、张智等十余名官兵相继赶到。邓子龙看见张智：你……

张智笑着辩解：大人息怒，小人不敢违背军令。只是小人生长在赣江边上，自幼谙熟水性，擒这水上恶贼，焉敢偷闲?

邓子龙心头转怒为喜：来得好，来得正好！我与旺八杀敌，你速速去救人。

众人应声解去战甲跳入大海。

邓子龙站立马背，拈弓搭箭，瞄准倭贼船上的帆。

数支穿云箭一字儿排开在浩瀚海空穿行。

快速逃窜的倭船中箭落帆，在海面打着转。

邓子龙卸甲弃马，喊了声“追！”跳入海中。

旺八口咬朴刀跟随跳入海中。

张智随手抓了把小卵石揣进胸间口袋,领着其余士兵相继跳入海中。

三艘倭船的距离渐渐拉开，落在后面那艘笨重迟缓，成了离群的孤雁。

邓子龙等人如蛟龙归巢，潜近落在后面的那艘倭船。

船上倭贼均已聚集在船头，七手八脚地扯着落帆。

邓子龙探出水面，举手朝船上倭贼连发数箭，数名倭贼相继中箭，栽入水中。

张智也在此刻出水，掏出卵石打向倭贼，倭贼抱头捂眼，惨叫着争先恐后钻进船舱。

邓子龙等乘机钻出水面，跃上倭船，举刀杀敌。

邓子龙捡起倭贼弃于舱板上的火铳，挑开舱门，里面除了几名举手投降的受伤倭贼外，全是抢掠而来的贵重财物。

旺八用刀割下断落的帆绳，吩咐士兵把数名受伤的倭寇手脚捆了个结结实实，问邓子龙：大哥，要不要审一审？

邓子龙笑着摇摇头：倭贼鸟语，你懂吗？

旺八摸摸脑袋傻笑：大哥说得对。

邓子龙指指船舱吩咐士兵：押回巡抚衙门再说吧。

众士兵应了声“是！”，便把受伤的倭贼扔进大舱并锁上舱门。

倭首站立船头，远远望见货船落入明军手中，气得跺脚哇哇直叫。

连环相扣的另一艘贼船上，传出女子的啼哭声。

邓子龙布置妥当后，领着数名士兵带着缴获的火铳、火药跳下船边的小驳船，荡开双桨，向前面倭船驶去。

驳船即将靠近敌船时，邓子龙命令止桨，任凭小驳船漂行。

倭船上的倭首耐不住性子，挥手下令攻击。

敌倭寇子弹齐发，火舌在海空飞蹿。

雨点般的子弹全都落在驳船前面数十米处，把掀起的海浪打得粉碎。

邓子龙稳坐船头，得意地哼起了京剧：

我正在城楼观山景，耳听得城外乱纷纷，

旌旗招展空翻影，却原来是司马发来的兵。

枪声渐渐稀落，邓子龙吩咐荡桨猛进，驳船箭一般地冲向敌船。

邓子龙和几名执枪的士兵举起火铳猛烈开火。

弹尽气馁的倭贼阵脚大乱。

潜至船底的旺八、张智等人立刻钻出水面，翻身上船。

倭贼全都把注意力集中在邓子龙身上，对水底奇兵毫无戒备，被旺八等人杀了个措手不及。

张智仔细观察了两艘船的情况后，当机立断，举刀砍开扣船绳索，两只船随即分开。

邓子龙跃上敌船，杀死数名围住旺八等人的倭贼，高喊一声：走!

张智、邓子龙几乎同时跃入另一艘船上。

旺八等人也紧跟着过来。

倭首大怒，举刀砍死一个退缩的倭贼：谁敢贪生怕死，这就是下场!

厌战的倭贼们再也不敢临阵脱逃，慌忙拾起长矛、大刀各就各位。

数名倭贼齐力摇动舵边大桨，大船渐渐靠近离开的船只。

邓子龙向守候在后面的驳船挥了挥手。

驳船上待命的士兵点头回应，将准备好炸药包掷向倭首所在的贼船。

落入敌船的炸药包燃起丝丝青烟，吓得倭首连退三步跌落水中。

轰的一声，贼船被炸毁。

张智砸开舱门，放出被掳女子。

头发散乱、衣着零落的女子们，“扑通”“扑通”……全都跪倒在邓子龙面前。

闽江码头。那些被掳女子的亲人们听到音讯，全都赶来迎候。

良十带领士兵们清点缴获战利品后，又命人处理倭贼尸体。

良十举目望见从海面渐渐驶近的篷船，高兴得大声叫了起来：回来了，回来了!

众人朝着站立船头的邓子龙招手欢呼。

大船靠岸。邓子龙等相继下船登岸。

良十迎了上去：大哥！

被掳女子刚刚上岸，亲人们便迫不及待地跑了过去，相互抱头痛哭。

一位老者拉着被解救回来的女儿跪在邓子龙面前，千恩万谢。其他的人也跟着跪拜，感谢邓子龙的救命之恩。

良十：报告大人，此战全歼倭贼三百零三名，烧毁倭贼大小船只三十七艘，缴获火枪、火铳二百余支、火药九百六十斤，解救被掳女子二十三名，夺回被掠财物无数。

邓子龙：将所缴财物、器械一一造册，带回省府入库。

旺八：这可是大功一件啦，巡抚大人肯定重赏啰！

邓子龙笑着摇摇头。

6

福州巡抚大衙。门口卫兵数名，府里三两佣人，这与战时紧张严肃省府应有的气氛相比，显得格外的悠闲、清静。

大堂中，端坐着一名中年汉子，正聚精会神地研读着兵书。

邓子龙徒步来到衙门前，拿出文书与门卫交涉后，径自走进大堂，向坐在堂上的汉子施礼，随后捧上公文：叩见巡抚大人，江西邓子龙率部前来报到。

中年汉子放下手上兵书，接过公文瞅了一眼，冷冷地说：邓子龙，你可知罪？

邓子龙：小的带兵无方，延误报到期限，甘愿受罚。

中年汉子：难道你就没有一点为自己辩解的理由吗？

邓子龙：延误军令，其罪该罚，小的无话可说。

中年汉子：看来你也是个敢作敢为之人。你知道吗？在你违背军令擅自战倭之日，正是倭寇围攻省城之时，你不按规定期限参战驰援，险些贻误重大战机，酿成严重后果，岂是一个罚字能了结！

邓子龙毫无惧色，拱手领刑：按律该斩！大人，子龙绝无怨言。

中年汉子一拍桌子，大声叫了个“好”字走下堂来抱住邓子龙：果然是名不虚传啦！

邓子龙茫然，无所适从：大人，您这是……

中年汉子哈哈大笑：老实告诉你吧，我并不是什么巡抚大人，只是打仗打累了，才临时借了朋友这块宝地清静一下罢了。

一位仆人从内室走到中年汉子面前，毕恭毕敬地:大人，该用膳了。

中年汉子挽起邓子龙的手：咱们边说边聊吧。

小宴厅。小餐桌上摆着四盘大菜、两碟小菜和两双碗筷。

中年汉子把邓子龙强按在贵宾位子上。

邓子龙推让：大人，这巡抚大衙哪有小人的座位。

中年汉子：怎会没有？你千里迢迢从江西来，就是贵客啊！

邓子龙不再推辞，只得坐在贵宾位子上。

中年汉子指着桌子有点难为情：老弟，战时供给困难，多有怠慢，多多包涵啊。

邓子龙：哪里，哪里。大人盛情款待，小的五内不安。

中年汉子见桌上没酒，大声吩咐：来人，上酒。

仆人走上，为难地说：大人不是不准……

中年汉子挥挥手：今天有朋自远方来，破例！

仆人进内室端出一个酒罐放在桌上。

中年汉子分别把两只大碗放在邓子龙和自己席前，再倒上满满的酒：薄酒一杯，不成敬意，请！

邓子龙起身按住汉子举杯的手：按情理，小的应先敬大人才是。

中年汉子推开邓子龙的手：什么大人不大人的，我长你几岁，就叫老兄吧。

邓子龙：不敢。

中年汉子：直呼尹凤也行。

邓子龙一惊：您是尹凤，尹大人?

尹凤：如假包换。

邓子龙立即起身慌忙拜倒在地：小的有眼不识泰山，今得见尊颜，实乃三生有幸!

尹凤：你知道我吗?

邓子龙不再拘束，自然地说：大人乃嘉靖二十六年武举状元，总兵俞大猷大帅麾下名将，嘉靖三十七年率军抗倭，击沉倭船七艘，生擒倭寇二十三人，斩首一百七十余众，战功卓著，威名震闽，无人不知。

尹凤：够了，够了，徒有虚名，还是老弟后生可畏啊，你的威民愚兄早有耳闻啦！今日一见，果然气度不凡。

邓子龙：大人过奖了，日后还请大人多多指点。

尹凤端起大碗又要敬酒，被邓子龙按住。

邓子龙端起自己的酒碗向尹凤敬酒：小的先干为敬。

两人一来一往，谈笑风生，感情又增进了一层。

尹凤稍有醉意再次把酒碗举向邓子龙：你这员大将，愚兄要定了!

兴化府平海卫城岛屿，邓子龙部常驻营地。

邓子龙兴致勃勃地登上海边巨崖，观察着部下实战演习。

数十艘满载士兵的船只分敌我两方布阵海上，佛郎机大炮等较先进的火器也全都用上。枪声、炮声响成一片，呐喊声震彻云天，双方对抗十分激烈。

一匹快马从海岸直奔而来。

传令兵勒马，双手作喇叭状仰首朝崖上邓子龙高喊：尹将军有令，传贵部速速回营听训！

邓子龙立于高处，耳边尽是枪炮声和呐喊声，似乎完全没有听见传令兵的喊话。

传令兵再喊：传贵部回营听训！

邓子龙点点头，立即对着海船打起手势。

海上战船得令鸣金收兵。

邓子龙飞身下崖，跃上马背，挥鞭策马还营。

尹凤迎出营门指着身后四名士兵抬着的用红绸盖住的大匾：请看！

邓子龙跨上一步，揭开红绸，见横匾现出的金灿灿的四个大字，立即高兴地念了出来：南昌水师！

尹凤：这是总兵大人授予的，还有队旗呢。

邓子龙：总兵大人也太抬举我们了。

尹凤：江西弟兄实至名归，受之无愧呀！

两人谈笑着往营地前面的演兵场走去。

演兵场点将台前，五百将士列队待训。

邓子龙陪同尹凤走上点将台。

尹凤随同士兵将授匾抬到台子中央。

邓子龙走到台前，用威严的目光向台下巡视一遍后说：各位弟兄，我五百将士受江西父老重托，驰骋千里来闽抗倭，承蒙大帅、尹将军错爱，得此殊荣，我等定必奋勇杀贼，不负众望！

台下齐声回应：奋勇杀贼，不负众望！

尹凤赞许地望着台下着阵整齐、军纪严明的将士，心有所动，不等邓子龙相邀，便独自迈到台前，放开嗓子说道：受大帅委托，我前来授旗授匾，沾了江西老表的光，也感到十分荣幸啊！尔等入闽之初，首战告捷，遂解省城围城之危，声震浙闽，令敌人闻风丧胆。倭贼如今又在老巢集结，伺机而动，一场新的大战、恶战即将到来，还得仰仗大家破敌啊！

众将士摩拳擦掌。

尹凤激动不已，亲手为邓子龙授匾揭幕。

随着红绸展开的“南昌水师”金匾高挂在寨门上方。

倭寇老巢。倭首山本次郎站在海岸眺望海面一艘艘篷船，脸上不时露出得意的笑容。

他走下海崖，沿着海岸一路检阅正在苦训的倭兵。

刚刚靠岸的倭船，倭兵忙忙碌碌地从船上搬运掠来的布匹、衣物和粮食。

一个瘦弱的小兵体力不支，双脚打战，肩上粮袋跌落在脚下跳板上，粮袋闪开，部分谷子泼落至海水中。

山本次郎招手示意小兵上岸，待吓得面如土色的小兵走近时，他抽出腰剑随手一挥，小兵鲜血随之从口中喷出，栽倒在海滩上。

一艘艘桅杆上挂着“南昌水师”旗帜的炮艇威严地在海面巡逻。

远处海面，数艘倭船纷纷转舵。

彭厝海岸。夜，海涛低吼，数十艘倭船如虾子扑岸似的挤满海岸。

山本次郎率大队人马偷袭。

沉睡中的彭厝村，雄鸡的啼鸣声划破沉寂的夜空。

倭寇兵分数路悄悄窜进村子，烧杀抢掠。

惨叫声、婴孩哇哇的啼哭声混在一起，山村陷入灾难之中。

明营大帐中烛火通明，尹凤拍案而起，把一支令箭掷于案前：速令邓子龙即刻提兵，协同本将速到彭厝村救援杀贼，不得让倭贼一人一马逃窜！

“是！”传令兵捡起令箭疾步跨出大帐。

凌晨。彭厝村遭受洗劫后，一夜之间便换了主人。

山本次郎指挥倭兵在村子四周构筑工事。

海岸。邓子龙率南昌水师登陆，向彭厝村挺进。

尹凤率大军浩浩荡荡赶赴彭厝村。

山本次郎布防设阵，将兵力按梯形摆开，进可攻、退能守。

村野，尹凤指挥大军里三层外三层地把彭厝村围了个严严实实。

邓子龙风尘仆仆来到尹凤面前，翻身下马：尹将军，邓子龙率部前来参战！

尹凤大喜：来得正好！正等着你这支奇兵呢。

邓子龙：悉听将军调遣。

尹凤指着眼前敌阵：看来这个山本次郎也是个军事奇才啊，防御严密、布阵得当，毫无破绽。

邓子龙仔细观察了一下敌阵后思索着点点头：若从正面强攻，必有伤亡。

尹凤：英雄所见略同！所以，我拟率主力从正面围住只攻不取。

邓子龙：我带精兵偷袭其后营，杀他个措手不及！

尹凤：对，对，对，本将正是这个意思！

邓子龙飞身上马：遵命！

倭寇全部进入战备状态。

突然，明军阵地数炮齐发，一枚枚炮弹在倭寇阵地炸开，倭兵一阵骚动不安。

山本次郎挺身站立石堡顶上挥剑压阵，倭兵无人敢动，把身子缩进沟壕。

明军炮火十分激烈，一阵盖过一阵，一声高过一声，直压得倭寇透不过气来。

炮声渐息。山本次郎指挥倭兵出壕冲锋。

明军阵地。尹凤微微一笑，指挥持枪、铳的士兵向前进攻，炮队后撤。

霎时，子弹暴风骤雨般射向倭贼。

倭兵又全被枪弹压了回去。

枪炮声正酣，倭寇后营却显得有些松懈。

邓子龙、张智各领一支人马，分别从东、西两方摸进敌营。

邓维新、旺八一跃而上，用短刀将数名倭寇哨兵刺杀，往后挥手招呼大队人马入营。

哨楼上的倭贼觉察异动，举起火把报警。

张智眼疾手快，扬手发出一个飞镖，正中报警倭贼咽喉，哨兵应声栽落而下。

大队兵马杀进敌营，喊杀声、惨叫声一片，倭贼后营大乱。

邓子龙弯弓搭箭，朝前沿阵地上空连发三支信号箭。

“嗖、嗖、嗖！”三支信号箭在阵地上空炸响 。

尹凤跃出战壕，剑指贼巢号令：冲呀！

明军呐喊着“冲呀！杀！”奋勇冲向敌营。

邓子龙率将士从后营一直杀到村口,尹凤也带着大队人马杀了过来。

倭寇腹背受敌，阵脚大乱，胡乱地鸣枪放箭。

尹、邓两支人马同时与倭寇短兵相接，展开激烈的肉搏战。

邓子龙挥舞大刀，直杀得倭兵哇哇乱叫，无人敢上前。

尹凤挥剑，连砍倭贼三颗首级。

两支乱箭分别射中邓子龙左肋、左腿。

邓子龙咬牙拔出两箭后，又举刀杀向敌阵。

邓维新血染战衣，被十余名倭兵死死围住，情势危急。

张智大喝一声，杀入重围，用刀尖挑开逼近邓维新的长剑，与邓维新背靠背地作战。

旺八杀红了眼，身边横陈着十多名倭兵尸首。两名倭兵见无退路，一左一右举刀朝旺八砍杀过来。旺八飞腿踢倒左边倭贼后，紧接着又扬起右手中的快刀将右边倭贼首级砍落，吓得倭贼抱住脑袋慌忙逃命，旺八怒喝一声“哪里逃！”紧紧追了上去。

倭寇尸首塞村，血流成河。

躲在石堡里的山本次郎见大势已去，仓皇逃命。

邓子龙见贼首欲逃，忍着痛追了过去。

海边荒野。

山本次郎挥刀催马跑向海边。

邓子龙跃上战马扬起长鞭。战马仰首长啸一声，飞蹄朝前飞驰。

山本次郎逃到海边，弃马上船。

邓子龙策马赶到，见倭首船已离岸，大喝一声：哪里逃！

山本次郎惊慌地取出弓箭，搭箭拉弦。

邓子龙正翻身下马，被山本次郎射中后背。

山本次郎嘿嘿一笑，反身扯起风帆。

邓子龙怒不可遏，立即朝扯帆逃窜的山本次郎回敬了一箭。

山本次郎中箭，“哎呀”一声栽入海中。

邓子龙眼前一黑，随之倒在海滩上。

邓子龙的战马嘶鸣几声后，脚踢沙子，在他身边打转。

尹凤紧锁双眉，眼眶湿润，注视着士兵们翻动的每一具明军士兵尸体。

几个士兵默默来到尹凤面前，低声报告：没有。

尹凤悲中带怒：再找！生要见人，死要见尸！

乡野、海岸，处处都是寻找邓子龙的明军将士身影。

村前荒野，旺八悲切地呼喊：大哥！

村后荒野，邓维新悲切地呼喊：大哥！

海边，张智悲切地呼喊：邓大人！

呼喊的声音久久在旷野上空回荡。

7

海边驿道。扬尘滚滚，风沙扑面。

一支支赶赴前线的队伍相继走过，一群群逃难的百姓行色匆匆。

两辆马车一前一后由远而近，在驿道奔驰。

前面马车上的汪孟秀揭开车上轿帘，探出头来焦虑地问赶车的马夫：快到了吧！

马夫指指前面回答：夫人，快到了，拐过这道弯便是福州城了。

福州军医馆，到处都是从前线送来的受伤官兵，郎中进进出出忙碌不停。

楼上一间宽大明亮的病房里，不省人事的邓子龙静静地躺在病床上，脸色灰暗阴沉。

尹凤默默地坐在邓子龙床边小凳上，鼻翼不停地扇动着。

邓维新、旺八、良十心情沉重地守候在病房门口，眼眶都饱含着泪水。

两辆马车相继在医馆大门口停下，汪孟秀、三三、小四分别下车。

小四背着药箱走在前头，三三搀扶着汪孟秀走进医馆。

“来了，来了！”旺八看见率先出现在楼梯口的小四大声喊叫着迎了上去。

在旺八的喊声中，三三也搀扶着汪孟秀走上楼来，邓维新、良十喊着“大嫂”迎上前去。

旺八、邓维新、良十领着汪孟秀三人来到病房。

汪孟秀看着病床上不省人事的邓子龙，泪如泉涌，高呼一声“武桥！”扑在床边，号啕痛哭。

旺八上前俯身在尹凤耳边低语，尹凤点点头起身而立，宽慰汪孟秀：嫂夫人舟车劳顿，要保重身体，先歇息一下吧。

邓维新走到汪孟秀身边轻声介绍说：大嫂，这是尹大人，自大哥受伤，在这里都守了四天四夜了。

汪孟秀止哭，拭去泪水，转身向尹凤行了个礼：贫妇失态了，还请尹大人多多包涵。

尹凤见汪孟秀举止如此得体，赞不绝口：知书达理，进退两宜，怪不得邓老弟常在本将面前夸你是女中丈夫呢。

汪孟秀：这武桥……

尹凤：请嫂夫人借一步说话。

军医馆内。郎中向汪孟秀、尹凤等人介绍邓子龙的伤情：邓把总送来医馆时，三处伤口已全部感染化脓发烂，且有中毒的症状，我们用尽各种方法、各种名贵药品，都不见效果。

汪孟秀听完情急起来，用哀求的口吻：大夫，还有别的办法吗？

郎中无奈地摇摇头：这已经是第五天了……唉！

汪孟秀和泪疾呼：不，他不会死！

病房。汪孟秀坐在丈夫床头边，伸出双手紧紧地握住丈夫的手，泪花闪闪地死死盯着丈夫毫无血色的脸。

小四仔细地检查邓子龙的伤口，试探邓子龙脉搏、鼻息，查看邓子龙的相关穴位。

尹凤默默地观察着小四的一举一动，不时赞许地点着头。

半晌，小四才欣慰地长长舒了口气。

汪孟秀急切地说：老叔，怎么样？

小四双手一拱：小姐，依我看姑爷命不该绝，尚存生机。

尹凤：请老先生明示。

小四：说起来，还先得感谢尹大人。

尹凤：此话怎么说？

小四:要不是尹大人快马传书，我和小姐如果迟到一天，姑爷的命，恐怕神仙也没有办法啰！你们看，姑爷中的不是一般的毒，他中的是倭贼的蛇毒！非土郎中是看不出来的。

汪孟秀：那还耽搁什么，快快施救吧。

在病房外守卫的邓维新、旺八、良十、三三听说邓子龙有救，全都欢呼起来。

邓维新：我说了吧，大哥命大福大！

旺八：我也说了，大哥吉人自有天相。

良十：我说大哥是累了，睡着了。

三三：依我说，我家姑爷是在偷懒，想我家小姐呢！

小四打开带来的药箱，先在邓子龙伤口上敷了些药末后，取出银针，镇住邓子龙穴位，再取出一颗金黄的人参塞入邓子龙口中，然后再用手掌揉压邓子龙的胸口。

尹凤指着含在邓子龙口里的人参：老先生，这样可行吗？

小四笑笑：大人见多识广，可没见过我们阁皂山这千年土人参吧？它虽没东北千年人参那么名贵,但驱毒养气血的功效却有过之而无不及啊。

尹凤怀疑地说：此话当真？

小四：大人，您就等着看疗效吧！

天色渐黑，街灯尽燃，邓子龙病房的灯光透出窗外。

邓子龙因中毒发黑的脸色渐渐转为苍白。

汪孟秀、尹凤等人脸上也跟着露出喜色。

小四密切关注邓子龙脸上的变化，脸色逐渐凝重起来，沉重地叹了口气。

汪孟秀心头一怔：老叔，武桥已经有些起色了，你怎么反而叹起气来？

小四摇摇头：按老朽几十年老经验，无论多么厉害的蛇毒，只要将我的蛇药抹上，再加上针灸推拿，不出三个时辰，便可起死回生，可是姑爷都快一天了，却还未苏醒，老朽担心……

汪孟秀急切地追问：担心什么？

小四：那就容老朽实说吧。

汪孟秀：但说无妨。

小四：姑爷中毒已有些时日了，毒气已入骨髓，邪气攻心，眼下虽然有些起色，性命无忧，但是否能够醒转复原，老朽实在没有把握。

旺八伸手抓住小四胸襟，大怒：你这个鸡屎郎中都瞎说些什么？

汪孟秀喝退旺八：不得无礼！让老叔说。

小四：恕老朽直言，姑爷能不能醒过来，就看天意了。

尹凤：老先生，难道就没有一点办法了吗？

小四：大人，小姐，这人身上共有七百二十个穴位，其中有要害穴一百零八个，并且有致命穴三十六个，现在可以完全排除致命穴，姑爷能不能醒过来，恐怕就在这一百零八个要害穴的其中一个穴位了。

汪孟秀：那你就快快动手吧！

小四为难地摇摇头：这关乎性命啊！

尹凤：那如何办才好呢？

小四：只有看姑爷的运气了。

汪孟秀叹了口气：既然如此，急也不在一时三刻。这些日子，大家也跟着劳累了，尹大人，您就回去歇歇吧。

尹凤：那嫂夫人……

汪孟秀：我理当留下照顾武桥。

尹凤点点头：也好。那我们先下去了，有什么事，嫂夫人随时吩咐。

尹凤招呼众人一一离去。

夜深人静。汪孟秀伏在邓子龙身上入梦——

西路街比武，邓子龙力挟双狮的情景。

南昌会试，邓子龙武举夺魁的情景。

新婚夫妻恩爱欢乐的情景。

汪孟秀憔悴的秀脸上露出一阵阵笑意。梦在继续——

婶娘苍老的形容，孤独的身影。

婶娘趴在邓子龙坟头痛哭。

汪孟秀趴在丈夫坟头撕心裂肺地哭喊。

汪孟秀被自己的哭声惊醒，泪水止不住地掉落，望见丈夫安详的脸，再也忍不住内心的酸楚，“哇”的一声扑倒在丈夫身上号啕大哭。

汪孟秀的泪水浸透了邓子龙的脸。亲人悲痛地哭喊，把邓子龙从沉睡中唤醒，他的手指慢慢颤动，双眼微微睁开，轻声呼唤：孟秀，孟秀……

汪孟秀见邓子龙悠悠醒转，高兴得张开双手把邓子龙上半个身子从病床上抱扶坐起：武桥，你可醒啦！

邓子龙吃力地坐定，伸出手为妻子擦去泪痕。

汪孟秀握住丈夫大手，贴在自己脸上，转而对着房门欢呼：武桥醒啦，武桥醒啦！

房间内一片欢腾。旺八轻轻在邓子龙身上捶了一拳：大哥，你可吓死我们啦！

邓维新：可不，你要是再不醒，我们也不活了！

汪孟秀：看你们这些难兄难弟。

旺八、邓维新吐吐舌头，悄悄走出房间。

邓子龙：左有贤妻，右有兄弟，人生大幸也！

汪孟秀把一个削好的大梨递给邓子龙：饿坏了吧？

邓子龙接过妻子手里的梨大口大口吃了起来：我睡了多久？

汪孟秀：都快有七八天了。

邓子龙：哦，怪不得这么饿。

汪孟秀吩咐：三三，快去给老爷热点饭菜。

三三应了声“是”，转身出门。

邓子龙望着汪孟秀的脸，感慨：知我者，爱妻也！

三三遇上匆匆上楼的尹凤，礼节性地打了个招呼：大人好。

尹凤：三三，忙什么呢？

三三笑了笑：大人还不知道吧，姑爷醒了！

尹凤一时间没反应过来：哪个姑爷？

三三又笑了笑：我家姑爷邓子龙！

尹凤大喜，急急忙忙地上楼。

邓子龙一边吃着梨，一边把房里的人望了一遍，问：张智呢？怎么不见张智？

汪孟秀：哪个张智？

邓子龙欲下床。

尹凤进房，连忙把邓子龙按回床上，笑着回答:我派张智带兵去了。

邓子龙：带兵？

尹凤：你受伤后需要静养，南昌水师弟兄们可不能群龙无首啊！

邓子龙明白过来：将军好眼力！

尹凤：张智和老弟一样，是个将才，也是性情中人。不过有一点，他比你聪明，你只会打仗，不会邀功，他既能打仗，又会邀功。你可知道这次彭厝一战斩杀倭兵多少？战果如何？

邓子龙真诚地摇摇头。

尹凤：可人家张智却清清楚楚，报告写得详细、有条有理。此战共歼灭倭兵三千三百六十三名，缴获倭船三百四十二艘，夺回被掠财物总价值数以万计，大帅听闻非常高兴，下令犒赏三军啦。

邓子龙：这小子有真本事。

尹凤：做官的学问可深奥啊，今后老弟要多学着点。

邓子龙不以为然：武桥还是赞成戚继光将军那句话“封侯非我意，但愿海波平”。

尹凤无奈地摇摇头：朽木不可雕也。

海面昏沉，大雨纷飞。

张智、邓维新、旺八、良十领驾着一艘艘战船冒着狂风暴雨警惕地巡逻海湾海港，南昌水师的大旗在海空飘扬。

邓子龙和小四坐在小院小桌旁，一边品茶，一边聊天。

邓子龙给小四筛满一杯茶，恭敬地说：多谢老叔妙手回春，捡回子龙一条性命。救命之恩，定当涌泉相报。

小四：小四不敢。这是姑爷的造化。

邓子龙：敢问老叔，子龙自觉病体已经康复，是否近日可上阵带兵打仗？

小四慌忙起身摇手：千万不可，千万不可！姑爷先后两次中毒，若为平常之人，哪能扛到今日？从表面上来看，毒情症状似乎消除，但实际上诸多险象均潜于血脉之中，若不假以时日静心调养，必致毒火上蹿，届时即使是华佗再世，也无回天之力。

邓子龙：依老叔看，还需要多久？

小四：多则千日，少则一年。

邓子龙：那岂不是要活活把武桥折腾死吗？

尹凤带着两名挑着礼品的士兵走到邓子龙所住的小院门口，正好听到院子里有人说话，止步听了两句才走进院门。

尹凤：莫急，莫急，千万莫急。

邓子龙、小四慌忙向尹凤施礼：大人驾临，未曾远迎，望大人恕罪。

尹凤拱手还礼：愚兄来得匆忙，未曾通报，冒犯了！

邓子龙请尹凤落座后，对屋内吩咐：三三，上茶！

三三端茶走出屋门，给尹凤上茶。

邓子龙：人人都说大人是茶圣，请品尝看看如何？

尹凤端起茶杯，轻轻吹了吹杯中热气喝了一口，连连称好：明前毛尖，好茶！好茶！

邓子龙：大人果然名不虚传啊！

尹凤又喝了口茶，关切地望着邓子龙：老先生说得对，你就在这里多调养些日子吧。

邓子龙有些坐不住，站了起来：大人，倭寇未灭，武桥岂能安坐啊？

尹凤挥挥手示意邓子龙坐下：老弟安心调养吧，彭厝大捷，倭寇短期内定不敢来犯，近来日子平静了一些。

邓子龙：但倭寇贼心不死，始终是大患。

尹凤：有道是世事难料啊！不瞒老弟说，愚兄所担心并非区区倭贼，而是朝政呀！

邓子龙：大人此话怎么讲？

尹凤叹息一声：这几年，倭寇累累犯我，在浙江、福建沿海一带大肆烧杀掠抢，致我数十万民众流离失所，不得安生，幸有巡抚王询、总兵俞大猷坐镇，幸得江西、安徽各省友军驰援，才击退倭寇，稍稍得以太平。谁料，朝廷却听信谗言，将巡抚大人、俞总兵调离福州，王麟将军等也受到牵连。

邓子龙担心地说：那大人您？

尹凤笑笑：主帅已去，我留作甚？愚兄明日也要远走他乡啦。

邓子龙：难道这万里江山……

尹凤：江山代有才人出啊。这里有戚继光将军还有老弟镇守，我走得安心啊！

锣鼓声来到小院门口，邓子龙、尹凤、小四都不明所以地起身向门口望去。

张智等人涌进小院向邓子龙三人行礼：恭喜各位大人，小的们提前拜年来啰！

邓子龙呵呵大笑，对内屋高喊：孟秀，来客人啊！

“来啦，来啦！”汪孟秀擦净沾满面粉的手和三三出堂屋：来得正好，一起吃饺子团年！

旺八等人拍手欢呼：嫂子包饺子了，团年啊！

欢笑声充满农家小院。

8

字幕：嘉靖四十一年，倭寇大规模卷土重来，在总首领丰田秀彩的率领下，侵犯宁德、长乐、福清等地，攻陷泉州永宁卫城。

福州城郊。暮秋。

驿道边停候着从江西过来的两驾马车。

邓子龙、邓维新、旺八、良十把大着肚子的汪孟秀，以及小四、三三送到路口。

汪孟秀拉着邓子龙的手：送君千里，终有一别，你们早些回去吧。

邓子龙依依不舍：武桥军务在身，恕不能远送，夫人一路保重。

旺八悄悄把三三拉到一边，再三叮咛：嫂子就交给你啦，若要是有个……

三三伸手捂住旺八嘴巴：乌鸦嘴！

旺八傻笑：我是说如果，那就拿你是问！

三三笑望旺八：知道啦！

旺八摸着被三三捂过的嘴，又傻笑起来。

南昌水师列队整装待发。

张智出列向将台行礼报告：南昌水师将士全部到齐，请把总训话！

邓子龙威严地说道：各位将士，各位兄弟！我南昌水师来到福建已有数年，经历大小战役不下百次，歼敌数千，打出了威风，打出了声誉，给家乡长脸啦！

台下掌声雷动。

邓子龙用手势轻轻压住台下激烈气氛，接着说：眼下，倭寇贼心不死，卷土重来，踏我土地，占我城池，烧我房屋，掠我财物，辱我姐妹，杀我亲人，是可忍，孰不可忍？

众将士齐声回应：杀、杀、杀！

邓子龙：对，对付豺狼，只有一个字，杀！杀他个屁滚尿流，杀他个人仰马翻，杀他个片甲不留！

台下又是热烈的掌声和叫好声。

邓子龙：据报，由丰田秀彩亲率的倭寇主力部队已取兴化，在林墩安营扎寨，并在宁德、福清、兴化设立据点，企图步步为营，蚕食我城池，形势十分严峻。朝廷部署，调浙江都司指挥使戚继光率部队抄敌后路，端掉宁德、福清、兴化据点，断其退路；令我南昌水师正面迎敌，与戚家军协同作战，前后夹击，全歼倭寇！

“好！”将士们群情激愤，高声响应。

邓子龙：各位弟兄，这一仗对平复浙闽海患意义重大，只能胜不许败。敌军数倍于我且十分凶残，大家千万不可掉以轻心。我们兵分两路，一路由我率主力于陆地正面攻击，另一路由张智兄弟带兵百人，镇守海港，守住海上关口，伺机歼敌。

张智应了声“是”，出列点领兵马。霎时，三军雷动。

林墩倭寇营地。

倭兵杀猪宰羊，花天酒地。

营房。丰田秀彩怒冲冲地训斥眼前一群衣冠不整、醉醺醺的士兵：连站都站不稳，你们就这样醉生梦死，忘乎所以，成何体统！

“嗨！”倭兵们低头认罪。

丰田秀彩走到军事地图前，用小棒指点地图：你们看，我军前有邓子龙，后有戚继光，腹背受敌呀！

一个胆大一点的头目回答：无名小卒，不足为惧。

丰田秀彩摇头：骄兵必败。邓子龙、戚继光你们不知道，那戚家军、南昌水师总该听说过吧？在中国，像这样可怕的军队，为数不多，我们面临着强敌啊！

头目：请将军明示。

丰田秀彩狡黠地笑笑：两军相逢，智者胜。你带人去抄南昌水师后路，断其粮草，死困不攻，把他困死饿死，以解我眼前之忧。

头目领令，退下。

岛屿上高扬着南昌水师大旗，邓子龙督导众将士构筑工事。

工地上，将士们喊着劳动号子，挖的挖，挑的挑，搬的搬，干得热火朝天。

后勤官着急地走到邓子龙跟前：大人，开饭啦。

邓子龙抬头望望头顶上空的太阳：都晌午了，为何才开饭？

后勤官为难地说：锅底都快朝天，大家只能三顿拼作两餐。

邓子龙皱着浓眉：粮食够吃几天？

后勤官：也就只够晚上一餐了。

邓子龙：旺八他们运粮草，今晚也得赶回吧？

后勤官：整整七天了，按说应该回来了。

旺八带领一队运粮士兵在窄小的山路上艰难行进。运粮车上插着南昌水师的大旗。

路上一块巨石挡住去路，运粮队只得停了下来。

旺八运动手臂，抱住巨石，口中喊了一个“起”字，便将巨石搬起掷于路边山涧。

运粮队继续艰难前进。

旺八看了一眼天色，急切督促士兵：天快黑了，误了时辰，是要受罚的！

弯月当空，寒风袭人。

黑暗中倭寇从四面八方朝着南昌水师营围拢过来，把营地围得水泄不通。

旺八的运粮队出现在那团黑影后面。

一声呼哨响起，那些黑压压的身影便将旺八运粮队团团围住。

兵刃相碰时发出的“叮叮当当”的碰击声、喊杀声混为一片。

邓子龙焦虑地在军帐中走来走去，燃烧的蜡烛不时发出噼啪作响的声音。

哨兵慌慌张张地揭帐而进报告：大人，我们被包围啦！

邓子龙大吃一惊：什么？

哨兵：运粮队也中了伏兵。

“看看去！”话音刚落，邓子龙已跨出了帐门。

邓子龙登上工事制高处，极目远眺，除耳边传来的呐喊声外，眼前暮色朦胧，什么也看不清。

邓维新、良十一前一后匆匆赶来主动请缨：大哥，我等请命接应！

邓子龙叹了口气：怪我大意！眼下敌情不明，不可妄动！

邓维新：旺八身陷重围，这如何是好？

邓子龙：旺八已经不是当年的旺八了！你们二位就趁着月色，摸进敌阵，去探个虚实吧。

邓维新、良十领命退下。

邓子龙又叮咛一句：速去速回，万万不可轻敌恋战。

洁白的月光下，运粮队散开，摆了个八卦阵，两人一组背靠背地与倭贼展开激烈的肉搏战。

旺八带领士兵越杀越勇，倭贼惨叫着连连倒地。

但倭贼似乎越来越多，旺八等终因寡不敌众，渐显败状。

旺八一把夺回粮车上的军旗后高喝一声“撤！”，纵身出围，其余士兵也跟着撤出了敌人的包围圈。

倭贼围住粮袋哈哈大笑。

粮袋堆放在林墩倭寇营地。

丰田秀彩拍拍头目肩膀，连声夸奖：干得好！干得好！邓子龙没有了粮食，看他怎么作战！

头目：那个运粮队，来一个我杀一个，来两个杀一双！

丰田秀彩：这样我就放心啦。

南昌水兵师伙房，一排排空锅“睡着懒觉”。

没精打采的伙夫们坐在太阳底下闲聊。

甲：我们是饿肚子唱戏，帮爹娘争气啊。

乙：听说旺八运来的粮食都被倭寇抢去了。

丙：可不，连人都没回来呢！

甲：唉，还不知要饿到什么时候呢？

乙：莫愁，邓大人总会有办法的。

甲：能有什么办法？这岛上除了石头就是土，邓大人又不是神仙。他哪能把石头、黄土变成粮食。

丙：大伙都饿着肚子，这仗还怎么打啊？

邓子龙背着双手心事重重地默默走了过来，伙夫乙瞧见，向同伴轻轻嘘了一声，议论声立即停了下来。

伙夫们起身向邓子龙行礼：大人。

邓子龙点点头，也不搭话，默默地看了一下冷清的伙房默然离去。

旺八等运粮兵聚集在一间破庙中商量对策。

甲：这已经是第三天了，前方的弟兄们不急死，也得饿死！

乙：恐怕邓大人都以为我们牺牲了哩。

丙：这样坐着等死也不是办法呀，干脆冲过去和倭寇痛痛快快杀一场！

旺八：对，搞出个动静来，让大哥知道我们都还活着。

众人应声：好主意！

邓子龙走进一间茅屋，向老农讨教解决粮食的问题。

老农送上一杯茶，热情地招待邓子龙：南昌水师的威名，小人早有耳闻！大人不用开口，小人也知道您的难处。这几年，倭寇烧杀抢掠，岛上的人找生计的找生计去了，逃难的逃难去了，剩下的尽是像小人一样的老弱病残之辈，吃了上顿没有下顿，又有谁拿得出多余的一升半斗粮食?

邓子龙：晚辈不是来要粮征粮的，您老别误会。

老农：听说大军都有好几天揭不开锅呢。

邓子龙：那是事实。所以特来向您讨教应急的办法。

老农苦苦想了一阵子，突然灵光一现：有办法!

邓子龙一喜，急切地说：老叔，快请说!

老农：我们这个荒岛上还真的有个大粮仓呢! 后山有好几百亩山田，以前是种植粮食的，这几年兵荒马乱，没有人耕作就荒废啦，田里的稗草一年多似一年，密密麻麻的，连蛇都钻不进去!

邓子龙大喜过望：稗子!

老农：对，可充饥，能酿酒!

邓子龙深深一揖：多谢老叔，多谢老叔!

旺八带着运粮兵士来到倭寇包围圈前喊阵。

一大群气得哇哇直叫的倭寇一窝蜂似的围了过去，挥刀便砍。

旺八举刀迎上围过来的倭寇，刀落处，血光一片。

兵刃撞击声，呐喊声，惊天动地。

几个回合下来，倭寇又倒下一片。旺八高喊一声“撤”，运粮兵立即杀出一条血路远遁而去。

山沟荒田，稗草丛生，一棵棵沉甸甸的稗穗俯首待落。

邓子龙、老农领着数十名兵卒挥镰割稗、脱粒，欢呼声震彻山谷。

稗粒流水般地倾入大禾桶中,饱满的稗粒顷刻间就从大桶满溢出来。

稗粒被放入大木甑中，甑锅灶里吐出熊熊烈焰。

将士有滋有味地大口大口吃着稗子米饭。

凌晨，一阵震耳欲聋的厮杀声传进邓军大营。

邓子龙、邓维新、良十急忙登上工事制高点，察看情况。

邓子龙面露喜色。

邓维新、良十指着远处南昌水师大旗欢呼：旺八，旺八！

邓子龙：好个旺八！

邓维新、良十露出惊讶的眼神。

邓子龙笑着解释：他是在向我们报信。他给了我破敌的锦囊妙计！你们二人今晚设法与旺八取得联系，且速往张智处搬兵，定于明晚子时里应外合，合力破敌！

漆黑的夜，两支小股部队在夜幕中穿行，迅速向敌营逼近。

倭寇营地大帐灯火通明，丰田秀彩大摆庆功宴，鼓舞士气。

丰田秀彩神色飞扬地说：先锋部队的将士们，辛苦了！你们七天七夜坚持不懈，死困邓家军，连一只苍蝇也没让它飞出来，为决战创造了良好的条件，奠定了坚实的基础，你们功不可没呀。今天本将军亲自前来为各位庆功！

倭寇军官肃立：感谢将军！

丰田秀彩示意大家落座：当然，大家也知道，这些日子，我们后方失利，戚家军连端掉我军宁德、福清、兴化三个据点，重创我数千将士，断我退路。所以，明天的决战十分重要，直接关系到我军的生死存亡！由于各位的努力，敌军已断草缺粮多日，他们不饿死也要饿得爬不动，失去战斗力。我军前途一片光明！我提议，为我们的胜利，干杯！

众将官纷纷举杯。

三声炮响划破沉寂的夜空。

顿时，呐喊声铺天盖地，邓子龙一马当先挥剑杀出阵来。

众将士紧跟主帅呐喊着杀向敌营。

丰田秀彩和倭将闻声大惊失色，手中的酒杯纷纷落地。

与此同时，外围张智、旺八两支部队也呐喊着杀进敌营。

倭寇被突袭，一时像没头苍蝇一样乱碰乱撞，惨叫声不断，哀号声连连。

邓子龙率部一鼓作气，直杀得倭寇人仰马翻。

丰田秀彩腹背受敌，无路可走，率小股精锐拼命杀出一条血路，朝海岸方向逃窜。

邓子龙高声命令张智：快马回营，封死海路，不得让倭寇逃走一人！

张智应声率部快马从小路追去。

邓子龙又大喊一声“众将士，随我来！”，便双腿用力一挟，策马向丰田秀彩逃走的方向追去。

海涛怒吼，卷起千层浪。

张智率一队人马回到军营，登上炮艇各就各位。

数十艘炮舰迅速呈弧形整齐排列。大炮一齐对准海岸上弹待发。

丰田秀彩等残兵败将被邓子龙等直追得喘不过气，纷纷涌向海边。

张智站立舰台，挥动手上令旗。

密集的炮火一齐瞄准敌寇发射。

前有炮火，后有水师追兵，幸存的倭寇进退无路可走，有的返回拼命，有的跳入大海。

旺八、邓维新、良十等人杀兴正浓，快刀飞到之处，如砍瓜切菜一般，倭贼纷纷倒地。

丰田秀彩眼见自己快成了光杆司令，牙一咬，欲跳入大海。

邓子龙快马跃来，一刀砍落丰田秀彩的首级。

9

南岭山脉，峻岭逶迤，北江绕山向东流。

在山顶一块平整的坪地上，倚山建立起一排排整齐的屋舍寨楼，一条弯弯折折的石垒小道伸入山腰丛林的荆棘之中。入坪口，雄伟坚固的牌楼屹立，“北江寨”金字横匾高嵌在牌门上方。

土匪聚集山寨，有的在操练，有的在打扫落叶，看起来秩序井然。

山大王史必然斜卧在寨楼虎皮大椅上眯着双眼养神，伺候在他左右的两个侍女为他捏肩捶背。

从寨门下山是一条石梯小道，二大王“冲天炮”李祖超和数名山匪押着一个用黑布蒙眼堵嘴的中年男子沿石梯一步一步吃力地攀登。

寨门岗哨看见李祖超等人，慌忙反身跑向寨楼。

岗哨匆匆走进楼门报告：大王，二大王回来了。

史必然整整衣冠，不紧不慢地说：叫他进来吧。

岗哨刚走，李祖超便推着蒙脸人走了进来：大哥，抓了名探子。

史必然示意岗哨取下蒙面人遮眼堵嘴的黑布。

蒙面人活动着手脚叽里呱啦地骂了起来。

史必然望着眼前矮墩墩的汉子，惊讶地说道：哦？矮倭鬼子！

汉子连忙摇头，用他生涩的中文辩解：我，不是矮子鬼！

史必然坐回虎皮大椅，一拍桌案，大喝一声：快说！来我山寨干什么？

汉子面无惧色，自我介绍：我叫山本大郎，我弟弟山本次郎三年前在闽海被邓子龙杀死，我要替他报仇。

史必然冷笑：原来你是寻仇来了。

山本大郎：正是。

史必然：你不去福建，来广东干吗？

山本大郎：福建海域被南昌水师封锁，我的人马只好借路经过，闻大王威名，特来拜访。

史必然：本大王从来不与外人交往。

山本大郎：你抢民财，我夺民粮；你抗官兵，我杀明军，可谓殊途同归啊。有道是多个帮手多份力，多个朋友多条路。

史必然直起身子哈哈大笑：你说的也有那么一点点道理。来呀，上酒！

山本大郎双手一揖，也跟着哈哈大笑。

海空万里，平静的海面微波荡漾，闪出层层耀眼的银光。

欢声笑语中，星星点点的渔船上撒出一张张大网。

远处，南昌水师的炮船在海面穿梭巡逻。

邓子龙和张智沿着海岸款款走来，谈笑风生。

邓子龙两人同时登上路旁巨崖，以掌遮阳，举目眺望蔚蓝的大海。

张智无限感触：好久没看到这么恬静的景色！

邓子龙满脸愉悦，面对大海信口念出一诗：

一剑西来蜃气收，潮生月满壮东流。

欲犁岛屿诸夷穴，先上风波万里舟。

南昌水师营地。暖阳宜人。

处于休整之中的将士们，清闲中亦有三分忙碌：有的看书，有的下棋，有的晒被洗衣。

邓子龙、张智谈笑着走进营地。

旺八坐在檐下石桌旁写信。他咬着笔杆苦苦思索，好似遇上了什么困难。

邓维新端着一个大盆从营房走出，蹑手蹑脚走到旺八背后，探头偷看旺八信的内容。

旺八一惊，用握笔的手反手一戳。

邓维新本能地端起木盆遮挡，木盆“呯”的一声被击落在地，盆中洗好的衣服全跌落在泥巴地上。

邓维新并不生气，微笑着弯腰捡起沾满泥土的湿衣，说：又在想三三吧？

旺八慌忙抓过桌上信纸藏于背后，一边望着好友报以难为情的一笑。

邓维新：你小子好福气啊，大哥还说要为你做媒呢！

旺八傻乎乎地：别开玩笑了，大哥他……

“谁开玩笑？”邓子龙出现在旺八身后，一把从旺八手里夺过书信看了一眼，哈哈大笑起来：和大哥一样，你也是个情种啊！维新没说错，大哥要为你做大媒。

旺八高兴地拉住邓子龙大手：真的吗？

邓子龙：过年过节还会有假吗？你嫂子来信说，三三答应啦。我和你们嫂子信中商定了，待援闽结束回老家，第一件事就是给你和三三完婚。

旺八、张智、邓维新都高兴得笑了起来。

邓子龙发现盆中衣服，脸色立即严肃起来，指着木盆问邓维新：谁叫你洗的？

邓维新讷讷地说：小弟见大哥军务繁忙难得休息片刻，就自作主张……

邓子龙：我多次说过，你们是军人，不是佣人。我自己有手有脚，衣食起居，用不着别人料理。

旺八：兄弟之间，何必分得这么清清楚楚？

邓子龙：你们都把我的话当放屁，来呀！

几个围观的士兵应了声“在”，俯身听候吩咐。

邓子龙认真地说：拉出去按军令处置，杖责三十军棍！

几个士兵上前动手捆绑邓维新。

“谁敢！”旺八大喝一声，扒开捆绑邓维新的士兵。

邓子龙指着旺八怒喝：你要造反啦！

旺八双目含泪跪到邓子龙跟前：大哥，跟着你吃苦受累，小弟们没话说，跟着你受气挨饿，小弟们也没话说；跟着你杀敌拼命，小弟们更没话说！只是你这么不顾兄弟情分，好赖不分，小弟不服！

张智心有所动，痛而不悲，向邓子龙拱手一揖，振振有词道：兄弟们都是人，都要养育儿女赡养父母，想衣锦还乡，光宗耀祖。而这些杀敌无数的弟兄们，又有哪个得到过一官半职。大哥，你只知道自己建功立业，却丝毫不懂得兄弟们的内心感受，实在叫兄弟们伤心、痛心、寒心啦！

邓子龙脸上的神情随着张智一番肺腑之言而变化着，他紧紧咬住嘴唇，努力抑制情绪。

旺八：张大哥说出了大家的心里话，要杀要剐，悉听尊便！

邓子龙再也忍不住了，泪水唰唰地涌了出来，弯腰双手扶起旺八和邓维新，跨步半跪：武桥愧对兄弟！

北江两岸，烈火熊熊，浓烟冲天。

山本大郎率大批倭寇攻陷县城，烧杀抢掠。

一群倭寇将抢掳而来的数十名妇女和财物押运上船，扬长而去。

“冲头炮”李祖超率众匪抢掠乡村百姓。

广闽总督行台。

总督刘曾桂气急败坏地看着眼前一群府县文武官员，久久不说一句话。

官员心头忐忑，低头不语。

气氛沉寂而紧张。

刘曾桂突然十分严厉地说：怎么都不说话呀？拿出你们对付平民百姓的本事和威风来啊！就是在你们辖区，倭贼、山匪多如牛毛，无恶不作，人心惶惶，民不聊生。耻辱啊，这是奇耻大辱！我要问问你们，养的那些千军万马是干什么用的？难道你们手里的刀枪都是烧火棍？张知县、张大人，你是主官，我来问你，你对御敌有何良策？

张知县吓得结结巴巴地说：这个……这个……

刘曾桂又盯着戴立功：戴将军，你是带兵打仗的，我来问你，你对抗击倭寇有何部署、有何计策？

戴立功也吓得全身筛糠抖个不止：那个……

刘曾桂冷冷一笑：不是这个，就是那个，一群酒囊饭袋！

一个二十来岁年轻的小将站了出来：总督大人，小的有话说。

刘曾桂微微一惊：哦？

小将：世风日下，民心涣散，倭匪也就自然猖獗。

刘曾桂微微点头：你有何高见？说来听听。

小将：小的认为，安天下首要的是，文官不贪财，武官不怕死！

刘曾桂一拍桌案，直起身子：好一个文官不贪财，武官不怕死！切中时弊，入木三分！快快报上名来！

小将：小的陈璘，戴将军麾下把总。

刘曾桂极为欣赏地望着陈璘：小小年纪，有胆有识，后生可畏。你具体说说吧。

陈璘：倭匪虽众，我们也不乏兵力，缺的是有谋略有胆识的将士。

刘曾桂又连连点头，还要追问时，一名侍卫匆匆跑了进来，手拿一纸联名信：大人，有百名地方绅士求见。

刘曾桂：何事求见？

侍卫呈上联名信：大人请看。

刘曾桂一看，哈哈大笑：你们看看，老百姓就是有智慧。大敌当前，他们首先想到的就是真正有用之人，联名向我推荐了邓子龙，推荐了南昌水师！

在场的官员有的惊有的喜，开始交头接耳议论起来。

陈璘拍手叫好：也真是非他莫属！

张知县：总督大人，依本县看，邓子龙闽海大捷后尚在休整，路途遥远，远水解不了近渴呀。

刘曾桂神秘地一笑：不瞒各位说，本督上任之初就打了邓子龙的主意，兵部调令早已下发，想必近日即可抵达。

官员们脸露喜色，陈璘更是高兴得拍手欢呼。

刘曾桂：不过，我可有言在先，这个邓子龙，按功劳，官职应不在你我之下，但他眼下只是一名小小的把总，希望大家不要客大欺行，务必协力同心，共创功业！

月朗星稀。古木森森，瘴气袭人。

陈璘带着张智、邓维新、旺八、良十趁着蒙蒙夜色悄悄摸上匪山侦察敌情。

他们渐渐靠近山匪寨营，隐蔽于丛棘中，仔细观察对面寨营的情况。

匪营屋舍亮着灯光，窗口忽明忽暗地映现出一队队流动岗哨的身影。

寨坪四周均匀有序的筑有百十座坚固的石头堡垒，堆放着大量的檑木炮石。

张智轻轻扒开荆棘，让陈璘就着从树叶空隙的月光描绘敌情图。

守备府。凌晨。

戴立功睡眼惺忪地在会客厅接见匆匆登门拜见的邓子龙。

佣人送上茶来，两人分宾主坐定。

邓子龙起身见礼：邓子龙匆匆拜见，打扰了守备大人的清梦，请守备大人恕罪。

戴立功：邓贤弟一路风尘，舟车劳顿，戴某先给你和众将士接风，还请邓贤弟大人大量，千万莫怪罪啊。

邓子龙：军务紧急，子龙亦不敢怠慢，不必拘泥礼节。

戴立功：实不相瞒，这些日子，愚兄被顽匪恶寇搞得焦头烂额啊！你看，我北江面临的是，前有万余山匪，后有数千倭寇，形势严峻啊！

邓子龙：大人有何破敌良策？

戴立功：若有良策，此时便不会如此被动。愿听贤弟高见。

邓子龙：子龙不敢以下犯上，喧宾夺主。

戴立功：贤弟不必谦虚，遵总督大人命令，愚兄麾下这万余人马全由贤弟指挥。

邓子龙：万万不可。子龙只想借用大人麾下一员大将。

戴立功：别说一员，就是千员百员，愚兄也全都给你。

邓子龙：大人可不要反悔啰。

戴立功：谁？

邓子龙：陈璘，陈把总。

戴立功：好眼光！

邓子龙：陈把总的才能与武功决不在子龙之下。

戴立功：好，传陈璘！

陈璘应声出现在厅门口：陈璘到。

戴立功惊愕地盯着陈璘：你是神仙啊？

邓子龙拱手笑着说：恕子龙先斩后奏之罪。昨天一到，总督大人就把陈璘老弟推荐给子龙了。昨晚带我部几位将士侦察敌情，今早我就同他过来啦。

戴立功强作笑颜：兵马未动，情报先行。邓贤弟真是棋高一着！这杖怎么打，想必你们心里早就有底了。

邓子龙笑望着陈璘：陈老弟先说说吧。

陈璘：匪首史必然熟识兵法，部署得当，匪寨地形险要，易守难攻，加上山高路远，小道曲折，不宜大军作战，强攻必造成重大伤亡。

邓子龙接着说：还有，由于山高石路狭窄，重火器无法搬运上山，只能用火铳，刀刃搏击，所以，我和陈把总商定，此股土匪只能夜袭智取。

戴立功：要多少人马？

邓子龙笑笑：有我南昌水师足矣。

戴立功：你五百人马，能敌万余土匪？

陈璘：邓兄以一当十、以十当百，以少胜多的战役太多了。

戴立功：你们要我上万人马吃干饭呀？

邓子龙：山上为奇兵，山下为主力。有劳守备大人率主力呐喊督阵，并防流寇倭贼驰援，去我后顾之忧。

戴立功：那就这么办吧。

邓子龙：眼下当务之急却不在山上。

戴立功：哦？

邓子龙：这个史必然也是个用兵之才，我料定今晚他会趁我还未站稳脚跟，先发制人，发兵偷袭我营。

戴立功：那他不是自寻死路吗？

邓子龙：我们就给他来个空城计。

戴立功：高！

匪寨。

众匪紧急备战：有的往坪子四周增运檑木石块，有的磨快刀剑；有的搬运粮草……

史必然在寨楼召集匪头目部署应战准备事项。

史必然：此次不比往常，看来官兵铁了心要灭我北江寨，各位千万不可轻敌。

某一个头目：大哥别长他人志气灭自己威风啊，官兵哪次攻山我们不是叫他们有来无回？

另一个头目：他戴立功就是个怕死鬼，还不是喊几句、放几枪，做做样子就回去邀功请赏？

李祖超急匆匆地走了进来。

史必然：联系上了吗？

李祖超摇摇头：倭寇一听说邓子龙来了，跑得比兔子都快，连个人影都找不到！

史必然：早就知道他们靠不住。我们靠自己。

李祖超：邓子龙刚来乍到，还没站稳脚跟，让小弟带三千人马偷袭他的营地，杀他个措手不及。

史必然：听说南昌水师强悍无比，你再多带些人马！

夜，沉月如钩。

沉寂的南昌水师大营，杆上悬挂的数盏灯笼，透出几点微弱的灯光。

李祖超率领一片黑压压的山匪从四面八方摸向水师大营。

夜空中窜响起三声号炮。顷刻间，从大营中和匪众后面的荒野里爆发出惊天动地的呐喊声。

众山匪明白中计了，惊慌地乱成一团，纷纷抱头逃窜。

邓子龙一马当先冲出大营，挥刀杀进山匪阵中。

张智、旺八、邓维新、良十亦率四队人马从不同方向杀向匪阵之中。

陈璘指挥大军从四面杀出，形成包围圈把山匪死死困在包围圈之中。

冲杀声中，山匪逐渐被消灭，尸横遍野。

李祖超见大势不好，独自向黑暗的荒野逃窜。

邓子龙大喝一声“哪里逃”，提刀跃马追了上去。

突然一小股山匪蜂拥而上，乱箭齐发，挡住邓子龙去路。

邓子龙身中数箭，血染战袍，勃然大怒，挥刀乱砍，山匪应声倒地。

李祖超逃出重围，惊慌地钻进身旁茅草丛中。

邓子龙忍痛拔出身上所中的箭掷于草地，俯身伏在马背，侧耳细听。

数米开外的茅草晃动，发出窸窸窣窣的声响。

邓子龙翻下马背，提刀循声追入茅丛。

“嗖”的一声，一支飞镖向邓子龙的正面打来，邓子龙把头一偏，飞镖从耳边飞去。紧接着第二支飞镖又“嗖”的一声打向他的天门，他将头一缩，飞镖“噗”的一声扎在他的右肩胛骨上。

“好镖！”邓子龙随手拔出飞镖蹿上几步，朝茅丛大喝一声：小子，出来！

躲在茅丛深处的李祖超见邓子龙已逼近跟前，无法再施展暗器，只得乖乖地举起双手从茅丛中钻出来，靠近邓子龙时飞腿偷袭他的下盘。

“尽是些下三烂的招数！”邓子龙冷笑一声，不慌不忙轻挪半步躲开偷袭，随即伸出左掌向李祖超的背部重重一拍。李祖超应声栽倒。

凌晨，水师军营四周山匪尸首横陈。

戴立功用手紧紧捂住鼻孔，左走走，右看看，兴致盎然地指挥士兵打扫战场，收缴地上武器。

张智冷冷一笑，对身边精疲力竭的旺八、邓维新等人说：我们也去打扫下战场吧，别让功劳全被守备大人抢了去！

邓子龙面色苍白、体力有些不支地押着李祖超走入大营战场。

戴立功乐呵呵地迎上，抬手拍了几下李祖超的脑壳：冲头炮、二当家、二大王，你也有今天呀，死蛇一条！

邓子龙忍住伤痛，指着李祖超：就交给大人发落吧。

戴立功:邓贤弟辛苦啦。咦，你受伤啦？来人，赶快扶邓大人进屋，请大夫。

邓子龙摇摇头：无碍。等打完今天晚上的仗再说吧。

戴立功：也好。我已吩咐下人略备薄酒犒劳三军，好让弟兄们吃饱喝足，晚上全歼残匪！

邓子龙苦笑。

夜。灯笼、火把、篝火把山寨照得一片通明。

寨楼内外，匪徒们来来去去，忙忙碌碌，气氛异常紧张。

匪首史必然气急败坏地呵斥着聚集寨楼议事厅的大小头目：“冲头

炮”和三千人马无一生还，老子苦心经营十几年的心血损失惨重，痛心啊！

漆黑的山崖小道上，邓子龙亲率主力登山穿林，悄悄逼近恶匪寨门。

匪寨后崖，张智带领旺八、邓维新、良十等一支尖刀部队攀登石崖后抄贼营。

史必然：如果老子预料不错的话，今晚邓贼一定会一鼓作气偷袭我寨。

一个头目壮壮胆子讨好寨主：怕什么？兵来将挡，水来土掩！

史必然：所以，今晚是生死之战，各位弟兄务必格外小心，若躲过这一劫，本大王一定论功行赏！

众头目摩拳擦掌，纷纷叫好。

一阵阵乱石、檑木石暴风骤雨似的朝山下倾盆而下。

“呯、呯、呯！”三声号炮响彻天空，霎时，山上山下喊杀声一片。

寨楼众匪无所适从。

史必然假装镇静，厉声吆喝：慌什么，各就各位，谁敢怠慢，提头来见！

头目们慌慌张张跑下寨楼，领着手下进入阵地。

寨后崖顶，张智仰望夜空三盏被号炮点燃的天灯，催促战友：快，战斗打响了，我们直捣贼人巢穴！

旺八、邓维新等应了声“是”，同时将手中绳索抛下崖下，随后往下攀登。

轰隆隆的檑木巨石滚落声渐稀，隐蔽在寨下丛林中的邓子龙大手朝身后一挥,一队手持火铳的兵士挺身而起跃到前面,举枪朝山上匪徒射击。

一阵激烈的枪声骤起，灯火照映下，匪徒黑压压倒下一片。

山上匪徒惊慌不已，纷纷弃阵抱头躲进石堡中。

史必然迈出楼门，指着灯笼、火把喝令：灭火熄灯！

众匪应声熄灭灯火，山寨顿时一片漆黑。

寨下官兵解除山上石木威胁，纷纷现身向前推进。

一排排子弹依旧盲目地射向不见人影的寨门。

邓子龙挥手制止火铳队：别浪费子弹了！大刀队，上！

百名大刀手应声钻出掩体，一把把明晃晃的大刀闪着寒光。

大刀手有序地在倚崖石梯上艰难攀登。

从寨口石堡中飞蝗似的，向下面石梯射出一支支竹箭。

数名大刀手中箭滚落在地。

大刀队受阻，纷纷撤出竹箭射程。

邓子龙盯着石堡拧紧了双眉。

山下，大队官兵环山而围，虽然气势雄壮，但军纪却显得松松垮垮。

帐中传出戴立功京剧唱腔，帐外的陈璘独自摇摇头未采取行动。

戴立功唱的是《空城计》：我本是卧龙岗散淡的人，凭阴阳如反掌保定乾坤。先帝爷下南阳御驾三请，联东吴灭曹魏鼎足三分……

陈璘不耐烦地等了一阵子,想了想还是揭帐而进打断了戴立功的雅兴。

陈璘：将军，邓子龙进兵受阻，属下想带兵助他。

戴立功：小小年纪，真不知道天高地厚。

陈璘：……

戴立功挥挥手：去吧，去歇着吧，等会儿有你忙的。

寨后石崖奇兵天降。

张智指着脚下寨营，用手势向众人一一交代后，说了声“一、二、三”，尖刀队齐刷刷地飞跃到寨楼前，守门的几名土匪还没完全反应过来，就被旺八、邓维新、良十送入了阴曹地府。

张智带着数名士兵快步奔向寨口石堡。

旺八众人冲上寨楼。

张智等人来到石堡前。张智用手势示意士兵捡拾土匪熄灭的火把，自己悄悄摸到石堡门前，用竹箭插住石堡门扣，把堡里匪徒困住。

士兵赶忙点燃火把，一支支从小窗扔进石堡，石堡内随即燃起熊熊烈火，浓烟呛鼻。

燃烧着的石堡内传出撕心裂肺的惨叫声。

小头目浑身上下燃烧起来，惨叫着用尽力气拉开门闩想逃命，无奈外面被反扣着，堡门无法打开，只得被活活烧死。

邓子龙见寨门堡里冲天火光，知尖刀队得手，大喜过望，高喝一声：冲！

众将士欢呼着冲上石梯。

旺八、邓维新、良十冲进寨楼，挥刀连砍十余名匪徒后分开成弧形状逼向发了疯似的史必然。

史必然三面受敌，且战且退。

旺八三人配合默契，直逼得史必然喘不过气来。

旺八大喝一声“起”，身子便随声腾空而起，一个雪花盖顶，将史必然高举起的单鞭卷落。邓维新、良十也随着旺八的大喝声同时蹲身打起扫堂腿直取史必然下盘。史必然双脚一软跌倒在地。

旺八就势一脚踩住史必然后背，邓维新、良十把史必然反手捆缚。

抢先登上山寨的士兵们效法张智，点燃火把投之于寨坪四周的石垒。

哭喊声、惨叫声从一座座石堡传出，整座山寨都处于烈火焚烧之中。

余烟袅绕，匪尸堆山，山寨一片狼藉。

戴立功春风满面地张罗着官兵打扫战场，清点战利品。

邓子龙立于戴立功对面一个石堡边，一手按住左肩伤口，一边示意身旁旺八将生擒的匪首交给戴立功。旺八极不情愿地将史必然推往戴立功面前。

邓子龙实在支撑不住，“哇”的一声从口中喷出一口血往后倒下。

“大哥！”旺八等人高喊着涌向邓子龙。

10

守备府。警备森严，如临大敌。

衙门前，摆着二十余具士兵遗体。

南昌水师在旺八、邓维新、良十率领下，把个守备府围得水泄不通，个个义愤填膺，振臂高呼：戴老贼滚出来！还我南昌水师公道！

旺八立于府前台阶，拔出腰刀指着守备府大门大骂：老贼再不出来，爷爷们可要杀进去了！

邓维新众将士齐声响应：杀进去！杀进去！

守备府卫队举枪向前逼上围府的水师将士。

“不得无理！”陈璘从府内跑了出来，喝退卫队，向旺八等水师将士抱拳施礼，十分诚恳地说：各位兄弟，先听陈璘说几句。戴大人自知理亏，难以面对南昌水师弟兄，就请各位宽容些吧。

旺八:他将功劳占为己有暂可不提，但为何要颠倒黑白、陷害忠良?

邓维新：把总大人，你来评评这个理，摸着良心说说，这杀土匪、砍倭贼，到底是谁最多?为什么把功劳全算到了他一个人头上，他升官发财了，我们这些战死沙场的弟兄们却连安葬钱都没有，这有公理吗!

陈璘望着静静躺着的那一排士兵遗体，眼中噙满泪水，无言以对。

旺八悲愤难忍，一手扒开陈璘：陈把总，不关你的事。冤有头，债有主，我们找的是戴老贼!

陈璘：旺八老兄不要叫小弟为难。

旺八听不进陈璘劝告,向身后一招手:南昌水师不怕死的弟兄跟我来!

南昌水师将士齐声响应，奋勇向前，要跟随旺八冲进守备府。

卫队又一次拉响枪栓对准南昌水师将士。

“使不得，千万使不得！”北江知县慌慌张张地跑到两军中间，先向卫队使了个眼色，再满脸笑容对旺八说：旺八兄弟，千万莫自相残杀哇!

待卫队退去后，旺八才忍住心中怒火，朝着知县冷笑：哦?原来知县大人也被买通了!

知县:旺八老弟误会啦,是戴大人自知理亏,才请本县来做和事佬的。

旺八：和?能和吗?那就请知县大人说说怎么个和法?

知县：第一，此次驱倭杀贼，南昌水师的将士们功不可没，一律论功行赏。

旺八点点头：这还差不多。那第二呢?

知县：第二嘛，对战死的将士，一律按规定发给家属抚恤金，并给予厚葬。

旺八又点点头：也可以。这三呢?

知县：这三么，三么，没有了哇!

旺八火起，破口大骂：放你娘的狗屁！我来问你，贪官戴立功该怎么处置，邓大哥含冤受屈又该如何平反！

知县：这……那就容本县直说吧，像戴大人这么大的朝廷命官，不是我这个小小七品芝麻官能够处置的。至于邓大人，本县就更不敢有什么说法了。

旺八：一派胡言！

知县：皇上的御批，小县敢胡言乱语吗？皇上诏曰："邓子龙智勇可用，所犯又无重情，着仍还原职，遇缺推用。"

旺八：所犯无重情？邓大哥又犯哪条啦？

知县：下面呈上去的折子说，邓大人以修筑工事、哨所为名，贪污库银五百两。

旺八更是火冒三丈：放屁！邓大哥连西路街恶霸的万贯家财都看不上眼，能看中区区五百两库银？这个老贼，心比蛇毒，不杀他难解旺八心头之恨！

旺八说着举刀又要杀进守备府。

知县摊开双手拦住旺八：旺八兄弟，切莫意气用事啊！你这么做，引起弟兄们流血暂且不说，反而会加重邓大人的负担啊！你们看本县一个薄面，假以时日，事情总会有个转机的。

邓维新扯了扯旺八衣角，旺八会意，坚定地说：那就给大人一个面子，限三天之内，戴老贼必须给一个说法！

县衙医馆。邓子龙胸部和左肩缠裹着纱布，他撑起上身吃力地爬起来，却被张智按住。

张智：郎中再三叮嘱说，大哥要静养，动不得、气不得，一生气就会伤精败神，一动则会伤口裂开出血。

邓子龙仍吃力地撑起身子斜靠在床背上，说：这你也信？一点皮外伤大惊小怪。

张智：可这皮外伤却险些要了大哥的命。

邓子龙望了一眼室外院子，似乎觉察到什么，问：旺八，旺八他们呢？

张智掩饰地说：他，他们有事。

邓子龙不信：快说，出什么事？

不等张智回答，知县就走了进来：出大事啰！

邓子龙坐正身子，急切地问：出什么事啦？

知县笑着说：你属下要造反啰！把守备府围了个严严实实，和戴大人手下对峙，快要出人命了。

邓子龙一惊：哦？

张智点点头：他们只是想要讨个说法。

南昌水师官兵围在守备府前，谁也不肯散去。

邓维新责怪旺八：你就那么相信那个狗官！

旺八摇摇头：老狐狸能信吗？我是担心连累大哥。

邓维新：真为大哥好，就要还他个清白！

"对，找戴老贼去！"众人刚刚平静下来的情绪又沸腾起来。

"糊涂！成事不足，败事有余！"听完知县的陈述，邓子龙气得要下床。

张智赶忙扶住邓子龙，为旺八辩解：旺八他们在理。

邓子龙轻轻推开张智：糊涂！

南昌水师群情激愤，抬着阵亡将士的遗体冲向守备衙门。

卫士们整齐威严地端枪对准水师将士。

旺八怒不可遏，一把夺过卫士手上火铳：你们有本事对付山贼倭匪去！

卫队长开枪鸣警，众卫士拉动枪栓。

邓子龙穿戴着青衣小帽和张智一人一马赶往守备府。

知县乘坐轿子紧跟在快马后边。

旺八面对卫队齐刷刷的枪口，扬手大喝一声：上！

卫队长大怒，随手一掌击退靠近的水师士兵，喝道：犯我者，死！

众卫士吆喝着举起铳柄逼打赤手空拳的水师士兵。

旺八牙咬一束乱发，翻身跃到卫士长身后，将卫士长擒住怒喝：谁敢！

“放肆！”这时邓子龙一马冲到两阵中间，举着马鞭呵斥旺八。

水师将士见邓子龙一齐跪下：大人！

知县跟在张智、陈璘后面来到邓子龙身边，用眼色示意卫士退去。

邓子龙声色俱厉地指着旺八：还不快快松手！

旺八昂头不理，依旧紧紧捏住卫队长反背的双手。

张智上前，向旺八使了个眼色，旺八这才放开卫队长。

邓子龙眉头隐隐一皱，右手捂住左肩伤口，低沉而严厉地喝令跪于面前的士兵：还不快快退下！

众士兵速速起身连退三步。

旺八眼含泪花，上前一步，抱拳向邓子龙一拱：大哥，恕小弟难以从命。

邓子龙：武桥不说第二遍！

旺八：小弟死也要死个心服口服！

邓子龙挥挥手：别说了。

旺八：旺八要说。

邓子龙愠怒：大胆！

张智劝慰邓子龙：你就让旺八兄弟说出来吧。

邓子龙余怒未消，袖子一甩，背转身子。

旺八振振有词：贪官奸人不杀，不服；数十将士死不瞑目，不服；南昌水师杀敌万千，无一人受赏升迁，五百将士受气受屈，不服！大哥功盖山河，含冤蒙羞，旺八更是不服！

邓子龙举手拭目，腹背颤动起伏。

邓维新一步上前指着邓子龙的布鞋烂衫：县老爷、陈把总，还有卫士队的弟兄们，你们看，我大哥身上穿的这布衣烂衫，全是我家大嫂一针一线缝成的，新三年，旧三年，我大哥缝缝补补又穿三年，你们说，他能是个贪官吗？

知县、陈璘和卫士们无不露出敬佩的眼神。

群情再次激愤。

卫士们默默后退，为水师将士让出一条路来。

邓子龙猛然转身，双目含泪，摊开双手拦住冲在前面的旺八、良十等人，双膝"扑通"一声跪了下去。

旺八等人一怔，慌忙上前扶住邓子龙。邓子龙轻轻推开众将士，仰天号呼：天啦，想我江西五百儿郎，千里迢迢驰援海疆，未死于战场，却要捐命于内斗吗？！

旺八众将士满脸垂泪，喊着"大哥""大人"，全都跪倒在邓子龙面前。

邓子龙捶胸：你们这是要陷武桥于不仁不义之地呀！

张智、陈璘同时上前一左一右扶起伤口渗血、悲痛至极的邓子龙。

知县抹了泪水，恳求各位兄弟：尔等别再叫邓大人为难了。戴大人也知懂人情了，他紧闭大门整整躲了三天三夜，还托本县搬来邓大人，请大家平心而论，他手下有一万多人马，难道会真正怕了你们五百水师不成？

邓子龙强忍泪水，上前一步，深情地望着眼前众将士，语重心长地说：英雄顶天立地，马革裹尸。我五百儿郎，难道为的是发财升官？人家已经自知理亏，我们也要知进退啊！

北江悠悠，山岸红枫似火。水岸泊靠着一艘官船。

南昌水师列队，欢送自己爱戴的将军。

陈璘、旺八陪同邓子龙缓步巡视深情含泪的将士。

邓子龙走到领队的张智前面，拍着张智肩膀点头微笑。

张智出列，咬住嘴唇不让眼泪流出：弟兄们等待大哥伤愈归来！

邓子龙含笑：武桥是戴罪之身。有你在，我就放心了！

陈璘依依不舍地送别邓子龙，两人并肩在江岸荒草萋萋的小道上款款而行，一边走一边欢欣地交谈。

陈璘：邓兄将帅之量、宰相之腹，陈璘佩服得五体投地。

邓子龙：惭愧、惭愧。能结识陈贤弟这样一位知己，是武桥的幸运。

陈璘：既然如此，小弟倒有几句心里话，不知当讲不当讲？

邓子龙：你我之间何必客气，武桥洗耳恭听。

陈璘：那小弟就直言不讳了。邓兄不爱钱、不惜命，一身正气，弟兄们有目共睹。小弟从来都没有怀疑过邓兄的才智、抱负与人品，但是，从樟树剿匪、闽海御倭到跟随吴桂芳、俞大猷、戚继光几位大帅征讨倭寇，一路走来也有二十多个年头了，经历大战小战万千，立下大小战功无数，威名震天，敌闻丧胆！但到头来，却和陈璘一样，还只是一个小小的把总。你纵然有扭转乾坤的雄心壮志和文韬武略，也只能是打打杀杀，像眼下一样连个独立指挥权都没有。邓兄，您想过，这都是为什么吗？

邓子龙苦笑着摇摇头：功名钱财都是身外之物，生不带来，死不带去。

陈璘：邓兄把功名利禄看得如此淡薄自然是好，但我要问您，旺八他们为什么要闹事？您又为什么会是戴罪之身？

邓子龙：武桥也真没想过。

陈璘：邓兄，这可是门很深奥的学问啰，只懂孙子兵法，不懂处世门道，进退维艰啊！

邓子龙又苦笑摇头：这个嘛，真是擀面杖吹火，武桥一窍不通啊！

陈璘有些无可奈何地笑了笑：小弟忠言逆耳，望邓兄三思。

邓子龙：多谢老弟肺腑之言，武桥就此别过。

陈璘依依难舍：今日一别，不知何时才得相见？

邓子龙：得逢笑口皆消受，何必黄花非故乡。保重！

陈璘双目含泪：保重！

邓子龙登船。船夫撑篙、旺八扯帆，官船移动。

陈璘挥手望着渐渐远去的邓子龙。

狮子邓家村。寒冬。

村后坟地新坟，坟头竖着一块石碑，上书："落星桥邓母李氏兰英老孺人之墓。孝男武桥，孝孙文光、大同、小周哀立。"其中"大同小周"四字用红漆涂填。坟地后面几株光秃秃的残柳枝上，几只寒鸦哀声鸣叫。

一身白衣的邓子龙哀伤地跪伏坟头。

儿子邓文光跪在邓子龙旁边默默地一张一张烧化纸钱。

旺八、三三也穿着孝服，哀伤地垂立在邓子龙父子两边。

寒风吹过，卷起坟头刚烧化的纸钱残灰。

汪孟秀拿着一件破旧的棉袍悄悄走来，把棉袍披在丈夫背上，低言细语：武桥，都一天一夜了，回去吧。

邓子龙没有回应。

汪孟秀哀求：武桥，回去吧。

邓子龙依旧毫无表情。

汪孟秀伤心至极，哇的一声大哭，扑倒坟上：娘！你儿子回来了，武桥来看你啦！

邓子龙脸部抽搐起来，热泪涌落，放声号哭：娘，不孝儿子来看你了。武桥不忠不孝，生，不能为娘捧一杯水，死，没有给娘披麻戴孝扶棺。对不起娘啊！

汪孟秀慢慢站起来走到丈夫跟前，为丈夫擦拭眼泪：夫君节哀，娘生前再三叮嘱贱妾，不能让儿孙哭泣流泪。

邓文光也缓缓起身，望着父亲：爹，老祖母还说，男儿伤心不流泪，留足精神杀敌人。

邓子龙强忍泪水，捧着儿子俊秀的脸蛋激动不已。

邓子龙的家。厅堂里婶娘的灵位前，烛光惨淡。

邓子龙和妻子一边烤火一边谈话。

邓子龙望着妻子秀丽的脸庞无限感触地说：好久没这么清闲自在了！

汪孟秀：这就叫作叫花子做官，叫花子团圆呗。

邓子龙：说来也是，武桥冲冲杀杀二十年，非但没为夫人赚个什么诰命夫人的名号，反而连累夫人为武桥天天担惊受怕。

汪孟秀安慰丈夫：一家子团团圆圆比什么都好。

邓子龙：文光都已长大成人了，我这做父亲的惭愧啊！

汪孟秀：可不，他天天吵着要跟你从军杀敌人呢。

邓子龙欣喜地说：我儿是一块当兵的好料子。过些日子让旺八带他到张智那里去吧。

汪孟秀：旺八和三三的婚事也办了吧。

邓子龙：办，等婶娘满头七后就办！

汪孟秀：你还记得婶娘啦？

邓子龙：说哪里话？武桥岂敢忘本！

汪孟秀神秘地笑笑：夫君可要记得这句话啰！

村旁小林。旺八、三三忽明忽暗的身影。

三三娇嗔地打了一下旺八摸自己脸颊的手背：你别闹啦，就不知道说点正经的。

旺八望着三三傻笑：婚姻大事，还算不上正经啊？

三三：你想过没有，今后做些什么，怎么活命啊。

旺八不假思索地说：跟着邓大哥呀。

三三：姑爷现在没带兵了，你就这么游手好闲混日子吗？

旺八：我会种田呀！

三三笑着点点头：早见父母晚见妻，也算得上神仙过的日子。

旺八：还有，农闲时还可以教孩子们打打岳家拳。

三三用纤纤手指轻轻点了一下旺八的额头，赞许地说：跟了姑爷这么些年，学乖啦。

旺八张开双臂紧紧把三三拥进自己宽阔的胸怀：男主外女主内，老婆大人你就安心相夫教子吧！

竹林里传出三三的笑声。

紧锣密鼓声中，爆发出一声声叫好声。

村道上，涌来一群群欢天喜地的乡民。

祠堂前宽阔的场子上，人头攒动，一片欢腾。

场子中央，数十名武士打扮的青少年轮番表演岳家拳。

围观的群众时不时地拍手喝彩，步子慢慢向表演者靠拢。

圈子越来越小，几乎让表演人员难以施展手脚。

坐镇于石狮旁的邓子龙直起身子摆动双手，请围观群众退让，而围观人群的双腿完全不听从自己使唤，想退却无法移动。

邓子龙眉头一皱，俯下身子对身边壮汉说了几句话，壮汉点头领会，立即提起“水火流星”，迈步圈子中央，双手轻轻摆开“流星”绳索，缓缓舞动起来。

壮汉舞着雪花盖顶，“流星”两端点燃的松柴越烧越旺，两团闪动的火团紧紧逼近围观人群鼻尖，前面的人们被吓得哇哇大叫，身子全都不由自主地往后靠，圈子渐渐扩展开来。

圈子被“流星”打开后，一阵激昂的锣鼓声中，舞狮的领头人引出一对威武的黑白狮子。

双狮相互嬉戏，伸懒腰、舔足、迈方步、梳洗、打滚。

人们爆发出热烈的掌声。

几名武士从祠堂里搬出三张坚实的八仙桌和一条椿凳，两桌叠放，再加椿凳摆放。

双狮上山（桌、凳），一层高似一层、一层难似一层、一层险似一层，最后登立高凳，表现出高难度钓鱼、高空拜母，随之从狮口吐出一条长长的彩幅。

彩幅上写着八个大字：精忠报国，还我河山。

在热烈的掌声、欢呼声中，狮子亮相。

狮头舞者是邓文光，狮尾是旺八。

人群渐渐散去，练习武术的青少年说笑着收拾场子。

邓子龙微笑着指指点点，向大汗淋漓的邓文光传授岳家狮要诀。

“子龙，子龙！”老族长喜滋滋地拉着一位鹤发银须的道士走出祠门：看谁来啦！

邓子龙见来人慌忙跪下行礼：恩师！

来者正是罗洪先。他赶紧扶起爱徒：起来，起来。

邓子龙起身抱住师傅，双目流出欢喜的泪水：师父，徒儿想您了。这些年您为何不来看看徒儿？

罗洪先：谁说未看，为师无时无刻不挂念徒儿啊！

邓子龙松开拥抱师父的双手，垂头内疚：徒儿现在乃是戴罪之身，愧对恩师。

罗洪先：罪非罪，不在吾身，全在人心。

邓子龙心情沉重：平庸无为，苟且偷安，何谈人心。

罗洪先摇摇头：愚人之见。老夫问你，这打拳舞狮，所作何为？

邓子龙：传习武术，强我子孙，固我河山。

罗洪先笑了起来：这就对了嘛。徒儿学为所用。揽百家之术，始创文武兼备威、雄、险的岳家狮，也不可不说是惠及子孙，利于国家的大功一件啊！

邓子龙脸上渐露笑容，说了句“恩师高看贱徒了”后连忙把儿子拉到师父前：文光，还不快快见过师公！

邓文光上前拜倒在罗洪先膝前：师公在上，请受文光一拜！

罗洪先哈哈大笑，俯身扶起邓文光仔细端详了一番，赞不绝口：好、好，长江后浪推前浪，一代胜过一代！

邓子龙望了望天色：您看，我只忙着说话，天都黑了，恩师、叔，先到寒舍用饭吧。

邓子龙家。灶房里传出的风箱声。

堂中八仙桌上的几盘青菜，冒着热气。

三三高喊着“小姐”，匆匆忙忙跨进门槛直奔灶房。

坐在灶前拉风箱烧火做饭的汪孟秀听到喊声，忙起身在围裙上擦了把手背，嗔怒地瞪了三三一眼：早让你改口，不要喊我小姐。

三三俏皮地吐吐舌头：喊惯了呗。小姐，不，夫人，来贵客啦。

汪孟秀：谁？

三三：姑爷师父来啦！

汪孟秀先是一惊后马上脸露喜色：真的吗？

三三：旺八打发我先过来，要您多做几个好菜。

汪孟秀口里说着“那是自然，那是自然”，打开菜橱门子，左找找，右看看，最后端出一盘豆腐和半碗花生米，有些为难地说：连个鸡蛋都没有。

三三：那可怎么办呢？

汪孟秀想了想：快去隔壁王婶家借两个鸡蛋。

三三应了声“好嘞”，风风火火跑了出去。

村中破烂不堪的小巷。邓子龙、老族长陪着罗洪先边走边谈，身后跟着邓文光、旺八等人。

邓子龙：说来惭愧，父老乡亲对我那么好，武桥却不能报答一块砖、一片瓦。

老族长：贤侄快别这么说，狮子邓家村有你们这班后生，风光啦，长脸啦！

罗洪先：族长此言极是，感恩者不在一砖片瓦，志在万水千山啊。

三三拉着风箱，汪孟秀站在灶旁煎炒鸡蛋。

三三一边拉风箱一边悄声问：那事跟姑爷说了吗？

汪孟秀用锅铲翻动大锅中鸡蛋：什么事呀？神神秘秘的。

三三：还能有什么事呢？

“哦。”汪孟秀反应过来，微微摇摇头叹了口气：姑爷的牛脾性你又不是不知道，我怎么敢开口呀。

三三：唉，这不是师公要来了吗？

“烧了，烧了！”汪孟秀来不及答话，慌忙铲起烧得焦黄的鸡蛋。

邓子龙恭恭敬敬地把师父和族长请到上席落座。

汪孟秀躬身拜见师父：恩师万福万寿！

罗洪先看着汪孟秀，眉开眼笑：好一个贤妻良母！徒儿，好福气呀！

邓子龙起身倒酒，端起酒杯。

“慢。”罗洪先压住邓子龙手中酒杯，招呼着在堂前的旺八、邓文光等人：大家一起来吧。

邓子龙笑笑：这里没有他们的座位，由他去吧。

旺八等人趁势慌忙走出大门。

邓子龙再次举杯：恩师，叔，武桥薄酒一杯，不胜敬意，望两位海涵。

罗洪先：当了几天小官，就学得这么多繁文缛节。族长兄，别听他的，我们自己喝。

酒宴在轻松的环境中进行，大家吃得高兴，喝得自在。

侍立一旁的三三朝上座的罗洪先努嘴儿，并用眼色示意汪孟秀。汪孟秀心领神会，瞪了三三一眼，移步师父身边，悄声说：请恩师借一步说话。

罗洪先起身跟着汪孟秀来到大门角，聆听汪孟秀诉说，不时地微笑点点头。

邓子龙望着神神秘秘的妻子，笑着对族长说：看，恩师一来，内人就告我的黑状。

罗洪先乐呵呵坐回席上，示意徒弟斟酒。

邓子龙拎起酒壶给师父斟满，笑问：内人向您告了武桥黑状吧？

罗洪先点点头：什么事先且暂不说吧，为师可有话在先啰，家里的事无论巨细大小，你都得听孟秀的！

邓子龙笑笑：那是自然。

罗洪先：有你这句话我就放心了。

罗洪先：还有一事。徒儿可知为师此番来意？

邓子龙茫然：徒儿愚顽，请恩师明示。

罗洪先：为师知你受冤蒙屈，担心你就此消沉，特有几句话想当面和你说。

邓子龙：请恩师赐教，徒儿洗耳恭听。

罗洪先：我来问你，对皇上旨意有何看法？

邓子龙苦笑：君要臣死，不得不死。

罗洪先：那么，你知罪吗？

邓子龙：徒儿不敢忘却师父教诲，清廉自律，自然不知何罪之有。

罗洪先点点头：我再来问你，既无罪又为何萎靡不振，如此消沉？

邓子龙苦笑：空有报国志，闲作田园诗，徒儿还能有何奢求？

罗洪先摇头：错！你错就错在沙场逞强，不懂政事。皇帝诏曰："邓子龙智勇可用，所犯又无重情，着仍还原职，遇缺推用。"这里面大有文章呀！

邓子龙：那又能说明什么？

罗洪先：徒儿能得到皇上这么高的评价，不容易，应感到欣慰才是。

邓子龙不理解师父话中意思，依然是一脸迷茫。

罗洪先语重心长地说：有道是天高皇帝远，你一个小小低层武职官员，却能惊动日理万机的皇上，且又对你有一定的了解，话语中暗藏肯定与器重，且明示"仍还原职"，这完全说明徒儿的威名不但是敌闻丧胆，还震动了朝野，引起了皇上的重视。

邓子龙转忧为喜：恩师一语点醒梦中人，叫小徒茅塞顿开。

罗洪先：徒儿待在家的时间都不是很多了，希望你好好珍惜，要知道家安方能国强啊。

邓子龙：徒儿谨遵师命。

罗洪先起身仰脖喝完杯中的酒：为师话到心到，就此别过。

邓子龙依依不舍：恩师来也匆匆，去也匆匆，小徒万分不舍。

罗洪先：徒儿日后当小心谨慎。

邓子龙见无法挽留师父，只得拿起师父包裹，送师父出门。

圆月如盘，银辉洒遍山村。

邓子龙辗转于床，久久无法入眠。他怕惊醒身边的妻子，悄悄披衣下床，点燃桌台油灯，展纸提笔疾书。

汪孟秀也是没有入睡，丈夫一起床就睁开了眼睛，起身默默站在丈夫身后。

邓子龙发现身旁的妻子，十分抱歉：吵醒你了！

汪孟秀含笑，指着桌上写好的诗篇，念出声来：解组西归万虑开，不理钱塘锦瑟堆。余老今年五十八，愿留精彩看重来。

好一个“精彩看重来”！夫君，自打恩师来后，你就完全变了一个人啦！

邓子龙：恩师说得对，天降大任于是人也，我还能消沉下去吗？

汪孟秀见丈夫的心结完全打开，从沮丧悲愤的心境中走了出来，欣慰地笑出声来：妾身早就知道，一个小小的杜家围是困不住你这条翻江倒海的蛟龙！

邓子龙：我若是一条蛇，你这个娇滴滴的汪府千金还肯嫁给我吗？

汪孟秀见时机成熟，半开玩笑半认真地说：那也未必会打单身。

邓子龙：谁会肯嫁一条死蛇？

汪孟秀引蛇入洞：眼下就有一个。

邓子龙摇头大笑。

汪孟秀言归正传：确确实实有一个，真心实意要嫁你。

邓子龙：别开玩笑了！

汪孟秀：夫君，我们老夫老妻了，膝下就文光一个儿子，经不起什么风浪，所以婶娘临终前再三交代，一定要我们多生几个孩儿，撑好邓家门面，墓碑上那两个孙子的名字还是她老人家取好的呢！

邓子龙傻笑：那好哇，我们就攒把劲，多生几个。

汪孟秀苦笑：一辈子都不上大运。你看看，妾身年老色衰的，能生吗？

邓子龙搔着头皮：这还真是个难题。

汪孟秀：为了完成婶娘的心愿，妾身就自作主张向齐家提了这门亲事。

邓子龙急了起来：这怎么行呢？

汪孟秀：又有什么不行？

邓子龙：夫人老了，武桥还会年轻吗？

汪孟秀：你们男人不同，姜子牙七十八岁还生了个儿子管长沙哩。

邓子龙：若再纳妾，那我还是邓子龙吗！

汪孟秀心有触动，流下欣慰的泪水，含笑说：夫君待妾身情深义重，妾身能嫁上你这个有情有义的人，得福知足矣！

邓子龙执着地说：我不同意！

汪孟秀知道拗不过丈夫的牛脾气，既感动又心急，实在没有办法，只得拿出撒手锏：妾身人小言微，夫君不听倒也罢了，难道连养你、教你、疼你、待你恩重如山的老婶娘的话都不听了吗？你叫她老人家在九泉之下怎能安心？

邓子龙微微一怔，无言以对。

汪孟秀趁热打铁：还有，前天师父的话，你也只当作耳边风吗？

邓子龙无可奈何地说：你这是早有预谋啊！

邓子龙大门口，贴着喜联：两条蛟龙同入海，一双红莲并蒂开；横联：双喜盈门。

房屋外，喜乐欢快，鞭炮轰鸣。

厅堂中，邓子龙与齐氏桂秀、旺八和三三。两对新人同时拜着天地。

汪孟秀兴高采烈地忙前忙后，左右张罗。

11

湘西山林。

邓子龙、邓文光、旺八三匹快马在山道疾驰，扬起一路滚滚尘沙。

三人来到山沟边的一个苗寨时，马已累得气喘吁吁。

邓子龙翻身下马，爱惜地摸了几下马低垂着的头，吩咐身边的儿子：文儿，牵马去饮口水吧。

旺八、邓文光相继下马。文光牵着三匹骏马向寨前一口池塘走去。

旺八望着邓文光背影夸赞不已：文光贤侄真是和大哥一个模子刻出来的！

邓子龙欣喜地点点头：这小子也确是块习武从军的好料子。

旺八：大哥这次一出马就连胜麻阳、黎平两战，平复苗家七十四寨，镇抚苗民、乱兵归心，贤侄处处都是一马当先，功不可没啊。

邓子龙摇摇头：豆萁之战，何足挂齿。

呐喊声从苗寨左侧芭茅丛中传出。

两匹快马嘶叫着一前一后向苗寨飞奔而来。

邓子龙登上寨边土坡，举目向呐喊声传出的方向望去——

不远处的芭茅坪官兵与苗、侗寨民短兵相接，鏖战激烈。

两马一前一后相继奔窜到眼前：前面倒枪跳窜的是身着金甲银盔的高级将官，后面挥刀紧追不舍的是一个彪形大汉。

将官仰头对高坡的邓子龙高声呼救：好汉救我！

邓子龙一惊，不容多想，待前马刚刚越过，便纵身一跃落在后马蹄前。

烈马受惊，前蹄腾空，仰首长嘶，止步不前。

邓子龙猛然抽出龙泉宝剑，刺中烈马悬于空中的前蹄。烈马中剑，嘶鸣一声，滚翻在地，汉子防备不及，也随马跌落。

将官打转马头，提枪赶到，直取汉子咽喉。

汉子怒目圆瞪，就地一滚，躲开长枪。将官举枪猛刺，却被邓子龙的剑尖挑开。汉子借势一跃而起，高举利斧向邓子龙二人进攻。邓子龙冷笑一声，举剑将汉子手中利斧挑落，对毫无惧色的汉子低沉地说：你去吧。

汉子“哼”了一声，捡起利斧，昂然转身，将官猛喝一声“贼子哪里逃！”趁机举枪刺中汉子左腿。

芭茅坪。尘烟蔽日，天昏地暗。

苗、侗寨民愈杀愈勇，紧逼官兵。

“戚”字大旗前导的戚家军旧部将领陈行、邹良成无心恋战，虚晃一枪，掉转马头，扬长而去。

巡抚行辕。

巡抚刘世曾设宴盛情接待邓子龙。

刘世曾举杯毕恭毕敬地向邓子龙敬酒：本院薄酒一杯，感谢邓将军救命大恩！

邓子龙客气地起身举杯答谢:末将不敢。大人对武桥早有知遇之恩，今偶遇大人涉险，拔剑向前，乃为职责与良心所在，大人不必挂怀。

刘世曾仰脖喝下杯中酒后，又亲手为邓子龙斟满杯子，由衷赞叹：人称邓将军文武兼备，有岳武穆之风，果然名不虚传！刘某也真的没看错你。

邓子龙：巡抚大人过奖了，末将汗颜。末将有一事不明，不知……

刘世曾哈哈大笑：邓将军不必见外，有话直说无妨。

邓子龙:据末将所知，大人离开南昌府巡守云南，为何又发驾湘西？

刘世曾：邓将军有所不知，眼下滇西边陲形势想必将军也有所闻。缅甸自莽应龙继位，就不再臣服于我朝，开始大举侵犯我国土，企图吞并整个云南，西境一线十分吃紧。本院奉旨前来湘西调兵，恰遇苗民造反，被追杀，才巧遇将军。

邓子龙起身抱拳：巡抚大人重任在身，末将不敢打扰。

刘世曾微笑着把邓子龙按坐在座椅上：哪里，哪里。你我今日有幸重聚，岂有不醉之理？

邓子龙正欲再次推辞，一名男子匆匆走来在刘世曾耳边轻声说了几句话，刘世曾不停地点头称“好”并向邓子龙：邓将军，我介绍一下吧，这就是与本院一道来湘西提兵的洱海参将，景宗梁景将军。

两人见过礼后，景宗梁举杯向邓子龙敬酒：邓兄威名如雷贯耳，幸会，幸会。

邓子龙举杯回应：景兄更是滇西虎将，佩服，佩服！

三人你一杯，我一杯，酒兴正酣。

刘世曾已有七分醉意，举杯还要向邓子龙敬酒：邓将军千杯不醉，海量！

邓子龙婉言谢绝：巡抚大人的盛情，末将心领了。

刘世曾：别急，别急，待一会儿本院还要请邓将军去帮忙看看那些调选的兵马呢！

三人哈哈大笑举杯，“咣”的一声三个杯子碰在一起。

兵营。旌旗猎猎，号角声声。

一队队整齐的队伍列阵紧张地操练。

兵营一角，飘扬着“戚”字大旗，陈行、邹良成带领戚家军残部士兵围住大旗团团而坐，看守着绑缚于旗杆上的苗寨汉子。

汉子浑身上下血迹斑斑，怒目圆瞪，仰起傲然不屈的脸。

老武卒解下挂在腰间的竹筒送到汉子嘴边：壮士，喝口水吧。

汉子不屑地将头偏往一边。

陈行摇头笑笑：看来也是条硬汉！

邹良成点头：听说，如果不是那个虎冠道人，刘世曾老贼早就成了他刀下之鬼啰。

老武卒向陈、邹伸出大拇指：还是两位将军无愧于戚大帅的调教。

陈行大笑：我们戚家军都快成逃兵啦！

邹良成以指指鼻，双眼斜视，轻“嘘”一声：看，来了！

众人赶紧顺着邹良成眼色看去——

邓子龙跟着喝得醉醺醺的刘世曾、景宗梁边走边巡视军队训练。

刘世曾：邓将军，请多多指教啊。

邓子龙：强将手下无弱兵啊！

刘世曾：你这是在取笑老夫了。

邓子龙：末将不敢。

三人边走边说来到戚家军前。

陈行、邹良成等众官兵慌忙起身肃立。

景宗梁跨步上前怒视陈行，愤愤地“哼”了一声，不无讥讽地说：人称戚家军军纪严明，我看也不过是些乌合之众！

邹良成怒目而视：你……

景宗梁被激怒，右手握在腰间刀柄上，刘世曾暗暗按住景宗梁握刀的手，狡诈地笑了笑：各位看押要犯，确实是太辛苦了。

汉子朝刘世曾愤愤地吐了一口唾沫：呸！

邓子龙将眼光转移到汉子身上，心头暗暗一怔。

刘世曾擦了脸上汉子吐来的唾沫，恼羞成怒：此等贼子，留作何用？斩！

景宗梁应了声“是”，向陈行招了招手。

陈行走向被绑在旗杆上的汉子。

邓子龙瞧了汉子一眼，笑着向刘世曾：巡抚大人，末将有个不情之请，还望大人恩准。

刘世曾：邓将军是本院救命大恩人，有话请说。

邓子龙笑着指指汉子：不瞒大人说，末将奉旨募兵，眼下湘西五开卫之乱方平，要招募万余兵马确实有些艰难，我看这汉子人高马大，也不像大奸大恶之人，请大人法外开恩，刀下留人，送末将一个顺水人情。

“这个……”刘世曾先是一怔，眼珠子转了一圈后，随即点头答允：就依将军吧。

刘世曾极不情愿地向押解汉子的陈行、邹良成挥了挥手，两人领会点头，立即为他松绑。

景宗梁敢怒而不敢言，瞪了陈行、邹良成一眼后，贴在刘世曾耳边嘀嘀咕咕说了一阵。刘世曾点点头对邓子龙说：邓将军大恩，无以为报，既然募兵如此艰难，本院倒有心助将军一臂之力。

邓子龙不解，用询问的目光望着刘世曾。刘世曾指指陈行等人：邓将军看看这千余人马如何？

邓子龙不假思索：这可是精兵强将呀！

刘世曾点头：不错，将军好眼力。这上千余众，乃戚家军旧部。据本院所知，邓将军在福建也曾和戚继光多次协作，共同创下过邹塘、海丰两大战役大捷，也可算有交情啊。有道是良禽择木而栖，我把这支队伍送与将军，将军定然不会拒绝吧！

邓子龙半信半疑地说：巡抚大人，这玩笑可开不得啊。

刘世曾点头：你看本院是开玩笑的人吗？

邓子龙大喜过望，跨步长跪：多谢大人盛意！

刘世曾与景宗梁会心一笑。

武靖长安堡训营。营门前竖立一块千钧重的“泰山石敢当”红石。

战马嘶鸣，“邓”字大旗迎风招展。

身披锁甲，头戴银盔的邓子龙在儿子邓文光和副将张智的陪同下，威风凛凛地巡视部队。

邓维新、良十各率一支整齐队伍接受检阅，邓子龙满意地点头。

邓子龙三人来到旺八所率的戚家军旧部前，见士卒军纪涣散的情形，脸露愠色。

陈行衣冠不整，故意滑稽地吹起了口哨，丝毫不把邓子龙放在眼里。

邓子龙策马来到陈行面前，翻身下马，一把摘下陈行头上歪斜的头盔，气愤地掷于陈行脚前。

戚家军旧部将士依然无动于衷，邹良成昂起傲慢的脸。

邓子龙拔剑指天怒不可遏：训练场如战场，谁敢违我军令，别怨在下刀剑无情！

众将士一片沉默。

一时间这倒叫邓子龙无计可施。他用锐利的眼光环视一下四周后毅然迈向那块镇邪红石，伸开双臂轻轻将巨石从土中拔起举于头顶，就地打了三个旋转后，猛然掷于地上，将红石深深砸入泥土中。

众将士见状依然沉默不语。

老兵卒冷笑一声昂起饱经风霜的脸，对着空中迎风飘动的“邓”字大旗吐了一口唾沫。

烛光摇曳，训营大帐内的案上摆着一盘僵局残棋。

一只大手将盘中棋子“哗啦啦”扫落地上，随之传出刘世曾、景宗梁二人开心的笑声。

景宗梁奉承地说：巡抚大人这步棋实在是高啊！

刘世曾得意地捻拂短须：这戚家军得了先帝的免死牌，我把这块难啃的硬骨头扔给邓子龙，叫他啃又啃不动，丢又丢不得。

景宗梁心领神会：这支兵带得好，是巡抚大人的功劳；若是带不好，就有他邓子龙好看的了！

刘世曾摇摇头：邓子龙毕竟是名难得的将才呀，就是块锈铁，他也能磨成钢的。

景宗梁：怕的是功高盖主啊。

刘世曾自信地摇摇头：老弟还是多读读书吧。

景宗梁伸手张开手掌，再将掌捏成拳头，哈哈大笑。

邓子龙大帐中灯火通明。邓子龙家兵家将聚集，个个怒形于色，人人心火难平。

帐外，一个黑影侧耳偷听帐内的对话。

邓文光：爹，你看那些人有把你这个参将在眼里吗？一个个都快骑到你头上拉屎啦！

旺八：对，特别是那个陈行，目中无人，全然不把大哥当回事。

邓维新：大哥要不杀一儆百，这样下去可是要散摊子啊！

旺八：什么戚家军，简直是一伙兵痞无赖！

众人齐声附和：对，就是一伙痞子！

邓子龙的心情本来就不平静，众人七嘴八舌更使他烦躁不安，不由得指着众人大声呵斥：你们住嘴！戚家军威名远扬，岂能容你等如此信口雌黄！他们不听调遣，只能说明武桥无能，想当年戚大帅所率的戚家军，南北征战，为我大明立下赫赫战功，怎么今日到我武桥麾下就成了一盘散沙呢？是我武桥无能呀！戚兄，子龙对不起你！

众人听着邓子龙撕心裂肺地呼喊，激动的情绪渐渐平复。

邓子龙自知失态，极力克制住自己的情绪，语气平和地开导众人：文光，各位兄弟，你们错看戚家军的弟兄啦，他们真的是残兵败将、乌合之众吗？错！还有那位苗寨兄弟，他只是被逼得走投无路，才揭竿而起，他们都是我们的亲人、我们的好兄弟啊！

众人茅塞顿开，纷纷点头称是。

帐外，昏暗的灯光隐隐映射出那黑影泪光闪闪的双眼，他听至此处，抹了把脸上的泪水，悄悄地消失在黑夜之中。

戚家军旧部营帐。

豆片似的油灯发出微弱朦胧的光，勉强能分辨出营帐里将士模糊的睡姿。

陈行、邹良成、老武卒等头挨头地挤在一起，默默听完黑影有声有色地讲述，都不太相信地摇着脑袋。

老武卒悄悄猫身到营帐门边，警惕地观察帐外动静。

陈行、邹良：真的吗？

黑影点着头：我亲耳听到的，能有假吗？

陈行低声地说：看来这个邓子龙也真不简单。

老武卒轻咳一声后吹熄油灯，蹑手蹑脚地摸回自己床上掀被装睡。

陈行等也迅速摸回各自床上和衣躺下。

寂静的营房即刻发出一声声鼾声和呓语。

邓文光、张智提着灯笼陪同邓子龙悄悄走进营房。邓子龙含笑为陈行、邹良成盖好被子。

开阔的校场，激荡的鼓声中，军队列阵。

“邓”字大旗飘扬空中。邓子龙威严地走到旗杆前，抽出龙泉宝剑，砍向大旗绳索，大旗哗啦一声坠地。他从儿子文光手中接过另一锦旗，捧于胸前，跨步跪地，仰天大声说道：戚将军，邓子龙不才，有辱你的英名。从今往后，子龙将继承将军宏志，重振戚家军雄风，驰骋疆场，卫我大明河山！

说完，邓子龙将锦旗交回邓文光，以中指拭剑。

邓文光跪地，双手将旗举在头顶，邓子龙指头渗出的鲜血一滴一滴洒在大旗上。

染血的“戚”字大旗冉冉升上空中，邓子龙肃穆庄重地扯着旗的绳索……

三千将士泪光闪闪，将激动的目光聚焦于空中迎风招展的大旗上。

陈行、邹良成等人再也无法遏制内心激动的情绪，跪倒在帅旗前含泪疾呼：戚将军——

邓子龙双目含泪，躬身扶起陈行：你们受委屈了，邓子龙对不起各位将军。

陈行、邹良成等人同时拜向邓子龙：小的有眼不识泰山，请将军恕罪。

邓子龙转忧为喜：各位快快起来，你们要折煞武桥了。想当年，你们随同戚将军摆下鸳鸯阵，直杀得倭贼人仰马翻，创下千秋功业，威震东南，如今忍辱受屈，武桥五内不安啊。从今往后，武桥愿与戚家军三千人马共死生！

陈行、邹良成等人无比激动，同声盟誓：此生此世，永随将军，若有二心，天打雷劈！

靖州飞山。云开雾散，开阔明亮。

邓子龙带着旺八、陈行、邹良成等将士登上山顶，极目远眺，莽莽苍苍的群山，星罗棋布的田园乡村尽收眼底。

邓子龙面对眼前的无限风光，诗兴大发。随口吟出一首诗：

南来倚剑上岩峣，满眼烽烟坐里消。

神器自知无鬼蜮，嫖姚何处射天雕？

岩飞瀑气披深洞，风送钟声下远苗。

西望六百八十穴，我欲一扫归天朝。

吟毕，邓子龙指着莽莽群山，悠悠溪河对众人无限感触地说：这里三国时归荆州管辖，诸葛亮五月渡泸水，寿亭侯单刀镇武冈，万丈英雄豪情，青史留名，令人神往啊！

陈行：大哥文武兼备，英雄气概群压古人。

杜亮：可不是嘛，这次大哥率领我们三千兵马未动一刀一枪，就吓得黎平府西山阳洞和靖州府纷纷下山归顺呢。

邓子龙：以声夺人，这也是戚将军常用的兵术，武桥只是效仿罢了。我戚家军和南昌水师两支人马合而为一，经过半年苦训苦练，也还算得上一支有战斗力的军队了，再坚持训练数月，就可成为一支无坚不摧、所向披靡的铁军。

邹良成：大哥，小弟倒有一事不明，皇上下旨武靖募兵两万人集训，为何大哥只要三千人呢？

邓子龙笑而不答。

陈行：这正是大哥过人之处。当年奸臣进谗言，指戚将军拥兵太多致使皇帝日夜坐立不安。

邓子龙点点头又摇头：也不完全是，兵书云，兵不在多，在乎于精。再从国情来看，灾荒连连，民不聊生，国库亦不富盈，多拿出那一万多人马的钱粮，也确实不易。我三千精兵良将，小战绰绰有余，大战则可以之为核心，迅速扩军，召之能战，战之可胜。

众将纷纷点头称是，对邓子龙投以钦佩的眼光。

高山峻岭，树木森森，巨崖耸立。

张智指挥部下实战演习。

邓文光英姿勃发，带领百余名士兵穿越丛林，朝巨崖方向挺进。

身后怪石嶙峋的石坪上掩蔽着旺八带领的枪炮队“敌”兵。

从阵地上数十门虎蹲炮、佛郎机射出的密集的炮火紧紧咬住前方邓文光的队伍。

炮火引发的浓烟腾飞，与空中乌云形成压顶云层。

狂风骤起，空中乌云翻滚。

邓子龙仰头望着天空，眉头紧锁：暴风雨来了！

众将慌忙护住主将走下山峰。

张智立于高处，挥舞手中令旗，号令紧急收兵。

邓文光赶紧把众士兵撤到崖下大石洞中躲风避雨。

狂风骤雨中，乱石纷飞，一名苗家汉子腰系绳索迅速从巨崖半腰滑下。

邓文光走出洞口，望见汉子，拔腿冒雨奔向巨崖。

一块大石滚下直朝汉子头顶压来。

汉子刚刚双足落地，大石也快要压在他的头顶，邓文光一个翻身贴近落石，双手用力一推，大石偏向擦着汉子左腿落地。

邓文光落地收势，不料头顶又一块乱石飞来，整个身子被落地大石压住，鲜血随之涌出。

汉子犹如从梦中惊醒，奋力推石救人。

张智、旺八、良十等众将士见状，全部呼叫着跑过来七手八脚地把压在邓文光身上的大石搬开。

血肉模糊的邓文光静静地躺在雨水冲击着的血泊之中。

汉子惨叫一声，扑倒在邓文光身上昏了过去。

邓子龙匆匆赶到，见状也昏了过去。

邓营，星光惨淡。

邓文光灵堂，白烛垂泪。灵柩前的祭案上半截白萝卜上插立写有“爱子文光之位”灵牌。

身体僵硬、脸色木然披麻戴孝的苗家汉子默默跪伏在灵柩旁边。

邓子龙须眉皆白，伏在儿子灵柩上，宛如一尊雕像。

众将士排列在灵堂两旁肃立。

张智、陈行、旺八默默走到邓子龙身边劝慰。

张智：大哥，人死不能复生，节哀顺变吧。

陈行：你这样都整整十天十夜了，要保重身体啊。

邓子龙脸色惨白、两眼笔直，依然毫无反应。

旺八急得跪倒在邓子龙膝前，双手抱住邓子龙的大腿，放声大哭：大哥，你说句话啊，你说句话啊！

众将士一齐跪倒在地，号啕大哭。

好久好久，邓子龙才慢慢缓过神来，拍打着棺材盖，哀呼：天啊！

四辆马车疾驰而来，在灵堂前停下。

小四、三三从最后的两辆马车跳下，匆匆走到前面两车前，搀扶着汪、齐两位夫人下车，急急走进灵堂。

汪夫人一眼见到儿子的灵柩立即用力推开三三，奔到儿子灵前，惨呼一声“儿啊！”，便晕倒在地。众人见汪夫人晕倒，全都哭泣着围了上来，小四慌忙掐住汪夫人的人中，汪夫人才悠悠醒转。

邓子龙抱住汪孟秀，泪如泉涌。撕心裂肺的汪孟秀双手捶打邓子龙的胸部，悲声喊叫：你还我儿子，还我的儿子啊！

齐夫人身怀六甲，大肚如盆，极为艰难地俯下身子，半跪在汪夫人面前，满脸垂泪：姐姐，你哭坏了身子，可叫我们这一家子怎么办啊！

汪夫人克制住内心的悲痛，擦干泪水，平静地吩咐三三：齐夫人有孕在身，快快扶下去歇息。

三三哭泣着点点头，扶起齐夫人，旺八走上前帮着三三把齐夫人扶进内室。

邓子龙痛失爱子愧对妻子，抱住汪孟秀痛哭失声：是武桥对不住你呀！

大悲过后，汪夫人反而显得异常冷静，她为丈夫轻轻拭去泪痕，责备丈夫：夫君是一家之主、一军之帅，怎能如此不识大体，陷于儿女私情？

邓子龙忍痛颔首：夫人说得极是，武桥失态了。

汪夫人：文光死得壮烈，死得其所，不愧为我邓氏门中的好儿孙！

邓子龙：文光好福气，有两位娘亲千里迢迢来接他还乡。

汪夫人：还乡？夫君，怎又是我等妇人之见？有道是青山处处埋忠骨，何处黄花非故乡。公公早年也是来到这武靖做生意，客死他乡，葬于这飞山之畔，文光若能与祖父作伴长眠，岂不是我儿前世修来的福气！

邓子龙心锁渐开，点头赞成，立即吩咐发丧。

“发丧”的声音响彻军营，顿时鞭炮轰响，哀乐悲鸣。那名苗家汉子披麻戴孝手拄哭丧棒猛然起身扶住棺头。

众人愕然。

邓子龙上前扶住汉子：壮士千万不可。

汉子十分真诚：把总为我而死，我为孝子情在理在。

众人七嘴八舌，对汉子多有指责，旺八上前伸手要把汉子拉开却被邓子龙阻住：由他吧。

“八仙”（丧事中的抬棺者）吆喝一声“起”，灵柩出堂上路。

汉子扶柩痛哭失声：爹！不孝儿邓勇送你上路啦！

12

字幕：万历十年（1582），缅酋莽应里率兵数十万侵入云南。西南边陲告急！

云南施甸山林小道。

百姓扶老携幼，惊惶呼喊着“象兵来啦，象兵来啦！”纷纷向山林深处逃奔。

路旁，处处可见饿死难民的尸体和病倒的穷人。

景宗梁挥鞭驱赶小道上仓皇逃命的人群，领着刘世曾驰马前行。

苗家翠红母女被疾马冲散，挤在难民中哭喊。

云南总兵府。

总兵沐昌祚惊慌失措，站在府前台阶上指挥搬迁。

府衙前，停着一队队运货的马车。官兵们忙忙碌碌地把从府里搬出的贵重物件往马车上装。

刘世曾随景宗梁策马来到府衙前，指着一车车满载的物品笑问：总兵大人，这是何意？

沐昌祚脸露羞愧之色：巡抚大人来得正好，本帅都快成丧家之犬啦！

刘世曾翻身下马，微笑着走向沐昌祚：兵来将挡，水来土掩。老兄不必如此惊慌。

沐昌祚：老弟你离开这么久，不了解情况啊，你不知道那象兵象将多凶残、多厉害啊！老弟这一回来，我就吃了定心丸啦。

刘世曾：哪里，总兵大人才是云南的主心骨、顶梁柱啊。

两人边说边迈进府门。

云南陇川象兵大营。早春二月，大雾弥天，山坡荒野，黑压压地布满了缅甸一只只硕大的大象和一群群骄横的象兵。

缅酋莽应里坐于大帐，召集叔父猛别、弟弟阿瓦，以及陇川大汉奸岳凤、岳襄乌父子商议战事。猛别手舞足蹈地说个没完没了，莽应里极不耐烦地挥挥手制止叔父的谈话，望着奴性十足的岳凤说：岳兄，你说说吧。

岳凤点头哈腰，毕恭毕敬：岳凤能有今日，全仗象主扶携。岳凤……

莽应里客气地说：岳兄，你我结交也不是一日两日了，本王还是王子时就十分看重岳兄的聪明才干，今日大军来到你的地盘上，那就要看你的了。

岳凤：那是自然。今大王亲领数十万象兵入滇，势如破竹，一举攻下顺宁及边地的三宣六慰，夺取整个云南，指日可待。

莽应里又有些不耐烦地说：本王要你出谋划策呢！

岳凤：大王，现在三宣六慰的全部土司都已归附，唯有木邦土司却心存异心。

莽应里微微一怔：哦？

岳凤：大王，您是不知道，小人诱杀老土司罕拔之后，他的儿子罕进忠就怀恨在心，公开声言全木邦的人要摆脱象主，回归明朝。

莽应里愤然站起：好一个罕进忠！本王若不杀一儆百，岂不乱我滇西阵脚？王叔、御弟听旨！令你二人率数十万象兵，分路进发云南，斩杀罕进忠，踏平木邦！

猛别、阿瓦应声：遵旨！

莽应里：岳凤、岳襄乌父子和耿马土司罕虔兄弟为先锋，各领五千象兵，逢山开路，遇水搭桥，为大军扫清前行障碍，不得有误！

岳凤等四名汉奸俯首领旨谢恩。

武靖邓军校场，三千五百名将士整齐列队待命。

邓子龙威严地站立将台，颁发将令。

众将士摩拳擦掌，齐声应“是”。

金銮殿。皇帝早朝。

皇帝：寡人收到云南巡抚奏章，称缅甸数十万象兵压境，直取我永昌、大理、楚雄，请求速遣一名大将入滇救援，各位爱卿怎么看。

众臣面面相觑，不敢作声。

内阁首辅申时行跪奏：启奏万岁，眼下整个云南岌岌可危，巡抚刘世曾、总兵沐昌祚、巡按御史董裕三位大人虽调集云南全省兵力进行抵抗，但都是连打败仗，节节败退。因而老臣赞同云南巡抚看法，请圣上派出一名智勇双全的大将前往救援。

皇帝点点头：依爱卿看，何人能担当重任？

申时行：小臣认为，此人非武靖参将邓子龙莫属。

皇帝想了想：哦，我倒是想起来了。

申时行：圣上英明。不过，臣提议，中军刘铤可与邓子龙随行。

皇帝大悦：准奏。调邓子龙为永昌参将，率兵两万，刘铤为腾越游击将军，提兵五千人，火速入滇救危保边，不得有误！

申时行：遵旨。

耿马宣慰司署。官兵林立，如临大敌。

宣慰使罕虔急得如热锅上的蚂蚁，背着手在大厅上走来走去。

罕虔的两个儿子招罕、招色催促父亲拿主意。

招罕：父亲，依孩儿之见，既然象主指名道姓要挟朝廷把木邦土司罕进忠交给他们，大明皇帝更不会管我们耿马的死活了。

招色：大哥说得好，咱们可是四处无靠，反正跟着朝廷是死，依附象主也没我们的好日子过，不如反了吧！

招罕及部落众头领齐声附和：反了吧！

罕虔止步，叹息一声：一着不慎，满盘皆输。眼下朝廷对咱们耿马的态度尚未明朗，象主又封了我们作先锋，难啊！

一小头目入厅报告：罕大人，陇川岳凤求见。

罕虔皱了皱眉头：他这个时候来干什么？

小头目说：说有急事相商。

罕虔：就说我不在。

招罕：父亲，这岳凤与象主莽应里交情甚密，不见恐怕不妥吧。

招色：来者不善，善者不来。听听他怎么说吧。

罕虔犹豫片刻后点点头：请！

小头目引岳凤入厅。

岳凤：陇川岳凤拜见罕大人！

罕虔：不敢当，不敢当。岳大人驾临，罕某有失远迎，多有怠慢，还请海涵！

岳凤：耿马兵多将广，罕大人治理有方啊。

罕虔：岳大人见笑了。有何贵干，请开门见山吧。

岳凤：罕大人，耿马、陇川，自古为兄弟之邦。眼下数十万象兵压境，大明皇帝是泥菩萨过河，自身难保，还哪里顾得上我们死活？滇西大势已定，生死存亡全在你我一念之间。今天湾甸土司景氏兄弟已发邀帖，联络滇西各部落，策应象主，封兵自保，万万不可步木邦罕进忠后尘啰！

罕虔心头一怔：岳大人何出此言？你我都是象主先锋，岂有二心？

岳凤笑笑：这样才好！

三匹快马相隔不远，相继来到武靖校场，三个太监相继翻身下马，一个接着一个跑到正在操练兵马的邓子龙面前。

太监手捧圣旨大声宣诏：武靖参将邓子龙听旨！

武靖参将邓子龙听旨！

邓子龙听旨！

邓子龙连忙跪地听旨。

三太监的三个声音先后有别，既重叠又混杂：奉天承运，皇帝诏曰……

三个混杂的声音中，只能听得清一句：火速移兵云南！

邓子龙手接三道圣旨谢恩：吾皇万岁、万岁、万万岁！

岳凤父子、罕虔父子分别引浩浩荡荡象兵从两个不同的口岸渡江。

象兵所至，杀人放火，无恶不作。

两岸的边寨山庄，浓烟烈火，哭声震天。

战马嘶鸣，狂风呼啸，风沙扑面，激荡的马蹄声排山倒海般压来。

“戚”字大旗前导，邓子龙率部跋山涉水，风雨兼程。

悬崖，邓子龙一手勒马，一手接过老武卒肩上的炮架，搀扶着老武卒一步步攀登。老武卒报以感激的微笑。

云南总兵府。残烛垂泪，灯火摇曳。

军政要员云集，气氛紧张肃穆。

卫士找到总兵沐昌祚前报告：大人，象使求见。

不等沐昌祚开言，一个头裹红巾、身披红袍的缅甸象使拿着信函，旁若无人大摇大摆地走到军政官员面前，高声宣读象函：我象主致函大明皇帝，必须立即交出潜逃于楚雄的木邦宣慰使罕进忠，否则，教十万象兵将踏平全滇……

象使读完信函，就将其抛掷于地，拂袖扬长而去。

总兵沐昌祚直气得全身发抖。众将官面面相觑。

楚雄巡抚衙门。星夜。

罕进忠带着一家老小惊慌失措地逃到衙门前，但被数名卫士拦住。

罕进忠向卫士哀求：请转告巡抚大人，木邦宣慰使罕进忠求见。

卫士呵斥：什么宣慰使？巡抚大人就寝了，不见客！

罕进忠掏出一锭银子送给卫士：请小哥行个方便。

卫士接过银子，笑了笑：等着吧。

刘世曾与景宗梁挑灯对弈。

卫士悄悄走到刘世曾身边，轻声地说：大人，罕进忠求见。

刘世曾一怔：罕进忠？就他一人？

卫士：还有他的妻室儿女。

刘世曾：说本院睡了，先安置一下吧，明天再说。

卫士应了声“是”走了出去。

刘世曾：这个罕进忠，都成了丧家之犬啦。

景宗梁：大人准备如何安置？

刘世曾：岳凤杀了他的父亲，他才被逼得无路可走，才回归我大明。

景宗梁：那他可是象兵的要犯啊！

刘世曾：所以留与不留非同小可呀。

景宗梁：大人的意思是……

刘世曾两指夹起一颗棋子：先看看再说吧。

邓子龙头戴银盔，身披锁甲，佩玉腰剑叮当作响，大步流星来至大帐，一派潇洒之气：总兵大人，邓子龙奉旨参战！

沐昌祚立即转忧为喜：邓将军，邓老弟，你可来啦！

邓子龙行礼：邓子龙姗姗来迟，敬请恕罪。

沐昌祚：将军一路风尘，有失远迎，还请将军见谅。

景宗梁与邓子龙见礼：邓兄，我们真是有缘分啊。

沐昌祚：你们认识？

景宗梁：何止认识，我与邓兄渊源颇深呐。

邓子龙：景将军和刘大人赠我三千将士，壮我虎威，大恩，大恩啊！

沐昌祚：哦，有这事？

景宗梁：小事一桩，不提也罢。大人盼望邓兄，如大旱盼甘露，口渴望清泉呀。

邓子龙：大人错爱，武桥惶惶然深感不安。

沐昌祚把信函交给邓子龙：将军来得正是时候，这里有一封信函，想向将军请教。

邓子龙接过信函，一目十行，阅罢，怒火填胸，并将信函撕碎掷于地上：一派胡言！

景宗梁一愣：邓兄有破敌良策？

邓子龙：武桥初来乍到，岂敢喧宾夺主？诚请景将军赐教。

景宗梁思索片刻，措辞得体：这罕进忠本来就是个两面派，跟着父亲先是叛变投敌，只因岳凤诱杀其父，才回归朝廷。似这等两面三刀的叛臣贼子，留之何用？

沐昌祚：若不交出罕进忠，数十万象兵难退。

邓子龙：如果交出罕进忠呢？

景宗梁：象兵不攻自退。

邓子龙：退往哪里？能退出滇西、退回缅邦？

景宗梁：交出罕进忠，起码可解腾越、永昌之危。

邓子龙已探明景宗梁的心思，冷冷一笑，声色俱厉：景将军，滇西乃大明西南大门，轻让一步一寸，后果不堪设想！

景宗梁也毫不退让，咄咄逼人：自恃武力，乃匹夫之勇，棋错一着，百万将士将性命不保！

邓子龙：交人送城，岂不是抽薪止沸？

景宗梁：不交叛贼，更是烈火浇油！

邓子龙：将大明河山拱手让人，就可偷生？荒唐！

景宗梁：高调人人会唱。

邓子龙不屑地斜了景宗梁一眼，转向沐昌祚：总兵大人，众位将军，缅军侵我国境、扰我边民，已非一朝一夕，倘若我堂堂大明连自己边陲一个木邦土司都无能庇护，又怎能拒敌于国门之外，又如何取信于万千百姓呢?

众将闻言，略有所动。

邓子龙仍激昂陈词:抽薪不能止沸。想当年东南倭患，我大明将士，战台州、破横屿、援福建、平广东，所到之处，敌人闻风丧胆，保卫了大明万里海疆。如今，我等亦食禄于朝廷，受命于天下，若均存忧国忧民之心，何忧失地不能收复，国境不能安宁?

众将士的情绪被邓子龙这一番铿锵言语激起，纷纷点头赞成，跃跃欲试。

沐昌祚仍有些担心：皇上下发的两万兵马，邓将军你只要了三千，刘将军五千，加上腾越、楚雄、永昌等地的也不过五万人，与数十万象兵，力量相差悬殊，显得我方兵力严重不足。

景宗梁借机讥讽：邓将军所谓的三千兵马，我看也不过是些残兵败将，乌合之众!

邓子龙怒斥:景将军，景宗梁!想当年戚家军披肝沥胆，南北征战，数万将士血染沙场，人人都是英雄好汉，个个皆为忠烈儿郎。他们闻象兵犯我云南边陲，从东南辗转西南，个个摩拳擦掌，人人义愤填膺。你身为朝廷命官，却口吐秽言，是何居心?

刘铤：景将军如此血口喷人，天理难容!

沐昌祚慌忙劝阻：众将军千万莫伤了和气。眼下还是商讨破贼退敌之策要紧!

刘铤、邢玠几乎同时请命：末将愿与邓将军共破缅贼象兵!

邓子龙双手一拱：邓子龙愿立军令状!

13

永昌城。城门紧闭，全城戒严。

人头攒动，要出城的民众乱哄哄如潮水般地涌向城门。

守城士兵如临大敌。

一名中年妇女苦苦哀求守城士兵：长官，你行个方便吧，我家闺女嫁在城外乡下，快要生孩子了，放我过去吧。

守城士兵摇头不语。

一位商人模样的人笑脸哀求守城卫士：我是纺织厂的老板，厂里没有原料，都停产好多天了，请行行好，让我出城去收些土布、棉纱吧。

守城士兵依旧摇头不语。纺织厂老板掏出一锭银子塞给士兵，士兵似接着烫手山芋将银子掷于地上：开城门？我的脑袋不要了啊？

百姓与士兵叽叽喳喳的争吵声。

城楼上，刘世曾与邓子龙默默观察城门口的情形，刘世曾无奈地苦笑摇头，邓子龙则拧紧了双眉。

永昌守备府。

陈知府在客厅招待刘世曾和邓子龙。

陈知府忧心忡忡地说：不瞒两位大人说，自象兵入境之日起，本府天天都是食不知味，夜不能寐，寝食难安啊。这城门嘛，关又不是，开又不成，难啊！

刘世曾：本院是理解陈知府苦衷的，开嘛，怕象兵或奸细入城，防守不及；不开嘛，老百姓方不方便暂且不去说它，只是这全城的商贩、巨贾怕都要停产停业关门倒闭啰。

陈知府：特别是那个罕进忠从楚雄转移到这永昌避难后，永昌就更加成为象兵的目标啊。

刘世曾：刚才我与邓将军在城楼全都看到了，交出罕进忠恐怕也是一个缓兵之计。

邓子龙：两位大人说得在理，不过，在武桥看来，这城门还是开着比关着好，紧闭城门，自我困扰，断人生计，人心惶乱，长而久之，永昌不攻自破；而且象贼将看出我们心虚不敢正面迎敌，必然助长他们的嚣张气焰。

刘世曾：依邓将军之见呢？

邓子龙：听两位大人的。

刘世曾：邓将军别再自谦啦，在当今皇上眼中，你才是滇西镇边第一人！

邓子龙：末将不敢当。恕末将斗胆直言，城门要开，人却不交！

陈知府一脸茫然，犹疑不决。刘世曾却眼珠子一转，立即叫好：一切照着邓将军的意思办！

永昌城门大开，秩序恢复正常。

邓子龙在守备府与罕进忠见面。

罕进忠俯首拜谢：邓将军如此器重小民，小民诚惶诚恐。

邓子龙双手扶起罕进忠，十分诚恳地说：罕土司有此明智选择，足以告慰人心了，你我都是大明子民，捍卫国土是第一要务，武桥一人决不敢贪天下之功。

罕进忠：朝廷不弃我这落魄之人，罕进忠定倾力报效，永不叛明。

江畔。浓烟烈火。象兵忙着从一只只大象背上卸下抢劫来的珠宝古玩，搬上数艘大船。

船队离岸顺流而下，渐渐消失在江心烟波浪中。

永昌城小巷中，一群青年妇女尖叫奔逃，背后一群官兵紧追不舍。

官兵追上跑在后头的翠红，搂住又亲又揉，翠红呼叫着极力反抗。

邓子龙、邓勇从巷子迎面走来。

翠红上衣已被撕破，贴胸肚兜被扯烂坠地，正大喊“救命！”

邓勇一个箭步上前，挥拳便打，将一群欲对民女非礼的官兵打得头破血流滚翻在地。

邓子龙怒不可遏：绑了！

邓勇将侮辱翠红的官兵一一绑缚。

翠红跪在邓子龙面前，感激万分：民女谢过大人救命之恩！

邓子龙扶起翠红，解下自己的斗篷披在翠红肩上：去吧。

湾甸土司景宗真家。

众多珠宝古玩堆放在景家大厅内。

景宗真、景宗材兄弟客气地将象使送出大门。

景宗材喜形于色：这下，咱景家就有了靠山啰！

景宗真：象主信上怎么说？

景宗材：象主要我们赶紧联络陇川、耿马等各部落，齐心协力对付邓子龙，助象主先攻克姚关，再夺永昌，攻大理，占领全滇！

景宗真大喜，手舞足蹈起来：这么说，云南又将是咱们景家的天下啦！

景宗材点点头：那就要看今日这步棋了。

城内广场古戏台上，邓子龙当众执法。

邓子龙怒眉横竖，命令邓勇、老武卒在欺民官兵背上插上斩刑令箭。

一头目昂首不服，口吐狂言：永昌城可是咱景家军的天下，景将军饶不了你！

邓勇说了声“叫你耍威风！”，随即一巴掌向头目脸上扇去。头目嘴角鲜血直流，再也不敢露出声来。

邓子龙：身为官兵，掳掠百姓，辱人妻女，其罪当诛！

邓勇、老武卒举刀行刑。

台下掌声雷动，一片欢腾。

守备府。

景宗梁怒气冲冲地在刘世曾、陈知府面前大发脾气：真是欺人太甚！邓子龙一个小小参将，竟敢在太岁头上动土！

刘世曾：老弟，你景家军也太不检点啦，大敌当前，却做出那些不干不净的事来，能完全怪人家邓子龙吗？

景宗梁：打狗看主人面。他邓子龙要在云南称王称霸啊！

刘世曾：人无远虑，必有近忧。老弟，听本院一句良言，不要追究了。

景宗梁：我景宗梁吞不下这口气！

象营。象兵高级将官和汉奸共集一堂，等候象主调兵遣将。

莽应里巡视了一遍众将士后，盯着岳凤：岳将军，你先说说情况。

岳凤：回大王的话。小人遵照大王吩咐，先后找到湾甸土司景宗真、耿马土司罕虔，他们见象兵压境、势不可当，都愿意归附大王，听候大王调遣。

莽应里大喜：好，岳将军功不可没。本王听探子来报，大明皇帝派了一个叫邓子龙的人来永昌，此人在福建、广东一带均有战功。我等万万不可轻敌。

岳凤不以为然：听说他只带了三千人马，大王不必在意。

莽应里：强龙也斗不过地头蛇。本王有你们这些土生土长的忠诚将士，还怕他邓子龙？本王数十万象兵就交给岳、罕两位将军指挥吧，先从姚关杀开血路，北取永昌，再挺进大理，攻克全滇。

岳凤、罕虔：大王英明，末将决不辱使命！

永昌城下，邓子龙率将士们挖战壕、筑地堡、修工事，场面热烈壮观。

永昌监军副使姜忻带领一队挑着茶水、酒菜、点心的士兵来到工地慰劳大军。

“弟兄们辛苦啦，都歇歇，喝口水吧！”送茶水的士兵高声呼叫。

修工事、挖战壕的将士欢呼着围向慰问队。

姜忻给邓子龙送上一杯热气腾腾的茶水，望着新修好的绕城深沟堡垒，佩服至极：邓将军大开城门，力保罕进忠，真叫小弟佩服啊！

邓子龙微微抿了口热茶，拭去额上汗水，笑笑说：永昌城四面是山，地势开阔，若重兵围城，守城一两个月还可支撑，如时间久了呢？粮草断绝，还能守得住吗？

姜忻不解，指着深沟高堡：那邓将军修此工事是何意？

邓子龙神秘地笑笑：虚虚实实，虚中有实，实里有虚，我想建一座孤城，与象主分享，有何不可？

姜忻领会，对邓子龙更加佩服：将军运筹帷幄，小弟定尽心尽责配合，所需粮草武器，绝对保障到位。

邓子龙：多谢姜将军！

永昌城城门外，陈知府、姜忻等大小官员和百姓聚集在新修沟壕堡垒前为邓子龙壮行。

三声炮响，邓子龙出列，斟满祭酒，拔出腰间龙泉宝剑，以酒祭剑，剑指城南大门，神情庄严：众位将士，父老弟兄，邓子龙奉天子圣谕，带领三千壮士，来到西南边陲，赤心报国。现陇川岳凤占西隅；耿马罕虔，居腹心，制全滇。我今挥师南下，不收复三宣六慰，不擒叛贼象酋，不平西南边乱，不拒敌于国门之外，决不复入此关！

三千将士，一齐拔剑扼腕，对天盟誓。

送行的官员、百姓一个个感动得热泪盈眶。

天地震荡，山谷回音响亮。

豪语惊起的一群飞鸟，冲天翱翔。

边塞姚关。月朗星稀，近山远水，依稀可见。

罕进忠带着邓子龙、陈行、张智、邓勇数人勘察地形。

姚关四面矮山中间有一条南北走向狭谷，南面和西北面各有一道进出峡谷的关口。

邓子龙望着峡谷，脸上露出欣喜的笑容。

邓子龙的笑容化作挂在营帐上方的作战地图。

邓子龙指着地图，为将士们讲解：这是张智将军绘制的姚关地图。昨天晚上，我、陈行、张智、邓勇四人在罕进忠土司的带领下，按着敌军攻永昌必经之路，一路勘察，到姚关。你们看，这姚关的地形像什么？

旺八看着地图，不假思索地喊出：像个布口袋！

邓子龙笑着点点头：对，像口袋。我一看，便立即生出一个想法，如果把象兵全部赶进这口袋，再扎住两个关口，大家想想情形会怎么样？

旺八又抢答：瓮中捉鳖！

众人大笑。

邓子龙也禁不住笑出声来：旺八说得很形象。只要在西北关口修筑工事，在四面山坡密林布防炮火阵地，留下南面关口让象兵钻进来，再扎牢袋口，象兵就插翅难飞了。

“好！”听完邓子龙对战场的分析，众人拍手叫好。

点将台。战鼓激荡，邓子龙登上将台巡视部队。

邢玠披挂整齐，驰马赶到将台前，下马请战：邓将军设计破象阵，邢玠愿为后应！

邓子龙健步走下将台，激动地握住邢玠双手：有邢将军相助，邓某胜算又多了三分。

邓子龙说着挽住邢玠的手一同登上点将台，威严号令：陈行听令！

陈行出列：末将在。

邓子龙：命你率骑兵营五百人马为先锋，不得有误！

陈行：得令！

邓子龙：邹良成、杜亮率步兵营一千人马为左右两翼，驻扎摆跨、竹坪，相互接应。张智为副将，率车兵营八百人马，埋伏于姚关偃草坡四围，原地待命。邓维新率南昌水师五百人马，伏于查里江畔，伺机歼杀水上敌人。邓勇率将作营二百人马，断敌后路。邢玠邢将军何在！

邢玠：末将在。

邓子龙：有劳贵部沿途设营置粮，只待象兵叛贼来时，尽皆弃营，丢粮佯逃，不许交战，诱敌深入。

邢玠：遵命！

邓子龙：众位将军务必齐心协力，共同破敌！

众齐声：是！

14

景宗梁将军府。

景宗真、景宗材兄弟向守门的卫士点头招呼，径自迈进府门走入大厅。

景宗材高声招呼：大哥、大哥！

景宗梁从内室走出，冷冷地看了景宗真、景宗材一眼，懒洋洋地说：你们来干什么？

景宗真：来看看大哥呀！

景宗梁招呼两人坐下：永昌城都成这个样子了，有什么好看的。

景宗材：所以小弟们都惦记着大哥，日夜不安呀。

景宗梁：有什么就直说吧，别拐弯抹角的。

景宗真：永昌城都已成了一座孤城了，难道大哥不给自己安排一条退路吗？

景宗梁：身为大明臣子，当与河山共存亡，谈什么退路不退路？

景宗真：大哥，我们三兄弟，虽非一母同胞，但必须荣辱与共。

景宗梁极不耐烦地说：有什么话就快讲，我还要去巡城呢！

景宗真：好，那小弟就长话短说吧。实不相瞒，眼下象兵压境，江山即将易主，象主答允还我们云南……

景宗梁：你们好糊涂！

景宗真：大哥三思！

景宗梁：一臣不事二主。你们好自为之吧。

景宗真：大哥……

景宗梁：今天的话，就当我没听见。你们走吧！

邓子龙大营。

士兵进营帐向正在与张智、旺八议事的邓子龙禀报：将军，营外湾甸土司景宗真求见。

张智一怔，正要说什么，却被邓子龙制止。

邓子龙吩咐士兵：快快请进。

士兵出营帐，张智急切进言：据小弟所知，他兄弟二人都已投靠缅贼，大哥万万不可轻信。

邓子龙：我心中有数。

士兵带景宗真进营帐。

景宗真跪伏献上辖区地图：湾甸土司景宗真携图归顺邓大将军。

旺八拔刀怒对景宗真：好一个叛臣贼子，看刀！

邓子龙一惊，怒喝：不得无礼！景先生今日献图归顺我大明，即为贵宾，不得无礼。

邓子龙说着俯身双手扶起景宗真，十分诚恳地说：多有得罪，请景大人海涵。

景宗真被旺八吓出了一身冷汗，见邓子龙如此谦恭，心头石头落地。

邓子龙将地图交与张智：传本将军将令，今后凡有得罪怠慢前来归顺者，一律按军令从严惩处！

景宗真内心暗喜，起身欲去：邓将军，在下告退。

邓子龙慌忙将其拉住，诚心诚意地留客：景大人不必见外，我还要为你设宴庆功呢！

景宗真难以脱身，只得留下：那小人恭敬不如从命。

夜。邓子龙独坐营帐抚琴吟诗。

景宗真在帐外静观片刻，故意干咳一声，走进营帐。

邓子龙抬头，故作惊讶：景大人快快请坐。

景宗真入座:邓将军，眼下兵临城下，您还有这份雅兴，令人佩服!

邓子龙不以为然：区区象兵，何足挂齿。

景宗真旁敲侧击：将军胸中自有百万雄兵啊。

邓子龙：我倚仗的是天时地利人和，景大人是本地人，还请多多指教啰。

景宗真：不敢。只是这姚关为天险之道，最要紧的还是松坡一带。

邓子龙：英雄所见略同。本将也正想去松坡一带布防，据险设伏，但不知这时间上来不来得及?

景宗真：来得及，来得及！据小人所知，象兵尚未抵达猛林，还要渡江,至少也得五六天方可抵达松坡一带。将军此时去,象兵还未入关呢。

邓子龙双手一拱：承教!

景宗真：将军客气啦。

两人相视而笑。

景宗真匆匆下马，走进岳凤象兵营房。

岳凤见景宗真大喜：景兄快说，怎么样?

景宗真笑着回答：一切正如岳大人所料。

岳凤：此话怎么讲?

景宗真：邓子龙抚琴吟诗，军心涣散，全无防备。

岳凤摇摇头：这不像邓子龙的作为。

景宗真：经小人提醒，他才想起去松坡构筑工事呢!

岳凤：真的吗?

景宗真：小人亲眼所见，他那三千人马都已开拔啦！

岳凤拍案叫绝：好！

星隐云涌。

陈行率骑兵营开路、搭桥。

邹良成、杜亮率步兵营，浩浩荡荡进发。

张智率炮兵营埋伏于偃草坡待命。

邓维新率水兵营设伏于江畔。

邓勇率将作营砍桥断路。

姚关城外。笛声悠扬，琴声袅袅。

邓营内外，戒备松懈。士兵在大营房猜拳喝酒，赌博，老弱士卒忙碌砍伐竹木。

景宗真大摇大摆在营地走来走去，左顾右盼地来到正在砍竹的老武卒面前问：砍此竹筒，用作何用？

老武卒茫然摇头：邓将军怕我们闲着没事干，让我们做些竹筒盛水用。

景宗真摇头暗笑。

松坡山涧。断崖陡壁，山溪湍急。

邓部士兵用竹筒、篾索连成竹筏，准备渡河。

邓子龙肩披斗篷立于山坡向士兵解释：渡过此河，抄小路三更时分便可赶回姚关。岳凤派景宗真调虎离山，我们就将计就计，诱敌入关，再杀个回马枪，打他个措手不及！

姚关城外刑玠营地，鼾声如雷。

雄鸡啼破晨雾。岳凤、岳襄乌父子，景宗真、景宗材和几个身着红衣的象将，趾高气扬地跨在大象背上，渐渐逼近邢玠营地，紧跟后面的是一支支训练有素的象兵队伍。

象队。四只战象为一组，背上用坚硬的栅栏扎成城堡。上面乘坐着四至八个执火铳、强弩长矛的象兵，呈居高临下之势。战象身披战甲，可谓武装到了牙齿。

象队攻入邢营，邢军惊慌失措，纷纷弃营丢粮，逃出大营。

象兵竞相抢掠邢军遗弃的粮食和物品。

姚关。黑压压的象兵从四周山脚 下涌向城门。

邓子龙站在城头上挥动令旗:前锋听令，不准象兵反贼，再进寸步!

邓勇一马当先，率军冲杀出关。

霎时，杀声震天，尘烟滚滚。

邓军以一当十，以十当百，与敌军刀枪相搏。

象阵大乱。

城郊茨竹关。午后。

烈日炎炎，象群齐聚隘口，气喘吁吁，饥渴难耐。

几个象兵伏在沟涧边伸手接泥沟污水来喝。

莽应里立于象背，打了一声呼哨，象阵顿时一字儿排开，向姚关反扑。

山谷后一声号炮炸响，地动山摇。

莽应里大惊，循声四望。

山岭小关。

一杆“戚”字大旗迎风猎猎，陈行横刀跃马，威风凛凛，怒对敌军。

景宗真望着“戚”字大旗，惊呼：邓子龙，你到底在哪里?

莽应里惊惶失措，叫着“中计了！”，挥动令旗，驱动象群，斜向山岭小关扑去。

山谷巨崖上刻“大关”二字。

大旗招展，漫山遍野，鼓声、喊杀声喧天。

邓子龙跃马提刀，飞越断崖，闯到阵前。

景宗材一见邓子龙，吓得魂飞魄散，掉转马头欲逃。

邓子龙大喝一声:“叛贼哪里逃！”，跃马横刀，将景宗材拍落马下，士卒奋勇上前，将景宗材生擒。

岳凤闻声，吓得栽于马下，被邓部士兵擒获。景宗真飞马向前，挺枪挑开邓部士兵，抢回岳凤匆匆逃命。

邓子龙与莽应里刀刃相接，三个回合后，故意露了一个破绽，掉转马头拖刀而去。

莽应里急驱象兵跟在邓子龙背后穷追不舍。

里骚关。

重峦叠嶂，古木参天，悬崖深涧，险象环生。

邓子龙诱象群深入关隘后，扬鞭飞越深涧隐入丛林之中。

第二声炮响，张智指挥埋伏于荒坡的炮兵营士兵发射炮弹进攻，弓箭手万箭齐发，冲在前头的象群霎时倒下一片。

象队大乱。身陷山谷的大象，躯体笨拙，在炮火的驱使下，相互践踏，死伤无数。

芭蕉关。

第三声号炮响起，漫山遍野的喊杀声此起彼伏。

陈行、邹良成、杜亮三路人马同时杀出，士兵手中的火把一齐掷向象群。

罕虔知大事不好，策马钻入芭蕉丛中抄小路仓皇逃窜。

烈火纷飞，万千战象皮甲着火燃烧，变成了一只只火象，象背上战堡中的象兵被烧得嗷嗷大叫。

被火烧的象惊慌掉头，在自己的队伍中横冲直撞，十万象阵一时变成火海。

夜。狂风、烈火、杀声、红光。

邓勇率将作营士卒砍桥断路，烧毁战船。

江边，桥断舟毁。

莽应里、猛别、阿瓦、岳凤、岳襄乌、罕虔、招罕、招对、招色、景宗真等缅贼叛臣率残兵败将逃至江边。

邢玠、刘铤、邓勇率军从三个方向杀到江边。

莽应里、猛别、阿瓦趁夜黑兵乱急忙跳上一只大象背上，驱象跳入江中，消失在江心狂风急浪之中。

象兵走投无路，只得往江中跳，岳襄乌也跟着象兵跳入江中。

岳凤、罕虔诸汉奸贪生怕死，举手投降，做了俘虏。

邢玠、刘铤、邓勇率将士收缴战象，押上俘虏班师。

姚关。

突兀苍黑的群山，一缕缕轻烟掠过。

城门大开，鼓乐齐鸣。

山脚下扎满松明火把，如一条长长的火龙。

群众欢呼着向蓝天“放高升”。男青年跳起了热情的象脚鼓舞，女青年跳起优美的孔雀舞。男女青年共同表演“蜜蜂采花”的舞蹈。

青年男女和着笙管、唢呐、胡琴等乐器的节拍，尽兴歌舞。

景颇族姑娘载歌载舞。

滇西人民夹道欢迎邓子龙大军凯旋。

邓子龙率军进城。街道茶馆的老人拦住邓子龙，献上“姚关里基茶”。邓子龙接茶时，看见茶馆门口对联“虽无扬子江中水，但有姚关里基茶”，便仰脖将茶一饮而尽。

15

姚关城外隘口。

云雾升腾。大战后的废墟上，邓子龙率将士协助百姓修整烧焦的荒坡山地，欢快的劳动号子声响彻山谷。

翠红娘端着茶碗，走向邓子龙：邓将军，请用。

邓子龙擦了把汗水，接过茶碗仰首而饮：谢谢，谢谢！

翠红娘：一杯茶就说了四个谢字，那你们帮我们杀强贼、种田地，老百姓要说多少个谢字呀！

邓子龙与翠红娘相视而笑。

风和日丽，木棉婆娑，荔枝似血。

牧童骑在牛背上，横吹短笛。

悠扬的笛声中，邓子龙率大军帮助老百姓平整土地、耕种庄稼。

邓子龙揩了把头上汗水，耐心地教导老农筑田埂栽水稻：姚关不能栽水稻，关键是缺水，原先的田埂都是沙土合成，既不保水又易流失。北面万仞岗有纯土，可用来修筑田埂，既保田保水，又一劳永逸，确保水稻丰收。我看了一下，万仞岗东坡取土修田埂，西坡不动，把万仞岗变成一个大水库，姚关一年四季就不愁水啦！

老农高兴得大笑起来：邓将军，你可给我们姚关百姓指了一条生路啊！

一群欢乐活泼的景颇姑娘捧着一挂挂鲜荔枝嬉闹着来到将士们面前，慰劳大家。

老武卒抱着胸前一大堆荔枝，摘下一颗咬在嘴上嘿嘿而笑。

山野里充满欢声笑语，劳动场面热火朝天。

邓子龙望着这热闹的场景，露出欣慰的笑容！

山村农家小院。

一群农家孩子在院子里舞刀弄棒，练习武艺。练习结束后，一起走进厅堂，朝着神龛上邓子龙的画像行跪拜礼。

村郊大道，路人如潮。百姓扶老携幼，手提香烛，涌向村头。

邓子龙策马而来，指着鼓乐喧天的山村俯身问路人：这么热闹，是有什么喜事呀？

路人笑答：邓将军是我们救苦救难的活菩萨，乡亲们都去给他磕头呢。

“哦？”邓子龙一惊，马上加鞭，驰向村头。

村头将军庙。

庙宇屹立，庙门上方石匾上浮雕“邓将军庙”四个金色大字。

庙内，烛火熊熊、香烟袅绕，人声鼎沸。

百姓跪伏一地，向一尊高大的塑像叩头祈祷。

邓子龙在大庙前翻身下马，提着马鞭，拨开人群，走进庙中，跃上香案，指着塑像，怒声呵斥：大胆武桥，何德何能，敢在此称神充圣，贪享人间烟火！

随着一声声皮鞭起落声，泥塑像纷纷剥落。

百姓见是邓子龙，都感激涕零：邓将军——

邓子龙屈身扶起跪伏面前的百姓，双目含泪：各位父老兄弟，我邓子龙乃一介武夫，受之有愧呀！

清平洞。

石洞可容百人，内置石桌、石凳、石床。迎面摩崖上刻有“清平洞”，洞口两旁石壁上分别刻着“挂弓”“课射”“倚剑”。

洞前开阔的荒坡上，士兵们紧张地操练。

洞内，邓子龙和沐昌祚就着石凳石桌对弈。

棋局已决胜负。沐昌祚连声夸赞：邓将军不仅文韬武略，棋艺也是相当精湛啊！

邓子龙谦逊地笑笑：黔国公过奖了，是您手下留情了。

沐昌祚仔细地打量了一下石洞，赞不绝口：邓将军堂堂总兵、朝廷命官，几年来却一直在此石洞坐石凳、睡石床、伏石桌，以一个巴掌大的清平洞为总兵府，如此清廉，叫人佩服！

邓子龙笑笑：武桥起于布衣，石屋虽小但可避风雨，粗茶淡饭犹能度日，夫复何求？

沐昌祚：邓将军火烧万象阵，福泽西南边陲。明日万寿祠竣工庆典，愚兄略尽地主之谊，请邓将军必赏脸光临。

邓子龙:万寿祠竣工庆典,乃是边关大事,武桥职责所在,必定到场。

沐昌祚：好！那就一言为定。

恤忠祠。

在铓锣、堂鼓声中，邓子龙被众人簇拥着走入祠堂。

云南按察司佥事李士达揭开厅堂上一块高大的石碑红绸，对邓子龙说：父老乡亲感恩邓将军平定内乱、抗御外患的千秋功德，特遣卑职撰写碑文，请将军笑纳。

邓子龙不以为然：李大人此言差矣！破象阵、擒敌酋、平湾甸、捣耿马，功在大明万千将士、滇西父老兄弟，我武桥一人万万不能定此乾坤！

老人：邓将军功盖山岳，理应立碑赞颂，启迪后人。

姜忻：是呀，不立此碑，滇西百姓于心不安。

邓子龙想了想：邓子龙食君之禄，杀敌安民乃为天职。只是那些战死沙场之将士的忠魂，要好生祭奠。依武桥之见，将此祠改名为恤忠祠吧，用以祭祀为国为民捐躯的忠勇将士的英魂。

李士达、姜忻等表示同意。

祠外，爆竹欢天喜地地响了起来。

清平洞。大雨纷纷。

演兵场上战马嘶鸣，金鼓震天。邓子龙身披篷甲回到清平洞前。

太监迎上宣旨：“查云南副总兵邓子龙，心存不轨，树碑立庙，称王称圣，蛊惑民心，罪在欺君，实属该诛。孤念其战功卓著，不予深究，放逐滇西，听候调用……”

将士们尽皆愕然。

演兵场偃旗息鼓，战马仰天长啸。

邓勇诸将齐声疾呼：将军——

邓子龙猛然掀开斗篷，威严地喊道：继续操练！

他解甲卸盔，徒步石阶。

将士们垂泪，跪伏在地呼喊：将军！

夜色沉沉，月隐星暗，参天剑竹，冰柱倒悬。

岳飞《满江红》曲调，跌宕起伏。

石洞内，邓子龙坐在石凳上抚弄琴弦。陈行、张智诸将肃立两旁，悲愤而沉默。

飘摇的烛火滴着烛泪，老武卒剔去烛花。

众将士闪动着的泪花里，充满着不可言状的痛苦与悲愤。

邓勇激奋地一拳击在自己头上：我，何不战死疆场！

陈行亦愤愤地以拳击掌：三千将士舍生忘死，换来的只是奸佞荣升，忠勇之士蒙冤受屈！

琴断弦止，烛火跳跃。

邓子龙起身揉揉手指，淡然一笑：诸位兄弟不必多言，大丈夫者，建功立业，保家卫国，焉能思功荣迁，愧对黎民百姓！

邓勇：当年我承蒙恩公救命，从此随将军征战万里，情同手足。如今将军受此冤屈，我等岂能忍气吞声，等闲视之！

邓子龙：众位将军，浴血疆场，缔结的是生死情谊，天南天北，难得是知己同心。众将的情义，武桥铭记于心，望各位兄弟不忘“忠义”二字，以江山社稷为重！

邓勇：天子者，当须曲直分辨，忠奸分明，似这等昏君，天理难容！

邓子龙厉声：邓勇！

邓勇：就是砍了我的脑袋，我也要说，昏君、昏君！

旺八：与昏君评理！

张智：为将军请功！

邓子龙拍案而起：放肆！

姚关。

香烟袅绕，城门前横放着一顶长长的香案，案上摆有笔墨和一匹长长的锦帛——万民书。

军民排着长队，依次咬指滴血，在锦帛上血书自己的姓名。

翠红娘用竹针刺破残掌指头，滴血锦帛，垂泪疾呼：邓将军——

万民书上一行行血染的姓名。

清平洞。

月隐云端，幽烛闪烁。

万民书摆在洞中石桌上。

陈行、邓勇、旺八等人咬指滴血在血迹斑斑的万民书上签名。

张智捧着血书悲愤激昂诵读:象贼刚退，国境未安，西南万千军民，具呈血书，翘首以待，瞩目圣上嘉奖邓子龙总兵……

演兵场上“戚”字大旗招展，老武卒老泪纵横，取下大旗，从胸怀衣襟中拿出崭新的“邓”字锦旗。

众将士对着“邓”旗深情跪拜。

沐昌祚悄悄走进清平洞，屏息止步，静听张智、邹良成诵读血书，黯然拭泪。

众将觉察含泪肃立：大人！

沐昌祚激动不已：写得好，写得好！众将军肝胆相照，催人泪下。老朽定将此万民血书面呈圣上，为邓将军申冤！

沐昌祚挽袖提笔,在万民书上签写“沐昌祚”三个苍劲有力的大字。

众将涕零跪拜：谢沐大人！

解甲亭。

亭中两张石桌，一桌上放着刑枷；另一桌上放着邓子龙刚刚脱下的战袍盔甲。

解差候立，众将齐聚。

陈行无法遏制内心情绪，无比激愤：邓大人战功赫赫，威震四海，却遭此不白之冤，天理何在！

张智：此怨此恨，何时了结！

邓勇怒视刑枷，以拳击壁：我们反了吧！

旺八等齐声响应：对，反了吧！

“大胆！”邓子龙怒喝一声，百感交集:“众位兄弟随武桥历尽艰辛，数十年来鞍马未离，枕戈待旦，寝不能安，食不知味，今日别离，请受子龙一拜！”说罢跨步长跪。

旺八、邓维新、良十声泪俱下：大哥！

邓子龙泪如泉涌：众位兄弟的情义，武桥无以为报，临行前，就以薄纸片言相赠。

随从取笔铺纸。邓子龙眼望亭前吐艳蜡梅，饱蘸浓墨，奋然挥笔：

花如梅，干似铁，一点丹心红如血。

不与桃李争春风，撑住乾坤傲霜雪。

姚关。

天昏地暗，乌云密布。

众解差执戈佩刀押解邓子龙囚车出城。

城门轰然大开，人声鼎沸，百姓纷纷涌向囚车。

罕进忠挤到前面，两眼垂泪，挥手向囚车上的邓子龙致意，邓子龙也挥着戴枷的手对罕进忠微笑。

翠红娘拼命挤到人群前，跌跌撞撞扑向囚车，伸手抓住栅栏，泣不成声：将军，恩人啊！

邓子龙也从囚栏中伸出戴枷的大手紧紧拉住老人干枯得榆树皮似的手，强颜欢笑：大娘保重！

群众再次潮水般地挤向囚车。

邓子龙激动不已，频频向送行的群众挥手：保重，保重！

翠红娘跌倒在地，声嘶力竭地呼喊：天哪！

众人一齐跪伏在地上。

邓勇等数将士冲上城关，遥望渐渐远去的囚车，追了过去，却被守城士兵拦住。邓勇怒不可遏，夺过守卫的长矛折为两截掷于地上，守城士兵骇然，纷纷后退。

邓勇等人赶到朝天洞，站在解甲亭上，望着消失在远处丛林中的囚车发呆。

山野潮湿的地上，留下囚车两道深深的辙痕。

歌声起：

万里驱兵入不毛，横溪毒水瘴烟高。

风霆一鼓空蛮垒，雷雨千山洗贼巢。

众口任教谗薏苡，南人直解颂功劳。

边庭见说还多事，谁许将军解战袍。

16

施甸景宗梁军营校场。

景宗梁一脸杀气，威严地站在点将台上。

值日官走向点将台报告：邓部数将仍然未到。

景宗梁怒目圆睁：再点！

鼓点声声，扣人心弦。

值日官高声唱名：邓勇、陈行、旺八、张智、邓维新、邹良成、杜亮——

无人应声。

台下众将士沉默。

校场外。

邓勇、陈行、旺八等七人挥汗闯入辕门。

营卫高声面向将台报告：邓勇到！

景宗梁厉声：带上来！

邓勇等人慌忙奔到台前：景大人……

景宗梁拍案而起：大胆！尔等目无军纪王法，贻误军机，来呀！将邓勇拉下去军法处置！

侍卫上前绑缚邓勇。

邓勇怒火窜胸，推开来人，指着景宗梁大骂：景宗梁，你是人是鬼，天地可察！

景宗梁气得全身发抖：你！……

邓勇：你明夺兵权。

景宗梁：来人，将他速速拖下去。

邓勇：暗离将佐。拉开千钧弓弦，设下重重陷阱……

景宗梁：住口！

陈行等强忍内心悲愤，跪地求情：求大人不要错怪邓勇将军。

景宗梁：谁敢再保，与他同罪！

邓勇对诸将：奸贼蓄谋已久，众位兄弟省省口水吧。

景宗梁吩咐卫士：绑了！

邓勇推开近前的卫士，说了句“我自己来！”，便脱下战袍，昂首挺胸待缚。

陈行、张智一左一右护住邓勇。

邓勇望着眼前兄弟：生，不能与众兄弟同胎；死，亦不能与众将军共坟，此乃邓勇之一大憾事啊！若你们有幸再见邓将军，请代邓勇言明，我邓勇生是他邓家的人，死也是他邓家的鬼！

陈行等紧紧抱住邓勇：我的好兄弟！

景宗梁见状顿生杀心，冷冷一笑：好！本将军就成全你们。来呀，将逆贼一并推出辕门！

“哈哈哈哈！”陈行等众将士仰天大笑，毅然解袍卸甲抛于将台。

保山九龙池濯缨亭。

李士达、姜忻在亭中设宴为邓子龙饯行。

李士达举杯：邓将军，此亭乃是你亲自建造，下官与姜忻兄一道借此亭一角为大人饯行，聊表地主之谊。将军与我等同忧国难，并肩作战，今当别离，千言万语，全在这杯里酒里。

姜忻亦举杯：将军，请！

邓子龙欣慰地举起酒杯：士达、姜忻二位兄弟与武桥在永昌戍边十年，心心相印，肝胆相照。武桥去后，边境的安宁就全靠二位兄弟操心啊。

姜忻无限感慨：武桥兄忠肝赤胆，日月可鉴。今日一别，不知何时才能相见？

邓子龙淡然一笑：姜忻老弟不必把生离死别看得太重。

李士达：武桥兄，此地此时此景，小弟与姜忻兄倒有个不情之请。

邓子龙真挚地说：只要武桥力所能及，定当从命。

姜忻：记得将军建此亭时，曾说过要亲题亭联。

李士达指着远方石崖：还有那方山崖，邓兄也答允过要亲题碑刻哩。

邓子龙：哦，当时战事告急，欠账太多，今日武桥倒有闲献丑了，权当留给滇西父老一个纪念吧。

李、姜二人高高兴兴地磨墨。

邓子龙略有所思：濯缨亭乃在九龙池，涌珠泉上，三处各取一字，就叫龙泉亭吧。那方山崖乃西南极边之地腾冲重镇，历来为兵家必争之地，当为“剑扫风烟”。

邓子龙边想边说边提笔疾书：百战归来赢得鬓边白发，千金散尽只余湖上青山。剑扫风烟。

李士达读出声来，连声叫“好”。

姜忻给邓子龙斟上满满的一杯酒。

永昌校场。

刀斧手将邓勇、陈行等七人押上刑台。

景宗梁得意至极：可惜呀可惜，邓子龙要树倒猢狲散啰！

邓勇等人冷冷地哼了一声。

邓勇：本是石中石。

陈行：生成山外山。

张智：任教风雨恶。

旺八：不改旧时颜。

景宗梁恼羞成怒：死到临头，你们还敢吟诗，给我斩！

刀斧手应声举刀。

“刀下留人！”刘世曾高叫着匆匆赶到刑场。

景宗梁一怔：巡抚大人……

刘世曾责怪地说：说眼下边境多事，局势未定。沐昌祚又带着万民书进京面圣，稍有差池，你我担当得起吗？

景宗梁：这……

刘世曾：小心为上。

景宗梁：但逆贼不杀，难解我心头之恨！

刘世曾：老弟，退一步海阔天空啊。

景宗梁望着被松绑的七将士，心头愤愤难平。

龙光台。

瀑布飞泻的崖顶，巨石蹲立，形态各异。距水口数十步，有石桥横卧叠水河上，名曰太极桥。桥前，沿中峰入山门，一寺雄踞峰岭，曰龙光台。正寺偏殿的匾额上书有“龙光书院”四字。

书院内学童书声琅琅，院外数名士卒警戒。

室内布置简洁大方，竹床、竹椅、竹桌井然有序。桌上摆放着邓子龙的著作《横戈集》和《阵法直指》。

翠红娘端着一碗过桥米线，默默来到书室，望着邓子龙憔悴的脸，心痛地喊了一声：邓将军……

邓子龙回过神来，用鼻子闻了闻，高兴地说：真香！

翠红娘撩起衣角拭泪：将军被抓走后，外贼又卷土重来，百姓耕不能耕，种不能种，难啦。

邓子龙接过大碗，感激万分：真是难为你呀。

翠红娘摇摇头：老天不长眼啊！

邓子龙：武桥受此劫难倒没什么，只是牵累大娘背井离乡，受苦受难，于心不忍呀！

翠红娘：人心是杆秤。你已成这个样子，还没日没夜为我们调教孩子。

邓子龙：只要武桥有口气在，总得为天下百姓尽心。

翠红娘指指邓子龙手中的碗：你也可得为大娘尽心呀！

邓子龙笑笑：好，我吃，我吃！

巡抚府。

场院内的假山旁拴着一匹大马。翠红端着茶从厢房长廊走来，看见大马，顿时心中一愣，急急走向客厅。

客厅传出刘世曾、景宗梁交谈声，翠红止步，贴耳细听——

景宗梁：难道大人真的要保荐邓子龙吗？

刘世曾：这次缅军再次入侵，陇川、蛮莫告急，不用邓子龙，你行吗？

景宗梁：大人，这是放虎归山啊！

刘世曾：万历十八年，本院联合同僚参邓子龙贪污军饷，心存不轨等罪状，本想一棍子将他打死，谁知皇上也只是不痛不痒地把他放逐滇西听候调用。

景宗梁：那皇上到底是什么意思啊？

刘世曾：皇上的心思是你我能知道的吗？老弟，你当时如果没听我的劝，杀了邓勇他们，可就闯大祸啰。所以本院力荐邓子龙复出，只不过是一个顺水人情啊。

景宗梁：这么说，他邓子龙成与败，大人都是坐收渔翁之利啊。不过，要是邓子龙不肯出山呢？

刘世曾：这正是本院担心的。

景宗梁：要不要先把他的家眷接过来，来一个……

刘世曾：坏，你小子可真坏！

门外的翠红听到此处大惊，慌忙转身，走向假山旁的大马。

驿道，马车，尘烟。

汪氏、齐氏两位夫人在三三陪同下，带着儿子大同、小周乘马车来到西南边陲的古道，他们后面有一支轻骑官兵紧紧追随。沿途景象萧索，难民成群。

龙泉亭。

三三扶着汪夫人等人走下马车，在李士达、姜忻陪同下登上龙泉亭。

汪、齐两位夫人望着亭主邓子龙的题联百感交集，眼里噙满泪水。

李士达：刘世曾这只笑面虎心狠手辣。若邓将军这次不披挂出征，恐怕这“湖上青山“也难以保全啊！

汪夫人微微点头：武桥他知道应该怎么做的。

姜忻：夫人心里也早早有个准备才好。

汪夫人感激地笑了笑，理了理被风吹乱的头发，满腹心事地走回马车。扬鞭催马的翠红刚好与汪夫人擦肩而过。

龙光书院。

邓子龙在木栅小院练习拳术。“呼”的一声，柴门大开，翠红满头大汗地闯进小院，喊了声“将军”。

邓子龙惊讶地望着翠红：姑娘，你……

翠红跪拜：我是将军救下的刘府丫头翠红呀。

邓子龙：哦？快快请起。

翠红：好多天以前，我给刘贼送茶，正好偷听到老贼要暗算将军，才到处寻找将军报个信，望恩人提防，别中奸人的圈套。

邓子龙感激地说：有劳了，翠红姑娘。

翠红:他们保恩人是假，借刀杀人是真。他们说，如果恩人不出征，就要治恩人抗旨之罪。恩人，你千万抗不得旨呀！

邓子龙点点头：放心吧，我自有分寸。

翠红：翠红已经出来好多天了，该走了。

邓子龙一把拉住欲走的翠红：姑娘要往哪里去？

翠红不假思索地说：回刘府呀。

邓子龙摇头：这样吧，眼下书院孩子越来越多，缺人手，你就留下来给大娘做个帮手吧。

翠红感激地说：谢恩人！

巡抚行辕。

刘世曾设宴为汪夫人一行接风洗尘。

刘世曾起身敬酒：两位嫂夫人一路风尘，本院特备薄酒一杯，不成敬意。

汪夫人：多谢刘大人盛情款待。

刘世曾：邓将军戍边十年，劳苦功高啊！与家人离多聚少，因而本院遣人将夫人接到云南，鲁莽冒犯之处，还请海涵。

汪夫人：我们民间女子不懂礼数，刘大人，有什么吩咐就直说吧！

刘世曾：好！嫂夫人果然是爽快人，邓兄的脾性你是知道的……

汪夫人打断刘世曾的话：就像一块屎窖里的石头又硬又臭！

刘世曾：是啊，他吃的就是这个亏！所以千里迢迢把嫂夫人请来劝劝他。

汪夫人：武桥乃堂堂大丈夫，岂能听妇人之言？

刘世曾：据本院所知，邓兄在嫂夫人面前，可是言听计从啰。

汪夫人：刘大人见笑了。

刘世曾笑着瞧了瞧大同、小周：请嫂夫人多为孩子们想一想啊！

汪夫人：我们一家子早就是大人砧板上的肉，笼中的鸡了！

刘世曾哈哈大笑：嫂夫人，言重了！

龙光书院。几片落叶飘洒庭院。

刘世曾一队人马来到书院。景宗梁欲指挥卫士包围庭院，刘世曾拦住，独自一人推开柴门走进小院，对屋内高声呼喊：邓将军，邓兄！

邓子龙出屋，见是刘世曾，冷冷地回道：巡抚大人别来无恙啊。

刘世曾微笑点头，率先进屋坐在竹椅上，抚摸着竹桌上的龙泉宝剑，叹了口气：邓兄受此劫难，本院深感不安啦，多次上奏，皇上才恩准命邓兄带兵征剿缅贼，戴罪立功。

邓子龙：多谢巡抚大人美意，只是廉颇老矣，何言带兵打仗？

刘世曾：将军德高望重，威风仍不减当年啊。

邓子龙：巡抚大人，我三千将士的鲜血，换来的只是富绅的灯红酒绿，权奸的荣禄升迁。请大人奏明圣上，收回成命，武桥愿躬耕田园，不复提兵！

“邓将军！”翠红从内室冲出，慌忙制止邓子龙。

邓子龙与刘世曾均感突然，几乎同时地：你……

翠红：邓将军，该吃药了。

刘世曾望着翠红眼珠子一转：翠红，你在此甚好，邓将军家眷即到，你就留在这里好生伺候吧！

翠红：是。

刘世曾：若有怠慢，我饶不了你！

邓子龙：巡抚大人真是费尽心机啊！

刘世曾：望邓兄莫负本院一片苦心啊。告辞！

邓子龙：恕不远送。

翠红：将军，你太固执啦！

邓子龙：好姑娘。

翠红：将军，翠红已是死过一回的人了，就是再死一回，也要死在恩人身边。

邓子龙：傻姑娘，年纪轻轻，何出此言。

翠红扑通一声双膝跪下，泪水夺眶而出：将军，小女子与刘老贼有深仇大恨啊！自我父亲死后，我母女俩虎口逃生——

（回放）刘府。

翠红母女被冲散后复见相拥，悲喜交加。

刘府家丁把翠红母女抢到刘府。

翠红为斜躺在床上抽大烟的刘世曾捶腿，刘世曾望着翠红淫笑，一把将翠红拉倒在怀中非礼，翠红极力反抗。刘世曾兽性大发，扯开翠红衣衫，抱住又亲又搂。翠红娘端茶进房，见状吓得茶杯落地，奋不顾身地扑向刘世曾。刘世曾大怒，跃起抽出床头宝剑砍去翠红娘左手拇指。

翠红受辱，欲寻短见被女佣救下。

家丁把翠红娘驱出府门，从翠红娘掌上流出的鲜血一滴滴洒落刘府门前。

翠红:母亲被赶出刘府后,生死不明。为寻找母亲,翠红才忍辱偷生。

邓子龙满腔悲愤，扶住翠红，泪眼中闪现翠红娘端碗、抓栅的残缺手掌，忽而一喜：等等。

邓子龙说着旋风般奔出大院，跑往书院。

翠红一脸迷茫。

邓子龙拉着翠红娘喜气洋洋地走进屋堂：翠红，快看看谁来了！

翠红出房看清来人正是自己的母亲，悲喜交集，扑进老母怀中，大喊：娘！

翠红娘紧紧抱住女儿，老泪纵横：我不是在做梦吧？

邓了龙：恭喜你母女团聚啦。

翠红娘拉着女儿跪在邓子龙膝前：将军大恩大德，小民再生衔环相报。

邓子龙扶起母女：此地不宜久留，大娘还是带翠红姑娘早早离开这个是非之地吧！

翠红娘：将军这是哪里话？我母女二人的贱命都是将军捡回来的，将军今日有难，我们若偷生离去，还是人吗！

邓子龙无限感慨。

刘世曾家丁匆匆走进，递上大红请柬：邓将军，巡抚大人有请！

17

刘府客厅。

邓子龙与汪、齐两位妻子泪眼相对，良久无语。

邓子龙抚摸汪孟秀的乱发，伤感地说：岁月不饶人啊！

汪孟秀鼻子一酸，动情地扑入丈夫怀中：武桥！

儿子大同、小周双双跪在父亲膝前：孩儿拜见父亲！

邓子龙扶住两个仪表堂堂的儿子，深情地望着两位妻子：真是苦了你们啊！

汪孟秀苦涩地一笑：夫君身负国事，妾等理当操劳。

邓子龙：得如此贤妻，夫复何求？

汪孟秀温柔地把一件补好的布衫披在丈夫肩上，强作笑颜：夫君志在四方，妾心长相随从，犹如一片落叶，纵使海角天涯，也要落在夫君身边。

邓子龙凝视着妻子，深沉地说：你，变了！

汪孟秀突然哭泣不语。

邓子龙心如火焚：夫人，这是为何？

汪孟秀：武桥！你的事我们全都知道啦。你蒙冤至今，音讯全无，就连旺八也没有一封家书寄回，妾等思念夫君，常在梦中听见你的战马嘶鸣。为夫君的功名前程，为妻室儿女安宁，才携姣儿不远万里，随巡抚大人……

邓子龙以拳击桌，愤然而立。

汪孟秀、齐氏、三三等人全都跪伏于地。汪孟秀以泪洗面：夫君不要再固执……

邓子龙怒斥：住嘴！

大同、小周：父亲。

邓子龙牙根咬出血来：你们，好糊涂啊！

永昌总兵府。

姜忻默默地观看着李士达书房中挂着邓子龙诗句：我去莫教棋石烂，看山亭上月长圆。

李士达忧心忡忡:邓将军的脾性我们都是知道的，他断然不会复出。

姜忻：是呀，邓将军是去也不成，不去更不成，进退两难啊。

李士达：黔国公进京至今未归，眼下都是他刘、景两家的天下了!

姜忻：士达兄，我们与邓将军共事多年，志同道合，眼下……

李士达用手势压住姜忻的话：士为知己者死!

姜忻大喜，激动地说：好，我就等你这句话!

两人携手走出书房。

李十达：来人!

一武将应声出现在大厅门前：将军，有何吩咐?

李士达：传我将令，速调三百轻骑待用!

刘府刑室。

烛光昏沉，阴气袭人。

刘世曾大手一挥，两扇铁门随之洞开，现出带血的刑具。

邓子龙血肉模糊，耳边回响起儿子惨烈的呼叫声：父亲救我……

邓子龙心似箭穿，紧咬嘴唇，血从嘴角一滴滴地往下掉。

刑场。

阴风怒吼，悲号哀鸣。卫戍森严，气氛肃穆。

刑场上，邓子龙身负刑枷，昂头挺立。

刑场下，血痕斑斑的邓子龙仰起不屈的脸。翠红母女跪在汪夫人身后痛哭失声。围观百姓全都潸然泪下。

鼓点揪心，汪孟秀悲愤地扑向刑台：武桥!

大同、小周亦跃上刑台，跪地抱住父亲的大腿呼喊：父亲!

刘世曾冷笑：邓将军，本院是爱莫能助啰。

邓子龙两行热泪滴洒在儿子的秀脸上，凄楚而坚毅地说：孩儿，为父此去别无挂念，只望吾儿不求闻达，好好学成一门手艺，勤劳度日，孝顺母亲。

乌云蔽日，飞沙走石。

鼓声响起，场上哗动。百姓纷纷跪地，泣声一片。

景宗梁：刀斧手！

刀斧手应声举刀。

辕门外，三个衣衫褴褛、蓬头垢面的壮汉苦苦哀求守门官兵。

官兵昂头不理。

城郊山林小道，李士达、姜忻全副武装，心如油煎，扬鞭催马。率轻骑赶赴城关。

狂风拂卷邓子龙花白的须发。

景宗梁：斩！

刀斧手砍刀落下，翠红愤然跃起以身相护，随之发出一声凄惨的尖叫。

翠红背部鲜血渗出，倒在邓子龙怀中。

守城官兵举枪拦阻三名衣衫褴褛的壮汉。三人激愤地夺过守城官兵手中的武器，杀入刑场。

刀斧手再次举起大刀砍下。

“嗖”的一声，一支飞镖将刀斧手大刀击落。

景宗梁拔刀吆喝守卫围向邓子龙。

“谁敢妄动！”三壮士呼啸一声跃上刑台护住邓子龙。

全场顿时乱作一团。

刘世曾大骇：大胆叛贼，敢闯法场，来人，给我拿下！

景宗梁举刀直取三壮士，三壮士背靠背迎战。

刘世曾喝令：紧闭城门，不可放走逆贼！

李士达、姜忻一马向前，冲到城门，举剑刺中关闭城门的守城兵士。

三壮士寡不敌众，渐显败象。

“我来也！”李士达、姜忻声到人到。

李士达率轻骑冲进校场与守卫激战。

刘世曾、景宗梁见大势不好，纵身上马冲出城门落荒而逃。李士达、姜忻跃马追去。

三位壮士跪伏在邓子龙面前：将军！

邓子龙惊视三人：你等不好好镇守边关，来此做甚？

旺八：我们被刘贼遣回老家却得知刘贼把嫂子、侄儿带到永昌，生怕有所不测，才和张智、维新赶来。

邓子龙：那邓勇呢？

张智：大哥蒙冤后，三千将士顷刻瓦解。邓勇兄弟……

邓子龙：快说，邓勇怎么样了！

三位壮士垂泪不语，一齐跪倒在邓子龙面前。

邓子龙见此情形，便知邓勇定是凶多吉少，脑海中闪现出——

小道，邓勇追赶失魂落魄的刘世曾。

邓勇披麻戴孝跪伏在邓文光灵柩前。

法场，邓勇昂起坚毅的脸，大义凛然，指责景宗梁。

隘谷，邓勇横刀立马，斩杀象兵。

关外，邓勇望着囚车深深的辙印，拔刀狂啸。

汪孟秀等家眷团团围在邓子龙四周，悲痛不已。

邓子龙双眼中慢慢溢满泪水，仰天呼唤：邓勇！

山谷回音。

破亭。残祠。

18

清平洞。洞前桃花盛开。

邓子龙领着家人走进恤忠祠，庄重地祭祀阵亡将士。李士达、姜忻默默地肃立在邓子龙两边。

良久，李士达轻声地把邓子龙从悲痛中拉了出来：邓兄，走吧！

邓子龙旧地重游，感慨万千。

小周指着石洞问邓子龙：父亲，这就是你的将军府吗?

邓子龙望着儿子苦笑着点点头。汪孟秀爱怜地在小周屁股上拧了一把，小周吐吐舌头躲到三三身后：还是三婶好。

旺八冷不丁地把小周举在自己肩上：八叔更好哩。

小周一双小拳拍打旺八的头：八叔坏！

众人都被小周逗乐，开始说笑起来。

李士达心事重重地:邓兄，今此一别，不知何时再见，请多多保重。

邓子龙:武桥是无官一身轻啊，只是你和姜忻两位贤弟，重任在肩，万万不可松懈啊。

姜忻：眼下缅人贼心不死，滇西诸多重镇一一失守，我等和邓兄一样，纵胸有御侮大志，又有何用？

邓子龙感叹：是啊，万里河山，全在朝廷一念之间。

李士达：他们说叫你打，你就拼命，他们说不打，你就是急死也没办法！

邓子龙：打也好，不打也罢，我们在乎的只是天地良心。

李士达：局势令人担心啊。

邓子龙：江山代有人才出，老弟就别杞人忧天了。不过，武桥还有一件事放心不下。

李士达：邓兄但说无妨。

邓子龙：我这一去，刘、景二贼岂肯与两位兄弟善罢甘休？再说，把从江西、浙江、福建带来的诸多兄弟丢在滇西，武桥于心不忍！

李士达：邓兄放一万个心吧，云南还有沐大人罩着，他刘世曾、景宗梁也不敢把弟兄们怎么样。

邓子龙欣慰地笑了，他们边说边谈，经磨剑池、洗马池、解甲亭，登上看山亭。

邓子龙极目眺望，当日与象兵作战的情景历历在目，无限感慨，语重心长地吟出：

我去莫教棋石烂，看山亭上月长圆！

旺八等人眼中流露出依依不舍之情。

日出日落，晴雨交替。

车轮滚滚，骏马奔驰，一路欢笑，一路风尘。

邓子龙携带家眷在旺八、张智、邓维新的护卫下驱车踏上回乡的路。

福州城。傍晚。

邓子龙一行风尘仆仆地来到福州城郊。

旺八骑在马背极目远眺，福州城的模糊轮廓出现在眼中，高兴得叫了起来：大哥，快到福州啦！

邓子龙闻声揭开轿帘，欣慰地笑了笑：过了福州，就快要抵达江西地界了。

旺八：都已经跑了三天三夜了，人累马也累，大哥，要不要在福州城歇一夜？

汪孟秀也揭开轿帘，探出头来，抢先答道：不歇了，再熬两天，就到家了。

邓子龙：看看，你嫂子又在省钱了。

汪孟秀娇嗔地瞪了丈夫一眼：你不管家不知道柴米油盐贵，摸摸自己的米缸底吧！

邓子龙：大人吃得消，孩子吃不消的，一路颠来颠去的，我这把老骨头都要散架啰。

汪孟秀：一说就挂孩子的名，明明是你自己想享福。

邓子龙望着落日：再苦也不能苦了孩子呀！旺八，天也快黑了，你先去打个前站，安排一下吃和住。

旺八应声快马而去。

汪孟秀望着旺八的背影高声叮嘱：挑便宜点的客栈！

街灯点点，店铺前的一盏盏灯笼点燃。

旺八领着一行人走进街巷的一家“凯旋”客栈。

老板和店小二笑脸相迎，忙前忙后地安顿客人。

老板笑着向邓子龙解释：小店本小利薄，条件有限，请客官多多包涵。

邓子龙：哪里哪里，过路人歇歇脚就行。

老板吩咐小二招待洗漱等事项后，对邓子龙欠欠腰：客官有事尽管吩咐。

邓子龙笑着点点头：老板有事就先忙去吧。

老板正欲离去，又突然返转身子，叮嘱道：对了，各位晚上睡觉警醒些。

老板说完刚要走，却被邓子龙叫住：老板，请问为何？

老板叹了口气：说起来就话长了。自从邓子龙赶走倭寇后，我们福州也真正太平了几年，田地好种了，生意也好做了。可是近两年市面就又有些不平静了，偷盗抢劫时有发生。特别是几个自称赛时迁的恶贼，猖狂至极，打家劫舍，无恶不作，直搞得人心惶惶，天没黑就都关门闭户。我看你们都是老实本分人，才多交代几句。

邓子龙：那官府就不管吗？

老板：管呀，管银子！

旺八：官府不管，老百姓也不管吗？

老板：谁敢管？前街有个老者只喊了一句“有贼”，就被打断了一条腿！

邓子龙想了想，交代老板：今晚上贵店门口的灯笼就不要熄、店门不要关了。

老板：那怎么行，这不更招贼吗？

邓子龙：我们那几辆马车也让它停放在街道边。

老板：不行，不行，万万不行，要是被偷走了，我这小店可赔不起呀！

邓子龙：放心吧，若贵店有什么损失，由我加倍赔偿。

老板半信半疑：那我就照客官交代的办。

老板离开后，邓子龙把旺八、张智、邓维新细细交代了一番。

夜深人静，街灯尽熄，唯凯旋客栈门口两盏灯笼通明。

巷子深处几声狗吠，增添几分恐怖的气氛。

老板和店小二更为担心害怕，在床上用被子把头盖了个严严实实。

汪、齐两位夫人也不敢大意，把两个孩子抱在怀中，坐在床头不敢入睡。

旺八站立在临街房间木窗边，在窗纸上戳了一个小洞，眼贴小洞观察街上的动静。

大街黑暗深处，数个影子飞快地向客栈走过来。

旺八轻咳一声，邓子龙在楼道口黑暗处连拍三下巴掌，张智、邓维新从偏房出来，摸黑下楼。

黑影走近街边马车，高兴得低声议论起来。

甲：发财了，是官府的。

乙：好像是贩布、贩盐做生意的。

甲向另外三人指指楼上、大门、低喝一声“上！”

四个黑影拔刀冲进店门，摸黑上楼。

待黑影上楼后，守在两边门角的张智、邓维新立即关上大门用横杠卡好。

黑影全部上楼后，邓子龙一腿飞扫过去，三个黑影嘭的一声栽倒在楼板上。

另一个黑影高叫一声为自己壮壮胆子：哪个不要命的，敢得罪赛时迁爷爷！

他的话声刚落，旺八从窗口跃了过来，一个掌拍中黑影的背，黑影惨呼一声，忍痛窜向木窗。旺八蹲身伸出右腿往下一扫，黑影立时被绊倒。

那三个倒在地板上的恶贼就地一滚，分别从三个方向跃起，举刀砍向邓子龙。邓子龙冷笑一声，矮身打了个磨盘，双手运气推出，三个黑影嗷嗷大叫。其中一个恶贼惊叫一声“扯乎”窜向楼道口，一脚踩空栽下楼去。另外两个恶贼被邓子龙制住，高喊着“好汉饶命！”

同时，另外两名恶贼也分别被旺八、张智和邓维新擒住。

老板、店小二掌灯一看又惊又喜。

天大亮。

四名恶贼被绑在街上木柱上示众。

围观群众愤愤然地向恶贼吐唾沫、扔杂物，指责恶贼。

店老板把邓子龙等人送出大门，拱手道谢：英雄啊，你们可为福州百姓除害啦！

邓子龙亦拱手笑答：举手之劳，何足挂齿。

“邓子龙，邓将军！”围观人群中有人指着邓子龙惊呼起来。

围观的群众听到后马上围了上来，恭敬而热情地招呼：邓将军！

顷刻，街上沸腾起来，人们纷纷赶来看望自己心目中的英雄。

店老板和小二拦住围观的群众，让邓子龙一行登车启程。

街道两边店铺大门大开，挥手向邓子龙致敬。

邓子龙一行慢慢走出城区。

背后，响起雷鸣般的掌声和欢吁声。

19

南昌滕王阁。盛夏，烈日炎炎。

游人寥寥。邓子龙携家眷登楼游览。

邓子龙极目远眺，干涸的河流、枯萎的庄稼，不由心内惆怅，感叹：

王勃的一句“秋水共长天一色”，引来古今多少文人骚客，今日在我武桥眼中，却是如此荒芜。

汪孟秀：天灾人祸，自古有之，夫君何必如此伤感。

邓子龙苦笑摇摇头：那又能怎样呢？

旺八：大哥，没什么好看的，我先走了。

邓子龙：不急，明天就到家了。你们跟着我打打杀杀几十年，难得清闲片刻，今日大家就好生歇歇，到处走走看看。

旺八：那你和嫂子呢？

邓子龙：孩子们累坏了，你先把她们送回客栈休息吧，我要去拜访几个昔日同僚，再顺便上梦山了却一桩心愿。

汪孟秀：夫君是尘心未了啊。

邓子龙笑笑：什么都瞒不过你！

众人说笑着走下楼阁。

南昌府衙。

青衣小帽打扮的邓子龙徒步走到衙门前被侍卫拦住，邓子龙笑问：请问小哥，陈知府在吗？

侍卫上下打量了邓子龙一番，不屑地说：知府大人也是你说见就能见的吗？

邓子龙：请小哥通报一声，丰城武桥求见。

侍卫：丰城武桥？没听过。

邓子龙：就说邓子龙吧。

侍卫：你是邓子龙？

邓子龙：正是。

侍卫：别开玩笑了！人家邓子龙是堂堂正正的兵马大将军……

邓子龙笑笑：可现在革职返乡啦。

侍卫：……

“谁呀？”陈知府从衙门走出见了邓子龙一惊：哦，是邓兄啊。

邓子龙拱手：知府大人，武桥借路经过，顺便登门拜访。

陈知府眼珠转动：什么拜访不拜访的，你我也是至交呀。不过，很不凑巧，本官有要事在身，下次为邓兄接风洗尘吧。

邓子龙心头一凛：那武桥就不打扰了。

陈知府：邓兄走好！

邓子龙苦笑着反身便走。

豫章书院，书声琅琅。

邓子龙走进书院，止步聆听孩子们的读书声，脸上露出欣慰的笑容。

正在为孩子们授课的吕大章看见站在庭院中的邓子龙，惊喜地跑出来，孩子似的紧紧抱住邓子龙：武桥兄，你可想煞小弟啦！

邓子龙哈哈大笑：我还以为先生忘了武桥呢。

吕大章：哪敢？今天小弟还给孩子们讲了你的《横戈集》呢。

邓子龙：人生识字糊涂始。武桥何德何能！

吕大章：老兄这是哪里话，天地有正气啊，你的诗写得多有气概，激荡人心啊！

吕大章说着把邓子龙带到书房，又是端茶，又是倒水，十分殷勤。

邓子龙：想不到我这落魄之人，却受到先生如此款待。

吕大章：小弟也万万没想到一个威震四海的戍边大将军，也有这般世俗之见！

邓子龙：不瞒先生见笑，武桥是在江湖上行走，越走越寒心啊！

吕大章：错！人生一世，草木一春，唯英雄气节、仁义胸怀，才可万世流芳，永垂不朽！

邓子龙：还是先生实在啊。武桥今日专门拜访，就是要效法先生，落得个自在实在清静清闲。

吕大章：又错！古人云，武能安邦，文可治国，眼下外患严重，国家急需的还是老兄这般人才啊！说到这里，小弟倒有个不情之请，老兄若有闲，可否屈职卑院，兼作武教？

邓子龙拱手：听先生一席话，胜读十年书，武桥茅塞顿开，孩子为强国之基，定当义不容辞！

高升旅馆。夜。

小周小脸红赤、双眼紧闭躺在床上梦呓。汪、齐二位夫人静静地坐在床边，望着小周默默流泪。三三急得在房中团团转。

旺八领着老郎中走进房中，汪、齐二夫人慌忙起身恭迎。

老郎中仔细为孩子号脉诊断。

汪夫人：老先生，这孩子……

老郎中擦拭老花眼镜，不紧不慢地：孩子在出天花。

齐夫人情急：那可怎么办？先生，求求你，救救我儿。

老郎中：夫人也不必着急，只要退了烧，孩子就无大碍。我这里有祖传丹药，今晚服下，看看明早能不能退下来。

老郎中从药箱取出丹瓶，交代服用方法，在张智的陪同下走出房间。

三三端来凉开水帮两位夫人给小周喂药。

三三催促旺八：设法去告诉姑爷呀！

汪夫人：他上梦山了，等天亮吧。

梦山娘娘庙。

邓子龙疲倦地合上眼皮，进入梦乡——

罗洪先走下神坛，邓子龙慌忙跪拜：恩师!

罗洪先扶住邓子龙：徒儿受苦了。

邓子龙：徒儿托恩师的福，大难不死。

罗洪先:经得三苦三难，方为人上之人。徒儿灾星未满，尘心未绝，要步步谨慎。

邓子龙：徒儿已落魄至此，不知还有何灾星可言?

罗洪先：徒儿家乡叫什么?

邓子龙：落星桥啊。

罗洪先点点头:星未落，怎叫落星?为师夜观天象，武曲星主东北，暂蒙昏尘暗晦，却有待云开光明之时。

邓子龙：请恩师指点迷津。

罗洪先：徒儿尚在建功立业之时，万万不可偷闲。

邓子龙：徒儿牢记恩师教诲。今日一别，不知何时再能谒拜仙颜?

罗洪先：来日再见定在人间三阳之外，望徒儿珍重，为师去也。

邓子龙拜了又拜：恩师!

邓子龙高呼着“恩师”从梦中惊醒，睁开双眼时天已大亮。

高升客栈。

小周小脸发红，双目紧闭，嘴角不时抽动，双拳紧握，小足不时颤动。

汪、齐两位夫人望着不省人事的爱子，急得失声痛哭:小周，乖乖，你醒醒，你醒醒呀!

张智领着老郎中急急走进房中。

老郎中用手掌摸摸小周额头，再扳开他的小拳仔细看了看小指、掌心后，脸色十分沉重。

汪夫人神情异常紧张而担心：老先生，一定要救救我家孩子啊！

老郎中语气低沉：夫人，孩童受风寒太深，他已高烧一夜，连老朽祖传紫金丹都无效，难哪。

齐夫人一听，便又哇的一声扑在小周身上撕心裂肺地号啕痛哭。

张智以恳切的眼光望着老郎中：难道先生就没有别的法子吗？

老郎中沉思了一会，摇摇头：方子倒是有一个，不过，很难得到。

汪、齐二夫人性急地：先生快说，就是天上的星星也要去摘。

老郎中：我这方子需一味药，千年犀牛角。据老朽所知，这犀牛角全南昌城只回生堂有一支，是祖传三代镇铺之宝。

张智：那要用多少钱能买到？

老郎中：这不是钱的问题。

汪夫人：那是什么？

老郎中：这千年犀牛角可是人家祖传的镇铺之宝啊，前朝铅山有个药铺大老板用半边街的铺子来换他家都不肯换呢。

张智望望沉睡的小周，低声问老郎中：我家小主人还能等多久？

老郎中：老朽再给你几瓶紫金丹，再在他口中含一支人参，最多也就明天吧。

张智：老先生放心，我们能办得到！

老郎中：那就看你家小主人的造化了。

回生堂大药铺。

钱老板在客房接待邓子龙和张智。

邓子龙十分性急却非常诚恳地恳求：钱老板，你也是个有名的大善人，犬子的病确实急需用药，请大发慈悲，救救犬子性命。

钱老板：实不相瞒，本店确实有支千年犀牛角，不过，那是祖上之物，总不能败在鄙人手上吧？那可是大不孝哪，请两位客官多多理解，多多包涵。

张智见钱老板推三阻四，心头火起，脸呈怒色，暗暗握紧了拳头，邓子龙发现后，暗暗使了个眼色阻止张智的鲁莽举止。

钱老板：跟鄙人使性子就大可不必吧。请客官打听打听，在南昌府方圆百里，钱某怕过谁？

邓子龙：钱老板，不是这个意思，我兄弟只是太心急了，你千万别误会。

钱老板：看你也是个明白人，说实话吧，任何严重的病，也用不了小铺一支整整的犀牛角，就是用得了他也买不起！

邓子龙：请钱老板多多指教。

钱老板：像贵公子这样的因天花引起的高烧，还用不了它的十万分之一呢！

邓子龙：那……

钱老板：也就是说只要把它在瓷碗水中磨他个十圈八圈足矣。

邓子龙：有这等神力？

钱老板：这就是千年犀牛角的奇妙之处。

邓子龙：请老板成全。

钱老板：客官也是个本分人，钱某就破个例吧，让你磨十圈治治贵公子吧。

邓子龙：请老板说个价钱。

钱老板：就十两银子吧，也算是为以后立个规矩。

邓子龙：多谢钱老板，三天内我来取货。

钱老板仔细上下打量了邓子龙一番，惊疑地：不会吧，十两银子还要等三天？

邓子龙：囊中羞涩，还要回老家去取呢。

邓子龙与张智告退，钱老板叮咛：客官早去早回！

南昌府衙客厅。

陈知府给邓子龙挪过茶杯，十分为难地说：不怕邓兄笑话，这几年本府也确实有些难处啊，官饷、军饷暂且不说，府衙这么大一摊子，几百人吃饭，吃了上餐还不知下餐啰！本来嘛，邓兄有难，本府自应两肋插刀……

邓子龙愤然起身：告辞！

陈知府一怔：邓兄……

邓子龙头也不回地迈出客厅。

邓子龙心情沉重走进高升客栈。汪、齐二夫人及众人焦虑地望着邓子龙。

齐夫人：夫君，陈知府怎么说？

邓子龙默然不语。

旺八：这个忘恩负义的王八蛋！

汪夫人：都别说了。夫君，你也别急，总会有法子的。

张智：真是人情比纸薄，都是些势利眼！

齐夫人：姐姐，是不是派人赶回丰城……

汪夫人摇摇头：远水解不得近渴呀，再说，家里没底子，左邻右舍一时间也凑不起这么多，娘家也指望不上。我看这样吧，我这里还有点首饰，拿去多少能当几个钱。

汪夫人说着取下耳环和头饰。

齐夫人也跟着取下首饰。

邓子龙双目含泪，依然沉默不语。

旺八一把将三三拉到一边细语，三三点点头，跟着旺八悄悄走出店门。

滕王阁。傍晚，日沉西山。

一阵卖艺锣响，三三两两的游人向卖艺人围过去。

旺八打着赤膊表演岳家拳术，三三敲锣一旁吆喝。

旺八表演完一巡后，三三以锣当盘向围观游人求赏钱。

旺八向游人抱拳：各位看客，在下旺八，借路经过，因朋友有难，特来卖弄几路猫脚功夫，请各位伸出援手，以解朋友燃眉之急。

三三转了一圈，盘中只有几文零星小钱，急得泪花闪动。

人群中的吕大章从衣袋中掏出几个铜钱放于盘中，三三躬身连声称谢。

旺八亦急得跪地抱拳：求求大爷、大娘、叔叔、婶婶和各位兄弟姐妹了！

观客交头接耳，仍无动于衷。邓子龙、张智等赶到，急急扒开人群挤上前。

旺八垂泪：我家小主人危在旦夕，求各位行行善……

“大胆！”邓子龙大喝一声，迈进场子，对着旺八举手要打。

三三走到邓子龙身边，双膝跪下：姑爷！

邓子龙满腔悲愤对着旺八发泄：你看我的老脸丢得还不够吗！

邓子龙一拳正中旺八的脸，鼻血立即流出，旺八却一动不动，泪眼以对。

“大哥！”张智亦跪在旺八身边，垂泪哀求：旺八兄弟也是迫于无奈，你就饶了他吧！

邓子龙正怒火中烧，一脚又把张智踢倒。吕大章匆匆挤到邓子龙身边，抓住邓子龙再次举起的胳膊，劝慰说：邓兄家的事，小弟这才知道。

接着转对观众：各位，大家都知道这位是谁吗？他就是我们江西大名鼎鼎、威震四海的抗倭名将、镇边将军邓子龙！

“邓子龙？”观众兴奋起来，以钦佩的眼光看向极度悲痛的邓子龙。

吕大章亦悲愤地高声继续说：就是我们这位南征北战的大将军，现在小儿病危，就连区区十两文银的买药钱都拿不出来，他的弟兄们才迫于无法，来此卖艺，哀求各位！

“别说了！”邓子龙悲痛难忍满脸泪水跪在旺八、张智面前：是武桥无能，连累了兄弟啊！

旺八、张智、邓子龙三人抱头悲恸不已。

围观群众默默流泪纷纷掏钱掷于盘中。

钱老板老泪纵横，抱住邓子龙：小人有眼不识泰山。邓将军，大英雄啊！

20

落星桥狮子邓家。如邓子龙儿时景象，没有他年轻时代那般辉煌，就连祠堂门前那对千钧石狮也似乎显得没有丝毫生气。

邓子龙一行背着简单的行李，徒步走进村庄，大同拉着小周活蹦乱跳地跑在前面。

汪夫人吩咐三三：三三，你先走一步，快去家里响挂万鞭爆竹冲冲霉气。

三三把肩上的行李放到旺八手上，应了声“是”，匆匆跑向家门。

祠堂门口年近八十的老族长瞧见，慌忙转身从厅堂拿了面大锣“咣咣咣”地敲了起来，大声对着村里喊叫：乡亲们都快出来啦，我们的大将军回来啦！

此时，邓子龙家门口也响起了噼里啪啦的爆竹声。

人们都从自己家里纷纷跑出，热情地欢迎亲人。

寂静的小山村，一片欢腾。

邓子龙把老族长请进厅堂，对着老族长大礼跪拜，老族长慌忙扶住：贤侄，拜不得，拜不得，你是朝廷命官哩！

邓子龙苦笑：族长大人也在取笑武桥。

老族长摇头：官没有了声誉在，铜盆烂了分量在。贤侄，我们要自己看得起自己！

邓子龙：这才是甜不甜故乡水，亲不亲故乡人哇！

老族长：说得好，人亲水也甜！

夜。邓子龙与汪夫人亲昵地坐在床沿说着悄悄话。

邓子龙：这些年也真难为夫人了，几个孩子都是你一把屎一把尿带大的。

汪孟秀笑笑：这一点你也真的说对了，大同、小周这两个孩子，就是亲我，一天到晚“大妈、大妈”的挂在嘴上，叫个不停。

邓子龙叹了口气：只怪武桥无用，一个堂堂正正的朝廷三品武官，妻儿却都钻在狗窝里过日子。

汪孟秀摇头：妾身早就说过，叫花子做官，叫花子团圆。这也好啊，早见父母晚见妻，一家子团团圆圆，再也不用过打打杀杀、妻儿跟着担心受惊受吓的日子了。

邓子龙：可也得过日子呀，武桥戍边十年，没有半点积蓄……

汪孟秀安慰丈夫：船到桥头必然直。

邓子龙：我没什么手艺，只会几路拳脚功夫……

汪夫人眼前一亮：对，开武馆！

邓子龙兴奋地抱住爱妻深深地亲了一口：还是夫人有办法！

汪夫人用指尖点了丈夫一下额头：老不正经！

汪夫人卧房对门房间是旺八的卧房，旺八搂着妻子三三亲热。

三三从丈夫怀中挣脱出来：就知道快活，脑袋不想事！

旺八笑了笑：倒下天来有长子，倒下地来有矮子，大哥大嫂脑子灵活，用不着我们去操心。

三三正经地：一家子麻大米小的，以后可怎么活啰。

旺八：会愁老你哟。

三三：不愁，这么多张嘴，吃土啊？

旺八摸着脑袋，也真被妻子问住了。

三三愁眉不展：我们这家子的人都是田不能耕、地不会种，往后靠什么挣钱过日子啊。

旺八：说得也是，像我们这些当兵的人，除了打打杀杀什么也做不了。

三三眼前一亮：对，教打！

旺八：你是说教场子？

三三：对、对、对，办个武馆！

旺八高兴得又搂住妻子：还是老婆脑子好使！

豫章书院。春暖花开。

"横戈武馆"醒目的招牌挂在书院的大门口，书院内外，披红挂绿，喜气洋洋。

附近百姓欢天喜地地涌向书院。

旺八、张智点燃万鞭爆竹，人们一片欢腾。

吕大章和邓子龙并肩站立书院门前台阶上，笑容满面抱拳招呼捧场的人们。

吕大章：各位，请静静。今天，是横戈武馆开张大吉大喜的日子，感谢各位光临捧场。这位就是武馆的总教头，大家都熟悉的抗倭英雄、镇边大将军邓子龙！

围观人群热烈鼓掌欢呼。

邓子龙拱手向围观群众热情地打招呼：我邓子龙出门在外几十年，也从没有为家乡父老做什么好事，心中有愧！现在，我和兄弟在吕先生的大力鼎助下，借书院一角开设武馆，旨在协同书院引导大家，特别是青少年习文练武、强身健体，诚请各位捧场！

围观人群拍手称“好”，气氛十分热烈。

一位老者牵着十岁孩子挤到人群前面：敢问邓大人，我这个小孙子读不上书，喜欢练武，只是……

邓子龙会意点头笑笑，抱起小孩向观众大声宣布：横戈武馆全在义务，不收取分文！

人们报以热烈的掌声，纷纷拉着自己的孩子挤到一边的报名台前。

霎时，报名台前排成了一条长长的队伍。

邓子龙与吕大章相视而笑。

张智从人群中挤到邓子龙身边，指着人群中钱老板等人低声说了几句，邓子龙大喜过望，吩咐：快快有请！

张智向钱老板招了招手，钱老板等人点着头向书院门口挤去。邓子龙对吕大章轻声说了一句，吕大章含笑与邓子龙一同返回书院。

吕大章、邓子龙热情把钱老板等人请进书房，张智忙着为客人倒茶水。

钱老板接过张智敬上的茶杯，笑着说：这巴掌大的地方，容不下这么多人，就别客气张罗啦。

邓子龙：书院条件有限,请包涵。钱老板,犬子捡回一条命,多亏……

钱老板：区区小事，邓将军何必挂怀。

邓子龙：那大恩就不言谢啦。

钱老板：今日贵馆开张吉辰，鄙人与这些商贾登门打扰，一是道贺，二是也想效法邓大人、吕先生为父老乡亲做点实实在在的事。

邓子龙：难得难得。

钱老板：我们都是生意人，孔夫子与我们无缘，关公爷更是高攀不上。有道是巧妇难为无米之炊，我们只能出几个钱，表表心意。

邓子龙：武桥办武馆，岂敢骚扰各位大贾乡绅？

钱老板：武馆是你自己的，孩子们可是大家的啰。

吕大章：邓兄，这些都不是外人，多年来书院也一直得到他们的资助，要不然，早就关门啰。

众人纷纷解囊捐款。

邓子龙抱拳答谢。

邓子龙、吕大章送客人出门返回书房。张智坐在桌旁，将捐款清点造册。

吕大章喜滋滋地说：邓兄，这下就不用愁钱吧？

邓子龙笑笑：办大事者，全是乡野可用之人。

吕大章：那是。你要办学，就是向官府磕烂头也要不到半分钱。

旺八拿出大红报名帖进来交给邓子龙：大哥，已有二百多人报名啦，后面的好多人，都不敢收呢。

旺八犹豫地说：我们这几个人手，顾得了吗？

邓子龙：先收下再说吧。

旺八：大哥……

张智一边忙事，一边插话：要是邓勇他们在就好了啊。

吕大章：旺八兄弟说得对，二百多号学童，靠我们几个事实上连水都搅不浑。依小弟看，还是把两位嫂夫人和三三请过来搞搞后勤吧。

邓子龙连连摇头反对：这怎么行呢？

吕大章：嫂夫人的文采可不在你我之下啰。

旺八：还有大同、小周两个侄子也早就到了上学的年纪啊，放到书院来，方便照顾，大家都放心。

邓子龙心不在焉：那……

吕大章：就这么定了。等会儿我去码头请艘船去接嫂夫人。

吕大章说着和旺八走出房门。

邓子龙坐到张智旁边书桌前，随手拿出一本书翻看起来，不一会便伏案昏然入睡，眼前幻出——

邓勇浑身是血从天而降跪到邓子龙身前：大哥，大哥！……

邓勇化去，陈行、邹良成、杜亮也都是伤痕累累同时跪伏到邓子龙身前：大哥，大哥！……

邓子龙睡眼垂泪，放声悲号：邓勇！陈行！良成！杜亮！

张智大惊，慌忙搁笔扶住做着噩梦的邓子龙，疾呼：大哥醒醒，大哥醒醒！

邓子龙醒来悲痛地抱住张智：邓勇、邓勇呢？陈行、陈行他们呢？

张智含泪安慰：大哥，你在做梦。

邓子龙捶胸悲号：好兄弟，是武桥害了你们啊！

张智：他们不会有事的，大哥。

邓子龙稍稍冷静：姚关一别，他们音讯全无，下落不明，我放不下心啊！

张智：待这里清静些，小弟前去寻找各位兄弟，大哥请放宽心肠。

滕王阁旁赣江码头。旭日东升，江水辉映。

码头上，帆樯林立，货物搬运工上上下下，忙忙碌碌。

邓子龙、旺八站码头，举目远眺江心来往的船只，心情极为焦急不安。

“来啦,来啦！”旺八指着一艘渐渐驶近的帆篷小渔船高兴得叫了起来。

邓子龙看清后点点头：是苦竹洲村的渔船。

“大哥，你等着。”旺八说着飞快地跑下码头。

帆篷落下，小船拢靠。大同、小周欢呼着从船头跳到码头上，三三扶着汪、齐两夫人先后下船，大家说笑着登上码头。

邓子龙已叫好几顶轿子等候，众人分别坐定后，车夫驭马拉着轿子前行。

轿子在豫章书院前停下，旺八招呼众人下轿。

吕大章、张智迎出大门，帮着拎东西。

邓子龙一手拉着一个孩子：好嘞，我家儿子也可以上学了！

小周指着庭院调皮地说：父亲，这是你的将军府吗？

邓子龙笑呵呵地说：小小将军府哪能装得下你们这些天下奇才呀！

吕大章把汪、齐两位夫人带到书房侧面的厢房，不好意思地说：嫂子就暂在这里委屈一下吧 。

汪夫人欣慰地笑笑:先生说哪里话？孩子有自己的学堂,比什么都好。

邓子龙催促旺八：快到时间了，这里有我们，你先准备带领学童做早操吧。

旺八应声“遵命”，对三三使了个眼色飞快出门。

钟声响起，书院前场子上聚集着好大一伙孩童，旺八站在台阶上吹着口哨，指挥着孩子们站好队形。

待孩子们稍稍安静下来后，旺八边教边示范。

大同、小周从书院里出来跑进孩子堆里，有模有样地模仿着挪开小腿站桩。

汪、齐两夫人倚着门框看着做操的孩子们欣慰地笑了。

南昌府衙。

陈知府气呼呼地背着双手在大厅走来走去：反了，反了！他邓子龙一条死蛇，却想不到竟在本府眼皮子底下掀起大浪，气死我啦！

师爷在一旁不紧不慢地煽风点火：也是啊，他邓子龙还把知府大人放在眼里吗？还有那些商贾乡绅，府衙要他们几个税钱，就好像在割他们身上的肉似的，可捐起款来，竟眼睛也不眨一下！

陈知府：他们是在和本府唱对台戏。你快快帮本府拟好一个官文，派些人去把那些店铺给老子封了！

师爷：大人万万不可操之过急。如没有充分理由，封店砸铺，一来会引起民众公愤，二来，这明显是拆邓子龙的台子，怕他出头……

陈知府：怕他什么？落汤的凤凰不如鸡！

师爷：可他是虎不落架呀。大人想没想过，他邓子龙功高震主，朝廷里为他说话的大有人在啊！

陈知府：文不行，武也不行，你叫本府怎么办？

师爷:大人，从长计议。若假以时日，让他邓子龙撞在大人枪口上，那就有理有据了啊。

陈知府：他邓子龙文韬武略，会有那么傻？

师爷：眼下就有一个机会。

陈知府：什么机会？

师爷：大人不是安义人吗？

陈知府：是啊，那又怎样？

师爷：不瞒大人说，安义县商会陈会长日前找过大人。

陈知府：为什么不告诉本府？他找本府何事？

师爷：因事关重大，不能影响大人前程，小人就擅作主张压了下来。

陈知府：哦？

师爷取出一大包金钱宝物交给陈知府：下月初一，西山万寿宫要大开庙门，为争上头香，安义、丰城两县香客约定以武定赢输，丰城人有五百钱，又扬言要请邓子龙出山，安义县怕斗不过，就来请大人派兵压阵，小人恐大人牵扯民间械斗事件，就不敢告知大人。这是陈会长托小人交给大人的一点茶水费，乡里乡亲的，大人一定要笑纳。

陈知府接过礼包：这……

师爷贴着陈知府耳朵根子嘀咕几句，陈知府点点头：那就按你说的办吧！

21

西山万寿宫。八月初一日凌晨。

西山镇人山人海，旌旗招展，鼓乐喧天，热闹非凡。

宫门前左右两边大街分别扎着安义县和丰城县两个香客阵营，他们相互对峙，界限分明。

安义香客舞枪弄棒，杀气腾腾。

丰城香客百狮齐舞，气势威严。

震天动地的鞭炮、锣鼓声中，夹杂着两方香客一阵阵呐与喊谩骂声。

宫内，灯火通明。

大殿东侧长桌两边分别坐着丰城、安义县的香客头人，桌子两头坐着宫中主持和西山地方官员。

主持急得满头大汗，向两县头人俯首作揖：施主请静心平气听老衲一句劝告，敬菩萨讲究的是一份实意诚心，敬头香、二香都是一个意思，何必争得面红耳赤，非要打个你死我活呢？各让一步，海阔天空。

安义头人：这是个面子问题，我们安义不比他丰城矮一截，凭什么年年都是他们敬头香，太不公平了！

丰城头人：丰城头天晚上为真君沐浴，初一开庙门敬头香都是老辈传下的规矩，不能说灭就灭。

主持点点头：因建大庙时，就有议定，哪个县的施主出的钱多，就由谁敬头香。

安义头人：什么规矩不规矩，都是人定的，现在官府有明文规定，今年是我们安义敬头香。

地方官员扬扬手中官府榜文：府衙已发榜文，头香是安义的！

丰城头人：不就是倚仗他安义出了个知府吗？还用官来压人！

另一丰城头人：一个小小知府有什么了不起，我们丰城还出了大将军邓子龙呢！

安义头人耻笑：落汤凤凰不如鸡！一个削职为民的罪臣也拿来装腔作势！

丰城头人：你……

豫章书院，旺八在打扫庭院，见一辆马车飞驰而来，待看清楚后立即呼喊着“族长叔”，跑步迎上前去。

老族长匆匆下车问：子龙呢。

旺八：在练拳呢。

老族长：快带我去他。

旺八带着老族长急急走进书院，正在练拳的邓子龙一见赶紧收桩上前抱住老族长：族长叔，您老终于来啦，可想死武桥啦！

老族长累得气喘吁吁地：贤侄，快，要打死人啦！

邓子龙：怎么回事？

老族长：丰城、安义，万寿宫……

老族长急得语无伦次，吕大章、汪夫人等听到院中声响，也全跑了过来。

邓子龙：族长叔，进来歇口气，慢慢说。

邓子龙把老族长带到书房坐定，汪夫人双手敬上一杯热茶。老族长接过茶喝了一口，渐渐缓了口气，从贴胸衣袋掏出一张榜文交给邓子龙：为万寿宫开庙门敬头香，官府发了这张榜文规定安义敬头香，我们丰城人能咽下这口气吗？肯定要闹出人命的。我急得没有办法，才包了辆马车从西山赶来，找贤侄想个办法。

邓子龙仔细看了看榜文后交给身边的吕大章：先生有何看法？

吕大章看后略略思索一下摇摇头：恐怕不只是灭规矩那么简单。

邓子龙心领神会，急切起身，吩咐旺八：速速租两匹快马！

吕大章劝阻：邓兄出面，这不正中了官府圈套吗？

邓子龙：顾不得许多了。丰城百狮上西山，没有武桥，谁人镇得住？

汪、齐两位夫人听事态极严重，对丈夫劝也不行，阻也不行，只能担心地叮嘱：夫君万万小心。

张智从壁上取下龙泉佩剑交给邓子龙：大哥，用此防身吧。

邓子龙笑笑轻轻推开：又不是杀倭贼。

老族长：安义人也好强，枪刀不留情，贤侄还是带着吧。

邓子龙：武桥又不是去打架，用不着。族长叔，您先在这歇着吧，武桥去去就回。

老族长：那怎么行呢，村上那班后生，我不放心。

旺八牵着两匹高头大马在门口等候。

邓子龙挽起老族长胳膊笑着说：那就一块去吧。

邓子龙抱住老族长纵身上马，挥鞭飞奔而去。

丰城、安义双方头人争执不下，开始恶语相向，主持再三劝说都无济于事。

地方官员：我看还是请丰城人让着些吧，按官府说的办。

丰城头人：官府欺我丰城朝中无人！

地方官员：说得对，你们丰城如果邓子龙没下台，谁敢发这个榜文？所以，请你们丰城人多多理解我们这些地方小萝卜头的难处，官大一级压死人啊！

丰城头人愤然起身：不就是死人吗？

另一个丰城头人：丰城人，没一个怕死的！

安义头人不服：我们安义人也不是狗熊！

双方头人谈判中断，纷纷摩拳擦掌起身离去。主持急得满头大汗，跪到许真君神像前祈求，把个额头磕破了。

庙门打开，双方头人回到自己的阵营，用手势号令自己的队伍冲锋陷阵。

安义头人大喊：安义不怕死的，上！

丰城头人号令：岳家狮打头阵！

号令一发，双方阵势雷动，呐喊声四起。安义百名青壮年头扎红布，手执刀枪剑棒，吆喝着冲向丰城阵营。丰城百狮劲舞，双方混战在一起，眨眼间已有多人受伤。

万寿宫对面一幢阁楼上，师爷陪着陈知府推窗默默观望场子上的动静。

陈知府皱了皱头：好戏都已经开锣了，怎不见主角出台呢？

师爷抬眼望了望，见两匹快马飞奔而来，大喜：来了！

陈知府立即吩咐：通知伏兵，邓子龙一动手，马上擒拿！

师爷应了声“是”，匆匆走下阁楼。

双方刚好短兵相接，一场惨烈的血战即将爆发，邓子龙、旺八骑着马直插两阵营中间，缰索一勒，烈马前腿悬起仰天长啸，邓子龙随之大喝一声：住手！

人们的情绪激愤，对邓子龙的喝声置若罔闻。

丰城百只雄狮更为威猛，飞跃人们头顶，直冲对方阵营、

邓子龙见劝阻无效，交代旺八护住老族长，自己翻身下马，随手在丰城一名舞狮者手中夺过一对“水火流星”，随手甩动。一个“雪花盖顶”，直往丰城百狮头上飞旋。

邓子龙手中“水火流星”愈舞愈急，流星绳索舞成一条直直的棍棒，绳索两端的松明子顷刻间化成两团熊熊烈火直扑双方冲杀的队伍。丰城群狮纷纷后退。

安义的先锋队见此状，也吓得退回三丈。

陈知府见场上稍稍平复，不由得眉头紧皱：这邓子龙怎么就是不上钩呢?

师爷暗自惊叹：不愧为兵马大将军啊！他既为丰城人又不护短，真拿他没办法啦!

陈知府沮丧地：撤!

百狮亮相，舞狮人愤怒地瞪着邓子龙："你是丰城人，为什么专往自己人头上打？还做过大官呢，丢不丢人!

有些不知天高地厚、乳臭未干的后生愤愤地围住邓子龙要动手，旺八把老族长扶下马背，挥动马鞭护住邓子龙，大喝：谁敢!

众后生吓得连连后退，无人再敢上前半步。

邓子龙面对丰城上万香客，抱拳一揖，大声道：各位父老兄弟，我邓子龙是丰城人不假，但我没有给丰城丢脸！我要问问，你们哪一位和安义兄弟有仇，哪一位与安义朋友有恨？没有吧？既然谁都没仇没恨，那为什么要争敬一炷头香就非要你死我活呢？大家都是来敬香拜菩萨的，都为了保一个平安，求一个安乐，图个吉利，大家这样刀枪相对，能平安、能安乐吗？就是许真君许老爷看见也要不安啦!

香客们听了邓子龙这番言语，都心有所动，默然不语。

安义头人走过来拉住邓子龙大手激动不已：邓将军说得、做得在理，我等佩服!

邓子龙拍拍头人肩膀，笑着说：都是自家兄弟，没什么大不了的。

安义头人返回自己阵营中挥了挥手，香客们立即散开而去。

丰城头人也号召大家速速离去。

老族长看着散去的香客欣慰地夸邓子龙说：我就知道贤侄出马，定能镇住场面!

邓子龙：老叔，你就别王婆卖瓜自卖自夸了。这回你总得在南昌小住几天吧？

老族长欣然地说：去，去，现在就去。

邓子龙弯腰抱起老族长纵身上马，与旺八扬鞭出城。

万寿宫又恢复了往日祥和平静的气氛……

下部 露梁大海战

22

字幕：明万历十九年正月，日本天皇赐封丰臣秀吉为关白（又称“太阁”）向全国下达征兵动员令，募军五十万人，并通告朝鲜国王李昖假道朝鲜进攻明朝。朝鲜拒绝了这一无理要求。丰臣秀吉以朝鲜拒绝假道攻明为由，挥师渡海，发动了“万历朝鲜之役”。

数十万日军兵分水、陆两路，浩浩荡荡大肆进兵朝鲜。

朝鲜告急。

义州，朝鲜国王李昖临时皇都。

宫殿之上气氛十分紧张肃杀，李昖召集全体文武官员议事。

官员们都惶惶不安，谁也不敢开口说话。

李昖：眼下的形势，想必大家都心里有一本账，清清楚楚。日寇借我们的路过去攻打明朝是假，想侵吞我朝鲜河山为真，我们朝鲜历代与中国友好，他借道是真也好，是假也罢，反正都不能答应。现今，丰臣秀吉举数十万倭贼来犯，仅仅数个月间，就侵占了大片国土。我们像丧家之犬，宫移义州，耻辱呀，真是奇耻大辱！

大臣们你看看我，我看看你，面面相觑。

一个较为胆大的老臣出列，跪奏：圣上不必着急。依小臣看，日倭胃口之大，路人皆知，他打我朝鲜是假，攻打大明为真。我们何不派人与他议和？他定会立即退兵。

大臣中有不少人点头赞成。

武将李舜臣再也克制不住了，出列侃侃而谈：胜败乃兵家常事，议和才是真正的奇耻大辱！我朝鲜国力，并不亚于日本，数十万倭兵，又有何惧？

老臣：难道李将军有退兵良策？

李舜臣：我朝鲜与中国山水相连，唇齿相依，朝鲜亡，则中国危，日寇犯我，大明岂能隔岸观火坐视不理？

李昖和一班大臣都暗暗点头，赞成李舜臣的主张。

李舜臣：请圣上火速遣使向大明请援兵，力抗倭贼，解我国土之围！

李昖：好！李将军李舜臣听旨，孤赐封你为全罗道左水军使，率水兵五千人，抗击日寇水师，断其粮草，夺回制海权。

李舜臣领旨谢恩。

李昖：内务大臣李仁山。

李仁山：臣在。

李昖：令你速速拟定告急文书，遣使向大明皇帝求援。

李仁山：臣遵旨！

明廷，金碧辉煌的金銮殿内，神宗皇帝正在早朝。

神宗：诸位爱卿，还有何奏本速速递来。

群臣相继默默摇头。

神宗：无事就退朝啦！

正当皇帝伸了懒腰准备退朝时，老太监匆匆上殿。

老太监：启奏万岁爷，朝鲜派遣的使节求见。

神宗重新坐回龙椅：宣！

太监：万岁有旨，朝鲜国大使进殿觐见！

随着太监宣唤声，朝鲜大使急匆匆上殿向神宗递交求救国书。

神宗接过国书展读，脸露惊疑之色：哦，有这等事？一个小小的日本国，在短短数个月，就能教朝鲜全国八道尽失？

对于日本和朝鲜的战事，早已传遍大明，除神宗之外，群臣无人不知，无人不晓，眼下经皇上一提，便交头接耳纷纷议论起来。

神宗：有话大声说出来，别在下面嘀咕！

兵部尚书石醒：启奏万岁，朝鲜国力远远胜于日本，焉能不战而宣告全国八道尽失？恐其中有诈。

巡抚刘世曾随声附和：石大人所言极是，这里面确实有诸多疑点可究。

神宗：说来听听。

刘世曾：启禀万岁，朝鲜也算强者，如何突然失陷于倭贼？这是其一；其二，求救书上又为何不报告几月几日哪道沦陷，发生过什么战役、损失多少兵马、臣子又有何死节？这三……

神宗有些疲惫，不耐烦地挥挥手：算了算了，疑点既多，派些人过去核实一下不就清楚了吗？

李昖寝宫，烛火通明。

李昖寝食不安，深夜召集重臣议事。

李昖：诸位爱卿，据遣使回朝禀告，大明皇帝对我求救一事疑虑重重，不肯发兵，这如何是好？

群臣听说大明不肯出兵，惊恐不已，唯李舜臣知其缘故，挺身直谏：大明不肯发兵，臣推测自有他的原因。

李昖：什么原因？李将军直说无妨。

李舜臣：臣认为也许情形紧急，时间仓促，我求救文书对战事起因、经过、结果等等陈述不详；并且没有提供有力、可信的佐证材料，难以令人置信。

李昖点点头，赞成李舜臣的看法，遂立即下旨，令内务大臣重新起草告急求救文书、搜集提供佐证材料，再派使臣向大明求援。

明廷。神宗临朝，召集文武百官再次商议发兵援朝事宜。

神宗：据我朝派去朝鲜查核战况使者报告，完全与朝鲜使臣提供的情况一致，证实了日寇侵朝确有其事，今日召集各位爱卿，就只商定一件事，发不发兵，救不救朝？

神宗的话已经说得十分明白，主和派再也不敢胡言乱语造次了。

邢玠：倭寇之图朝鲜，意在我大明，而我出兵救朝鲜实乃以保我大明江山，臣以为应立即发兵救朝！

陈林：中朝历属友好邻邦，唇齿相依，唇亡齿能不寒？

群臣议论纷纷，从情绪、从气氛上看，发兵援朝已成为君臣共识。

神宗：大家就不必议论了，朕自登基以来，国泰民安，久不用兵，今有倭寇对我大明虎视眈眈，兴兵来犯，为卫我大明江山，孤意已定，即刻发兵援朝。兵部尚书石醒听旨，命你亲往义州迎朝鲜国王李昖渡江，移驾我大明辽东宽甸堡，倾力保护，不得有丝毫差池。

石醒领旨。

神宗：命李如松充任防海御倭总兵，李如柏、李如梅为副总兵，率精锐四万，跨海援朝。命四川副总兵刘铤率川军五千为后应。以上各部，务必今日开赴朝鲜！

众将——领旨谢恩。

奔腾的鸭绿江。

李氏三兄弟全身披挂，指挥官兵登上战舰，挥师渡江东征。

义州，李昖在皇宫会见大明使臣。

李昖：不怕石大人笑话，你看，寡人都快成丧家之犬啦！

石醒：国王不必伤感。我大明皇帝惦念国王安危，也是日夜坐立不安，今特遣石某前来护驾，迎接国王移驾敝国辽东宽甸堡小住几日，望国王早早启驾，切莫辜负皇上盛意。

李昖：多谢皇上隆恩。不知今日离岛，何时才能踏上归程？

石醒：我大明已发兵东征，尽歼倭贼之日，便是国王返回之时。

朝鲜战场。乌云蔽日，浓烟滚滚。

平壤城楼上空飘扬着日本旗，日军严守待命，防卫十分森严。李如松率军来到城下，指挥围城。

小西行长站立城楼眺望城下黑压压一片的明军，脸露难色。久野重胜提议：指挥官，我们何不趁明军还未站稳脚跟，冲出城去，杀它个片甲不留！

小西行长摇摇头：此明军非朝军，千万不可小觑。你看，他们士气高涨，训练有素，布阵有方，若贸然打开城门，损兵事小，失城事大啊！

久野重胜：别长他人的志气，灭自己威风啊。

小西行长：用中国话说，知己知彼，百战不殆，先看看再说吧。

海上。李舜臣率领朝鲜水军分路阻杀运输粮草的倭船，全力展开海上反击，力图夺回丧失于日本水师手中的制海权。

大明兵营。李如松在大帐中召集紧急军事会议。

李如松指着挂在帐壁上的作战图，详细地分析形势、调兵遣将：平壤是朝鲜的皇城，失平壤，犹如去朝鲜的半边江山，可见我们这一战的重要性与必要性，只能胜，不可败。此城易守难攻，东有大同、长庆二门；西有普通、七星二门；南有芦、含毬二门；北有密台门、牡丹峰，地势更为险要。小西行长率第一军团一万八千余人死守，更增加了我们夺城的难度。因而这更是一场硬仗、恶战！

众将聆听着主帅对战情的分析，脸上十分严肃。

李如松：令蓟镇游击将军吴惟忠为先锋，率步兵烧毁敌军粮草库，断其后援；辽东副总兵查大受率骑兵居后，攻北部要塞牡丹峰；中军杨元、右军张世爵领兵攻打城西七星门；左军李如柏、参将李芳春领兵直取城西普通门；祖承训率乔装朝鲜军麻痹敌军，智夺城南芦门。

众将领令，个个摩拳擦掌、精神抖擞。

李如柏：那东门呢？

李如松微微一笑：留给倭贼吧，给他一条退路。

李如柏不解：这是何意？

李如松：李如梅听令，令你率一支奇兵，埋伏东门，收紧袋口，莫让倭贼一兵一卒逃窜。不得有误！

炮声震天，火光撕裂夜空。

喊杀声中，芦门、含毬门、普通门、七星门、牡丹峰相继被明军攻破。

久野重胜慌忙弃甲逃窜，李如松跃马赶上，手起刀落，将他砍杀。

小西行长看大势已去，乔装成朝鲜士兵，混出东门，仓皇逃窜。

乱了阵脚的倭寇，一齐涌向东门逃命，被潜伏守候的明军跃出拦阻，一阵砍杀，日寇尸首遍野，血流成河。

明军士气高涨，乘胜出击，一举收复平壤后，又相继收复开城、汉城（首尔的旧称）等地。

吴惟忠率先锋部队潜入日军防守甚严的汉城龙山，火烧日寇储粟数十万石的大粮仓。

日军被迫从汉城撤退。

明廷。神宗早朝。

老太监匆匆上殿：启禀万岁爷，日本国关白丰臣秀吉遣使求见。

神宗：宣。

老太监宣召，日本使臣进殿见礼后，毕恭毕敬地向神宗呈交求和文书。

神宗懒洋洋地展书看了一眼后，随手将文书交给太监，转给殿前的石醒。石醒看后脸露喜色。

神宗：说说你的看法吧。

石醒：万岁，这是好事啊！

神宗：此话怎么讲？

石醒：圣上英明，我大明发兵救朝，历时半年，收复朝鲜大半河山，迫使倭贼向我大明进贡求和，可喜可贺啊。

神宗：依你之见，接下来是和还是不和？

石醒：倭匪虽然用兵失利，但朝鲜南部四道仍然在他手中，且已构筑倭城以作防备和储粮之用，若要再打下去，则是一场极为艰难的持久战，双方均必耗尽兵力钱粮，损人却不利己，对我大明，岂不是一场赔本的买卖？

神宗：那又如何？

石醒：依微臣浅见，还不如见好就收，派遣代表前去谈判，若倭寇答允我方条件，就与之议和，若不能满足我大明要求，那时再战也不迟。

神宗满意地点点头：可是派谁去呢？

石醒：谁去都一样，关键是要一个精通日语的翻译，方可相互沟通。老臣听说一个叫沈维敬的人，曾在日本居住过，且能说会道。

神宗打了一个哈欠，有些不耐烦：好吧，好吧，就让他当翻译官。诏封都督佥事杨方亨为正使、沈维敬为副使，谈判团团员就用谢用锌、徐一贯等人。

丰臣秀吉在帅府礼节性地会见明朝谈判使团。

丰臣秀吉：此次谈判十分重要，本应在日本和各位要使见面，但考虑战事需要，就临时改在此地，怠慢了各位，诚请海涵。

杨方亨不恭不卑礼节性地拱了拱手：在什么地方谈判并无关紧要，重要的是还请贵方拿出诚意。

丰臣秀吉：那是自然。

谈判气氛并不十分友好，双方简单地互换了谈判国书，草草走完了谈判的第一个程序。

明朝谈判代表团下榻的驿馆。秋夜，凉风习习。

两国的谈判书摊开在沈维敬卧房书桌上。沈维敬和石醒的心腹刘用兵正认真研究、商讨双方谈判条件。

刘用兵：沈大人，你是日本通，快说说这议和文书上是怎么说的？

沈维敬指着日方文书：难啦。你看，我们的条件只是三项，而日本的却有七项，特别是这第一项“迎明帝公主为日本天皇后”和第四条中的叫朝鲜“另外四道割让于日本”，还有第七条要朝鲜“永不叛日本”，如果接受这样的条件，我们岂不成了战败方？这皇上能答允吗？

刘用兵：是呀，这日寇连自己处在什么位置都没搞清楚，分不清上下左右。

沈维敬：而大明的三项条件是非常明朗的，就是一句话，日本必须向大明称臣朝贡，你想想，南辕北辙，这怎么谈得拢？

刘用兵：可是，石大人是向我们下了死命令的，只许谈成，不能谈败！

沈维敬十分为难地摇摇头，嘴里连说三个“难”字。

刘用兵：两国的文武百官，除了你能说两国话，还有谁能有这个本事呢？这只能仰仗你的三寸不烂之舌了。

沈维敬心知此事非同小可，左右两难。

刘用兵：沈大人可要想好了。千万别忘了你这个官是谁给的啊。

沈维敬：这可是要掉脑袋的啊。

刘用兵：谈不成的话，你这个脑袋又能保住吗？

翌日，双方进入正式谈判阶段，沈维敬极尽平生之才能，灵活地做着两国的翻译，传递双方意愿和消息，把个本来充满火药味的会场气氛调节得活泼而友好。

谈判进行得非常顺利。沈维敬笑嘻嘻地将结果告知中方正使杨方亨：杨大人，日方已完全接受我朝的三项条件。

杨方亨：好！沈先生功不可没，头功一件！速速传达皇上圣意，召李如松、吴惟忠诸将回国！

沈维敬又走到丰臣秀吉面前：我方也完全同意贵国的七项条件。

丰臣秀吉：好，好，好！贵国使臣，远道而来，鞍马劳顿，我已吩咐下去招待各位！

万历二十五年正月。日本名护屋皇殿。

明廷遣使团至日本颁布封丰臣秀吉为国王的诰命，沈维敬再次随团翻译，在天皇殿上，宣读诰命：

奉天承运皇帝制曰，圣仁广远，凡天覆地载，莫不尊亲帝命。……兹封丰臣秀吉为日本国王，赐之诰命。……钦此！

丰臣秀吉再也坐不住了，勃然大怒，一把抢过诏书撕得粉碎：吾掌握日本，欲王则王，何用你明帝封赐？笑话，真是天大的笑话！来呀，速命水、陆两部，重整旗鼓，一举灭朝，直取大明！

明廷。皇帝坐殿。

神宗皇帝龙颜大怒，拍响龙案：掩耳盗铃，真是掩耳盗铃，朗朗乾坤竟出这等怪事！不斩叛臣倭贼，难平朕心头之愤！令逮兵部尚书石醒下狱从重问罪，并命驻朝刘铤速拿叛逃罪人沈维敬就地正法；任邢玠接任兵部尚书为援朝总兵，都御史杨镐经略朝鲜军务，麻贵为备倭总兵官，统率南北诸军，加调精兵五万，火速入朝！

御林军押石醒下殿。

众将领旨谢恩。

23

字幕：历时两年的议和彻底破裂，第二轮朝鲜之役战火重新燃起……

朝鲜鸭绿江畔，旌旗猎猎，军号声声。九万明军严阵以待。

总兵点将台。总兵邢玠调兵遣将。

邢玠：我大明九万将士入朝，誓与倭寇决死战。现兵分东、中、西三路，鼎足而立，协调配合，互相呼应。一路由总兵麻贵统兵三万余据东路，二路由总兵官董一元统兵三万据中路，升刘綎为总兵官统兵三万据西路。各部务必通力杀敌，夺回战场主动权！

各路人马闻令而动。

海上，日寇龟船穿梭往来，活动猖獗。

朝鲜战船迎击倭船，连连失利。

满载粮食、火药战备物资的倭贼船队源源不断。

战场如火如荼。

明军三路人马奋力杀敌，夺城抢池。

朝军大营。回国主事的李昖紧急召集中朝两军高级将官商议军务。

李昖：都怪本王疏于设防，才有今日国土丧失的奇耻大辱！承蒙大明皇帝圣恩，通力救援，本王不胜感激。只是这倭贼十分凶蛮，水陆并进，我方虽在陆地连战连捷，但是海上却无法打开局面。

邢玠：国王所言极是，这也正是末将所忧之处。不怕国王笑话，我们这次来朝的将领，都是旱鸭子，不熟悉水战，以致倭贼海上猖獗。

李昖：是啊，水陆并用的将才确实难得。也只怪本王误信了丰臣秀吉老贼的反间计，将三道水师统制使李舜臣下狱治罪，水军失去顶梁柱，才有今日局面。

邢玠乘机进言：既然不是国王本意，何不开恩释罪，让李将军戴罪立功？

李昖：就依邢总兵之言，本王即刻开释李舜臣便是。

邢玠：末将也即将请奏皇上，重新起用熟悉水战、用兵有方的老将陈璘和邓子龙，让二人率两万水军前来援战。

坚固的泗川城城堡，倭将岛津义弘神色慌张地指挥倭兵守城。一个个手持火铳的倭兵紧张地将枪口瞄下城下的对手。

城下，董一元率三万精兵将城堡围得水泄不通，百门佛郎机炮、虎蹲炮等火炮一齐对准防卫森严的城楼。

阵地后方草坪上堆放着一袋袋火药，为战争急需之用。

董一元发令攻城。霎时，炮声轰鸣，震天动地。城楼上的倭军阵脚大乱，毫无还击之力。

岛津义弘瞧见远处明军火药库，计上心来，向身边倭兵耳语。倭兵会意，即刻召集数人撤离城楼。

明军奋勇向前，潮水一般涌向城堡。城墙上竖起一道道登城的木梯和人梯。

城堡被攻破，守城倭兵乱成一团，纷纷冲出城门逃命，但都被大明将士杀退，逼回城堡。

突然间，天动地摇，火光冲天，明军火药库爆炸。

明军失控，一片慌乱。

岛津义弘乘机率兵杀出城来，驱赶明军，重新夺回城堡。

鸣梁海，怒涛翻滚。

朝鲜重新启用的水师统制使李舜臣屹立船头，指挥水师船只从四面包抄日舰。一场恶战后，三十余艘日舰被歼，舰上日军四百余人全被歼灭，重创日本水师。

援朝总兵大营，邢玠和刘铤站立军事地图前研究敌情，明军水师总兵陈璘掀开棚帐匆匆而进：

陈璘：水师总兵率部前来参战！

邢玠：陈将军，来得正好！哎，邓将军，邓子龙呢？

陈璘：邓将军从江西启程，路途遥远，可能要耽搁些日子方可抵达。

邢玠：那我们就先谈吧。刚才我和刘铤将军正谈论目前的局势，你们看（指着地图），朝鲜这大半被沦陷的土地都被我们收复啦，现在，倭贼只仅仅剩下濒临南海岸的蔚山、泗川、顺天和南海道四个据点。而这四个地方又分别被麻贵、董一元和刘铤将军包围，海上还有朝鲜水师统制使李舜臣守卫，这样一来，就形成了水陆合围之势，一举全歼倭寇指日可待。

刘铤：从陆地，倭贼是没有逃路啰，我们一合围，就必然把他们赶下大海！

陈璘：围城困兽之战，耗时费力，入海捉鳖方为上上之策啊！

邢玠：这也正是本帅的意思。你们再看，这是曳桥，日军的主力就驻扎在这里，是我们外围的心腹之患啊。所以，陈总兵来得正好，也带给了我御敌之策。

陈璘：大人的意思是……

邢玠：你二人是我大明水陆两军中数一数二的常胜将军，所以想请二位通力合作，从陆海夹击，全歼曳桥之敌。

陈璘、刘铤：请大人放心，末将定当竭尽全力，万死不辞！

邢玠：那就有劳二位将军速作准备，于明日午时三刻，从海陆两路对曳桥日寇发起攻击，不给倭贼有丝毫喘息的机会！希望两位将军齐心协力，早日凯旋。

曳桥日营，日军阵容整齐，军纪严明。

号炮三响，杀声震天。陈璘率水师从海面杀向曳桥。曳桥日军训练有序，迅速登舰迎击。

海岸。刘铤部按兵不动，隔岸观火。

随陈璘出征的原邓子龙部属陈行、杜亮、邹良成等表现得尤为英勇。

陈行怒火烧胸，遥指岸上刘军：将军，刘铤按兵不动，见死不救！

陈璘咬紧牙关，愤愤地喊道：由他吧！

明军个个奋勇当先，力搏劲敌，战斗进行得十分惨烈。

日军增援迅速，对陈璘船队形成合围之势。明军水师失利，伤亡惨重。数十艘船随波流散。

海风呼啸，夜幕低垂。是夜子时，陈璘按约定再次发起夜攻，刘铤却在大帐里昏睡，按兵不动，水师再次失利。

陈璘疲惫至极，率部撤回古今岛水师基地，休养生息，以图再战。

大营内外，躺满负伤的将士，呻吟声、惨叫声处处可闻。

海岸，桅船林立，海涛把个船梆子拍得呼呼作响。

陈璘率陈行、杜亮、邹良成巡视海岸，清点战船。

陈行：将军，现共有舰船六百七十八艘。

陈璘：战前是多少？

陈行：一共七百六十艘，战时破损流失八十二艘。

陈璘：按现在人员编制，还有多少富余？

陈行心中默数：四十三艘。

陈璘沉思片刻，挥了挥手：把多余的全部集中烧了吧！

陈行不解：这是为何？

陈璘：这古今岛与陆地山高水远，不能补员，多余船只留作何用？此地非久留之地，我们的战船不能留给倭贼所用。

陈行等人明白主帅用意，立即吩咐士兵集中多余船只，点火烧毁。

刘铤军营。

刘铤精神焕发、兴致勃勃在兵场操练军马。一个日寇信使来到大营前翻身下马，向守卫交涉。

守卫接过信使文书急匆匆跑到刘铤跟前:大帅，小西行长信使求见。

刘铤接过文书看也没看一眼就把它撕得粉碎抛置于地：叫他滚！

信使远远看见，慌忙飞身上马赶紧离去。

副将李炳奉承地：大帅，您这步棋实在高啊！把小西行长都逼得俯首称臣啦。

刘铤有些得意地说：你都看出来了吗？

李炳：大帅是一箭双雕哇！

刘铤：对对对，对极也！我按兵不动也好，隔岸观火也罢，就是要治一治陈璘那小子，灭一灭他的威风，免得他居高自大抢夺头功;同时，更要让倭贼知晓本帅用兵的厉害！

曳桥日营，偃旗息鼓，森严肃杀。军帐中，小西行长颓丧地取下悬挂在壁上的丰臣秀吉的肖像画，换上德川家康的肖像画，然后，对着画像恭恭敬敬地鞠躬行礼。

岛津义弘风尘仆仆地来到大帐前，揭帐而进，见此情景，心头一沉：阁下也得到撤退的消息吗？

小西行长神色黯然地点点头：不是消息，是命令。不瞒将军说，丰臣秀吉君八月病故于京都的消息早就传到鄙人的耳中，十月就接到了新太阁德川家康的回撤命令。十一月十一日起，我部就做好了撤退的准备，打算由驻于顺天的第二军先撤，然后驻扎于泗川、南海。固城各军依次撤至臣济岛集结，候船回国。无奈四面受敌，陆路上被邢玠统率的刘铤、麻贵、董一元各部困住，海上被陈璘、李舜臣所率的水师截住退路，我部数万将士被活活困死在这曳桥，进不能，退亦不能。迫于无奈，才致书向将军求援啊。

岛津义弘虽然内心也诚惶诚恐，但仍用安慰的口吻说：阁下不必忧虑，这全线撤退之事，也不在一刻一时。眼下，驻守在蔚山的加蔚清正所率东路数万大军已全部撤出，我和驻守在南海道的立花宗茂所率中路人马，也进退自由，只要我军各路人马齐心合力，就没有阁下撤不出的道理。

小西行长心事重重地点点头：但愿吧。

夜色朦胧，暗哨流动，阵营一片寂静。

帐中昏暗的烛光映照着伏案而睡的陈璘饱经风霜的脸，梦中他似乎看见了当年在偃草坡火烧万象的惨烈场面，看见了他与邓子龙并肩作战的画面，看见了邓子龙被踩踏得粉身碎骨头破血流的情景……突然全身颤动，悲恸疾呼：邓将军！

斜靠在一旁竹椅上的陈行从睡梦中惊醒，慌忙起身：大帅……

陈璘醒了过来，方知是梦，苦笑一声，心有宽慰：还好只是个梦！

陈行也跟着笑了笑：夜深渐凉，大帅还是回床上睡一会儿吧。

陈璘打了个哈欠，睡意全消，问：陈将军，今天是什么日子？

陈行想了想回答：回大帅话，十一月十三。

陈璘：邓将军也该快到了吧？

陈行：按路程和时间来算，也就在这几天吧。

陈璘回想起梦中情景，不由得开心哈哈大笑：你知道本帅刚才梦见什么吗？梦见当年与邓子龙在偃草坡火烧万象阵，那可是八面威风呀，过瘾，十分过瘾！

提到破万象阵，陈行想起了邓子龙，心头一热，眼眶湿润。

陈璘：遥想当年与邓将军并肩作战，是何等风光、何等痛快？今日却偏偏遇上个刘铤，真是倒了八辈子霉！

陈行：那刘铤好大喜功，刚愎自用，实在令人气恼啊！

月挂西山，山影倒海，半边微明。

岛津义弘船队驶入露梁海峡，偷偷向光阳湾潜移。

李舜臣率水师万余人，战船无数，从漆黑的海面箭一般地驶向敌人船队，呐喊声四起，淹没了汹涌澎湃的海涛。

岛津义弘发现中了埋伏，慌忙指挥调转船头，奋力突围回撤。

日寇只能听到铺天盖地的喊杀声，却瞧不见人影，只能盲目发射鸟铳，弹丸雨点般地落于水中。

李舜臣部士气高涨，军威大振，乘胜追杀逃窜中的倭寇。

一艘小舟靠近李舜臣用于指挥的福船边，舟中士兵跃上福船，传达军令：穷寇勿追，火速回师！

众将士杀得兴起。

李舜臣苦笑着无可奈何地摇了摇头，令鸣金收兵：撤！

刘铤南征北战，立下战功无数，听到各路人马捷报频传，再也坐不住了，召集帐下将官商计部署作战行动。

刘铤：各位将军，想必大家也有一双耳朵都听说了，近日，各路人马都在奋勇杀敌，捷报频传，唯我部却按兵不动，都知道这是为什么吗？这是本帅用兵方略，也就是常说的有所为，又有所不为。动者，歼敌，不动者，养精蓄锐。本帅素来爱兵如子，从来不打无准备的仗。他陈璘贪夺头功，结果怎么样？损兵折将，一败涂地！而我们不动，则曳桥的小西行长也不敢乱动，这又叫作以静制动。

众将士本来都是一肚子怒气，敢怒而不敢言，此时听主帅这么一说，都觉得主帅用兵如神，顷刻怒气全消，一个个脸露笑容。

刘铤见简短的几句话便调动所有将士的情绪，心中更为得意，接着说：这小西行长是日本有名的常胜将军，也是我们面临的一块肥肉、一块硬骨头，吃了腻口，吞下卡喉。而我们就是要把它生吃了再吞下！

众将士越听越兴奋，一齐热烈地鼓起掌来，齐声叫好。

残阳似血。曳桥的日寇在小西行长指挥下，化整为零，向城外转移。

刘铤和副将郑海各领一支队伍，从东西两边丛林中杀出，日寇顿时大乱，抱头鼠窜。日寇被杀得哭的哭，叫的叫，死的死，伤的伤，慌忙撤回城堡。

刘铤号令攻城，城头日寇鸟统万弹齐发，明军只得鸣金收兵。

夜。小西行长率军从水、陆两路猛攻围困曳桥的刘铤陆军。刘铤腹背受敌，无力抗击日寇水军，只得命令部署仓促撤退。

刘铤部伤亡惨重。

24

古今岛水师基地。

败退的水兵三五成群喝酒作乐，伤兵则聚集一处相互清洗包扎伤口，不时发出痛苦的呻吟，士气十分低落。

陈璘久久盯住遥远的海面，屹然不动，脸色悲愤而痛苦。

陈行走到陈璘身边，说：大帅，又在盼念邓将军吧？

陈璘焦虑地说：都两个多月了，怎么还不见来呢。

陈行：邓将军今年都六十八岁高龄了，末将担心……

陈璘：你虽是邓将军身边的人，可还是不了解他。他就像山中的一头猛虎，闻不得腥味，朝鲜战场这么大一块带血的骨头，他不会轻言放弃的。

陈行：大帅说得对，他是专拣大仗、难仗打的。

陈璘叹了口气：我陈璘无能啊，仅曳桥一战，就元气大伤。

陈行：大帅不必自责，怪就怪那刘铤不听将令，按兵不动。这下可好，小西行长击退我部后又向围困曳桥的刘铤杀了个回马枪，刘铤没有我们水师的配合，也伤亡惨重。

陈璘苦笑着说：这就叫一报还一报吧。

陈行：眼下士气低落，末将担心……

陈璘：这也正是本帅所担心的呀，现在我们是孤掌难鸣啊！如果小西行长和岛津义弘合兵紧紧咬住我们……

陈行：除了海上外，我们就无路可退了。

陈璘：现在唯一的希望就是等待邓将军救援！

曳桥倭营。

小西行长和岛津义弘高兴得手舞足蹈。

岛津义弘：陈璘和刘铤水陆两路军队都被将军打得落花流水，太快人心啦！

小西行长：下一步就要岛津君的大力配合啊！

岛津义弘：请将军吩咐，鄙人照办就是。

小西行长：打个比方吧，陈璘是条龙，刘铤就是只虎，我连打两个胜仗，就是他们龙虎相斗的结果。龙离不开大海，虎离不开高山，如果把他们的位置换一下会怎么样？

岛津义弘领会小西行长的意思，连声称赞：妙，妙！将军是要把龙逼上梁山，把虎赶入大海！

小西行长：只要困住中朝这两支水陆主力，我大日本的军队就进退自由了。

岛津义弘：好，只要解决了这两支主力，我们就可以向天皇陛下请功领赏了。

两人酒杯一碰，开心得哈哈大笑。

刘铤营地，老鸦低旋。

数千阵亡将士白布裹尸，横陈荒野，情景十分惨烈。

刘铤和副将郑海面对阵亡将士遗体久久默哀，双眼中充满悲愤的热泪。

副将郑海低声相劝：请大帅节哀。

刘铤：我刘铤带兵打仗身经百战，从来没有这么窝囊过，我刘铤誓要血刃倭首，以解心头之恨！

郑海：我数千将士捐躯友邦，死得壮烈，死得其所！

夜。

岛津义弘率水师偷袭古今港口，占领沿海水域，封锁海岸。

小西行长率领重兵从东西北三个方向围向水师基地。

邢玠与陈璘促膝长谈，不管邢玠怎么说，陈璘只是低头不语。

邢玠语重心长地说：老弟，不是本帅说你，你少年得志，锋芒锐利，却遭此惨败，元气大伤，还怎能与那凶狠的倭寇抗衡呢？

陈璘抬头满脸委屈地说：大人，我……

邢玠：我都知道了，你什么都不要说了。首先是他刘铤不对，他有违军令，按兵不动，导致你孤军作战，但后来呢，日寇杀回枪反击死困曳桥的刘铤时，你又在哪里？

陈璘欲辩解：我……

邢玠：我知你部伤亡惨重，但只要鼓足一口气哪怕只是小股兵力回击倭贼，他小西行长首尾难顾，救命不会如此猖狂。

陈璘：大人，陈璘知罪。

邢玠：没什么罪不罪的，性质并没那么严重。只是你们这么窝里斗，却叫倭贼捡了个大便宜啰。

呯、呯、呯！三声鸣警枪响。

“有情况！”陈璘惊起，本能地以身护住邢玠。

陈行、邹良成、杜亮三人同时奔进营帐：大帅，倭贼从东西北三向包抄过来了！

陈璘：陈行将军速去组织向海上撤离，邹良成、杜亮二人护住邢大人！

陈行领命，迅速出动。

倭兵从三方向逼近水师营房。岗哨已与倭兵短兵相接，发出阵阵兵器撞击声。

陈行率领将士向倭兵空缺的南方海滨撤退。

邹良成、杜亮保护邢玠、陈璘两位大人撤离。

陈行一行刚撤至海边，突然杀声四起，岛津义弘伏兵从海边杀了过来。

陈行只得率众后撤。

这时，小西行长也率兵从陈璘水师前面冲杀而来。

邢玠审时度势，果断命令：别无他路了，撤向釜山！

陈行领着一班健儿冲向敌阵杀开一条血路。

大队人马跟随陈行快速转移。

群山绵延，白雾茫茫。

邢玠和陈璘带领陈行等诸将士登上釜山之峰，俯视山脚下围困的重重的敌军，愁肠百结：想我一个堂堂的兵部尚书、援朝总督，却退不了眼前之敌。惭愧啊！

陈璘：总督大人，我军被困釜山，进不能进，退不能退，李舜臣将军数次救援无果，他刘铤也是泥菩萨过河自身难保，前无粮草，后无救兵。实非长久之计啊……

邢玠：必须设法突围！

陈璘：眼下日寇士气高涨，我军饥疲不堪，若无外援，绝无胜算。

邢玠：将军有何高见？

陈璘：末将认为，背水一战在所难免，只是突围后，必须有接应，才可转危为安，扭转战局。

邢玠：怎么接应？谁来接应？

陈璘：先派几名精兵，杀出重围去会见邓子龙，让他速速救援以解釜山之围。

邢玠：我怎么就忘了邓子龙呢！

陈璘：按时日算，他也应该到达朝鲜了。

邢玠：可是谁又能担此重任呢？

陈璘：陈行、邹良成、杜亮三位将军是最合适人选。

邢玠大喜：对、对、对！这三人是邓子龙的爱将。陈行、邹良成、杜亮三将听令！

陈行、邹良成、杜亮：末将在。

邢玠：你们三位将军受命于危难，万万不可掉以轻心！

陈行、邹良成、杜亮：遵命！

陈璘：此行关系到水师和主帅安危，责任重大，拜托！

陈行、杜亮、邹良成血战倭寇，杀出重围。

硝烟弥漫，三人潜水泅海。

海上一叶倭贼轻舟，三将从海底跃起，杀敌夺船。

三人荡开双桨，轻舟破浪而进。

25

冰雪消融，书院的垂柳绽吐绿枝。

大人们在庭院中做着自己喜欢的事，孩子们相互追逐嬉戏。

旺八、张智躲在一角悄悄地切磋武功；邓子龙就着石桌书写诗文，默默站立在一旁欣赏的吕大章是他唯一的热心观众。

邓子龙写完一篇诗文，朝掌心呵了口热气，揉揉手指，对着吕大章自谦地说：好久没练了，写得不好。

吕大章指着石桌诗文读出声来：

认得良知万虑开，慵看荣辱自徘徊。

阶前景物多装点，槛外浮云自去来。

吕大章读完诗，接着赞叹：好诗！好一个“槛外浮云自去来”！邓兄对高官厚禄、荣华富贵看得如此淡薄，令人佩服！

汪孟秀听到吕大章夸自己丈夫，心里甜甜的，停下手上针线活，插上话来：他呀，是茅厕里的石头，又硬又臭！

邓子龙笑了：你可是一朵鲜花插在牛粪上啰！

“姑婆，姑婆，小周哥哥打我。”三三和旺八那四岁的儿子小冈嘟着小嘴巴跑到汪夫人面前告状。

汪孟秀爱怜地摸着小冈的头，对着院角玩耍的儿子：小周，你让着弟弟些！

小冈高兴地跑到小周那边去。

汪孟秀若有所思地说：旺八的孩子都这么大了。

邓子龙亦感叹地说：是啊，眨眼间，又偷生整整五年了。

汪孟秀亲昵地瞪了邓子龙一眼：什么叫偷生，在奴家看来，比你打打杀杀的那几十年，活得踏实、自在得多呢！

旺八走进院子：大哥，知府大人府上的师爷求见。

邓子龙：人呢？

旺八：我把他拦在院子外面。

邓子龙：让他进来，看他说些什么。

旺八点头离去。

汪夫人有些责怪地说：夫君不是与他们老死不相往来吗？我看你呀，是贼心不死，三天没听到朝廷的事，心里就痒痒。

旺八领着师爷走进院子。

师爷与邓子龙见礼，递上大红请柬：邓大人，陈知府有请。

邓子龙接过请柬：哦，太阳从西边出来啦？

师爷：恭喜邓大人，贺喜邓大人！

邓子龙：这喜从何来？

师爷：兵部来了通知，陈大人请你过府面谈。

邓子龙：通知？什么通知？

师爷：这几年，看来大人真的 一点也不关心政事啊，万历二十年日本关白（首相）丰臣秀吉发兵侵朝，朝鲜向我大明求援。二十二年，皇上派李如松大人率兵跨海援朝，二十五年又派兵部尚书邢玠第二次东征，无奈何日寇十分凶顽，久战不下，邢大人才奏请皇上起复大人与陈璘起兵赴朝。兵部的通知已下发到南昌府，只待圣旨一到，大人就官复原职啦！

邓子龙将信将疑：哦？

师爷：陈大人接到通知不敢怠慢，特请大人过府商议。

邓子龙正犹疑不决之时，汪夫人一把从丈夫手里抢过请柬撕得粉碎：不去！

师爷：邓大人，你看……

邓子龙挥挥手，叫师爷离开。

师爷走到门前又回过头来说：邓大人，您可要三思啊！

师爷匆匆走进陈知府书房，正等得不耐烦的陈知府见只有师爷一人回来，劈头就问：邓子龙呢？

师爷摇摇头：卑职无能，没有请动邓大人。

陈知府：不识抬举的家伙！

师爷：何止不识抬举。

陈知府：此话怎么讲？

师爷：还把知府大人的请帖撕得粉碎呢！

陈知府大怒：欺人太甚！

师爷：他撕了圣旨才好呢。

陈知府：你……

师爷：这不正是知府大人所希望的吗？

一石激起千层浪。师爷刚走，书院里就爆发了激烈的争论。

汪孟秀苦口婆心劝慰丈夫：老爷，你都六十八岁的人了，好汉不提当年勇啊，你还要漂洋过海去朝鲜带兵打仗，身体吃得消吗？丢下我们你又放心得下吗？

齐夫人流着眼泪：姐姐言之有理。老爷为朝廷卖了一辈子的命，可朝廷对你又怎么样？还不是那墙壁上挂的秤砣，要你时就卸下来，不要时就随手往墙壁上一挂，有谁管你的死活？就连小周救命的十两银子，还要逼得你的弟兄们上街去乞讨。

邓子龙眼中含泪，沉默不语。

汪孟秀：奴家何尝又不懂夫君的心事？这五年，你又有哪 一天睡过一个安稳觉，哪一夜不是战马的嘶鸣声把你从梦中吵醒？你胸怀壮志，志在万里，奴家赞成支持，也从来不敢拖老爷的后腿，只是现在不同了，你老了，你的弟兄们也要安家立业过几年安静日子啊。

三三也饱含热泪苦苦哀求：姑爷，你就听两位夫人的吧。

已近成年的儿子大同再也忍不住了，气愤地对着父亲说：父亲，您是人啊，是个堂堂正正的七尺男儿，您怎能像个算盘子一样，听凭他人将您拨来拨去吗！

邓子龙眼中泪水默默流下。

大同愈说愈悲愤：父亲，我们小的时候您征战在外，您不看重自己的孩儿，可也要为吃尽苦头、白发苍苍的老母亲想想啊！

旺八扯扯大同的衣角，想劝阻，不料大同反而甩开旺八的大手：我要说！您教导我们要做人上人，您看看，您的孩儿们过的是些什么日子？有病没钱治，走出去人家看不起；您再看看那些跟着您鞍前马后卖命的弟兄们，伤的伤，死的死，活下来的也都个个穷得叮当响，吃了上顿没下顿，值得吗？

邓子龙热泪滂沱，喉头哽咽。

“放肆！”汪孟秀泪流满面，狠心地打了大同一巴掌。

邓子龙再也忍不住了，哭出声来：是武桥不好！武桥欠债太多，对不起夫人，对不起孩儿，对不起跟着我出生入死的兄弟！

旺八等人全都失声痛哭，一齐跪倒在邓子龙跟前。

吕大章被感动得热泪盈眶，扶起旺八：大家快起来，这是好事啊，是大喜事，换作别人高兴还来不及呢。这说明，邓兄功高盖世，记得他的还大有人在；这说明邓兄虽年事已高，但宝刀未老，是真正的有用之人，大家应该高兴才是。

大家听吕大章这么一说，情绪渐渐平复，默默揩拭脸上的泪痕。

邓子龙长叹一声，起身拥抱住吕大章：知我者，吕兄也！

春意融融。邓子龙带着汪孟秀扬鞭催马，在山花烂漫的岗子上疾驰。

快马在狮子邓家祠堂门口停下，邓子龙抱着妻子跃下马背。

汪孟秀轻声地问丈夫：要不要通告老族长一声？

邓子龙：不要惊动他们。

邓子龙与汪孟秀走进空荡荡的祠门，双双跪在祖宗牌前三拜九叩首。

他们走出祠堂，来到村后坟地，跪在婶娘坟头烧钱纸。

邓子龙沉重地说：婶娘，儿今日一别，就再也不能来看您了，望你在天上多多保重！

汪孟秀垂泪：婆婆，武桥看你来啦！您要保佑子孙顺顺遂遂、平平安安！

邓子龙起身含泪用手扒开脚下的草，捧了把土为婶娘坟顶添土。

两人快马加鞭，来到汪家村。

汪家庭院依然，汪孟秀望着这生她养她的家，鼻子一酸，眼泪扑簌簌地掉了下来。

邓子龙牵着妻子的手，默默来到汪氏坟地。

汪孟秀扑倒在父亲坟上号啕痛哭：爹！娘！不孝女和你的爱婿回来看您来啦！

邓子龙跪在岳父母坟前拜了又拜：岳父大人、岳母大人，小婿对不起你们。武桥连累孟秀受苦啦！

汪孟秀：爹！娘！你的女婿没有给你们丢脸，他光宗耀祖啦！

邓子龙起身，扶起妻子，哀伤地说：该走了。

邓子龙挽着妻子的手臂回到书院，儿子们欢呼着迎了出来。

邓子龙抚摸着儿子的头，歉意地笑了笑：来，为父有话说。

孩子们跟着父亲走进书房，齐夫人、旺八等人也跟了进来。

邓子龙从案头一本大书中取出一张写有诗文的帛纸交给大同：为父去意已决，唯一放心不下的，就是你们，所以写了几句嘱咐，望孩儿们切切谨记。

大同、小周跪地齐声：孩儿谨遵父训！

邓子龙：大同给大家念念吧。

大同展纸朗读：天地正气，人生乎间。昂昂七尺，光景之难。勿作浅近之态，勿为儿女之颜。纲常节义，重如丘山。……

邓子龙：大家都知道这是什么意思吗？简单点说，要做一个顶天立地的英雄好汉，要像你们的大哥文光一样，舍生取义，方为人中豪杰！为父此次出征，功高不受赏，你们要做个有志气、自食其力的男子汉！

大同跪下：父亲放心，孩儿不会给父亲脸上抹黑！

小周：做个有志气自食其力的英雄汉！

邓子龙欣慰地扶起眼前跪地懂事的孩子，把他们拉到吕大章面前：以后，你们都要听吕先生的话，大同、小周已长大，也学得一身功夫，你二人要协助先生坚持把武馆办下去，办好！

吕大章：邓兄就放一万个心吧。

邓子龙感激地握住吕大章的手：有先生为知己，武桥三生有幸！

吕大章也非常激动：我也一样。

驿道。三匹快马相隔不远，急切驰行。

三匹快马相继来到南昌衙门前，三名太监翻身下马，一前一后相继奔进衙门。

书院前，武馆学童列队，旺八、张智、邓维新、良十、大同、小周分别教习学童拳术，邓子龙举起狮衣头向学童们传习岳家狮技艺，汪、齐二夫人和三三在孩子们中间穿来穿去送茶倒水，操场上热气腾腾。

“圣旨到！”陈知府领着三名太监下轿，匆匆来到邓子龙身边。

第一个太监展开圣旨：邓子龙听旨！

邓子龙和家人跪地。

太监宣读：奉天承运，皇帝诏曰，日寇犯朝，战事火急，命邓子龙复职，速速举兵跨海驰援……

邓子龙接旨谢恩：谢主隆恩！

第二个太监：邓子龙听旨！

邓子龙仍跪伏：臣在。

太监：奉天承运，皇帝诏曰，日寇犯朝，战事火急，命邓子龙复职，速速举兵跨海驰援……

邓子龙谢恩后正欲起身，第三名太监又宣邓子龙听旨，只得仍然伏地听宣。

第三个太监宣读圣旨：奉天承运，皇帝诏曰，日寇犯朝，战事火急命邓子龙复职，速速举兵跨海驰援……

邓子龙接过第三道圣旨，三呼万岁谢恩：万岁，万岁，万万岁！

陈知府：恭喜大人！贺喜大人！皇上连下三道圣旨，一来是说明抗倭救朝战事火急，二来，说明皇上对大人非常器重啊！

邓子龙侧身不理。

陈知府望望邓子龙妻儿，凑上一步讨好地说：请邓将军放心出征，家中老幼，有下官照顾，若有不周，拿下官是问。

汪孟秀愤愤将长袖朝陈知府一甩，说了声“不用”，便拉着儿子离去。

陈知府和三名太监上轿离去。旺八、张智、邓维新、良十一齐跪在邓子龙面前请求：末将愿随将军东征，请将军恩准!

邓子龙激动地逐一扶起四人：有道是打虎离不开亲兄弟，上阵父子兵。武桥又何尝不想与各位兄弟同生共死，只是你们也都是有家有小的人了……

旺八：大哥，将军！您这是比打我还难受啊！

张智、邓维新、良十：大哥能舍小家顾大家，为何弟兄们就不能？别把弟兄们看扁啦！

邓子龙含泪：我亏欠你们的实在太多了！

众人：大哥这是在陷小弟们于不仁不义之地呀！

邓子龙：我的好兄弟！

守备府。

王守备陪同身着戎装的邓子龙检阅兵营。

王守备指着正在操练的将士对邓子龙说：属下已收到兵部的调兵令符，一万将士均已调齐，粮草也已入库，请将军派员验点。

邓子龙笑着摇摇头：有劳守备大人了。武桥此次跨海征战，路程甚远，大队人马行动迟缓，再说我们江西的兵马也严重不足，这一万人马和粮草就留给守备府调用吧。

王守备：那怎么行？将军这不是在叫属下违抗军令吗？

邓子龙：兵部自有武桥交代，守备大人不必挂怀。

王守备：不调兵遣将，那将军不就成了光杆司令啦！

邓子龙：实不相瞒，武桥只想募兵一千名，沿途再扩充一些，以缓国库之急。

王守备赞佩不已：怪不得人人都夸邓将军高风亮节啊。

邓子龙：但不是一点也不要，这一千名募兵的衣食配备还得仰仗大人操劳啊。

王守备：那是，那是，属下照办不误。

夜深。书院各房间烛火通明，齐夫人、三三各自为即将远征的亲人收拾行装；书房中，汪孟秀在书桌烛光下一针一线默默地为丈夫缝补衣衫。邓子龙目闪泪光，心情沉重地书写灵位牌子，灵牌写好后，哽咽着对妻子说：夫人，武桥有一事相求。

汪孟秀未抬头依旧一针一线缝补着衣衫，轻轻应了声："还求什么，有事就说吧。"话刚说完，不料针尖刺在手指上，抬头咬住出血的指头，无意中瞧见丈夫流泪的脸，心头一惊："你怎么啦？"

邓子龙将灵牌双手捧到妻子面前，心在颤抖：邓勇本是苗家义士，跟随武桥出生入死，忠心耿耿，后受奸人陷害，武桥多次半夜入梦，拜托夫人将此灵牌带回家中神龛安放，算是让邓勇认祖归宗吧！

汪孟秀拭泪点头：他不愧我们邓家的好儿郎！

隐身于庭院暗处默默护卫邓子龙的旺八、张智、邓维新、良十听见房中谈话，不约而同奔进书房，伸手捧托灵牌，含泪而呼：邓勇兄弟！

此时，门外传来低沉的哭泣声，邓了龙一惊，高声喝问"是谁！"随即闪身出房，一个黑影从他眼前掠过，消失在夜幕中。

汪孟秀扶着门框四处张望后无奈地摇摇头。

守备操练场。

募兵处，热闹非凡，青年后生三五成群地报名应征，旺八、张智等忙得不亦乐乎。

邓子龙、王守备看着募兵场面笑逐颜开。

陈知府和王守备陪同邓子龙走进滕王阁宴会厅，恭敬地把邓子龙推到上座。

陈知府指着酒桌上的韭菜、豆腐、豆芽之类的家常小菜，不好意思地说：邓将军明天就要出征了，本府略备几碟小菜，一杯薄酒为邓将军壮行，不胜敬意，请邓将军多多包涵。

邓了龙大笑:这样最好！看来知府大人已经完全知悉武桥的脾性了。

陈知府：说来惭愧。以前多有冒犯大人的地方，还请多多见谅。

邓子龙：知府大人并无大错，今日如此大彻大悟，武桥感动至极。

王守备：邓将军宰相之腹，佩服，佩服！

陈知府：邓将军是我们效法的榜样，清清白白为官，老老实实做人。

邓子龙起身拱手致敬：若能如此，实乃江西父老大幸也！

陈知府：来来来，本府先敬邓将军一杯，干！

邓子龙：干！

旭日东升，守备府操练场旌旗招展，鼓乐喧天。

将台上，邓子龙全身披挂，威风不减当年。众将聚立将台两侧，英气逼人。

小周英气夺人，迈上将台，向父亲作揖：父亲出征，不可无诗，请赐孩儿一首。

邓子龙连答“好、好、好“想了想，执笔疾书并随口吟出：

东边仍告急，三聘整旌旗。

耻颜呼旧卒，无意看新袍。

倦展擎魔手，羞磨带血刀。

功成不受赏，先寄我儿曹。

小周：父亲教诲，孩儿牢记在心，决不辱父亲英名。

邓子龙将随身所带的《横戈集》《阵法直指》等手稿交给儿子：为父从戎数十年，驰骋江南海北，这几本书是留给你们的唯一财产。

小周接过手稿：父亲横戈万里，平生心血，结成文字，胜过千金，孩儿定视为传家之宝，好生保管。

汪孟秀上前为丈夫和众将士斟酒壮行：来，祝各位旗开得胜，马到成功，干！

众将举杯一饮而尽。

邓子龙拔剑指天：出征！

号炮轰鸣，人群雷动。

“邓”字大旗挥动，三军呐喊随行。

26

浙江舟山水兵营地。新兵在海岸集训。

海上数十艘战舰进行实战演习，舵手熟练地扳舵使船，炮手娴熟地演练，水兵的战术技能表现得都相当规范。

张智、旺八一左一右陪同简装的邓子龙沿着海岸徒步视察训练情况。邓子龙仔细观察海上演习，脸上现出满意的微笑。

张智指着海上舰队介绍：这些都是在云南“汰兵省费”中被遣回江浙的旧部将士，他们一听说大哥挂帅出征，就纷纷赶来。

邓子龙欣慰地点点头：这就是我们赴朝的生力军啊！

三人边走边看边交谈，邓子龙精神矍铄，毫无倦意，不觉又来到一队集训新兵前。

这群水兵衣衫不整，精神疲怠，军纪松散，意气低沉，见三人到来，毫无礼貌，毫不忌讳地高声议论起来。

甲：听说那个老头是个罢职的高官，混一天算一天。

乙：都一把年纪了，怕是走路也会跌倒，还带兵打仗？

一个千总模样的军官更加吊儿郎当，全不把邓子龙放在眼里，干脆把帽子一扔，躺在草地上睡起大觉。

旺八忍无可忍，握紧拳头要上前教训那些不守规矩的官兵，却被邓子龙阻止。

张智指着眼前士兵介绍说：这三千一百名水兵，是近日与游击将军沈茂交接的，大多数把总、千总以上中层军官都是本地人，资格老、散淡惯了，吃喝嫖赌的坏习惯全都有，沈茂拿他们毫无办法。

邓子龙皱了皱眉头，说了声“到前面看看吧！”便独自向前走去。

夜，风高月黑，海涛拍岸。

邓子龙带张智、旺八巡视营房。他们刚到舰队营房前，就受到哨兵喝问盘查，待哨兵看见邓子龙后立即立正行礼。邓子龙揭开营房门帏，立即传出一阵阵如雷鼾声，便退了出来走向另一营房。还未到营房，就听到喝酒、赌博发出的吆喝声。

营房前的哨兵抱兵器蹲地呼呼入睡，旺八轻手轻脚从数个哨兵怀中收缴鸟铳背在自己肩上，随邓子龙走进营房。

正在吆三喝四聚众斗酒、赌博的把总、千总们看见邓子龙三人，毫无惧色，非但没有停止，反而斗得、赌得更加起劲。张智再也忍不住了，要上前教训这些人，却又被邓子龙劝阻住。

旺八、张智气呼呼地跟在邓子龙身后走出营房，他们身后传来阵阵讥讽笑声。

红日冉冉东升，平静的海面泛起层层金波。

邓子龙来到水兵营与将士们共同操练，手把手教导水兵用枪、驾船，平易近人、和蔼可亲的形象广泛受到将士们的尊敬。

邓子龙与水兵一起津津有味地啃干粮，谈笑风生。

邓子龙与把总、千总们座谈，神情随和中不乏威严。

离开营地时，水兵们围住邓子龙拍掌欢呼，对邓子龙充满信任与敬意。

邓子龙从大营经过，听见里面传出赌博的吆喝声，便走进营房，看见几十名大小军官团团围着赌桌投注。

有一名千总模样的军官瞧见邓子龙，慌忙把手上要投注的银子揣入怀中，并对赌桌前推庄的把总低声说：邓子龙来了！

把总赌兴正酣，毫不在意地:管他什么龙，那是死蛇一条。来、来、来，快压，我要起牌啦！

众赌徒听把总一说，乱哄哄地把手中银两压往桌上，丝毫不介意邓子龙的存在。

邓子龙一声冷笑，走出大营。

号炮三声，水兵营地景象显得格外清新而森严。

邓子龙威严地站立在将台上，将士整齐地肃立在两侧。

张智迈向台前，高声点名：刘金把总、李平把总、张林山千总、陈山千总、徐大川千总……

众将应声出列。

张智继续：金川宝把总！

无人应声。

张智又点：金川宝把总！

仍然无人应声。

张智再点：金把总！

“来了，来了！”金川宝披衣拖鞋匆匆奔至台前。

“拿下！”邓子龙怒不可遏，指着金川宝大喝一声。

旺八、良十飞身跳下将台，将金川宝擒绑住押上将台。

邓子龙对着台下水兵：哨兵丁六、李林林、刘大宝、陈民民出列！

被点到的四哨兵吓得浑身颤抖，慌忙应声出列跪伏台前。

邓子龙压低嗓门：你们知罪吗？

四个哨兵应声：小人知罪，请大人开恩。

邓子龙：你们身为哨兵，玩忽职守，若是遇上敌人，全营将士的性命安危暂且不说，恐怕你们自己的脑袋早已搬家。

四个哨兵磕头求饶：小人知罪，请大人饶命。

邓子龙：念你们都是初犯，这次作罢，下次决不宽容！

四个哨兵：下次不敢，下次不敢。

旺八把收缴的鸟铳扔回给哨兵。哨兵感激涕零反身归队。

将台上，被绑的金川宝立而不跪，怒对邓子龙。

两边肃立的将士个个气得握紧拳头。

旺八、良十提着皮鞭走到金川宝眼前，旺八一脚把金川宝踢得跪在台上，与良十同时挥动皮鞭，把金川宝打得皮开肉绽，叫娘呼爹。

邓子龙挥挥手让旺八、良十停住，冷冷地喝问滚在地上的金川宝：本将问你，你可知罪？

金川宝挣扎着爬起，摸摸带血的屁股，依旧嘴硬：金某何罪之有？

邓子龙：身为把总，本应廉洁自守、以身作则，你却违抗军令，聚众聚赌。

金川宝：那又怎样？

邓子龙：欺老凌少，强取豪夺，克扣军饷。

金川宝不以为然：欲加之罪，何患无辞！

邓子龙吩咐张智拿罪证给金川宝：你自己好好看看吧！

金川宝一看，吓得全身发抖，双膝跪倒在邓子龙面前求饶：将军，小人知罪。

邓子龙：你自己看看，所犯律条，哪一条不是罪当该斩？

金川宝：小人该死，小人不敢，请将军法外开恩。

邓子龙：金把总，金川宝！

金川宝：将军。

邓子龙:你瞧不起邓子龙不要紧，你取笑本将军老弱病残也不要紧，可你不该藐视这军令，不该蔑视王法！

金川宝连忙磕头：小人不敢，小人不敢。

邓子龙:本将军本当按律对你处刑，但外敌当前，你犹有悔改之心，姑且饶你不死，立功赎罪，以观后效。

金川宝感激万分作揖磕头：谢将军不杀之恩，小人当作犬马相报。

邓子龙：你去吧！

台下三军将士掌声骤起。

邓子龙召开水兵营首次军官会议，到会的把总、千总大小军官们人人心中忐忑、惴惴不安，个个脸色凝重、屏声息气，氛围显得十分尴尬、沉闷。

邓子龙环视一下诸将表情，笑容可掬地说：诸位将军，今天是战备会议，大家畅所欲言，不必拘束。想必各位也都知道了，二十年前，我就在这里任过浙江都指挥使司佥事，统管嘉、湖二处，兼宁、绍二处参将，这舟山，如今可谓是旧地重游哇。几十年来，本将军从未处斩过一名将官，连哨官、队官也没有处过斩刑，这就是军纪严明的效果，更是军队攻无不克、战无不胜的保证。眼下水兵营的作风，确实令人担忧，这一点，金把总比我更清楚，请他先说说吧。

金川宝：承蒙将军不杀之恩。将军说得对，我们水兵营确实不像一支打仗的队伍，军纪涣散、作风不正，战备松懈。我们的战船坏的坏，破的破，无人修补；枪炮生锈，火器四散，不整治，后果不堪设想啊。

众将士都松了口气，一齐把心思集中到战备上来。

邓子龙：各位兄弟，金把总一针见血地指出了我们水兵营的不足之处，眼下，朝鲜战事吃紧，时不我待啊，亡羊补牢，势在必行。本将军限时五天，大家各就各位，各司其职，修好船，检验好一切武器装备，整装待发，拜托了！

众将士齐声：遵命！

水兵营将士进入紧张战备状态。

金川宝身先士卒，指挥兵士修船补漏、缝补风帆。

其他将士领着士兵擦枪、校炮，干得热火朝天。

邓子龙登高望远，站在巨崖上望着一众忙碌有序的将士，脸上露出了欣慰的笑容。

张智骑马飞至崖前：将军！

邓子龙飞身跳下巨崖，瞪了满头大汗的张智一眼：说了多少遍，没人的场合不许叫我将军!

张智笑了笑改口：大哥，队伍明天就要开拔了，把总们请示战舰如何装备?

邓子龙：兵库清点完了吗?

张智递上册子：兵器等项全已清点造册，请大哥过目。

邓子龙仔细地看过册子，点点头：好。立即吩咐下去，每艘船重新装备大将军、佛郎机大炮各两门，霹雳子母炮、虎蹲炮各三门，备足火器弹药，鸟铳人手一杆，另加冷兵器备用。

张智拨转马头，说了声“好嘞”，便挥起马鞭欲策马而去。

“好你个张智，你要扔下老哥不管吗？”邓子龙说笑间，一个箭步跃上张智的马背。

烈马受惊，四脚腾空，飞奔而去，背后留下邓子龙、张智的笑声。

号炮震天、大海逐浪。明军将士均已披挂登船，数百门大炮屹立舰头傲视蓝天。

海岸上站满送行的文武官员和百姓。

王守备望着桅帆林立的战舰，赞叹不已：浙江水师，威风啊!

一白发老者端着酒杯敬向邓子龙：邓将军，你要打出浙江水师的名声和威风啊!

邓子龙接过酒杯祭过宝剑后，蹲身半跪：武桥决不负各位乡亲父老!

王守备向邓子龙敬酒：邓将军，祝大军旗开得胜，班师凯旋!

邓子龙接酒仰脖一饮而尽，以剑指天，号令：开船!

在惊天动地的炮声、欢呼声中，邓子龙提袍跃上战舰，众战船渐渐离岸驶向深海之中。

海岸上的百姓挥手为远征的军队祝福……

大海茫茫，日出日落。浙江水师船队乘风破浪。

乌云蔽日，狂风大作，掀起骇浪。

邓子龙屹立船头，狂风吹拂着他斑白的须发，浪花溅湿他缝补的袍衫，巍巍然似一尊神圣不可侵犯的雕塑。

张智站立在邓子龙身边，举目眺望，指着远处：大哥，过了这渤海，沿辽东半岛过鸭绿江就是朝鲜了。

邓子龙：我们从舟山出发，七月初八到达天津大沽口，又经十多天才可望抵达辽东半岛，真是心急如焚呀。

张智安慰：海上行舟，天有不测风云，急也无益啊。

说话间，一个黑影从眼前飞掠而过。

邓子龙以为自己眼花，忙用手背拭眼，凝视远方惊涛簇拥苍茫的海面。

张智也看见那团消逝的黑影：大哥，那好像是一个骑跨鲨鱼背潜行的人影。

邓子龙心头一惊：哦！

旺八从船舱探出头来指着船头：大哥快看！

邓子龙看见海面有东西撞击船头，吩咐：快快打捞上来！

旺八跳出船舱，赤膊入海，捞起船头的一截木头。

七八个水兵赶到船头七手八脚把抱着木头的旺八拉上船头。

旺八将木头横呈船头，笑着摇摇头：是一截沉香木。

水兵指着沉香木：好像个人头！

邓子龙一看心头一凛，叹了口气，叮嘱旺八：天意呀！武桥此番东征，看来充满险象，日后班师回朝，拜托老弟将此木伴大哥同行。

张智：大哥何出此言？

邓子龙淡然一笑：武桥百战沙场，难免一死。今日天赐沉香木人头，日后可塑我头颅，带回故土，落叶归根。

旺八：大哥别说这不吉利话。

邓子龙：军人战死疆场才是最好的归宿。拜托了！

舰队仍在海上穿行，军旗猎猎。

遥远的海面，一艘轻舟迎面飞驶而来。

旺八指着远处飞舟惊呼：倭船！

邓子龙举目望清楚后大喜：自己人，快鸣箭联络！

旺八取箭，连发三箭。

三支火箭飞上海空，三团火球带着响声在头顶飞旋。

驾驶轻舟的是陈行、邹良成、杜亮三人。

“邓将军！”杜亮指着前方惊呼。

“是邓将军。”陈行、邹良成又惊又喜，拼尽全身力气，荡开双桨，向着浩浩荡荡的舰队飞行。

轻舟靠近邓子龙战舰，陈行、邹良成、杜亮三人跃上舰船跪伏在邓子龙面前，失声痛哭：邓将军！

邓子龙热泪滚滚掀开袍角半跪抱住三人：你们让武桥好生想念啊！

旺八、张智、邓维新、良十也一齐围住三人悲痛不已。

邓子龙拍着陈行的背：这几年，你们都去哪儿啦？都去哪儿啦？

邓子龙把陈行三人请进大舱中坐定，张智、旺八赶忙端上茶水、吃食。

陈行啃着热馍，一边倾诉：自大人蒙冤离开清平洞后，邓勇兄弟身负重伤，至今下落不明。我与邹良成、杜亮三人被充军，投奔了陈璘将军，两个月前随陈将军赴朝，与倭寇血战，陈璘将军如今被困釜山。

邓子龙：邢大人、刘铤将军不去救援？

陈行：他们都被日寇重兵缠住，无法抽身。

杜亮：陈将军料定将军近日必到，才派我三人杀出重围寻找将军。

邓子龙察看了一下舱壁上张贴的地图，果断决定：向釜山挺进！

旺八站立舰楼指挥台挥动手中红绿令旗。

后面舰上的金川宝望见令旗，立即吩咐舵手：釜山！

众多战舰主将纷纷回应：方向，釜山！

27

朝鲜鸭绿江口岸，旌旗蔽日，鼓乐齐天。

朝鲜水师统制使李舜臣率万千军民聚集江边，迎候大明援军。

邓子龙船舰抛岸，李舜臣直奔邓子龙的战舰。

邓子龙飞身下船，与李舜臣热烈拥抱。

军民一片欢腾。

李舜臣挽着邓子龙走进营帐，指着帐内乱七八糟的摆设不好意思地解释：大战在即，邓将军一路风尘，也没一个像样的地方为将军接风洗尘，实在抱歉。

邓子龙：李将军客气，我们这些带兵打仗的人，哪有那么多讲究。

李舜臣:小弟早就听说过将军是个不拘小节成大事的人，今日一见，果然是气宇不凡啦!

邓子龙：李将军，快说说釜山的情况。

李舜臣：小西行长赶龙上山这一招也是够狠毒的，陈璘将军水师被困釜山已近数月，将士们对陆上生活、打仗都不习惯，加上粮草短缺，情况不妙！我虽多次出兵,但因水师缺乏陆地作战经验而导致救援受阻。

邓子龙：那刘铤将军的陆军呢?

李舜臣：被岛津义弘围在曳桥一带，龙困浅滩也是寸步难行啊!

邓子龙：解釜山之围刻不容缓，李将军是本地人，可有办法?

李舜臣：我想，要解釜山之围，首先就得截断倭军后援，在曳桥一带牵制倭军主力，但要做到这一点，我们可是力不从心啊。

邓子龙：此话怎么讲?

李舜臣：第一，我们都是水师，无法声援刘将军，刘将军所率的陆军就依然被敌牵制，无法发挥所长；第二，古今岛水师基地水陆要塞均被倭贼控制，左可与曳桥呼应，右能作釜山敌兵后援，我们前后受敌，若强攻釜山并无胜算。

邓子龙：李将军洞察敌情战况，武桥佩服之至。但将军所分析的两点，也并非不可破解。

李舜臣：哦？将军快说来听听!

邓子龙:第一，武桥所率浙江水营，名为水师，但经数月艰苦训练，一万余众将士皆为水陆两用之师，可解刘铤将军之危；第二，我们与刘将军陆师会师后，刘将军就完全可以在陆上牵制倭贼主力。我们救援釜山后与陈璘将军内外合击，赶旱鸭子下海，在海上全歼倭贼!

李舜臣大喜：好！邓将军计谋果然高人一筹!

邓子龙：就在今晚，打倭贼个措手不及！

刘铤和副将郑海来到沿海阵地巡视工事防御。

刘铤心事重重地望着毫无生气的兵营，轻轻叹了口气：也怪我心胸狭窄、刚愎自用，才落得今日下场。

郑海：将军不必自责，总会有转机的。

刘铤毫无信心地摇摇头：都好几个月了，被倭贼围得都快透不过气来啦！

郑海：倭贼这一手也够狠的，把陈璘水师赶上山，把我们围在海边，动不能动，打不能打。

刘铤自言自语：不能等死啊。

郑海：反正都是死，将军，突围吧！

刘铤点点头：看来只有破釜沉舟了。如我遭遇不测，郑海，你替我转告邢大人，刘铤悔不当初呀！

郑海：将军命大福大，吉人自有天相。

刘铤：吩咐下去，二更突围！

釜山伤兵营。一群伤兵坐在一块艰难地啃食草根、树皮。

陈璘默默地来到营前，看着痛苦的伤兵们，心神不安。

一位伤势较重的老兵，不停地咳喘，用干瘪的手推开年轻士兵送到嘴边的草根。

年轻士兵哀求：老叔，你就吃几口吧，不然会饿死的。

老兵痛苦地咳出一口血来。

陈璘望着老兵，眼中流下了辛酸的泪水。

夜。繁星满天。

刘铤威武地走到整队待命的将士前：各位兄弟，我们千里迢迢跨海来朝为的是什么？

众应声：杀倭寇，救朝鲜！

刘铤：那现在倭寇困住了我们怎么办？

众齐声：杀！

刘铤：敌多我少，敌强我弱又怎么办？

众齐声：杀，杀，杀！

刘铤拔剑指天：好！冲！

众齐声：冲呀！

众呐喊着冲向敌人阵地。

死困刘铤陆师的倭兵哇哇大叫，冲向突围的明军。

刘铤一马当先，挥刀连砍数名倭兵首级，倭兵愈来愈多，将刘铤重重围住。

郑海举枪挑开几名缠身的倭兵，大喝一声冲入围住刘铤的倭兵之中，与众多倭兵展开肉搏。

明军寡不敌众，渐显败象。

三支号令箭蹿上夜空。

倭军背后响起雷鸣般的呐喊声。

倭兵大惊，乱作一团。

“邓子龙！”刘铤望着空中三支响箭，大喜，勇气霎时倍增，高呼着“援军到啦！”将手中大刀舞得呼呼作响，一个个倭兵应声倒地。

邓子龙率将士从外围杀了过来，倭兵腹背受敌，死伤无数。

溃散的倭兵，纷纷逃向海边。

数千倭兵刚到逃到海边，守候在此的李舜臣、张智站立舰头指挥战舰炮弹齐发。

在中朝水师猛烈炮火轰击下，倭兵死伤一片。

一些走投无路的倭兵跳入大海妄图逃命,也被舰上鸟铳手一一击杀。

刘铤紧紧抱住邓子龙，热泪滂沱，说不出话来。

陈行、杜亮诸将也与郑海热情地拥抱。

邓子龙激动地拍了拍刘铤的肩膀：刘将军，此时不是说话的时候，下令吧。

刘铤笑笑：邓兄，别谦虚啦。

邓子龙：好。陈行、郑海诸位将军，号令众将士，务必一鼓作气，夺回古今岛！

“是！”众将领领令速去。

天渐微明。

中朝两支水师战舰浩浩荡荡驶向古今岛。

倭舰哨兵远远望着大队战舰，吓得高声惊呼：大明水……水师！

岛津义弘闻听哨兵示警，慌忙从床上爬起披衣出舱，望着包抄过来飘着“邓”字大旗的舰队，惊疑地问：陈璘水师不是被赶上釜山了吗？怎么又冒出来个姓邓的水师？

一头目：来者不善啊！

岛津义弘略一思索，急忙穿衣，果断命令：撤！

邓子龙与刘铤胜利会师，各领一支队伍，直奔古今岛。

岛津义弘率领倭兵纷纷弃船登岸。

李舜臣站立船头望着弃船而逃的岛津义弘，无限感叹：倭贼不战自退，邓子龙果真威武啊！

岛津义弘率倭兵刚刚撤到古今岛，邓子龙、刘铤就率军分头围杀过来，倭兵惊恐万状，纷纷散开逃命。

一阵厮杀，倭兵死伤过半。

岛津义弘不敢恋战，率残部杀开一条血路，择路而逃。

刘铤要追，被邓子龙劝住。

邓子龙：穷寇莫追。刘将军，我们还有要事相商呢。

刘铤：邓兄，你可为老弟出了口恶气啦！

邢玠萎靡不振，病态恹恹地坐卧在大帐榻上。陈璘端着一碗热汤悄悄走到床前：总督大人，保重啊。

邢玠轻轻推开汤碗叹息：想不到我邢玠今日是关公走麦城啊！

陈璘：只怪陈璘无能，连累大人……

邢玠坐起身上：不说这些了。陈行他们去了多久了？

陈璘：已经是两个月零九天了。

邢玠苦笑着摇摇头：看来是凶多吉少啰。

陈璘：未必吧，大人。

邢玠：还会有望头吗？

陈璘：陈行三位将军都是大智大勇之人，既然已顺利突围，就再也没有任何困难能够阻挡他们。

邢玠：那是邓子龙出现了差池吗？

陈璘：大人，你我都是和邓将军共过事的人，他不会的。

邢玠：我也知道他的为人，可是为何就没一点音讯呢？

两人百思不得其解，一脸疑惑。

李舜臣领着邓子龙、刘铤诸将登上釜山对面的巨崖，观察釜山情形。

釜山迷雾漫漫，不见人影；山脚下依稀可见倭兵黑压压的身影。

几支响箭飞越上空，几声火哨在空中炸响，群山依旧一片沉寂。

陈行：将军，釜山方面依然没有回应。

邓子龙沉重地摇摇头：茫茫釜山，相隔甚遥，小小羽箭，怎能传递信息？

李舜臣亦忧虑地说：倭寇兵困釜山数月，我虽多次派兵援应，但日寇凶顽，寸步难进。

邓子龙思索片刻：陈将军，你们是从何处杀出重围的？

陈行指着对面茫茫山脚：那边山脚下有一小河直通大江，当时邢、陈两位大人就从那小河上掩护我们三人杀出一条血路的。

李舜臣：原先那小河直达大海，自陈行三位将军突围后，倭贼便在那江河汇口筑起了一座坚固的大坝，截断山上的出路。加上坝上重兵驻守，就是鸟兽也难挨近寸步。

邓子龙：倭寇占尽了天时地利，看来要解釜山之围，只剩下强攻一条路了。

李舜臣：攻下釜山，乃是我朝鲜军民人心所盼，朝鲜军民定当奋勇向前。邓将军，你就快快发号施令吧！

邓子龙谦恭地说：李将军，大明岂可反客为主？

李舜臣：将军不必见外，中朝一家人，哪有客主之分！

邓子龙：中朝一家人，李将军，说得好！眼下当务之急，是如何尽快与山上邢、陈二帅取得联系。

陈行、邹良、杜亮同时挺身而出，主动请缨：将军，让我们去吧！

邓子龙摇头：下山容易上山难，容我再想想。

28

邢玠披着外衣吃力地坐到床沿穿鞋下床。

陈璘慌忙拦住：大人……

邢玠轻轻推开陈璘：难道要老夫困死在这里不成？

陈璘难过地说：大人已病重如此，千万别动怒伤神。

邢玠：眼下已山穷水尽，弹尽粮绝，老夫还能偷生吗？

陈璘：大人……

邢玠：破釜沉舟，背水一战，尚有一丝生机！

陈璘无奈地点点头：卑将遵命。

邢玠挺直腰杆，威严地说：提枪备马！

陈璘正应声“是”。“嗖”的一声，一支带笺的袖箭从窗口射入，插在案桌上。

陈璘惊呼一声“有刺客！”，夺门而出。

邢玠慌忙拔箭展笺一读，高兴疾呼：陈将军！

陈璘听到呼喊，立即回屋：此人武功非凡，瞬间不见踪影。

邢玠将信笺递给陈璘：邓子龙来啦！

陈璘展信念道：邓军已至，切忌妄为！

邢玠推窗而喊：既是邓将军信使，又为何藏头藏尾，隐身不见？

陈璘：定是高人相助，不肯以真面目示人。

釜山江边石坝。夜。

清风冷月，巍巍石坝屹立釜山脚下江边。坝两边，一边是潺潺小河，另一边是奔腾大海。

石坝上，倭哨如林，防备十分森严。

数个倭哨在大坝上来回巡视，忽然一个黑影闪过，倭哨吆喝一声“谁！”但又不见黑影踪迹。

倭哨甲：今天见鬼了，刚才明明看见一个影子，怎么眨眼就不见呢？

倭哨乙：是呀，这几天我也觉得怪怪的，心里老是七上八下，眼皮子乱跳。

倭哨甲：可不是嘛，听说明朝派了个邓子龙来，是个厉害人物。

倭哨乙指着前面惊叫：看，看！影，影子！

倭哨甲：那是只乌龟，大惊小怪的！

釜山下倭营。

倭兵列阵，小西行长，岛津义弘指挥士兵叽叽呱呱地向山上喊战。

山上陈璘水师毫无动静。

三声炮响。邓子龙、刘铤、李舜臣各率一支人马从外围冲向围山的日军。

倭兵训练有素、凶猛顽强，里三层外三层布下阵势。里层仍对山上辱骂叫阵，中层按兵不动，外层相互呼应，冲向明军和朝鲜。

两军鸟铳、火器齐发，霎时硝烟滚滚，枪声轰鸣，双方均有伤亡。

双方士兵距离太近，枪炮无法施放，只能短兵相接，展开激烈的肉搏战，直杀得天昏地暗，胜负难分。

号角阵阵，倭寇营中军马躁动，分三面包抄，顷刻间已成掎角之势包围过来。

邓子龙大惊，传令收兵。

陈行挥动红绿令旗，金鼓顿起，众将士有序撤出日军的包围圈。

小西行长和岛津义弘非常得意。

邓子龙营。夜。

古琴铮铮，如万马奔腾。

“嘶”的一声弦断，邓子龙从悲愤情绪中站起，脸色凝重。

李舜臣揭帐而进：将军少安毋躁。

邓子龙：唉！今日一战，我方折兵千余，损将八员，李将军，你叫武桥有何面目见人！

李舜臣：我朝鲜儿女洒血疆土，当仁不让，只是贵军千百将士慷慨捐躯，叫舜臣于心不忍。

邓子龙：我大明与你朝鲜唇齿相依，骨肉相连，焉能分你我？

李舜臣：邓将军，这小西行长、加藤清正、岛津义弘乃为日寇三位著名战将，攻势凶猛，我军久攻不下，实在令人难以心安啊！

邓子龙：是呀，此等倭贼，乃是武桥几十年以来遇上的第一大劲敌，若凭今日匹夫之勇，我军无异于以卵击石。你我全军覆没事小，只怕大明与朝鲜自此永无宁日！

李舜臣：今日战事，李某尚有一事不明，特来请教。

邓子龙：请讲。

李舜臣：按理说，今日我方在外围冲杀日寇，邢、陈两位大人为何按兵不动，丧失里应外合、上下夹攻的良机？我担心的是，釜山兵困数月，粮草殆尽，陈帅三万人马……

邓子龙摇摇头：粮草断绝，邢、陈二位大人必然背水一战，今日按兵不动，恐怕另有图谋。

李舜臣被一语点醒：二位是伺机而动？

邓子龙：对，先给倭寇一个假象，用以麻痹敌人，再出其不意，奋起突击，使敌军腹背受制。

李舜臣：那我们就得牵制倭寇，给二位大人一个突击的机会。

邓子龙：武桥正为此苦恼。要牵制强敌，首先要选择安排好它的葬身之地，这才是最难最难的难题呀！

李舜臣望着帐壁上悬挂的地图沉思，自言自语：此乃海峡要冲，西北山林耸立，南有岛群屏障，渔村深水有港……

倭营。杯影晃动，笑语声声。

小西行长频频举杯：各位勇士，各位英雄，帝国的功臣们！敌军数万人马，被我困死在釜山，今天又来了个邓子龙，不出数天也要被我赶下大海喂鲨鱼。无论是谁取得邓子龙首级，本将军为他记头功！来，为我们的胜利，干杯！

杯盏叮当。众倭将七醉八倒：干！干！

倭军阵营前。

陈行、杜亮、邹良成、旺八、良十与朝军数将领兵从三面冲入阵营，邓子龙和李舜臣压阵。

双方炮火对峙，久战未决。

明军和朝鲜军无法冲入大阵，邓子龙只好指挥鸣金收兵。

邓营。夜。

邓子龙愁眉不展。烛火爆裂声更增添了他无尽的烦恼。

陈行、旺八走进大帐：大哥，还没睡啊？

邓子龙：睡得着吗？今天我们试了一下倭贼的火力，太出乎我们的意料之外了。

旺八：有什么可怕的，明日冲进去杀他个人仰马翻！

邓子龙：你冲得进去吗？

旺八：大哥……

邓子龙以背相对，凝视帐外月下山影，不予理会。

烛火窜跃，一支带笺袖箭射进营帐。

“谁？”邓子龙一惊，随手抓住笺箭，闪身出营帐四望，却不见人影。

旺八、陈行也随即跃出营帐，追寻消失的黑影。

邓子龙、旺八、陈行相继回到营帐，都是一脸疑惑。

邓子龙赶紧展笺就灯速读：火烧万象阵，水淹鬼子军。深山藏猛虎，总督做后应。船只早烧毁，海上定输赢。若问送信者，清平出家人。

邓子龙反复念了“清平出家人”后，笑着摇头。

陈行：大哥，此人轻功高超，非常人可及。

旺八：好熟悉的身影啊！

陈行：是好像看过。

邓子龙一惊，忙把信笺交给旺八、陈行观看。

陈行、旺八几乎同时地惊叹：好熟悉的笔迹！

邓子龙性急地：快说，你们快说是谁？

“难道是他？不，不可能。”旺八心头疑云顿生。

邓子龙欣喜若狂：是他，对，一定是他！

旺八：大哥，他，他早死了！

邓子龙：不，他没死，他还活着，他就在我们身边！

旺八、陈行望着若痴若狂的邓子龙，流下了泪水。

陈璘身先士卒带领将士砍伐竹子，扎成木筏。将士们士气高涨，作好突围反击准备，整个水师营地呈现出热火朝天的喜人景象。

老伤兵带着一队伤病员请求加入备战队伍。

陈璘用手抹了把额上汗水，笑笑说：老叔，把弟兄们都带回去，好好休息，恢复身体，突围时别拖大军后腿就行。

老伤兵：这哪行啊，多个人多份力。

陈璘：老叔，回去吧，别添乱了。

老伤兵一本正经地：大帅，你不让我们干，比打我们还重，我们不是包袱，只要有口气在，咬也要咬倭贼一口！

陈璘：好！这才是我大明的好兵！

伤兵们欢呼起来，兴高采烈地加入备战的队伍。

旺八、张智、邓维新、陈行、邹良成、良十、杜亮等聚集一起悄悄议论飞箭传书的事。

邓维新：真的是他吗？

张智：怎么可能呢？这都好几年了，怎么没个音讯呢？

旺八：我们亲眼所见的，那身影、那笔迹，一点都没有错。

陈行：不错，应该是他。

杜亮：如果真的是他，为什么不来看看我们这些兄弟呢？真不够意思！

邹良成：对，为什么要隐身呢？大哥是将军，谁还能陷害得了他？

陈行：也许自有他的难言之隐吧！

张智点点头：只能这么解释了。

刘铤和邓子龙徒步巡视陆师训练。

邓子龙望着生龙活虎的士兵们，由衷赞叹：刘将军，真是强将手下无弱兵啊！

刘铤笑笑：老兄是在夸我，还是在骂我呢？

邓子龙：武桥不敢。

刘铤：其实，老兄能骂我几句，我才高兴。惭愧啊，只因刘铤一时争强好胜，想和陈璘分庭抗礼，局势也不会恶化到如此地步啊！

邓子龙：刘将军也不必太自责了，前天古今岛一战，如果不是将军率部冲锋陷阵，能有这么辉煌的战果吗？再说，日后肯定会有一场大战、恶战，也要全仗您率部发挥所长，歼灭倭贼主力啊！

刘铤：邓兄放一万个心吧，刘铤定一马当先，将功赎罪！

邓子龙：将军言重了。若陈璘将军听见此话，也定会无地自容的。

刘铤：邓兄了解陈璘。

邓子龙：何止了解，他和您一样，是武桥的生死兄弟。在浙江水师时，武桥只是一个把总，而二十出头的陈璘却是游击将军啰，人才啦！

刘铤：刘铤倒是小看了他，和这样的人并肩作战也可说得上是一种福分啊！

邓子龙：将军有此胸怀，武桥再学十年也有所不及啊。

刘铤：邓兄知人知心，也叫在下五体投地。

邓子龙:大战在即，将军胸襟如此坦荡，让武桥看到了胜利的希望。

刘铤：邓兄对明日之战有何决断？

邓子龙：武桥也正为此特来请教将军。武桥想以其人之道还治其人之身。

刘铤：你是说赶旱鸭子下水？

邓子龙：英雄所见略同！

刘铤：扬鞭赶鸭子，那可是我陆师的强项啰！

邓子龙：只要将军能让他们下海，捉鸭子、煮鸭子就归我们水师了。

刘铤：这样一来，我们水陆两师的优势就发挥出来了。

邓子龙：重在同心同力，相互配合，统一协调。

刘铤：放心吧。吃一堑长一智，刘铤再也不会犯糊涂重蹈覆辙了！

邓子龙：刘将军千万别误会，武桥不是这个意思。

两人同时会心地笑了起来。

海岸。

飘扬着“邓”“李”大字旗帜的战舰黑压压一片，阵势雄壮而威严。

附近的朝鲜百姓带着粮食、蔬菜、瓜果、鸡蛋等物品前来慰问。

张智纵身下船双手接过朝鲜阿妈的一篮鸡蛋，乐呵呵地连声道谢：谢谢，谢谢！

朝鲜阿妈：谢什么呀，你们为我们流血流汗，那我们该怎么谢啊！

29

张智、陈行、旺八、良十四人轻装飞跃丛林，隐蔽在大石坝对面山坡树林中观察敌情。

坚固的大石坝屹立于小河与大海交汇处，横腰截断通往釜山的小河。大坝上堡垒林立，岗哨密布，防卫十分森严。军火库倚山而筑，四周均有重兵把守。大坝一端邻接露梁海岸，岸边停靠着黑压压一片倭船。倭兵如云，遍布山脚、海岸。

张智仔细地描绘出倭阵的布防图。

邓子龙、刘铤、李舜臣仔细研究着地图，愁肠百结。

李舜臣指着图纸：这倭贼布防如此严密，简直无空子可钻啊！

刘铤：要把数万倭贼一并赶下露梁海，确实不太容易。

李舜臣：不是不容易，这简直不可能。

刘铤指着图纸：你看，这防御和装备，可谓兵精粮足，倭贼自然有恃无恐！

邓子龙苦苦思索。

李舜臣:还有这易守难攻的坝头堡垒，这守卫重重的军火库，这……

“有了！”李舜臣的话启发了邓子龙，他一拍大案，兴奋地指着地图：你们看，如果我们先炸了他的军火库，烧掉他的战船，情况会怎么样？

刘铤：断其粮草，毁其设施，倭贼就自然无路可走了。

李舜臣：想法是好，但是在倭贼眼皮底下炸库毁船，谈何容易！

邓子龙：如我军正面强攻，付出的代价未知，还未必能攻克兵力强于我们数十倍的倭敌。

刘铤眼睛一亮，欣喜地说：对，那就偷袭！

邓子龙：刘将军说得对。如要减少伤亡，我们就务必出奇兵打它个措手不及，防不胜防！

刘铤：奇袭可是咱陆师强项，交给我吧！

邓子龙：好！

刘铤：莫急，在下还有话说呢。

邓子龙：将军请讲。

刘铤：为确保万无一失，在下还得借邓兄麾下几员猛将一用。

邓子龙：行，任将军挑，任将军选！

三人会心地大笑。

夜。

刘铤率领郑海、陈行、旺八、邓维新、邹良成、杜亮、张智等数十名衣着夜行装，背负炸包、兵刃的精兵良将列队待发。

邓子龙走到队前：各位兄弟，今夜行动，直接关系到我们的生死存亡，希望各位务必按照刘将军的缜密部署，圆满完成任务，为明天的决战打下基础！拜托各位了！

邓子龙说着，单膝跪地，拱手过顶，向各位将士施以大礼。

众将士：请将军放心，保证完成任务！

刘铤向邓子龙还以一拜，威严号令：众将听令，出发！

刘铤领着突袭队穿山越岭，飞渡山涧，摸到大石坝下。

几名倭哨端枪巡视过来，刘铤一挥手，旺八、郑海、杜亮闪身而出，一一把敌人击毙，拖于坝下乱草中掩盖。

突袭队潜行绕过坝头堡垒，刘铤用手势指挥兵分两路，郑海、陈行、邹良成等向海岸船队摸去，刘铤亲率旺八、良十、张智、邓维新等摸向军火库。

军火库，灯火通明，夜如白昼，十人一支的巡哨队，来回穿梭。

刘铤等潜伏在灯光照射之外的黑暗处，久久找不到接近军火库的机会，非常焦急。

郑海、陈行分队穿越丛林，摸到海岸倭船边。

“谁？”倭船上哨兵见岸上树枝影子异动，拉响枪栓高声喝问。

陈行略一抬手，“嗖”的一声射中哨兵咽喉。哨兵随即“扑通”一声栽落船下海水之中。

邻船倭兵听到哨兵落水声，惊呼起来，惊醒了邻船上睡梦中的倭兵，纷纷披衣摸枪爬出船舱。

刘铤打手语暗示，张智、邓维新点头领会，立即纵身飞跃到军火库。

“站住！”巡哨慌了神，纷纷鸣枪追上前去。

守卫在军火库大门前的倭兵也乱了阵脚，大部分跟着追赶上去，余下的少数倭兵也不知所措。

刘铤挥手，旺八等伏兵即刻跃上，挥刀将一群守库的倭兵砍杀。

旺八从倭兵身上搜出钥匙，打开库门。

船上倭兵发现伏兵，拉动枪栓，子弹暴风骤雨般向哨兵落水的方向射来。

郑海、陈行等急忙跳入水中，隐于倭船底下。

刘铤吩咐数名将士守住大门，自己和旺八、良十等闪身进入军火库，望着库中堆积如山的枪炮炸药，非常惊喜。

刘铤笑着向大伙点点头，众将士将一捆捆炸药堆放在一堆堆枪炮火器之中。

枪声渐稀，郑海、陈行等从船底钻出跃上舰船，将乱作一团的倭兵砍杀踢于海中。

陈行钻进船舱搜出一捆捆炸药、火箭，扔给舱外将士。

众将士接过炸药、火箭，点燃引线，分别掷向周边船只。

陈行大喝一声“走”，领众将士跳下船。

炸弹轰的一声炸响，船只燃烧，火光四起。

火势蔓延，爆炸声不断，海岸一片通红。

陈行等离岸飞奔，消失在漆黑的丛林之中。

巡逻哨队和守卫火库的倭兵，呼喊着跑回军火库。

留下守门的数名明军将士被倭兵团团围困，向仓库内刘铤鸣哨示警，拔出刀剑奋力迎敌。

旺八、良十众将士点燃导火线，跟在刘铤身后奔出军火库，杀进包围圈。

倭兵愈来愈多，刘铤等寡不敌众，死伤过半。

郑海、陈行等烧倭船的将士与张智、邓维新会合，从倭兵背后杀出，将刘铤等营救出围。

“轰”的一声，军火库爆炸，火光冲天，惊天动地。

邢玠、陈璘正在巡视兵营，耳边忽然传来爆炸声，见山下火光冲天，高兴得欢呼起来。

邢玠：邓将军得手了！

陈璘指着露梁海岸方向：大人，快看，倭贼的战船也烧起来了！

邢玠顺着陈璘手指的方向一看大喜：邓子龙炸库烧船确实厉害，挖小西行长的脑浆了！

陈璘：大人，此时不动，更待何时？突围吧！

邢玠略一沉思，沉稳地说：千万不可妄动！

陈璘：山下已明显发出信号，山上应该呼应才对哇。

邢玠：依我看，这是邓子龙大行动前的前奏，后面必有更大动作。

如果山上贸然突围，势必影响或打乱他的全盘部署。

陈璘：那我们也不能隔岸观火呀？

邢玠：以不动为动吧。

陈璘没有完全明白邢玠的意思，眼神流露出内心的迷惘。

邢玠：通知下去，全军将士进入紧急战备状态，充分做好随时突围准备！

小西行长见海船和军火库相继爆炸着火，气得哇哇大叫，亲率大队人马向军火库包抄过来。

刚刚杀出包围圈的明军将士，又陷入更大的包围圈中。

郑海与刘铤背靠背迎击群敌。

刘铤挥刀连砍数敌：此次定难生还，能冲出去一个算一个吧！

刘铤说话间，左腿被乱刀砍中，双腿一软，险些跌倒。

郑海一惊，反手抱住刘铤。

旺八正杀得兴起，见刘铤负伤，高呼：郑海兄弟，保护好刘将军突围，我掩护！

郑海背着刘铤，一手挥刀奋力突围。

其他将士纷纷杀了过来，护住郑、刘二人。

陈行、杜亮冲在前面，为刘铤杀出一条血路。

旺八、张智、邓维新、良十断后，联手阻挡倭兵。

旺八一手挥刀，一手从腰间解下铁砣，高喝一声，索端的两个铁砣直向敌头扫去，倭贼被打得鼻青眼肿、头破血流，纷纷躲闪，无人敢前进半步。

张智、邓维新、良十一字儿排开，在旺八身后筑起一道血肉长城，为刘铤等突围筑起第二道防线。

郑海背着刘铤在其他将士护卫下安全冲出重围，在夜色掩护下进入山野丛林。

夜幕中，传来刘铤惨烈的呼声：旺八，兄弟……

旺八一步步逼退倭兵。他见众敌不敢近前，高声呼唤：张兄，你们快撤！

张智：我们死也要死在一起！

旺八：撤！

张智毫不理睬。

“呼！”小西行长率大队人马赶到，举起鸟铳，一枪将旺八的右手打中。

“呼，呼！”小西行长又发两枪。

旺八两只小腿中弹，支撑不住倒在地上。

“旺八！”张智三人惨呼一声，奋身上前营救。

倭兵如潮水般涌来，将四人擒住。

30

邓子龙营帐。

邓子龙面对釜山背手而立，远眺前方。

伤痕累累的刘铤、郑海、陈行、杜亮、邹良成沉重地默立在邓子龙背后。

刘铤极为悲痛地：邓兄，都怪在下……

邓子龙反身挥挥手，眼圈红红的：战争总是无情的，将军能与众兄弟全身而退已是不幸中的大幸了。

刘铤：让在下去营救吧。

邓子龙摇摇头：强敌如云，你去不是送死？

刘铤：兄弟们都是为我落此大难的，刘铤此时若坐视等闲，那还是人吗？

邓子龙：现在谁也没能力救他们，只能靠他们自救了！

郑海：倭贼十分凶残，若不及时……

邓子龙：小西行长诡计多端，料他暂时还不会对兄弟们怎么样。

倭军帅营。

小西行长很有礼貌地为傲然相向的旺八、良十、张智、邓维新敬茶：鄙人听说，你们四位可是邓子龙的爱将，如能与我合作，决不亏待各位。

四人昂头不理。

小西行长：很简单，只要你们写封信给邓子龙，叫他投降，不，是合作，朝鲜的半壁江山就是你们的。

张智：朝鲜属于朝鲜人民的，谁也拿不走！

小西行长：朝鲜是国，日本也是国，为什么你们中国帮朝鲜而抗衡我大日本呢？

张智：因为你们是行不仁不义之事。

小西行长：浑蛋！

张智：凶残的本相露出来了。

小西行长恼羞成怒：拉下去！

倭兵将四人拖出帅营。

倭营刑房。

倭贼动用各种刑器摧残旺八、张智四人。

四人遍体鳞伤、血迹斑斑，只能咬牙切齿，怒目以对。

小西行长走进刑房问倭兵：怎么样?

倭兵：这些人什么也不说。将军是不是（做了个杀头的手势）……

小西行长挥挥手：让他们多活几天吧，留着还有用呢。

陈璘陪着邢玠走进营帐，侍卫给两人倒上一杯热茶。

陈璘接过茶杯微微呷了一口，由衷赞叹地说:大人真是料事如神啊，已经过去好几个时辰了，一切都这么平静，看来确实是邓将军大行动的一个前奏。

邢玠也呷了一口茶：陈将军，你我都是和邓将军共事多年的人，没有和我们联系上，并达成一致就单独采取行动，这不是邓子龙的作风!

陈璘点点头：对，配合、协调、统一，确实是邓子龙打仗的一个重要特点。

邢玠：所以我们最好的办法就只有等。序幕既然已顺利揭开，预示着好戏就要开场了。

露梁海，风平浪静。

数艘满载军械、火器、粮食等战备物资的人货船渐渐向釜山方向驶近。

李舜臣率数十艘龟船从海湾右方冲向倭船。

倭贼发现朝鲜水师龟船，慌忙转舵。

龟船体轻速快，紧紧咬住倭船不放。

李舜臣挥动手中信号旗，数十艘龟船迅速散开，包抄倭船。

快要接近倭船时，龟船向倭船猛烈开火。

数艘倭船着火燃爆，水柱从海面冲天而起，倭兵走投无路纷纷跳入大海。

岛津义弘、加藤佐二如热锅上的蚂蚁，急得团团转，众倭将神色慌张，议论纷纷，帅营简直乱成了一锅粥。

岛津义弘：炸军库、烧战船，连我们水上运输线也被切断！

加藤佐二：这叫釜底抽薪，着实厉害！

岛津义弘:我们军器没有，粮食没有，后援没指望，这仗还怎么打?

加藤佐二：岛津将军说得对，我们再不撤就来不及了。

小西行长：撤？逃跑？耻辱！他邢玠、陈璘四万人马都被我们困死在山上，邓子龙、刘铤，加上李舜臣，兵力总共还不到三万，而我们三路人马合在一起足足五万余众，难道还怕了不成！

岛津义弘：如果他们山上，山下上下合击呢，我们不腹背受敌了？

小西行长：根本不可能！你们想想看，如果山上陈璘四万人马没有饿死，昨天晚上那么好的机会能不突围吗？

加藤佐二：将军分析得十分有理。

岛津义弘：那就得早作决断呀，我们坚持不了多久的。

小西行长：急什么？我们手上不是还有几张王牌吗？

岛津义弘：杀了算了！

小西行长：老兄，你不懂邓子龙。正是他一个“义”字，才可以一当十，以十当百，笼络人心。今天你杀一个旺八，明天就会有一百个、一千个旺八来杀你！邓子龙用兵，厉害呀！

岛津义弘：将军……

小西行长:我就是要借用他这个“义”字,让他退兵！你们来看（指点地图）……

岛津义弘：他会上钩吗？

小西行长：邓子龙不会置他弟兄们生死不管的。

加藤佐二：只要他退回古今岛，这露梁津就是我们的。

倭营监房。

大批牢卒撤去，只有两名老卒留下看守大牢。

张智冷笑，提醒旺八、良十、邓维新：倭贼要耍诡计了！

小西行长带着两个送酒菜的倭兵来到监房。

小西行长吩咐倭兵摆上好酒好肉，笑容满面：各位将军受委屈了，鄙人刚刚才知道，四位原来是邓子龙将军的兄弟，实在是得罪了，怠慢了，特备薄酒一杯，以表歉意，请各位赏脸。

旺八对着小西行长狠狠地吐了一口唾沫：呸！

良十、邓维新也怒目以对，昂头不理。

小西行长尴尬地抹了把脸上的唾沫，气得悻悻而去。

邓子龙眉头郁结，久久盯着桌上地图发愣。

陈行拿着一件旧袍从内室默默走来给他披在肩上，心情沉重地叫了声“大哥”。

邓子龙一动不动，神情木然。

陈行：大哥，小弟知道你心里难过，可整整一天一夜了，你都这么不说一句话，小弟看了实在难受啊。

邓子龙叹了口气：我确实不该这样！快快通知李、刘两位将军，我有要事相商。

陈行刚转身欲去，李舜臣和刘铤走进营帐。

李舜臣：我们早来啦，只是怕打扰将军。

邓子龙抱歉地微微一笑：是我失态了。

李舜臣：将军也是人嘛。

邓子龙：请两位将军来，商议一下明天决战……

刘铤打断邓子龙的话：我看还是先营救……

邓子龙用手势制止刘铤说下去：没时间了。眼下倭贼乱了阵脚，军心涣散，待它喘过气来，战机已失。

李舜臣：那也要想个万全之策。

刘铤：最好的办法就是要确保四位将军的安全！

邓子龙痛苦地摇摇头：难啊！我们不攻，四人性命自然安全，若一攻，小西行长认定四人再没有利用价值了，便会痛下杀手。权衡两者利弊，两位将军，还能有别的选择吗？

刘铤：邓兄，邓将军！

邓子龙：别再说了，以四位兄弟的命，换得大战胜利，值！

岛津义弘：他们软硬不吃，还留着何用？

加藤佐二：对，杀了吧，别浪费粮食！

小四行长：你们想过吗？若杀了四人，定会激怒邓子龙，不让我们有喘气的机会，只要我们留有活口，就有人质，邓子龙就不敢轻举妄动。

岛津义弘：那又能怎样？

小西行长：走一步看一步吧。

旺八望着门口打瞌睡的老倭卒，努了努嘴儿，低声说：此时不走，更待何时？

张智摇摇头：倭贼明松暗紧，定是设下重重陷阱，再等等吧。

良十：大哥一定会急死的啊！

邓维新：可千万别来救我们啊！

旺八：肯定不会。

张智点点头：你懂大哥。

邓子龙、李舜臣、刘铤站立高处，遥望波涛汹涌的露梁海峡、光阳湾和釜山脚下的小西行长倭营。

邓子龙：二位将军请看，我们把倭军困在这里，另外中、东两路倭寇必经露梁海峡进入光阳湾，而光阳湾就像一只口袋，那露梁津就是袋子口，它最窄处只不过六里左右，若我们在东西两侧设伏，待倭寇援兵全部进入光阳湾这只袋子后，伏兵齐出，封死露梁海口，则可全歼倭寇，取得决定性胜利。

李舜臣：邓将军此计甚妙，可有什么办法请君入瓮呢？

刘挺：唯一的办法是我们让出一个口子，让小西行长去搬救兵。

李舜臣：主动让路不可，小西行长不会上当。

三人走下高坡，议论着走回营地。

侍卫走进营帐报告：将军，倭贼信使求见。

刘铤突然勃然大怒：杀！

邓子龙：先听听他要说些什么吧。

侍卫带信使进营帐。信使将信柬双手捧交邓子龙，邓子龙阅后大喜：好，回去转告小西行长将军，就按信上说的办！

信使飞快走出营帐。

刘铤、李舜臣一脸狐疑，邓子龙把信递给二人。

两人看信后大惊：退兵？

邓子龙：将军不正愁没有请君入瓮的方法吗？

两人会意，开心大笑。

31

邓子龙率大军撤至古今岛，众将士协同士卒安营扎寨、埋锅造饭。

陈行担心地问邓子龙：大哥，倭贼会讲信用吗？

邓子龙笑笑：他们是讲信用的人吗？

陈行：那我们为何要退兵？

邓子龙：给他一个通风报信的机会。

陈行：那旺八他们呢？

邓子龙：依计而行。

刘铤不放心：邓将军，明日交接，要不要多带些人马？

邓子龙：明日交接，料定小西行长不会，也不敢动用重兵。

刘铤：还是稳当点好，要不我……

邓子龙：你还要指挥三军呢，只待放过小西行长通风报信船只，大军马上返回包围点。

旺八四人被黑布罩头，绑于小西行长的大帐。

探子进报：将军，明军已全部撤到古今岛。

小西行长：看清楚了？

探子:看清楚了，小的看得明明白白，邓子龙还亲自帮着安营扎寨，埋锅造饭呢！

小西行长高兴地：好！按计划行事！

交接点，视野开阔，地势平坦，无任何遮挡物。

邓子龙带领陈行数人，小西行长带着数名倭兵押着黑布罩头的旺八四人分头从东西两个相反方向迎面走来。

到相隔一箭之地时，双方停下。

小西行长拱手向邓子龙喊话：邓子龙将军，你的人带来了！

倭兵将旺八等四人猛推上前后，转身便跟在小西行长身后速速撤离交接现场。

四人握着短兵刃反手在背，手上均渐渐走近邓子龙等人。

陈行正欲上前迎接，却被邓子龙一把抓住。

四人身上绳索松动，脚步加快。

邓子龙反手一扬，四支袖箭同时射出，正中四人咽喉。

四人倒地。陈行上前揭开四人罩巾大惊：大哥，你怎么知道是假的？

邓子龙笑笑：你看小西行长是守信用的人吗？再者，旺八明明双腿受伤，脚步怎能如此轻快？

陈行大怒，操起短铳瞄准远去的小西行长背影。

邓子龙一手按住陈行枪托：就让他多活几天吧。

岛津义弘领着两艘帆船，仓皇驶向露梁海峡。

隐身于海岸丛林中的朝鲜水兵操炮瞄准逃跑的倭船。

李舜臣上前制止：让它去吧！

刘铤率大军返回到釜山下面的包围点。

刘铤指挥将士有序进入战斗阵地。

邓子龙、李舜臣肩并肩徒步海岸，巡视舰队。

五艘高大如城的福船雄踞海岸。福船底尖舱阔、首尖尾宽两头昂翘，吃水近丈。船上装备有佛郎机炮、红夷大炮、喷筒、烟罐弹、鸟铳等军械火器。

近千艘战舰、龟船虾子扑岸似的挤满海港。

李舜臣陪同邓子龙登上一艘福船。

李舜臣兴致勃勃地介绍：这福船是全世界最大的战舰，矮小如蝇的倭船在它底下一压，就好像车碾螳螂。倭贼鸟铳射程虽比我军鸟铳射程远，但我们这些炮火的射程却远远超过它鸟铳射程的几十倍。

邓子龙不住地点着头：李将军，还有一个好消息要告诉你，据可靠情报，东路数万倭兵已经逃回日本，我们面临的压力可减小不少啊。这样一来，日寇的兵力加起来也不过三万人，而我们的兵力仅水师就有两万六千人，刘铤陆上兵力三万，总共五万六千多人，远远超出敌兵，而战船倭贼不过五百余艘，我们上千艘封锁露梁海峡，全歼倭贼，胜券在握啊！

李舜臣：看来万事俱备，只欠东风啊！

邓子龙微笑着点点头。

邢玠和陈璘对坐，一边喝茶一边议论。

陈璘：都过去这么多天了，为何邓子龙就没一点动静？

邢玠：是呀，这好像完全不像邓子龙雷厉风行的作风。

陈璘：莫不是进军受阻？

邢玠：连倭寇的军火库都给端了，还会有什么能阻挡他的呢？

陈璘，又想了想：莫非刘铤又……

邢玠：哈哈，老弟，邓子龙可不像你啊。

陈璘：那是，那是。

邢玠好像突然明白：答案只有一个。

陈璘瞪大了眼睛……

邢玠：他在下一盘更大的棋！

倭营监房。

旺八、张智、良十、邓维新围成一团，悄悄商量行动方案。

张智问旺八：你的伤怎么样了？

旺八拍拍双腿：无碍。

张智：看来大哥马上要行动，我们必须做好策应的准备。

良十从鞋中摸出一根小铁丝，神秘地说：你们看，这是什么？

邓维新：可以开锁啦！

张智对着门外两个执枪的老倭卒努了努嘴儿，良十会意：包在我身上。

张智：等大哥总攻一打响，我们立即行动！

小西行长和加藤佐二领着一群倭兵走到釜山脚下一个隐蔽很深的大石洞前，指挥倭兵清除洞口遮掩物，进到洞中。

倭兵们望着近百艘战船惊叫起来。

加藤佐二：将军也真是老谋深算，还留了这一手。

小西行长得意自信地说：要不，邓子龙烧了我们的战船，我们不就全成了水中王八？

加藤佐二：有了战船，返回日本就有指望了。

小西行长：岛津义弘和宗义智两支援兵估计也应该就要到了。

加藤佐二：听说加藤清正数万兵马还没联络到。

小西行长叹了口气：一听说撤兵，他跑得比兔子还快，估计早到东京了，不管他了！

岛津义弘与宗义智分别率领数百艘舰船从光阳湾驶进露梁海峡。

陈行率领水师分别从东西方向浩浩荡荡开进露梁海峡设伏。

邢玠、陈璘指挥将士将扎好的无数竹筏分别集中到山腰较为平整的岗坪上待命。

邓子龙、李舜臣、刘铤三人在营帐部署大战方案。

三人久久陷于沉思之中，没人发表见解，气氛显得分外庄重。

邓子龙：还是我先说几句吧。万事俱备，只欠东风，这东风是什么呢？我们要把围困釜山的小西行长两万人马赶下大海，赶进我水师的伏击圈，可是日寇十分凶悍、顽强，并不容易做到。我们商量过，如联络邢、陈二帅从山上夹击，势必伤亡过大，是用兵的下下策，我们必须拿出个好办法来。再者，千人吃饭，主事一人，我们三人都为平级将帅，必须推选一位担任主帅，为大战总指挥。

李、刘同时赞同：对，必须统一指挥。

邓子龙：那我们就分别推选一个吧。

李舜臣：还用选吗？邓将军，非你莫属呀！

刘铤：我赞同。

邓子龙：好，在下恭敬不如从命。那再商量一下赶野鸭子下海吧。

刘铤：关键是如何与山上邢、陈二帅取得联系，确保山上与山下众将士步调一致。

李舜臣：这确实是件难事，小西行长包围得那么严密，简直连一只蚊子都飞不进去，怎么联络？

邓子龙：两位将军，这一点我却毫不担忧。你们想想，邢、陈二位都是将帅之才，我们这些天按兵不动，他们自然明白我们的意图。再说，总攻打响后，他们没有任何理由不突围。

刘、李点头认可：也是。

邓子龙:剩下的只是办法。我相信，两位这几天也基本上考虑成熟，那我们三人就分别在自己掌心写一字，看看办法是否相同?

刘、李响应：好。

三人取笔互相背靠着，在各自掌心写下一字。

三只拳头聚在一起。

邓子龙叫了声“一、二、三”，三人同时展掌。

三只大掌中，全都出现一个“水”字。

“这才叫英雄所见略同！”三人哈哈大笑。

李舜臣指着桌上地图介绍:二位请看，这釜山三面临山，一面临海，倭贼虽顽勇，但地处山下低洼地带，若炸决石坝，引小河之水冲击倭营，势必陷敌于汪洋大海，釜山之危顺势可解，这时再上下合力，小西行长就只剩下钻进露梁口袋这一条路了！

邓子龙：对！我们在露梁津守株待兔，倭贼无疑就成了袋子里的老鼠、瓮里面的鳖了！

刘铤跃跃欲试：炸坝就交给我们陆师吧！

邓子龙：好！请吩咐下去，全军明日三更造饭，五更发起总攻！

32

釜山石坝。黎明。

号炮轰响。“邓”字大旗前导，明军呐喊着从正面对大坝发起攻势。

小西行长躲在石坝堡垒坐镇指挥，加藤佐二立于堡顶挥动令旗。

坝上倭兵纷纷向冲近石坝的明军推下一块块大石、一堆堆木头。

石木如暴风骤雨般滚下石坝。

邓子龙号令大军退下撤向斜坡躲避，点燃残枝败叶垛子。

牢房中的旺八四人听到炮响，又见房外倭兵混乱奔跑，明白越狱的时机到了。张智大喝一声“走！”

良十从鞋中取出小铁丝，手脚麻利地打开铁栏大锁，众人立即闪身而出，夺过两名老倭兵鸟铳，趁着混乱，迅速奔向石坝。

刘铤率奇兵穿越丛林，飞渡山涧，从山腰穿插于大坝侧面抄袭敌人。

倭哨发现明军，惊呼：邓，邓子龙！

刘铤不等倭哨话落，“嗖”地抛出一支袖箭，倭哨中箭滚落坝下。

坝上倭兵惊慌失措，端起鸟铳乱打。

刘铤、郑海等将士飞身跃上大坝，与倭兵短兵相接，立时占了上风。

石木渐渐稀疏。

邓子龙再次组织向坝上倭寇正面攻击。

加藤佐二再次号令以石木迎击。

邓子龙又一次撤退。火势越烧越旺，越烧越猛。

邢玠、陈璘立于山崖突见东南大坝上空浓烟蹿起，立即号令：突围！

山上将士精神抖擞、勇气倍增，一起呐喊着冲下山去。

小西行长听到山上传来冲杀声，大惊失色，慌忙命令加藤佐二：顶住，顶住！

加藤佐二领命带领大队人马围向山上冲下来的陈璘部，双方展开激烈的厮杀。

邓子龙见日寇围向山上的陈璘部，立即号令发起冲锋。

喊杀声铺天盖地，邓子龙一马当先，率领刘铤陆师奋勇杀敌，英勇无比。

加藤佐二腹背受敌，指挥倭兵迅速从坝侧撤到山下，向海边逃窜。

小西行长见加藤佐二败退，欲想逃窜，慌忙命令哨楼士兵：快快点火，向岛津君示警！

士兵乱手乱脚点燃哨楼干柴硫黄。

哨楼烈火熊熊，浓烟冲天。

邓子龙一见立即命令邹良成：邹将军，倭贼在向海上示警，通知倭船逃跑，立即炸毁哨楼！

邹良成领令率数将士带着炸药包冲向哨所。

哨楼鸟铳齐发，众将士一一中弹倒地。

邹良成心一横，捡起炸药包冲了上去，不料左腿中枪倒下。

刘铤率众将士一人当十，把守坝倭兵杀得落花流水，连片倒地。

郑海带领四名士兵爬行到坝侧安装炸药，突然间，坝上两座邻近堡垒中枪火密集，压向他们。

郑海等无法站稳脚尖，相继滚下大坝。

哨楼浓烟腾腾，霎时黑了半边天。

邹良成怀抱炸药，忍痛冒着枪林弹雨，爬向火舌喷吐的哨楼。

哨楼一枚子弹击中邹良成怀中炸药包，邹只得抛开炸药包，一咬牙滚下石坝。

邓子龙火起，高声命令：杜将军听令，不惜一切代价，拔掉哨楼！

杜亮应声，率领第二梯队冲向哨楼，救下身负重伤的邹良成。

岛津义弘和宗义智率领船队驶进露梁海峡，见大坝哨楼浓烟滚滚大惊失色，慌忙号令船队掉转船头欲逃。

李舜臣舰队从海峡东边伏地杀出，抄倭船后路，截断倭贼退路。

陈行舰队从海峡西边伏地杀出，正面痛击敌人。

倭舰被撞散，乱了阵脚，纷纷被逼入露梁海峡深处。

陈行朝天鸣放信号弹。

邓子龙见露梁上空燃烧的信号弹大喜，召回杜亮等人。

杜亮背着邹良成随大队迅速占据地形较高的山腰。

邢玠、陈璘率竹筏队也放弃追剿倭兵，纷纷转移到高地。

邢玠、陈璘迫不及待地奔向高坡上邓子龙。

三人热烈拥抱，热泪盈眶。

刘铤见郑海滚下大坝，飞身向前将即将滚入大海的郑海一把抓住，跃到坝侧炸药包前。

堡垒火力威猛，两人奋不顾身抓住炸药包，试图点燃导火线。

子弹打中郑海的左手，密集的子弹射过来，使他们寸步难进。

在关键时刻，四个身影分两个人一组分别飞落堡顶，四双捧炸药包的手同时塞进身下边因为火力洞开的洞口。

轰轰几声，两个堡垒被炸上了天，枪声立即停止下来。

在炸药即将炸响的时候，来人足尖轻轻一点，又同时飞跃到坝侧郑海置放的炸药包前，迅速将导火线点燃后，再将刘铤、郑海救到大坝较远的安全地带。

一声惊天动地的巨响，石坝横腰炸开，碎石乱飞。

“旺八！张智！良十！邓维新！”刘、郑二人欣喜若狂，惊呼着和四人紧紧拥抱在一起。

随着石坝决裂，小河的水从决口处奔腾而下，向低洼倭营冲卷，顷刻间，倭营成了一片汪洋大海。

小西行长和成千上万的倭兵随着汹涌的江涛卷向露梁海。

在山腰的数万将士见大坝决口，一片欢腾。

陈璘水师将士从山腰丛林中拖出竹筏入水，纷纷登上竹筏随波直下，似万千脱弦利箭射向露梁海。

陈璘、邓子龙、邢玠三人登上竹筏，追敌。

刘铤、旺八一行赶到，亦分别驱使竹筏奋勇向前。

李舜臣率水师千艘战舰一字儿排开横腰截住日寇退路，把倭舰一齐逼近露梁海峡最深处。

陈行指挥三艘福船乘风破浪，直驱釜山。

无数的倭兵随着汹涌澎湃的波涛挣扎漂零。

陈璘水师竹筏席卷而来，筏上水兵看着落水倭兵举刀便砍，倭兵尸浮在海面数里。

刚刚逃至海边的加藤佐二指挥残兵败将纷纷登上从石洞拖出的战船，扯起风帆离岸驶向海心。

“加藤救我！”小西行长抱住一截木头被浪涛冲到加藤佐二战舰前。

“大帅！”加藤佐二惊叫一声，赶忙把小西行长救上战船。

“快！光阳湾！”小西行长指着露梁海峡方向催促加藤佐二。

陈行三艘福船靠近釜山海岸。

陈璘及刘铤诸将士竹筏先后冲入大海，被福船阻挡。

陈璘、刘铤等将士登上一艘福船。

邓子龙、旺八、陈行、杜亮等将士登上第二艘福船。

邢玠、郑海等将士登上第三艘福船。

号角嘶鸣，三艘福船离岸，快速驶向露梁海。

33

月挂西山，山影映在海面，半边微明。

三艘福船率数百艘战舰从阴影中冲出，追击倭船。

岛津义弘大惊，指挥前锋冲击。

陈璘立于福船指挥台，指挥前锋放火炮，呐喊着冲向敌船。

明军和朝鲜水师一齐响应，似一张天网，向倭船撒开。

岛津义弘惊慌失措，立刻命令倭贼开火迎击，霎时，鸟铳齐发，声震海空。

小西行长所部跟着岛津义弘船只向露梁海峡拼命逃窜。

邓子龙指挥福船迎头驶向倭寇前锋船只，倭船如以卵击石，被福船压于船底，碾得粉碎。

邓子龙命令船上将士全力阻杀，百炮齐轰，将士居高临下，将震天雷、烟罐、火砖、炸瓶纷纷扔掷倭船。

倭贼毫无还手之力，驾驶燃烧的船只拼命逃窜。

福船庞大，行动迟缓，一艘艘行动灵活的倭船与之擦肩而过。

邓子龙看着从眼皮子底下溜走的贼船，心头发急。

天渐亮。

陈璘率水师主力在露梁海峡下锚，严密封锁海峡出口。

船队阵势排好后，陈璘叫将士们执武器以盾掩体，伏于甲板候敌。

逃跑的倭船纷纷涌到陈璘水师大阵前，发现被明军船队挡住去路，惊恐万状。

小西行长见明军船队毫无动静，大喜过望，吩咐倭兵上前夺船。

倭船一齐靠近，前面的倭兵争先恐后爬上船。

突然杀声骤起，伏于船板的明军将士愤然而起，用长枪短剑将要爬上船帮的倭兵一一砍杀，挑落大海。

小西行长见有伏击，慌忙命令船只后撤。

倭船中火弹燃烧。

小西行长命令倭兵殊死血战。

李舜臣见福船笨重，前进缓慢，立即号令朝鲜灵活机动的龟船队接应，当头拦住逃窜的倭船。

岛津义弘见腹背受敌，调转船头向侧面拼命逃跑。

邓子龙见倭贼欲逃，命令身边的金川宝把总：金把总，三艘福船由你指挥，维新协助，尔等奋力跟进，万万不可松懈！

金三宝不解：大帅，你……

邓子龙：我要乘朝鲜舰船去追杀敌首！

金三宝：不可！三军临阵，不能无帅，如此重任，川宝担当不起。

邓子龙怒目圆睁：你敢抗命？

金川宝：末将不敢。只是主帅安危，小将有责。

旺八、邓维新上前：大哥，金把总说得对！

邓子龙：贻误战机，军法论处！

陈行、邹良成、良十、张智等也都拦在船上：大哥！

邓子龙怒喝：不必多言。违令者斩！

邓子龙见众将再不敢阻拦，跳进福船下面的一艘朝鲜战船。

旺八往后一招手，近百将士纷纷向前，跟在旺八等背后，分别跳入福船下面的数艘朝鲜战船。

将士们的船只紧紧跟随邓子龙战船破浪而进。

岛津义弘见邓子龙船只死死咬住自己不放，拔刀立于船头，将心一横，命令倭船：我等已无去路，大家定要协力同心，杀开一条血路，与邓子龙拼个鱼死网破！

众倭兵齐声响应，全都调转船头，正面迎击。

邓子龙心头火起，拔出龙泉宝剑，冲到最前头，举剑砍向倭贼。

明军壮士一齐杀进倭寇船队，两兵相接，刀枪碰击，杀声震天。

邓子龙宝剑落处，倭贼首级纷飞。

两军鏖战，双方均杀红了眼，海中船只纷纷着火燃烧，哭喊声响彻云天。

一支火箭落于邓子龙帅船舱中，点燃了火药，一团浓烟烈火冲上海空。

邓子龙见状速命将士扑救，船上将士转而灭火，乱作一团。

岛津义弘见邓子龙的船着火，顿时大喜，狂呼倭贼趁机杀开一条血路，一齐向邓船围了上来。

倭兵端起鸟铳瞄准救火的明军将士一阵狂射，明军将士中弹纷纷倒于血泊之中。

诸多倭兵趁乱登上邓船，齐射鸟铳。

邓子龙大怒，挥剑斩杀近前的数十名倭兵。

加藤佐二举枪朝着邓子龙连发数弹，均被邓子龙手中挥舞的剑扫落，再端枪瞄准邓子龙扳动枪机时，一个人影飞跃船头，一掌将加藤佐二击毙推入海中。

陈璘驾驶巡舰穿梭于海面弹雨之中，突见邓子龙的帅船燃起熊熊大火，心急如焚，仰天疾呼：宁无陈璘，不可无子龙！大明将士，杀，杀，杀！

大明船只一齐朝着邓子龙着火的船赶赴。

小西行长正被明军和朝鲜水师逼得无路可走，忽见邓子龙的帅船火光冲天，似寻得一线生机，急忙号令拨转船头，冲杀过来。

黑影一掌将加藤佐二击毙后，又连施拂尘击退围住邓子龙的倭兵。

“邓勇！”邓子龙一步上前惊喜地抱住身着道袍的邓勇。

邓勇强忍泪水，将头别开：施主，你认错人了。

邓子龙热泪纵横，摇动邓勇的双臂：你是邓勇，快说你是邓勇！

邓勇：邓勇已经死了。

邓子龙：不，他一直在武桥梦中，在邓子龙身边！

两人说话间，陈行、旺八诸将士分别从数艘战船中几乎同时登上大火熊熊的帅船，见到邓勇全都悲喜交集，纷纷围了上来：邓勇兄弟！

邓勇轻轻推开众将，毫无表情地说：邓勇早已被奸贼害死，小道不过是清平寺被恩师救下点化后的出家人。

邓子龙：不，你分明尘心未灭，何言出家？

邓勇：小道是前来了却一桩心愿。

邓子龙：何意？

邓勇：小道曾说过，就是化作一片灰烬，也要飘落到将军身边。

邓子龙：我的好兄弟！武桥今日得见兄弟一面，死而无憾了！

邓勇强忍内心情感，对众将：这位施主拜托各位了。这位施主是大煞星，小道为小煞星，一生杀了九百九十八条贼命，还差两名……

邓勇眼中泪如泉涌，向众人一揖，飞身而去 。

邓子龙、陈行等诸将对着滚滚海涛和泪疾呼：邓勇！

李舜臣见邓子龙的帅船愈烧愈烈，心一急，从大船上跳下一艘紧靠的龟船，前来救援。

邓子龙的帅船大帆着火，呼呼燃烧，一团火球砸向邓子龙头盔，身边张智见状一把推开邓子龙，脑袋却被火球打中，瞬间倒于血泊之中。

“张智！”邓子龙惨呼一声扑了上去，两枚着火的箭逼近背心。

旺八探手挟住火箭，愤愤地掷于大海。

陈行抱起张智，哀求邓子龙：大哥，此船危险，快快转移吧！

邓子龙沉默。

众将急得快要哭出声来：大哥!

邓子龙挽手从陈行手中接过张智紧贴于胸，严厉地盯着眼前兄弟：我征战四十年，从来不知道临阵脱逃，主帅一退，军心必然涣散。希望各位兄弟不必为我一人安危分心，速速杀敌，切莫错失战机!

众将一齐跪下：大哥!

邓子龙把心一横：谁敢废我军令，令倭贼逃脱，决不轻饶!

“将军保重!”众将再不敢违令，含泪拜别邓子龙，纵身跳落小船，挥刀杀向倭贼。

小西行长与岛津义弘、宗义智三路人马合为一处，从三面杀向邓子龙的帅船。

小西行长狂呼：谁取邓子龙首级，重重有赏!

倭寇士气大振，鸟铳、火箭齐发。

旺八、陈行诸将士愈杀愈勇，倭贼纷纷落水。

小西行长、岛津义弘、宗义智三船并行，直取邓船。

李舜臣乘龟船快进，驶到邓子龙船边。

倭贼三船上的倭兵发疯似的用鸟铳射向李舜臣和邓子龙所在的船。

陈璘调集数百艘战船，从后面拉网似的围向倭船。

“邓将军，舜臣来啦!”李舜臣站立龟船，正欲跃起，肩背被数支箭射中。

“李将军!”邓子龙见李舜臣中箭，跨到燃烧着的船头，不料，也被倭寇鸟铳的子弹穿透大腿，鲜血渗出。

李舜臣咬紧牙关忍住疼痛，腾身而起跃上邓子龙的船，双脚一软跌倒在船头巨大的铁锚上。

邓子龙赶忙抱住身负重伤的李舜臣：李将军！

李舜臣含笑：生，不能与将军同年同月；死，但求和将军同日同时！

邓子龙热泪滂沱：好兄弟！

两人相扶屹立船头，狂风吹拂着他们的袍衣衫角，炮火映照着这一对生死兄弟。

宗义智端起鸟铳瞄准李舜臣的背，扣动扳机。

邓子龙眼疾手快，将李舜臣推开，子弹却正中自己胸膛，脚下踉跄一晃，差点跌倒。

旺八悲愤至极，怒火烧胸，高喝一声："倭贼，拿命来！"随之双脚一蹬，腾空跃起落于宗义智船舱，不等倭贼反应过来，扬刀便把船上十余名倭兵一一砍杀。宗义智弃枪欲逃，被旺八举刀砍断手臂，掷于海中。

众将士也悲痛欲绝，一一舍身扑向倭贼，与倭贼展开血肉搏斗。

"邓将军！李将军！"陈璘肝胆俱裂，指挥水师，奋力杀了过来。

小西行长见陈璘水师船只众多，来势凶猛，顿时惊恐万状，慌忙跳海。

岛津义弘冲在前面靠近邓子龙的船，猛攻不停。

邓子龙船头巨大的铁锚傲视敌舰，众多倭船受到威慑不敢靠近。

绕到尾梢的几艘倭船的倭贼奋力爬上邓子龙的船，欲争头功。

邓子龙一手抱住李舜臣，一手举剑斩断锚链，单臂举起千钧铁锚向岛津义弘的船砸去，几个倭贼血浆四溅，敌船随之下沉，岛津义弘抓住迅速下沉的船帮，嗷嗷大叫。

被铁锚砸起的巨浪激烈撞击船底，血染战袍的邓子龙和李舜臣随船起伏摇晃几下后，轰然仰倒。

众倭贼争先恐后地抢取邓子龙首级。

一些没抢到邓子龙首级的倭寇心内愤恨难平，一拥而上朝邓子龙的遗体又狠狠地开了几枪。

大海归于平静。倭贼尸首残损的船只、兵器漂浮在海上。

上空中，久久回荡着中朝数万将士惨烈的呼喊声：

邓将军！

李将军！

34

字幕：露梁大海战结束了日本发起的长达七年的“朝鲜之役”侵略战争，日本终于以惨败告终，朝鲜由此全国光复。

古今岛中国水师基地。隆冬。

银装素裹，海风惨烈。

邓子龙灵堂。烛光惨淡地映照着邓子龙裹着素帛的无头遗体。

旺八、邓维新等人哀伤地跪在灵堂前默默地烧化纸钱。

灵堂内外，将士戴重孝肃立。气氛庄严。

邢玠、陈璘心情沉重地走进灵堂。

“子龙！”陈璘悲痛地呼叫一声，扑向邓子龙遗体，随即昏倒在地。

“陈将军！”陈行等将士慌忙上前抱住陈璘施救。

邢玠亦泪流满面，凝视着邓子龙遗体默然无言。

旺八欲哭无泪，起身端着灵案上的灵牌，嘶哑呼叫：大哥，大帅看您来啦！

陈璘悠悠醒来，挣脱众人，起身走到邓子龙的遗体边，流泪倾诉：邓兄，你说话呀！陈璘该死，陈璘不该让你打先锋！邓兄，武桥，子龙！要死的不是你，是我陈璘呀！

众将均被陈璘掏心掏肺的话语感染，顷刻间哭声一片。

邢玠上前拍拍陈璘左肩：人死不能复生，这也许就是邓将军最好的归宿。

陈行：二位大帅，请到内室休息吧。

邢玠：明天朝鲜国王要亲自来商量葬礼的事，弟兄们几天几夜都没合眼，让大家好好休息吧。

旺八等人一齐跪到邢玠面前：大帅，说什么我们也要把大哥送回家！

邢玠俯身扶住旺八，眼含热泪，连连点头。

残烛垂泪。

旺八捧着那截沉香木，一刀一刀精心雕刻着邓子龙的头像。

他泪水汪汪的大眼中，相继涌现出——

丰城西路街，邓子龙擂台比武……

邓子龙在樟树镇门皂山剿匪……

邓子龙在闽海驱倭……

邓子龙在滇西大破万象阵……

邓子龙鞭打自己神像……

邓子龙受屈离开清平洞……

豫章书院横戈武馆……

西山万寿宫平乱……

邓子龙面对壮烈牺牲的爱子邓文光痛哭……

露梁大战……

旺八从回忆中挣脱出来，捧着沉香木头像号啕痛哭：大哥！

邢玠营帐外，旺八等人将焦急地徘徊着，时不时地探望帅帐中的动静。

邢玠、陈璘与朝鲜国王李昖商量邓子龙葬礼事项。

李昖：邓将军以小邦之事，力战海上，不幸牺牲，不胜悲痛！

邢玠：大明将士，跨海东征，人人忠肝义胆，死而无憾！

李昖：邓将军葬仪，本王将以最隆重的仪式举行国葬。

邢玠：国王的心意，我们心领了。只是邓将军一生清贫廉洁自守，贵国对他丧事如此大操大办，非他生前所愿。

李昖：那也不行。这可是我朝鲜人民的心愿啊，请万万不可推辞。

邢玠:我们讲究的是落叶归根，不能让邓将军魂飘海外、葬于他乡。

李昖：大帅见外了！邓将军为朝鲜赴难捐躯，比我们亲人还要亲！

陈璘见邢、李二人争执不下，对着帐门外故意高咳一声。

旺八众将闻声立即闯进帅帐，一齐跪伏在李昖面前。

旺八：我们要把大哥的遗体带回家乡，请您恩准！

李昖赶忙起身双手扶起旺八：将军快快请起，快快请起。

众将：若国王不允，我等一起在此为大哥陪葬！

李昖感动流泪：邓将军有如此弟兄，大幸啊！

邢玠：各位将军请起，本帅与国王还有话说。

陈璘用眼色示意众人退到帐外等候音讯，众人会意起身退出。

“大王，要不就这样吧，”邢玠对左右为难的李昖说，“明日是我大明万历二十七年三月六日吉日，先在贵国国土上举行葬礼，仪式结束后即刻将邓将军遗体启运回国安葬。”

李昖略略沉思：这样也好，不过，本王还要立一座邓将军庙，让朝鲜子民代代朝拜，永记他的大恩大德。明日本王要亲自参加邓将军的葬礼，为邓将军的送行！

旺八等人和金川宝在默默收捡邓子龙的遗物。

龙泉宝剑，几件旧袍布鞋呈放桌案。

众将面对邓子龙的遗物伤心流泪。

邓维新手捧邓子龙空空的钱囊悲伤地说：大哥，你一世英名，留下的却只有空囊布衣！

金川宝望着邓子龙的遗物心有所动，默然不语。

旺八叹了口气：大哥生前交代，借了金把总等一共一百七十两银子用于扩兵，看来……

邓维新从内衣口袋掏出几张银票：这是大哥交给小弟代管的四十九两四钱的银票，请金把总收下。

金川宝：你们都把我金川宝当什么人了？邓将军给予金川宝的比金银财宝还要贵重得多！

众人惊疑地望着金川宝。

金川宝热泪涟涟:钱财如身外之物。邓将军给予我们的是兄弟之情，同袍之谊！我现在才明白，邓将军那种大义凛然、视死如归的英雄气概是用金钱买不到的。

烛火熊熊，灵堂肃穆，一口漆黑的棺材摆放在大堂中间，众将士身着孝服庄重地为邓子龙入殓。

一团白影飞落棺前。旺八一惊，望着白影怒目圆瞪：忘恩负义之人，你来干吗！

众将看清来人后，也齐声呵斥：出去！

来者是邓勇。他热泪盈眶，语气却十分冰冷：小道特来给邓施主超度。

旺八紧握大拳怒目以对：大哥有难之时，你在哪里？

邓勇：邓施主气数已定，武曲星回归天庭，救也无益。

旺八一拳打在邓勇肩上：臭道士不要胡说八道！

邓勇再也无法克制内心的真情实感，双膝扑通一声跪倒在邓子龙灵前号啕大哭：恩公，邓勇无能啊！

陈行上前劝慰：邓勇兄弟，责任不在你，快快请起！

邓勇脱去道袍露出孝衣布衫，对着邓子龙遗体三跪九叩首后，拿起灵柩前哭丧棒，紧挨灵柩面对众将跪伏。

邢玠帅营。

邢玠和陈璘对坐着品茶，沉默以对。

良久，邢玠轻轻叹了口气，低声说：大军班师回朝，恐怕还有些时日，明日就叫旺八他们先护送邓将军灵柩启程吧。

陈璘：也好。只是这一路上的开销……

邢玠：已经派人上呈朝廷了，抚恤金很快就会批复下来。路上费用就先从军中支取。

陈璘：军务财政已远远亏空了……

邢玠：那……

陈璘：要不要先向朝鲜国王暂借一点？

邢玠：朝鲜经过七年战争，更难啊，怎么好开口呢？

陈璘：唉！

“上棺！”陈行高喝一声，随之堂外响起热烈的爆竹声。

众将士失声痛哭，抬着邓子龙遗体缓缓放入棺中。

邓勇哭喊着跺脚拖住盛放邓子龙遗体的棺盖不让入殓。

陈行轻轻把邓勇拉开，众将小心翼翼地把邓子龙遗体放入棺中，将沉香木头像安放在无头尸体上。

在即将合盖的那一刻，将士们一齐哭喊着上前阻挡盖棺。

陈行也伏到棺盖上，一边号啕痛哭，一边劝阻：让大哥安息吧！

棺盖缓缓合拢。

古今岛。日照雪野，遍地银辉。海涛哀吼，群山垂泪。数十万军民披麻戴孝聚集岛岸参加邓子龙葬礼。

肃穆庄严的邓子龙灵柩两边，排列着邓子龙生前亲近之人，邓勇拄着孝杖站立灵柩侧头；四周站满了大明将领和朝鲜文武官员。

邢玠、陈璘走到灵柩前，大礼跪拜。

李昖带领朝鲜文武官员跪拜吊唁。

大明将士依次跪拜……

三声炮响。

邢玠走到灵柩前主持葬礼：大明皇朝邓子龙将军葬礼现在开始！

随着邢玠的话声，百炮齐鸣，金鼓震天。

抬棺的“八仙”一一拜过邓子龙亡灵后，邓勇跪地头顶礼盘，敬献“起马杯”，“八仙”从礼盘中端起酒杯齐喝一声，将酒一齐洒向灵柩前。

喝过起马杯后，“八仙”各就各位，大喝一声“起”，合力抬起灵柩。

旺八、邓维新：大哥，我们回家！

众将士一齐哭喊着拥上前去：邓将军!

邓子龙灵柩抬至海边大船上。

号炮再次轰鸣，大船起帆离岸缓缓驶入大海。

海岸数十万送行的军民齐对大海跪伏，为邓子龙送行。

35

飘扬着“邓”字帅旗的大船在大海中破浪前行。

日出日落，大船日夜兼程。

狂风骤起，乌云滚滚，雷鸣电闪间，暴雨倾盆而下。

恶浪冲天，把大船掀上浪尖。

邓子龙的灵柩受到影响，随着船摇晃，旺八等人分两边用肩膀紧紧靠压力求灵柩稳定。

一声巨雷撕裂长空，帆桅啪的一声折断，被大雨淋透的湿帆向一侧倾入水中，大船立刻随之翻了个底朝天，将舱中灵柩和船上众人全部卷入大海滚滚波涛中。

邓勇率先从惊涛中钻出，借闪电之光，寻见被恶浪掀向远方的棺木，立即劈波踏浪追了上去。

旺八九人相继钻出水面，相互呼应帮衬着紧紧跟在邓勇后面。

风平浪静，圆月如盘。

十名将士分两边扒住半沉半浮的棺木随波逐浪，缓缓而进。

“老大，”良十精疲力竭地望着旺八，“身上有点吃的吗？”

“吃的都在船上，全翻到海里去了。”旺八解释道。

邹良成：肠子饿得都打结了，哪天才能见岸啊！

杜亮：只能碰运气了 。

邓勇听着，默默地观察海面，说了声“等等”，便一个猛子插入海底。不一会钻出水面，手指扣住一条大鱼泅回棺木边。

陈行从袖中抽出一把匕首扔给邓勇，赞许地说：想不到你还有这样的本事！

邓勇利索地刮去鱼鳃鱼鳞，将大鱼切成块片扔到众人面前，笑着招呼大伙：不想饿死的赶快吃！

邓勇说完，将一块血淋淋的生鱼片放进嘴里，津津有味地吃了起来。

陈行、旺八等也跟着拿鱼片放进嘴里，试着啃了一点尝了味道后，便紧闭双 眼大口大口地吃了起来。

良十小心翼翼地拣了一小片鱼片放到嘴边，一闻到腥味便哇啦啦地吐了起来，众人见状大笑。

旺八瞪了良十一眼：饿死你！

众人扒着棺木在大海继续艰难地前行。

旺八焦虑地望着陈行：陈将军，我们方向没错吧，怎么这么多天还不见海岸呢？

陈行望着夕阳摇摇头：没错。马上就到鸭绿江了。

两人正谈着，邓维新指着侧面海上惊喜地叫了起来：快看！

众人朝着邓维新手指的方向望去，发现远方海面有数艘撒网的渔船，立即欢呼起来：船！

邓勇跃上棺盖，撑起“邓”字帅旗，左右摆动，向渔船发出呼救信号。

站立渔船船头张网的朝鲜老渔民见帅旗信号，慌忙召唤附近渔船：快，有人！

邻船一个中年渔民望着“邓”字帅旗：是明军！

另一渔船渔民提醒：看清楚点，莫上倭贼的当！

老渔民：怕什么？即使是倭贼也是条落水狗。

在老渔民的带动下，数艘渔船奋力荡起双桨，向明军将士飞一般地驶去。

邓勇舞着帅旗，向快速近前的渔民高呼：喂，大爷！

老渔民仔细打量着眼前一群扒在棺木盖上的人：你们这是……

陈行挥挥手：老大爷，我们是邓子龙、邓将军的兵！

老渔民半信半疑：你们是，邓将军的兵？

中年渔民：老叔，别听他打乱话，邓将军的兵会这么窝囊？

陈行：我们真是明军，护送邓将军返国，不幸遇风浪落海……

邓勇指着帅旗：请看，这是邓将军的帅旗！

众渔民望着大旗，热泪盈眶：是邓将军！

老渔民招呼其他渔民把水中众人拉上渔船后，又将钩绳套住水中棺木，扬帆返程。

海岸渔村禾场上停放着邓子龙灵柩，全村男女老少成群结队地来到灵柩前烧香磕头。

村祠堂里热闹非凡，渔民们设盛宴招待明军将士。

老渔民举杯：多亏了你们，我们才能这么安心地过日子啊？

陈行：我们本亲如一家人，朝鲜有难，我们义不容辞！

老渔民：说得对，我们是一家亲！来，干！

众人举杯：干！

邓子龙的灵柩被安放在海边一艘飘扬帅旗的朝鲜大船上。

全村渔民热情地把旺八等人送到海边大船前。

老渔民将一包银子送到旺八手中，真诚地说：留着路上用。

旺八再三推辞坚决不收：老大爷，你们的心意我们领了，钱坚决不能收！

老渔民把脸一沉，认真地说：旺八兄弟莫要见外啊。

旺八解释：大爷，我大哥打了一辈子的仗，从来没收受过别人分文，今天我等更不能坏了大哥的规矩，否则，大哥死不瞑目啊！

老渔民竖起大拇指：义军啊！

众将士登船挥手和渔民致谢道别。

海岸响起热烈的鞭炮声，渔民挥手为众人送行：一路平安！

邓子龙家乡。清晨。村道两边蜡梅花吐艳盛开，翠竹抖落遍身冰雪依然挺拔。枯树枝头，几只寒鸦鸣叫。

汪孟秀披衣开门，望着屋旁枝头鸣叫的寒鸦，心头一震，有一种不祥的预兆袭上心中，一下子乱了方寸，慌忙叫醒西房中的三三。

三三穿衣打开房门，向汪孟秀行礼：夫人，早安！

汪夫人：昨晚心烦气躁，今早起床开门又……唉，总觉得五内不安，好像有什么事要发生。

三三：有事也是好事啊，听说姑爷马上要班师回朝呢。

汪夫人轻声叹息：唉，但愿吧。只是我和老爷成婚都近四十年了，从来没有过这般感觉。

此时，齐夫人及儿子大同、小周等也全都起床来到厅堂，纷纷上前安慰。

“圣旨到！”随着门外一声吆喝，张知县陪同一名太监匆匆迈进门槛。

太监展开圣旨：邓府汪老夫人听旨。

汪孟秀伏于地上，全家人随着跪下候旨。

老太监：奉天承运，皇帝诏曰，万历二十六年十一月十九日晨，邓总兵子龙、陈璘副将露梁大捷。邓子龙先登突击，力战而死，死而壮烈，其功卓著，诰赠邓子龙左军都督、上柱国、金紫光禄大夫；封邓子龙之妻为诰命一品夫人。钦此。

汪孟秀听旨后，一时无法接受丈夫的死讯，昏死过去。

齐夫人听闻邓子龙战死的噩耗，当即晕倒。

全家失声痛哭。

张知县叹息一声向前安慰众人：家属节哀。邓维新、旺八等已护送邓将军灵柩启程，皇上命府上公子前往京城迎接，望早作安排。

承载着邓子龙灵柩的大船停靠在鸭绿江口岸启运。

旺八跃上江岸，点燃鞭炮。

众人抬着灵柩上岸，全都哭出声来：大哥，我们到家了！

三三两两的行人围了上来，除好奇外，从这些看热闹的人脸上，看不出别的表情。

两边店铺门口站着看热闹的人，无人放鞭炮，无人流泪。

冷清的街道，冰冷的脸。

显得将士们的哭声更加凄凉。

邓子龙一家人哭得死去活来，前来劝慰的乡邻们也纷纷落泪。

老族长老泪纵横，见左劝右劝无效，叹了口气，吩咐身边一个中年妇女：这一家子整整两天都茶水不进，先去帮着做点吃的吧。

中年妇女拭泪点头走出门去。

老族长走到汪孟秀面前，语气稍有加重：邓夫人，你是一家的主心骨，可千万别乱了方寸啊！早早为子龙贤侄安排后事吧。

汪孟秀缓缓抬起头来，泪眼汪汪地望着眼前的一群孩子，极度为难地说：老叔……

老族长慌忙打断汪夫人的话，情真意切地：你家的事，我全知道，可也没有过不去的坎啊！

汪孟秀内心有说不出的苦楚，眼里又流下泪来：我娘家早已败落，孩子们又……

“知道，知道。”老族长不让她说下去，转身对着乡邻：各位乡亲，哪个家里都会有个难处，子龙这一家子，老朽不说，大家心里也是一本账，子龙虽说做了大官，可家里过得却比谁都要苦。

乡邻们纷纷点头拭泪叹息。

老族长从怀里掏出一锭银子放到桌上：眼下，子龙的灵柩就要运回来了，孩子们去北京接灵的路费盘缠都拿不出来……

乡邻们都明白老族长的意思，不待他把话说完，便纷纷掏出银子放到桌子上。

汪孟秀被乡邻们的深情厚谊所感动，扑通一声跪倒在乡邻面前。

老族长慌忙单膝半跪，双手扶起汪孟秀：邓夫人，你要折煞乡亲们呀！你是诰命一品夫人啦，谁担当得起你的大礼啊！

汪孟秀：孟秀替武桥谢谢大叔大婶，兄弟姐妹们！

众人抬着灵柩在大风大雨中艰难行进。

他们顶风冒雨来到路边一个村口大路口的一棵大樟树下。

“雨太大了，避一避再走吧。”邓维新招呼大家把灵柩停放在如伞的樟树下避风躲雨。

这时，村中涌出一伙舞棍弄棒的后生来到樟树下。一个领头的愣头后生用木棒指着灵柩气势汹汹地说：哪里的闲神野鬼？赶紧走，别搞得我们村子不吉利！

邓维新上前笑脸解释：兄弟，我们从朝鲜战场下来，这是邓……

愣头后生：皇帝老子也不行，滚！

旺八握紧拳头，陈行扯了旺八一下衣角：走吧！

众将忍气吞声抬起灵柩走进风雨中。

风雨中，传来良十凄惨、悲凉的哭声：大哥，你死得好苦哇！

北方小镇。风停雨歇，太阳透出云层。

一家饭馆的门墙上，张贴着布告。

告示前围满了观看的百姓。一书生指点布告读出声来：

奉天承运，皇帝诏曰：联缵承洪绪，统理兆人，海澨山敢，皆我赤子……

路人：都说些什么呀？

书生：意思是说，倭贼败啦，我大明和朝鲜胜啦，天下太平啦。

众人抬着灵柩一步步前移，来至饭馆门口时，良十体力不支，眼前一黑栽倒地上，灵柩随之往前一倾，剩下的人慌忙落杠扶住即将倾翻的灵柩，然后停放好。

陈行上前抱起良十，用手探了探良十的鼻息，轻声地说：饿昏了。

旺八望着邓维新：还有钱吗？

邓维新无奈地摇摇头：朝鲜渔民接济的一点钱，前天就用光了。

旺八从破袋中拿出一只破碗，走到身侧饭馆前：老板，行行好，给碗米汤，我那兄弟饿坏了。

店伙计瞧着旺八等蓬头垢面，不耐烦地说：去，去，去，叫花子！

旺八一怒，将破碗摔到伙计脸上。

伙计捂住流血的脸，哇哇叫了起来。店里七八名伙计闻声，一齐持棒跑出店门，围住旺八。

陈行急忙上前朝伙计拱手道歉：对不起，对不起。我们不是要饭的，我们是运邓子龙将军灵柩回国的。

伙计瞧了瞧灵柩，鼻底哼了一声：骗谁呀，邓将军那么大一个功臣，能这般窝囊？

众伙计嘿嘿大笑起来，指着旺八、陈行辱骂：叫花子，骗子！叫花子，骗子！

邓勇、杜亮、邹良成等再也无法忍受，冲上来伸手直扇骂人伙计的嘴巴。

伙计们被打得鼻青脸肿，大呼小叫：打人啦，叫花子打人啦！

路人们纷纷围拢过来帮伙计对付一群外地人。

旺八怒不可遏，蹲腰一个扫堂腿，将近身的一群人扫翻在地。

围观的人越聚越多，陈行等迫于无奈，只好大打出手，数百围观者无一对手。

众人打得火热，陈璘骑着高头大马赶到大声喝止：住手。

陈行、旺八众人一见来者是陈璘，立即停手跪地行礼。

陈璘翻身下马扶住陈行：兄弟们辛苦了，受委屈了！你们找得本帅好苦啊！

陈璘的随从赶到，扶起跪地众将。

陈璘走到邓子龙灵柩前，双膝跪地叩首礼拜：邓兄，陈璘对不起你！

围观百姓望着旺八等人惊讶地说：真是邓将军啊！

邓氏宗祠披素垂白，大门口一对石狮旁悬挂着巨幅挽联。上联：三千父老送子东去，下联：百万乡亲翘首公归，横联：威震四海。

载着邓子龙灵柩的马车缓缓而至。

老族长和众乡亲手拿万响鞭炮肃立村道两旁迎接。

披麻戴孝的大同、小周拄着哭丧杖，端着邓子龙灵牌哀伤地下车。旺八等人抬起灵柩：大哥，到家啦！

鞭炮轰响。汪、齐二位夫人偕家属跪伏路口接灵。

全村哭声四起，石狮都要为之垂泪。

家人将邓子龙安葬在村前鱼形甲寅向，墓前墓碑刻着：

横戈将军邓子龙之墓。

（安葬过程中，叠影——朝鲜邓子龙庙，清平洞恤忠祠）

全剧终

一榻千秋

历史传奇题材电影文学

作者 / 易华

主要内容

在中华民族波澜壮阔的历史长河中，有一颗璀璨的星辰，他就是东汉第一高士徐孺子。《一榻千秋》讲述的是“人杰地灵，徐孺下陈蕃之榻”的千古佳话。

东汉年间，尚书陈蕃受权臣打压从京城赴任豫章太守，他未进府署就去拜访徐孺子。太守府邸对当地官吏和富绅概不接待，为徐孺子却设置了一张专榻。此榻平常悬挂起来，徐孺子来时则放下。他们在榻前讨论为官之道，为政之道。陈蕃重用徐孺子推荐的官吏，他整肃官场风气，抓捕恶少，豫章官员惶惶不可终日。徐孺子自称一介书生，他拒绝陈蕃邀请担任豫章功曹，而是热衷于教书育人，为社会播下仁爱与正气的种子。陈蕃的儿子陈逸，在徐孺子家遇见了才貌双全的荷叶姑娘,心生爱慕。荷叶姑娘的父亲因得罪“跋扈将军”惨遭灭门，她的精神世界被仇恨所笼罩，是徐孺子的人格魅力让她渐渐放下仇恨，走向重生，她想追随徐孺子一辈子。

作品通过陈蕃和徐孺子相倚为强的君子之交，展示出有大志者陈蕃以扫除天下祸患为己任的廉吏形象，表现了徐孺子忧国忧民、特立独行的高尚情操。

1 片头 棚拍 特效

浑厚的音乐声中，银幕上一个光斑在旋转、闪烁。当画面清晰时，我们可以看出这是一面汉代铜镜。铜镜内依次出现片头字幕。

字幕结束后铜镜变大，推出片名：一榻千秋

片名渐隐。铜镜内渐显出波光，镜头推进铜镜。江面水天一色。

2 江面 日 外

江面风景如画，一条官船逆水而上。

陈蕃站在船头望着江面。

旁白："东汉后期，君主年幼，皇权旁落，外戚与宦官轮番专权。致使朝廷无序，忠臣或被杀戮，或被贬谪。在汉室江山风雨飘摇的局面下，许多有识之士勇立潮头，他们用生命践行读书人的使命，为动荡的社会注入一股清流。"

江水卷起浪花。

官船迎风破浪。

叠印字幕：东汉建和三年（149年），尚书陈蕃被外放到豫章任太守。

船舱内陈蕃夫人在收拾物件，并不时抬眼看舱外。

陈蕃立在船头，风吹动着他的须发。

陈夫人拿起一件衣服："逸儿，给你父亲披件衣服。"

陈逸："好的。"他答应着接过母亲手中的衣服。

陈蕃立在船头。

陈逸拿着衣服来到父亲身边："父亲！别着凉了！"说着帮父亲披上衣服。

陈蕃披上衣服，双眉紧锁。

浪花在阳光下闪闪发光。

3 村后山坡 日 外

水波在阳光下闪闪发光。镜头拉开。水流淌在翠竹内。

一条用翠竹架起的管道从山上蜿蜒而下，劈开的翠竹内是流淌的山泉水，跟着水流，画外人声由远而近。

徐孺子带着学生在支水笕，将最后一段翠竹连上后，晶亮的山泉水流到了山村。

二十多名男女老少村民发出欢声笑语，他们有的在用木桶接水，有的捧起水就喝，有的把水浇在身上。

晶亮的泉水、欢乐的笑脸。（升格）

徐孺子望着欢腾的村民，露出了开心的笑容。

4 码头 日 外

豫章码头人头攒动，众多官员及豪户都在码头迎接新任太守，大家站在码头上翘首以待。

镜头摇过官员们。孙功曹、罗主簿、宋督邮、蔡县令、孙从事等官员有的睁大眼睛观望，有的在闲聊。

江面冷冷清清几条渔船。

孙功曹斜了一眼宋督邮："不是说官船要到了吗？"

宋督邮："是啊！一个时辰前就说陈大人的官船要到了。"

画外马蹄声响，大家都循声望去。

差役骑马奔来。他跳下马。

众人让出一条路来。

差役奔到孙功曹面前："禀报大人！陈太守的官船停靠在南洲。"

孙功曹："停靠在南洲？"

宋督邮："你看清楚了？"

差役："回大人，看清楚了！"

官员们疑声四起："南洲？怎么会停靠在南洲……"

豪门子弟朱济："害我们白等了一个时辰。"

孙功曹略一凝神露出笑容："陈大人舟车劳顿，歇一歇未尝不可。"

5　村后山坡　日　外

荷叶姑娘笑盈盈接了一碗水双手递给徐孺子："先生！您尝尝！"

徐孺子接过碗。

画外有人喊："先生！先生！"

徐孺子扭头看。

一学生："先生！有人找您！"

大家随学生的目光望去。

陈蕃一行五六人穿着便服出现在村后。

徐孺子愣了愣。

陈蕃迎上前："陈蕃拜见孺子先生！"

徐孺子："是仲举兄啊！失敬失敬。"

陈蕃："陈蕃失礼，打搅先生了。"

徐孺子："哪里话？有朋自远方来，不亦乐乎啊！"

大家一阵欢笑。

陈蕃儿子陈逸立在陈蕃身后，他目光一愣。

荷叶姑娘笑盈盈立在徐孺子身后。

陈逸失神的目光。

荷叶姑娘美丽的身姿。（升格）

陈逸眨了眨眼睛，他似乎不相信地看了看远处又看荷叶姑娘。

荷叶姑娘笑盈盈的脸庞楚楚动人。

6 侯府 夜 内

手指拨动琴弦。镜头从手指拉开。

大将军梁冀眼睛直勾勾望着弹琴的侯琳。

琴声优美动听。侯琳仪态万方。

侯大人端起酒杯："大将军请喝！"

梁冀回过神："侯大人！你女儿的琴声果然勾魂摄魄啊！"

侯大人："将军过奖。"

梁冀："你女儿什么名字？"

侯大人："侯琳，琳儿。"

梁冀望着侯琳："琳儿！"他笑了起来，"好名字……哈哈……琳儿……"笑声肆无忌惮。

笑声中侯琳美丽的脸庞和梁冀邪淫的目光交替出现。

侯大人的脸色越来越难看。

梁冀："这么好听的曲儿侯大人不能独享啊！"他说着径直来到侯琳面前。

琴声戛然而止。望着无理的梁冀，侯琳起身扭头而去。

梁冀望着侯琳的背影："是个好姑娘。"

7 孙功曹府邸厅堂 夜 内

孙功曹坐在厅堂，他脸色阴郁。

师爷："大人！陈蕃在南洲下船应该是有意避开各位大人。"

宋督邮："是啊！陈蕃在朝廷是个刺头，尚书变太守，像好斗的公鸡被拔了羽毛。换作是我，也会不好意思见人。"

屋外传来脚步声。众人扭头看。

孙功曹的儿子孙金进门："父亲！陈太守回府了，他去了徐孺子家。"

孙功曹有些意外："去了徐孺子家？他去徐孺子家干什么？"

师爷眼珠一转："单丝不成线，独木不成林。陈蕃一个人在豫章翻不起风浪，去徐孺子家一定是想请他出山。"

8 太守府邸 夜 内

月挂树梢。

陈蕃立在窗口望着夜色中的豫章。

陈蕃内心独白："朝廷王法不整，朝纲久乱。"

9 徐孺子家书房 日 内

徐孺子望着陈蕃。

陈蕃："贼臣欺君树党。我食汉室俸禄，本当忠兴汉之志，只可恨自己才疏学浅，报国无门。"

徐孺子："有道是君子不立危墙之下，脚下踩着白霜就知道寒冰将至，陈大人远离朝堂也许是好事。"

陈蕃："我年少时就痛恨欺君暴戾之徒，身为臣子，如果因为害怕祸患而苟安，岂不是枉读了经书？"

徐孺子:“陈大人初心不改，孺子钦佩！只是世事难料，我夜观天象，见主宿不明，天意难违啊！”

陈蕃一时无语。

徐孺子看了看陈蕃：“无论到哪里都能辅佐君主，何必要留恋国都呢？”

陈蕃：“依先生之见，陈蕃在豫章该如何作为？”

徐孺子微微一笑：“陈大人是朝廷重臣，为官之道怎么向一介布衣请教？”

陈蕃：“实不相瞒，我此来豫章是逆水行舟，船行在赣江感觉却像是汨罗江。何去何从，心中总是不安。”

徐孺子想了想：“多事之秋，尽自己的本分就可以了。”

10 太守府邸 夜 内

陈蕃在窗前转身。

陈蕃内心独白：“好一个尽自己的本分。”

11 太守府大厅 日 内

朝霞似锦。

众官员齐聚大堂，大家翘首以待。

陈蕃从里面出来，大家安静下来。

孙功曹冷冷地望着陈蕃。

陈蕃：“我初来豫章，人生地疏，日后还要仰仗诸位了。”

孙功曹和宋督邮对望了一眼。

宋督邮：“太守大人过谦了！下官宋亮久仰大人威名，我等日后都要仰仗太守大人了。”

孙功曹："是啊！大家盼望陈大人如秧苗期盼雨露，陈大人未进府邸就去看望朋友，太守大人怎么说在豫章人生地疏呢？"

陈蕃露出笑容："从前武王灭纣后去商容家拜访，他为了求贤连席子都来不及坐暖。徐孺子是南洲高士，见贤思齐应该不会错吧？"

宋督邮："徐孺子虽号称南洲高士，在下以为他是心高气傲。"

陈蕃："此话怎么讲？"

宋督邮："太守大人应该知道朝廷屡次征召他都托词不就。"

陈蕃："难道托词不就是心高气傲吗？如若是，朝廷又为何要屡次征召？"

宋督邮一时语塞。

孙功曹："徐孺子确实博学多才，我们也特别希望他能和大家一起共谋豫章大事，不知陈大人有何高招妙策？"

陈蕃："本官并无高招妙策。不过我知道，既是高士，当身怀忧国忧民之心，否则何高之有啊？"

众人纷纷附和："大人高见……大人高见。""大人说得对。""说得好！"

府外忽然传来鸣冤的鼓声。

12　太守府门口　日　外

男子的手在捶鼓。

府役来到男子身边："为何鸣鼓？"

男子悲愤地喊："冤枉！我要见太守大人！"他从怀里拿出诉状。

府役接过男子手中诉状。

13　太守府　夜　内

一堆案卷放在几上，一只手拿起卷轴。

陈蕃打开案卷。

14　侯府　夜　内

侯琳在帷幕后静听。

侯大人："瞿大人！请你转告大将军，我家琳儿下个月就要成亲。"

瞿大人："侯大人！你好糊涂，大将军能看上你家姑娘是你的福气。"

侯大人："我们聘礼都收了……"

瞿大人："聘礼收了可以还回去，大将军想要的人你能不给？"

侯琳杏目圆睁。

侯大人："瞿大人！请您帮帮忙……"

15　徐孺子家厅堂　日　内

徐六在扫地。

陈逸带着府役李可来到徐孺子家，陈逸拱手："大叔！我是陈蕃之子陈逸，今奉家父之命请孺子先生到太守府叙谈，这是请柬。"

徐六："你是新任太守的公子！先生正在讲学，你等等！"

陈逸忙拉住徐六："大叔！别打扰了先生！"

16　徐孺子家草堂　日　内

陈逸轻步来到草堂门口，他驻足静听。

室内坐着十多个学生，大家都望着先生。

徐孺子："君子多识前言往行以蓄其德。说的是君子要多熟悉先贤的言论和行为，因为这是他们经历过的人生智慧，这样我们可以广积才能，涵养品德。”

荷叶姑娘坐在前面听课。

徐孺子："比如君子慎独这件事，我们的先贤是怎样做的呢？蘧伯玉任卫国大夫时，夜晚路过君主的宫门也一定要下车行礼。真正的君子不会因为晚上没人看到就废礼不尊。”

陈逸愣愣地望着荷叶姑娘。

徐孺子："有一句名言，耻独为君子。意思是独善其身固然很好，但是，帮助更多的人成为君子更好。这句话就是表里如一的蘧伯玉留下的。”他看到了立在门口的陈逸，“这堂课就讲到这。”

陈逸见徐孺子看到了自己，他忙跨过门槛拱手行礼："晚辈陈逸拜见先生！”

徐孺子："让陈公子久等了。”

陈逸:"家父慕先生品行，特在府内置一专榻恭候先生，这是请柬。”他双手递上请柬，目光忍不住看荷叶姑娘。

四目相对，陈逸忙避开荷叶姑娘的目光。

17　太守府后堂　日　内

悠扬的音乐声起。

一张座榻悬挂在堂上。

陈蕃解开木柱绳索。

徐孺子望着绳索吊着的座榻。

座榻在天井阳光的照耀下反射出光芒。

大家的目光都盯着座榻，路过的府役也驻足观看。

座榻徐徐放下。陈逸帮父亲放好座榻。（音乐止）

陈逸："先生！此榻是父亲特意为先生所置。"

徐孺子抬眼望去。

座榻放于席上。

陈蕃："此榻非孺子先生来了不可下也。先生！请上座！"

徐孺子看了看座榻又看了看陈蕃，他有些诧异："徐稚乃一介布衣，怎能受如此大礼！"

陈蕃道："先生过谦了，公车几次征召，先生若应召早就立于朝堂之上。请上坐！"他把徐孺子请上座榻，"逸儿！上茶！"

陈蕃用手示意。陈逸和府役退下。

陈蕃："我知道先生有忧国忧民之思，陈蕃有一事相求，本郡功曹之位，如先生能附就，乃豫章百姓之福啊。"

徐孺子："太守错爱徐稚，马匹最大的用处是驰骋疆场，牛的用处是耕田耙地。我一介书生，只能手执教鞭。"

陈蕃："先生！铸兵器的目的是助将士上阵杀敌，读书之人是要取得功名。你满腹经纶，品行超群，不为朝廷所用岂不可惜？"

徐孺子默然无语。

陈蕃："先生肯定知道，人才是治理国家的根本。六亲不和有孝慈，国家昏乱有忠臣。先生手执教鞭，当行为世范才好啊！"

徐孺子："大人以为我大汉缺人才吗？"

陈蕃愣了愣。

徐孺子："太尉李固、杜乔，他们雄才伟略，忠肝义胆，他们是我汉朝数一数二的人才，可结果怎么样？"

陈蕃有些悲愤："杀身成仁，舍生取义。太尉李固、杜乔，他们都是君子啊！"

徐孺子："舍生取义自然是君子。可圣人还说，蘧伯玉是君子啊！

国家政治清明时，他就出来做官。国家政治黑暗时，他就把才能隐藏起来。”

陈蕃一时无语。

徐孺子：“陈大人！我大汉缺的根本不是人才。”

陈蕃：“先生以为缺什么？”

徐孺子：“正气。”

陈蕃若有所思：“正气。”

徐孺子：“是啊！正气好比日之光，月之辉。一个社会没有了正气，官场就会腐化，民怨就会蔓延。”

徐孺子：“以往公车征召我推辞不就，是因为我知道，像陈大人这样行正道的人势单力薄，世间多一些舍生取义的君子有多好！”

此时陈逸提着茶壶过来倒茶。

陈蕃：“先生的见识远在陈蕃之上，我在豫章能遇到先生真是三生有幸。”

陈逸看了看徐孺子，给徐孺子的碗中倒满了茶。

18　太守府邸　夜　外

马车拉着布匹等礼物来到太守府门前。

轿子停下，朱济从轿子里出来。

家丁赫歪匆匆跑到门口：“朱府朱公子要拜见太守，快去通报！”

府役面无表情：“太守大人事务繁忙，没空见客。”

朱济来到门前：“你没通报怎么知道太守没空见客？”

府役：“太守大人交代非请宾客概不接待。”

朱济拿出一锭银子：“就说大将军门生朱俭公子拜见太守。”他想把银子塞进府役口袋。

府役拔剑。

朱济一怔，收回银子："一个府役你神气什么？"他悻然而去。

19　太守府　夜　内

陈蕃在看案卷。

陈逸进来倒茶："父亲说孺子先生的见识在您之上，父亲何以见得啊？"

陈蕃凝了凝神："我是一郡太守，要扫除的是地方的污垢。孺子是一方先生，他是在播下正气的种子。我是在除恶，他是不让恶生。"

陈逸望着父亲。

陈蕃放下案卷："南洲高士，名副其实啊！"

20　孙功曹府邸　日　内

孙功曹来回踱着步："非请宾客概不接待？"

宋督邮："是啊！陈蕃拒人千里，朱公子通报父亲为大将军门生，陈太守怎么说也应该见一见啊！"

孙功曹缓缓坐下。

宋督邮："大将军门生公子他都不见，这有违常理呀！"

师爷："王莽当年辞官回到封地，也是闭门谢客，谨慎自守。大人！我们不得不防啊！"

宋督邮："是啊！对了，孙大人，还有件事，陈蕃成立临时分曹办理郡务。"

孙功曹："临时分曹都有谁呀？"

宋督邮："罗主簿和孙从事，还有就是徐孺子的几个学生。"

师爷："陈蕃此举是不相信大人啊！"

孙功曹："依你之见，我们该如何是好？"

师爷："陈蕃被贬应是强弩之末，大人可主动请他赴宴。"

孙功曹："他能来吗？"

师爷："如不来也就明了他对大人的态度，我们好早做打算。"

孙功曹思考的神情。

21 侯府 夜 外 内

十几位蒙面人从墙上跳下，破门而入。

府役刚要起床就被刀抹了脖子，血溅在床上。

侯琳父母还在梦乡，剑就刺进了他们的胸膛。

哭喊、惨叫，府内家眷惶恐逃命。

侯琳在绣楼被惊醒，她推开窗察看情况。

男丁跑出门被刺死。

女眷爬上窗被刀砍。

侯琳惊恐不已，她拔出剑飞身下楼。

蒙面人和侯琳打斗，几个府役上前帮忙。

侯琳反身奔向屋内。

侯琳父母躺在血泊中。

侯琳哭出声："爹！娘……"

侯琳父亲睁开眼，他脸色惨白："跋扈……将军……"他还想说什么，没说出来头就一歪。

侯琳悲痛的目光。

六七个蒙面人持剑围住了侯琳。画面扭曲变形。

22 荷叶姑娘房间 夜 内

纤细的手抚摸着铜镜。铜镜内侯琳惊恐的脸变得美丽。

荷叶姑娘放下铜镜。

23　田野树林　日　外

两匹马奔跑在田野，骑在马上的是陈逸和随从李可。

马蹄踏过溪流。

李可："公子！你看！"

陈逸勒住马，定睛细看。

远处树林隐约有一位女子在骑马习武。

陈逸下马，他把缰绳递给李可，向树林走去。

在树林中习武的是荷叶姑娘，她英姿飒爽，脸颊冒汗，一杆枪舞得出神入化。

陈逸靠近树林，目光一亮。

荷叶姑娘在马上前刺后挡,柔软的身体在马背上如风中的树叶飘舞。

陈逸被深深吸引。

荷叶姑娘的英姿既柔软又刚劲，只见她舒展长臂奋力甩出长枪。长枪带着风声飞向几十米开外的一个草人。

陈逸目不转睛。

枪正中草人头部。

陈逸情不自禁拍手："好！"

荷叶姑娘扭头："谁！"她勒转马头冲向陈逸。

陈逸："对不起！"说时马已到眼前，他慌忙闪避。

荷叶姑娘弯身一把拎起陈逸。

陈逸喊："姑娘！我没有恶意！"

荷叶姑娘看到策马而来的李可，她扔下陈逸。

陈逸滚入小溪。

李可拔剑指着荷叶姑娘："大胆村姑！敢动我家公子？"

荷叶姑娘也不搭话，抽出宝剑迎了上去。

两人你来我往过招。

陈逸从水中爬起："李可！别打！别伤了人家姑娘！"

李可裤子被划破，屁股露了出来。李可忙捂住裤子。

荷叶姑娘："本姑娘今天高兴，且饶了你们这回。"她清脆的笑声回荡在树林。

陈逸趴在水中，愣愣地望着荷叶姑娘远去。

李可看陈逸。

陈逸看李可。

李可又捂了捂裤子。

两人都忍不住笑出声。

荷叶姑娘骑马踏过小溪。

马蹄踏过小溪溅起水花。

24　太守府门口　日　外

中年男人敲鼓。

府役接过男人手中的诉状。

叠印：捶鼓的手。放案卷的手。

25　太守府府邸　日　内

陈蕃在看案卷。

李可："大人！孙大人家的公子送来请柬！"他双手递上请柬。

26　孙功曹府邸　夜　内

师爷和孙金望着孙功曹。

孙功曹黑着脸看请柬。

师爷："大人！怎么样？"

孙功曹："事务繁忙。"他把请柬撕得粉碎。

师爷和孙金望着撕碎的请柬，不敢出声。

27　太守府官署　夜　内

案卷忽明忽暗。

陈蕃看了一眼油灯。

油灯火苗摇曳，烛台渐渐暗了。

陈蕃往烛台内放了一块油膏。

陈蕃翻阅文书。

罗主簿来到陈蕃案几旁："大人！"

陈蕃："罗大人！太守府今天又响起鼓声，我没来豫章前，太守府也每天都有人鸣冤吗？"

罗主簿愣了愣："回大人，自前任太守虞续出事以后，豫章太守之位一直空缺，因此难得听到鼓声。"

陈蕃沉思片刻："我看过诉状，冤情大多状告朱济，这个朱济何许人也？"

罗主簿："朱济和官府交往甚密，在南昌可谓呼风唤雨。"

陈蕃："说来听听。"

罗主簿避开陈蕃的目光，面露难色。

陈蕃："罗大人，你有何顾虑？"

罗主簿："豫章府衙……盘根错节，大人想要有所作为，如捋虎须啊！"

陈蕃显出怒容："我既为豫章太守，倘若畏难，岂非尸位素餐？"

罗主簿："大人有所不知，朱济父亲是大将军门生。"

陈蕃："原来如此。"

28　青楼　夜　内

两位女子在陪朱济和宋督邮喝酒。

朱济："宋大人怎么闷闷不乐？"

宋督邮："太守府的鼓声敲得人心慌啊！"

朱济："心慌什么？"

宋督邮："陈蕃不见宾客，你还是要想想办法与他亲近。"

朱济："亲近什么？他不见宾客还省了我不少银子。"他对其中一女子说："给大人倒酒！"

女子倚在宋督邮身边倒酒。

宋督邮："自从陈蕃到了豫章，这酒就变得索然无味了呀！"

朱济："不就一个太守嘛！听说陈蕃总以劝谏之名冒犯皇上，他不识时务，否则也不会到豫章来做太守了。"他示意女子，"给大人换换口味！"

女子心领神会，她顺势倒在宋督邮怀里。

29　大将军府　日　内

梁冀带着醉意摇摇晃晃来到侯琳身边："好俊俏的脸蛋……"他伸手往脸上摸。

侯琳突然一巴掌打在梁冀脸上，梁冀猝不及防退了几步，侯琳正要上前被护卫按住。

梁冀并不生气："放开她！"

护卫放开侯琳。

梁冀："劲还不小。"他揉了揉脸坐下，"给我弹个曲儿！"

侯琳看都不看梁冀。

梁冀："你不弹曲儿，就让曲儿弹你。"

30　将军府刑房　夜　内

侯琳被倒吊在刑具上，她头顶是一个水窖。

府役绞动绳索。

侯琳的半个身子掉入水窖，在水中挣扎。

绳索绞动，侯琳被拉出水面，被水呛得要窒息。

府役："弹个曲儿就不用受苦，你弹不弹？"

侯琳咬着牙，一声不吭。

绳索滑动，侯琳一头栽进水里。

31　街道　日　外

一匹快马掠过街道。

32　朱府门口　日　外

快马来到朱府门前，差役紧勒缰绳，快马双蹄悬空。

差役跳下马，他缰绳也不顾便奔进府门。

33　朱府厅堂　日　内

朱济正在逗鸟。

差役气喘吁吁跑来："少爷！大事不好！太守要拿您问罪！"

朱济不紧不慢："你没有说错？"

差役："这事哪能乱说？"

朱济："这事督邮大人知道吗？"

差役："少爷！来不及了，您赶快避一避！"

朱济："至于吗？你去告诉督邮大人！"

朱老夫人从后堂匆匆出来："出什么事了？为什么要避一避？"

差役："回老夫人，少爷与村夫相殴……"他看了看朱济。

朱老夫人："济儿！你又闯祸了？"

朱济："一个太守有什么可怕？我就不信他能把我怎样？"

朱老夫人："你真不懂事！还不快去避一避风头！"

朱济："我家在这里，有什么好避的？"

34　朱府门口　日　外　内

六七名官差在朱府下马，直冲大门。

官差冲进朱府把朱济围了起来。

朱济并不畏惧："谁叫你们来的？"

官差："奉太守之命捉拿人犯！"

官差一拥而上绑缚朱济，赫歪也被官差捆绑。

朱济被捆，他还趾高气扬："哼！我倒要看看陈太守有什么能耐！"

官差："走！"他狠狠推了朱济一把。

朱老夫人望着孙儿被抓，哭天抢地。

35　古街道　日　外

官差押着五花大绑的朱济和赫歪走在街道。

朱济挺胸抬头，他目光傲慢。

官差：“快走！”

朱济瞪了一眼官差。

官差毫不客气推了朱济一把：“磨蹭什么！”

行人驻足观看。店铺内纷纷有人出来观看。

街上人群看到停下脚步。

官差押着朱济走来。

店老板望着五花大绑的朱济从眼前走过，他转身拿起一串鞭炮点燃。

36　孙功曹府邸厅堂　日　内

孙功曹和师爷在一起，他们神情压抑。

师爷：“大人，陈蕃抓了朱公子，他下一步……”

孙功曹：“他下一步怎样？”

孙金匆匆走进大堂：“父亲！朱老夫人来了。”

37　孙功曹府邸门口　日　外

朱老夫人气呼呼立在门口。

孙功曹迎了出来：“老夫人请进！”

38　孙功曹府邸厅堂　日　内

朱老夫人进门，她边走边说：“孙大人，陈太守抓我孙子你知不知道？你怎么会让太守抓我孙子？”

孙功曹：“老夫人息怒，这事是太守所为，与我无关啊！”

朱老夫人：“豫章不是你的地盘吗？你不同意，陈太守敢抓我孙子？”

孙功曹：“老夫人！陈蕃不近人情，我这个功曹有名无实。”

朱老夫人："陈蕃有这么不可一世吗？我就不信一个太守能一手遮天？你的话他能不听？"

孙功曹："此一时彼一时啊！老夫人。"

朱老夫人："我孙儿你是不想管了？"

孙功曹："老夫人先坐下喝口茶。"

朱老夫人："我孙儿在牢监里，哪有时间喝茶？孙大人！你知道你这个功曹是怎么来的，我孙儿要是有什么事，我看你怎么向我儿子交代！"

39　太守府大堂　日　内

朱济立在大堂，他心有不忿。

宋督邮、罗主簿等官员扭头看。

陈蕃从后堂走来。

朱济瞪了一眼陈蕃。

陈蕃走到案前，他正要开口，朱济却先说话。

朱济："陈大人！我知道你有两把刷子，我这人也不含糊。你今天放我一马，也给自己留条后路。"

陈蕃微笑："你既然不含糊，就应该知道我为什么抓你？"

朱济："我当然知道，你还不是想拿我立威。陈太守！你这样对我知不知道后果？"

陈蕃："说来听听。"

朱济："我父亲是大将军门生，你不怕我，总该怕大将军吧？"

陈蕃正色："放肆！跪下！"

朱济昂首挺胸。

府役一脚把朱济踢跪。

朱济："陈蕃！你别耀武扬威！我今天我落在你手里，明天你也可能落到大将军手里。”

陈蕃火起：“混账！给我重责三十棍！”

朱济盯着府役。

府役不敢上前。

大家都望着陈蕃。宋督邮脸色阴沉。

陈蕃呵斥：“还不动手？”

府役举棒便打。

朱济：“陈蕃！你敢打我！”

陈蕃：“给我狠狠地打！”

棍棒重重落在朱济身上。

朱济发出“嗷嗷”的叫声。

40 罗主簿家 黄昏 内

罗主簿匆匆回家，见夫人后高兴地说：“多做几个菜，今天我要好好喝几杯。”

罗主簿夫人：“有客人来吗？”

罗主簿：“我自己喝！”

罗主簿夫人：“不是说一个人不喝酒吗？”

罗主簿：“今天陈太守抓了朱公子，把他打了个皮开肉绽，我今天高兴！”

罗主簿夫人：“陈大人真打了朱公子？”

罗主簿：“这还有假？我想太守早晚要抓朱公子，没想到这一天来得这么快。”

罗主簿夫人：“陈大人真厉害。”

罗主簿：“是啊！陈大人当太守后，我才像个太守府的主簿。”

罗主簿夫人：“我让厨房做几个好菜。”她说着转身。

罗主簿处在兴奋中，他自语道：“再也不用昧着良心做事了。”

41　孙功曹府邸厅堂　黄昏　内

朱老夫人：“陈蕃真打了我孙儿？”

宋督邮：“打了，而且往死里打。”

朱老夫人脸色苍白。

孙功曹：“老夫人，陈蕃在朝廷受了气，他要把气撒到您孙儿身上。”

宋督邮：“老夫人！陈蕃打朱公子是小事，他要置朱公子于死地。”

朱老夫人：“你们想办法救救我孙儿！”

师爷：“办法倒有一个，朱大人不是在大将军门下吗？只要大将军一句话，他陈蕃就不敢动您孙儿了！”

朱老夫人：“远水解不了近渴，你们就没有别的办法吗？”

孙功曹：“陈蕃在豫章目空一切，只有找大将军，陈蕃才不敢放肆。”

师爷：“老夫人！办法倒是有一个。”

朱老夫人：“快说来听听！”

师爷：“要不您找徐孺子看看！”

42　朱府厅堂　夜　内

朱老夫人在写信。

侍从恭敬地立在一旁。

朱老夫人将书信递给家丁：“速将此信交与我儿，此信像你的命一样重要。”

家丁：“老夫人放心！”他双手接过书信。

43 大将军府刑房 夜 内

一件衣服扔在侯琳面前。

侯琳低头靠在墙角，她头发散乱，浑身血渍。

府役：“侯姑娘，快穿上！”他机警地看了看四周。

侯琳不明所以地望着府役。

府役：“事不宜迟，林伯成先生让我救你。”

44 大将军府邸 夜 外

脚从梯子上下来，侯琳和府役翻下围墙。

45 古城街道 夜 外

两双脚疾步走在街道。

一队巡街禁军骑马路过。

侯琳和府役忙躲在墙角。

46 田地 晨 外

徐孺子、荷叶姑娘，季登和几个学生在地里劳动，他们除草、浇水。

徐孺子在给秧苗浇水，他直起腰擦了擦汗。

荷叶姑娘提着水走在田埂，她望着快乐的小孩。

小孩在追逐蝴蝶，蝴蝶在花丛中起舞。

47 徐孺子家门口 日 外

徐孺子和学生们回家，他们有的扛着锄头，有的挑着水桶，大家洋溢着笑脸。

朱老夫人和家丁等六七人立在徐孺子家门口等候，马车上放着许多布匹。

徐孺子和朱老夫人都看到了对方。

朱老夫人站了起来，她对徐孺子行了大礼："老身拜见孺子先生！"

徐孺子回礼："老夫人不必拘礼！"

朱老夫人："老身拜见先生有一事相求，我家济儿犯太守威严，老身今天来是想让先生替我孙儿在太守面前说个一言半语，老身一家感激不尽。"

徐孺子沉思片刻："老夫人也是知书识礼，古人说善不可失，恶不可长。他今日之祸全在纵恶欺善，殃及他人也就祸及自身。"

朱老夫人："先生说得对，可事到如今只有拿钱帛给孙儿赎罪。先生！请看在老身的面上帮帮我孙儿！"

徐孺子："老夫人！不可，不可。"

朱老夫人："老身求先生了，哪怕能从轻一点发落我们一家也会感激先生。"

荷叶姑娘和学生们立在一旁望着。

徐孺子："帮助别人是做人的本分，可是，善恶之果自有天意，别人很难改变啊！"

朱老夫人："这么说先生是不愿意帮忙了？"

徐孺子："老夫人！您应该知道，陈太守为人刚正，我的只言片语怎么能改变太守刚正的本性呢？"

朱老夫人垂下眼帘。

徐孺子："老夫人请回吧！"

朱老夫人默然转身。

48　太守府大堂　日　内

众官员议论纷纷。

陈蕃从后堂出来。

官员看到陈蕃鸦雀无声。

陈蕃："各位大人！本府抓了朱济。初步查明，朱济倚仗权贵，召树恶徒，为非作歹，强取豪夺。"

官员敛声屏气望着陈蕃。

陈蕃："朱济所为不法在案验文书中避重就轻，加害莫名变为受害，这种案验就出自你们之手。"

孙功曹表面平静，宋督邮有些紧张。

徐孺子几个学生立在后面。

陈蕃目光一冷："宋大人！"

宋督邮一哆嗦："下官在。"

陈蕃："你说说南门的和信斋，码头的瑞祥堂两间店铺，是怎么易手朱济名下的啊？"

宋督邮紧张地说："回大人。"他看了一眼孙功曹。

孙功曹当没看见。

宋督邮："此案是南昌县衙处置，在下对这两个案件确有失察。"

陈蕃："仅仅是失察吗？"

宋督邮低着头开始发抖。

陈蕃："你职在监察，却逞凶，罪不可容，即日起免去你督邮职位，停发俸禄，听候发落。"

官员敛声屏气。

陈蕃："你们一边拿着朝廷俸禄，一边败坏汉室风气。大家听着，朱济一案是本郡头等公务，凡是和朱济案验有关人员，三天内交上述职文书。”他说完转身进了后堂。

众官员呆立在大堂。

49　徐孺子家马棚　日　外

缰绳系在木桩上，荷叶姑娘脸上沁出汗水，看得出她刚习武回来。

徐孺子和陈夫人出现在后景。

陈夫人望着荷叶姑娘。

荷叶姑娘拍了拍马，她开始用食物喂马。

50　小山丘　日　外

荷叶姑娘和陈夫人走在山丘。

陈夫人满心欢喜：“难怪逸儿会喜欢你。”她拉着荷叶姑娘的手。

荷叶姑娘很自然地抽回手捋了捋头发。

陈夫人：“姑娘！我家逸儿向来听话，在京城我跟他找了几个人家他都说没到成家的时候。这次他主动跟我说孺子先生有个义女没有婚配。姑娘！这也许是天意。”

荷叶姑娘望着远处：“谢谢夫人！我跟你们不在同一个世上，婚配之事，跟我没有关系。”

陈夫人：“姑娘！你怎么会说我们不在同一个世上呢？”

荷叶姑娘：“大仇未报，恶人横行，哪有心思谈儿女之情。”

陈夫人不再说话。

51　太守府邸走廊　日　内

陈夫人和侍从回家。

陈逸迎了出来："娘！"

陈夫人情绪低落。

陈逸收敛了笑容。

52　太守府邸房间　日　内

陈夫人在榻上坐下。

陈逸："荷叶姑娘不答应吗？"

陈夫人："她看上去挺好，可她心里就不那么好了。"

陈逸："你怎么知道她心里就不好呢？"

陈夫人："逸儿！南昌城好的姑娘多的是，多花些心思帮助你父亲。"

53　孙功曹府邸　夜　内

蔡县令立在孙功曹面前，师爷坐在席上。

孙功曹逼视蔡县令："朱济的事情你比我清楚，你徇私枉法，随便找一条你都是死罪。"

蔡县令："大人，你可要救我……"

孙功曹示意师爷。

师爷："你真想活命？"

蔡县令瞪大眼睛点头。

师爷："你罪案已定，无可挽回，要想活命，唯有遁形。"

蔡县令瑟瑟发抖。

孙功曹："宋大人已被革职查办，你还舍不得那个官印吗？"

蔡县令："孙大人！朱公子的事下官是身不由己啊！"

孙功曹："就不说朱公子的事，你修码头的一千两银子，赈灾的三百匹布，还有……"

蔡县令慌了："修码头我才拿了三百两……"他脸色发白。

孙功曹："三百两也够砍头！现在陈太守和罗主簿正在商量如何治你的罪，你在豫章就是死路一条。"

蔡县令双腿颤抖。

54　大将军府邸　夜　外

穿着夜行衣的侯琳站在树上，府内门口有卫兵站岗。

侯琳点燃火把，她看了眼卫兵后奋力一甩。

火把飞过围墙落在二楼走廊。

卫兵大喊："有刺客！"

侯琳飘然落地。

府内冲出十几名卫兵。

侯琳一拍马，马驮着假人飞跑而去。

卫兵呼喊着上马追去。

侯琳飞身上墙，她一跃而下直冲内府。

卫兵挺枪阻挡。

侯琳手持宝剑，几个回合卫兵倒地。卫兵越来越多，侯琳左冲右突，肩膀忽然被刺，她冲开一条血路飞身上墙。

55　太守府门口　日　外

轿子在门口停下。

众官员纷纷走进太守府。

56　太守府大堂　日　内

众官员立在大堂。

陈蕃威严地坐在案几前："各位大人的述职文书我都已看过，朱济所为不法你们要么避重就轻，要么一笔带过。"

官员垂头不敢动弹。

陈蕃："地方不治在于为政者乖乱，为政者乖乱恶人就会横行，恶人横行就会扰乱四面八方。"

大堂一时无声。

孙功曹开口："陈大人！下官有话要说。"

陈蕃："请说！"

孙功曹："陈大人！你成立临时分曹，弄几个学生办理郡政，衙署掾史无一敢诘，这是不是为政乖乱啊？"

所有人都屏住了呼吸。

陈蕃忍了忍："问得好！为政乖乱者自恃苟得，纵恣无度，使街巷纷扰，怨声载道。请问孙大人，我符合哪一条啊？"

孙功曹："你不近僚属，排斥异己，对徐孺子却设置悬榻招待，如此故弄玄虚，致使府衙人人自危，这还不够为政乖乱吗？"

陈蕃："自危的应该都是贪鄙之人吧？孙大人！我知道你在衙署经营多年，署内半数以上掾史都是你辟举。"

孙功曹脸色铁青。

陈蕃："各位大人！只要你们没有贪赃枉法，就不必自危。倘若心生嫌隙，执迷不悟，那就是咎由自取。"他看到什么。

府役三步并作两步奔进大堂："禀报大人！蔡县令挂印离去。"他双手捧着大印。

陈蕃一愣。

差役手上的大印放到陈蕃面前。

众官员窃窃私语。

孙功曹嘴角露出一丝阴笑。

陈蕃："蔡谨身为朝廷命官，理当深明大义，恪尽职守。他却徇私枉法，为虎作伥。"

众官员大气不敢出。

陈蕃："我有言在先，无论蔡谨还是各位大人，只要所为不法，本官决不姑息！"

57　田野树林　日　外

陈逸和李可骑着马路过树林，陈逸勒住马扭头看树林。

树林中仿佛荷叶姑娘在习武。

58　湖边　日　外

荷叶姑娘在洗衣服。

水中泛起涟漪。

59　徐孺子家门口　夜　外

手在敲门。徐六打开门，他看到什么吃了一惊。

侯琳躺在马车上，她脸色发白，嘴唇发紫。

60　徐孺子家厅堂　夜　内

林泰立在徐孺子面前："侯姑娘行刺跋扈将军受伤，京城虎狼之穴，思前想后，我想到了孺子兄。"

徐孺子微微一愣，他转头看靠在座榻上的姑娘。

侯琳发白的脸上冒着虚汗。

林泰看了看徐孺子："林泰考虑不周，如不方便我这就离开。"

侯琳睁开眼望着徐孺子。

徐孺子："伯成兄别误会！你如此仗义，我怎会把你们拒之门外。"

林泰一听"扑通"跪下："我替侯大人谢谢您！"

徐孺子忙扶林泰："伯成兄快快请起！"

61 湖边 日 外

陈逸走来，他看到了什么。

荷叶姑娘在洗衣服。

陈逸来到荷叶姑娘身边："荷叶姑娘！"

荷叶姑娘回头看了看，她没理睬陈逸。

陈逸："我让母亲找过你……"

荷叶姑娘像没听到。

陈逸："我知道你有心思，如果告诉我，或许我能帮你。"

荷叶姑娘提起衣服起身。

陈逸："你说话呀！"

荷叶姑娘："看在你是陈公子的份上，我跟你说几句，我的事跟你没有关系。"

陈逸："我很想帮你，你为什么拒绝呢？"

荷叶姑娘："真的？那……你敢跟我去杀人吗？"

陈逸一时说不出话来。

荷叶姑娘一笑："忙你自己的事吧！太守府才是你该待的地方。"她提着衣服离开。

陈逸一时手足无措，他回头看了看牵着马立在远处的李可。

62　孙功曹府邸　夜　内

一双手在铜盘中净手。

孙功曹的目光。

师爷半闭着眼在洗手。

孙功曹坐在榻上，儿子孙金默默立在一旁看着。

师爷拿着几炷香向天地叩拜，然后插在香炉中。

案几上放上蓍草。

师爷眯着眼，念念有词。

烟雾后面孙功曹阴郁的目光盯着师爷。

师爷睁开眼一看案几上的蓍草，他掐指一算忽然瞪大眼睛。

孙功曹一愣。

师爷表情阴郁："浚恒之凶，始求深也。"

孙金："此卦怎讲？"

师爷："此卦……"他看了看孙功曹。

孙功曹："但讲无妨。"

师爷："此卦初始苛求深入，有背中和，患沉沦之险。"

孙金："卦象已现沉沦之险，我们务必当机立断。"

师爷："这个……"他看了看孙功曹。

孙功曹阴着脸。

孙功曹默默坐在榻上。

孙金："父亲！夜长梦多，不动手怕来不及了。"

师爷看了看孙功曹："大人！开弓没有回头箭啊！"

孙功曹默然无语。

孙金："父亲！我们已跟陈蕃翻脸，鱼不死，网就破。"

孙功曹闭上了眼睛。

孙金："父亲！我准备去了。"

师爷见孙金出门："大人！"

孙功曹睁开眼。

师爷："大人！此是下策。"

孙功曹："还有上策？"

师爷："我先说中策，学蔡谨远走高飞。上策是向陈蕃示好，主动拿出一些银两……"

孙功曹盯着师爷："拿出银两陈蕃会放过我们？"他目光越来越阴冷。

师爷避开孙功曹目光，他不敢再多说。

63　太守府庭院　夜　外

一个黑衣人翻墙而入，他双脚像猫一样落地，蒙着黑布的脸上露出一双乌亮的眼睛。

黑衣人靠近房舍。

尖刀挑动门闩。

64　太守府卧室　夜　内

李可惊醒："谁？"

手抽出宝剑。

李可一跃而起出门。

65　太守府庭院　夜　外

黑衣人见李可后扭身举剑就刺。李可抽剑相迎。

双方你来我往。

两位侍卫赶到，他们围住了黑衣人。

66　太守府卧室　夜　内

衙舍灯光大亮。

陈蕃披着衣服出现在卧室门口，他目光如炬。

67　太守府庭院　夜　外

黑衣人被逼到了墙角，李可用剑挑开黑衣人脸上蒙布。

黑衣人惊惶失措，被李可一剑刺中臂膀。

黑衣人奋力抵挡一阵后跳出墙外。

李可飞身上墙。

陈蕃 ：“别追了！”

李可看了看墙外。

68　城门　日　外

城墙下贴着凶手画像，许多人在观看。

凶手的画像。

人群的目光。

69　石桥　日　外

徐孺子带着季登走过石桥。

两人匆匆的脚步。

70　太守府后堂　日　内

陈蕃穿过回廊来到后堂，见徐孺子立在后堂 ：“孺子先生来了！”

徐孺子拱手："徐稚见过太守！"

陈逸跟在父亲身后。

陈蕃："陈逸，放坐榻！"

徐孺子："看到你安然无恙，我放心了。太守公务繁忙，我就不打扰了。"

陈蕃："先生哪里话？堂上的坐榻一直等着先生呢！"

悠扬的音乐声起。

陈逸解开木柱绳索。

座榻徐徐放下，季登帮陈逸放好坐榻。（音乐止）

徐孺子和陈蕃相对而坐。

徐孺子在榻上坐下，他微笑地说："坐在太守府的榻上，像坐在三闾大夫的飞龙上啊！"

陈蕃笑："孺子先生来到太守府，陈蕃才看到了香草的芳容。我要谢谢先生为我举荐罗主簿和你的几个学生。"

徐孺子："陈太守一身正气，为太守举荐人才理所应当。"

陈蕃："先生！州郡官员大多是被举孝廉，为何他们当官后会徇私枉法，贪污腐化，莫非官场能让人离经叛道？"

徐孺子："古人举孝廉确实是遵循了天道，让人离经叛道的不是官场。"

陈蕃："先生以为是什么？"

徐孺子："邪气。"

陈蕃："邪气？"

徐孺子："是啊！如果邪气压倒了正气，小人就会得志，君子就会受辱。在威逼利诱面前，能保持敬畏如初的官员不可多得。"

陈蕃："自古邪不压正，莫非贪腐的官员不知道邪气上身会害了自己？”

徐孺子：“当然知道。可是朝廷如风，官场如草，草随风倒。”

71　朝廷　日　内

梁太后临朝听政。

陈蕃向桓帝上疏：“以前高祖创立大业，官吏抚养百姓，如同自己的儿子一样。现在二郡盗贼为害的原因，是当地官吏贪污暴虐造成的。应该责成三府，考核刺史、太守、县令，发现那些残害百姓的人，立即向朝廷揭发，这样可以不必劳烦大军，盗贼自然就会平息。”

汉桓帝听着陈蕃的话，同时观察大将军梁冀脸色。

梁冀露出不屑的神色。

陈蕃:“另外，三署的郎官两千多人，属官超过规定限额还未加任用，只应选择好的授予官职，那些昏庸不法之徒应被革职。这样，陛下不仅不用下诏权宜推举人才，还不会助长请托的风气。”

梁冀：“皇上下诏推举人才是遵循祖制，怎么在你口里就变成了权宜之计呢？高祖当年爱民如子是爱护那些遵纪守法的百姓，你现在替为非作歹的盗贼说话，是何居心？”

72　街道　日　外

陈蕃和徐孺子走在街上，季登、陈逸紧随其后。李可和几个府役手握剑柄机警地望着街道上的行人。

街道上的百姓都停下了手中的活计，他们急切地来到路边，欣喜地望着太守一行。

画外响起徐孺子和陈蕃的对白。

徐孺子：“一国的国君有了忠臣才心安，地方的百姓有了贤能的官员才太平。”

陈蕃：“先生所言极是，昔日董少平做洛阳令，鸣冤之鼓不曾再响。今天我陈蕃为豫章太守，豫章也要听不到鸣冤的鼓声。”

73 郊外土房 日 内

孙功曹看着矮床上的刺客，他身后站着师爷和孙金。

刺客捂着布条扎好的臂膀，脸色发白。

孙功曹对刺客：“我待你怎样？”

刺客：“大人对我恩重如山。”

孙功曹：“人生如白驹过隙，你有什么话要留下来？”

刺客犹豫：“大人！我，我放不下我母亲。”

孙功曹：“你的母亲你不用记挂。”

刺客看了看孙功曹，有些惶恐。

孙金：“是陈蕃要你的命！”他握住了佩剑。

孙功曹：“你只有先走一步。”他目光阴冷。

刺客忽然拔剑引颈自刎。

74 石桥 日 外

徐孺子和陈蕃一路前行，他们走到堤上的石桥上。

徐孺子停下脚步：“劳驾远送，在下受之有愧，陈大人请回吧！”

陈蕃：“听先生说话总是如沐春风，意犹未尽啊！”

徐孺子拱手：“后会有期！”

陈蕃拱手，“先生慢走！”

季登、陈逸跟着父亲拱手，双方在石桥上分别。

李可和府役立在远处望着太守。

75　大将军府厅堂　夜　内

富丽堂皇的将军府厅堂，梁冀在宴请吴树。

梁冀："吴大人此番迁为荆州刺史，可喜可贺。荆州有我的宾客，比如唐继。"

吴树望着梁冀。

梁冀："吴大人到荆州后不妨用用他。"

吴树："此人我知道，在荆州他多有不法。将军您贵为皇亲，应该推举贤才，像唐继之流，我实在难以从命。"

梁冀："是嘛！来来来！吃菜。"他对侍从使了个眼神。

侍从会意转身，拿起酒壶为吴树斟酒。

梁冀的目光阴郁。

吴树喝酒。

76　大将军府门口　夜　外

吴树辞别梁冀。

梁冀立在门口望着吴树，冷笑。

吴树上了马车，突然目光发直，吐出一口鲜血。

77　徐孺子家庭院　夜　外

徐孺子和林泰立在门外。

林泰："梁冀凌驾皇权，穷凶极恶。吴大人不愿意跟他同流合污，他就给吴大人喝了毒酒。看到侯姑娘美貌就要据为己有，侯大人不同意，他竟派人血洗侯府。孺子兄！您说这个世道怎么会变成这样？"

徐孺子望着夜空："礼崩乐坏，魍魉为乱。"

78　徐孺子家　门口　日　外

徐孺子和季登回家。

徐六匆匆迎了出来："先生！有件要紧事。"

79　树林凉亭　日　外

徐孺子和季登跟着徐六来到凉亭，凉亭空空如也，徐孺子和徐六心中疑虑。

这时树林内出来一个村民打扮的男人，他来到徐孺子面前俯身下拜："罪人蔡谨叩见孺子先生！"

徐孺子一愣："快快请起！"

男人抬头起身，原来是蔡县令："蔡谨该死！家父为我取名谨，希望我一生谨言慎行，所以我做事都是谨小慎微。我既不敢得罪朱济，也不敢不听孙功曹的话。现在我已是穷途末路，悔不当初啊。"

徐孺子："蔡大人有话不妨直说！"

蔡县令："今天惊扰先生，是想请您转交一样东西给陈蕃大人。"他朝树林招了招手。

两个男子抬出一个木箱。

蔡县令："箱子里是一些银两，我枉读经书，把祸害藏在家里。"

徐孺子看了看被绳索绑缚的木箱。

蔡县令："我挂印辞官，很多事都会推到我身上，我若不说出来，这个黑锅怕要背到子孙后代身上。"他从怀中掏出文书递给徐孺子。

徐六立在一旁观看。

蔡县令："这是我的悔过文书，我知道的都写在上面。望先生转告太守，蔡谨已幡然悔悟，求太守放我一条生路，蔡谨必定感恩图报。"

他倒身跪拜。

80　太守府后堂　黄昏　内

两个学生抬着箱子放在后堂。

季登从怀里拿出文书双手递给陈蕃："大人！这是蔡县令文书，父亲让我转交给您。"

陈蕃打开文书观看。

81　宋督邮府邸门口　夜　外

太守府官兵围了府邸。

一队官兵直进府内。

82　宋督邮府邸　夜　内

宋督邮在厅堂坐立不安，他刚坐下，看到官兵进府惊得站了起来。

官兵来到宋督邮面前。

为首官兵："奉太守之命捉拿人犯，宋大人，跟我们走吧！"

宋督邮瘫坐在座榻上。

83 孙功曹家府邸 夜 内

孙金："父亲！宋大人被陈蕃抓起来了。"

师爷从帷幕中出来。

孙功曹脸色铁青。

师爷眼珠转了转退了回去。

84　驿道　晨　外

家丁骑马奔驰在驿道上。

马蹄飞奔。

家丁头上冒汗。

85　朱府门口　日　外

快马在朱府门口停下，家丁跳下马，双腿发软跌在地上。

家丁连滚带爬跑进府门。

86　朱府厅堂　日　内

家丁大口用竹筒喝水。

朱老夫人等在一边。

家丁喝完水，揩干嘴巴："禀报老夫人！我带回了老爷的书信。老爷让我带话，他拿到大将军书信就会赶来。"

朱老夫："快去太守府！"

87　太守府门口　日　外

两匹马来到太守府，家丁把缰绳扔给同伴来到府役前："有大将军梁翼书信面呈太守，烦请通报！"

府役进门通报。

88　太守府大堂　日　内

陈蕃坐在案前。

家丁诚惶诚恐来到陈蕃面前："太守大人！大将军……门生，朱俭书信。”他递上书信。

陈蕃：“你说什么？”

家丁双手发抖：“大将军门生，朱俭书信。”

陈蕃：“大胆狂徒！竟敢冒称有大将军书信，给我重责二十大板！”

府役把家丁按下。

家丁害怕地喊叫：“大人饶命！大将军书信随后就到！”

风火棍打在家丁身上。

家丁惨叫连连。

89 太守府卧室 夜 内

陈蕃在床边宽衣解带。

陈夫人接过衣服：“夫君为何愁眉不展？”

陈蕃：“我来豫章本以为僻壤清静，没想到跋扈将军的手还能伸到这里。”

陈夫人：“梁冀专横，人人自危。妾虽不主张让夫君放弃节操保全自身，但也不要因为性情刚正而害了自己。”

陈蕃上床：“让夫人担心，我心中委实不安。”

陈夫人：“为夫君分忧是妾的本分，只希望夫君别日夜劳神费思，要注重身体才好。”

90 孙功曹府邸书房 夜 内

孙功曹坐着出神。

侍女端来茶水。

孙功曹惊吓地喝道：“谁？”

侍女吓得摔了一跤，托盘中的杯子摔到案几上，她慌忙爬起收拾。

孙功曹气得打了侍女一巴掌。

孙金匆匆来到门前："父亲！师爷不辞而别，这是他留下的信。"他递过书信。

孙功曹对侍女吼道："还不快走！"

侍女流着委屈的泪水离开。

孙功曹默默坐下，他打开书信。

书信特写：灾星悬空，穿云破雾。速速匿迹，祸端可息。

看着书信，孙功曹一动不动。

孙金："父亲！我们跟陈蕃拼了！"

孙功曹坐在案几旁，手中的书信滑落在地。

夜色笼罩孙府。

91　孙功曹府邸　晨　内

天边露出鱼肚白。

孙功曹仍然坐在案几旁。

孙金在远处看了看父亲。

92　孙功曹府邸门口　晨　外

一匹快马来到府门。

官差跳下马："开门！"他在门口敲门。

府役立在楼梯上看门外，他点了点头。

门打开。

官差："陈太守请孙大人到太守府议事！"

93　孙功曹府邸　晨　内

孙功曹："此去太守府凶多吉少。"

孙金："父亲！那我们跟蔡县令一样远走高飞？"

孙功曹："高飞低走都有死的那一天。"

孙金："父亲！"他伤心地哭了起来。

孙功曹："哭什么？没出息！"

孙金："父亲！我们一起走吧！"

孙功曹："我们一起走？到时就一个也走不了。"

孙金说不出话来。

孙功曹："我去了太守府后，你带着大家离开豫章。陈蕃不死，你们就别回来。"他扭头看儿子。

孙金抹眼泪。

孙功曹："听到了吗？"

孙金："听到了。"

94　树林　日　外

层林尽染。树叶泛着金光。

荷叶姑娘在树林子舞长剑，她动作轻盈利落，衣带生风。

95　徐孺子家厅堂　晨　内

荷叶姑娘"扑通"跪在徐孺子面前："谢先生救命之恩！小女子今生报答不了先生，来生一定做牛做马伴随先生。"她说完起身。

徐孺子看了看荷叶姑娘。

荷叶姑娘已背上包袱，一副出门的样子。她转身要走。

徐孺子："你想去哪里？"

荷叶姑娘停下："不报仇雪恨，誓不为人。"

徐孺子："你此去报不了仇的。"

荷叶姑娘："不成功则成仁。"

徐孺子："不成功，你仁也成不了。"

荷叶姑娘望着徐孺子。

徐孺子："仁是果实，是种子。圣人把仁和爱放在一起，就是说仁是爱的种子，只有爱，才能成仁。你现在充满着仇恨，如何能成仁呢？"

荷叶姑娘："我管不了许多，我要杀了那个残暴的梁冀。"

徐孺子："圣人说，君子行大义，小人图私利。你现在去报仇只是泄私愤，而且你伤不了仇人，反而会害自己。"

荷叶姑娘："不能报仇，我活着就没有意思。"

徐孺子："不是说不能报仇，无道残忍之徒，人人皆可诛之。只是你现在势单力薄，不必做无谓的牺牲。"

荷叶姑娘沉默。

96　树林　日　外

荷叶姑娘奋力甩出长枪。

长枪带着风声飞向几十米开外的一个草人。

枪正中草人面部。

97　太守府门口　日　外

一顶轿子出现在太守府门前。

孙功曹："停下！"

轿夫停下。

孙功曹露出眼睛。

府门敞开，门口立着府役。

孙功曹看了看门口。

98　太守府大堂　日　内

许多官员在闲聊。

案几上放着文书。

孙功曹进门走向大堂。

官员们跟孙功曹打招呼，大堂气氛轻松。

陈蕃从后堂出来。

府门随即关上。

孙功曹扭头。

一队守卫奔跑到门口。

陈蕃：“孙大人看什么？”

孙功曹望着陈蕃，他眼神露出惶恐。

陈蕃厉声：“给我拿下！”

卫兵一拥而上按倒孙功曹。

孙功曹：“太守大人！你为何抓我？”

陈蕃：“你私养小妾，暗收门徒。贪赃枉法，欺上瞒下。胁迫同僚，谋刺本官。”

孙功曹：“大人不可血口喷人。”

陈蕃扭头：“带人犯！”

卫兵：“是！”

宋督邮被卫兵押出，他身缚绳索，瑟瑟发抖。

陈蕃：“宋亮！说说孙大人的事！”

宋督邮看孙功曹。

孙功曹蔑视的目光。

宋督邮："修码头小的送了孙大人三千两银子，赈灾的三千匹布，给了孙大人两千匹。"

孙功曹怒目："一派胡言！"

宋督邮:"孙大人！小的也没有办法，陈大人……他什么都知道了。"

陈蕃："宋亮！说说孙大人小妾的哥哥。"

宋督邮："回大人！孙大人的小舅子曾有命案，两年前曾抓到过他一次，但孙大人把他放了！"

孙功曹："一派胡言。你这是诬陷！"

陈蕃："你派小舅子行刺本官证据确凿！"

孙功曹："大人不可信口雌黄，我与小舅子两年前就没有来往了。"

陈蕃："还想抵赖！赈灾银两关乎百姓，仅此一条就够治你的罪。将人犯押入大牢，听候发落！"

卫兵："是！"

卫兵将孙功曹拖了下去。

陈蕃见孙功曹和宋督邮被带走，扫视了一圈众官吏。

众官员大气不敢出。

陈蕃："豫章山清水秀，物产富饶，百姓当安居乐业。可偏偏官府乌烟瘴气，弄得民怨四起。我们既然选择做官，就要深明大义，为汉室谋兴盛，为百姓谋福祉，倘若为中饱私囊，结党营私，欺上瞒下，纵恶为患，成何体统？"

众官员望着陈蕃。

99　徐孺子家厢房　日　内

徐孺子在教学生做铜镜，他走到学生身边观看。

荷叶姑娘在制作泥范，她用泥土制成“定盘”的平面状器，然后把镜面贴在“定盘”上轻轻地旋转，削去多余的泥土。

一学生见徐孺子过来，他站了起来：“先生！您看！”

徐孺子看了看学生制作的泥范：“不错。”他对大家说，“做人跟制铜镜是一个道理，一面上好的铜镜，心里必先有个泥范，然后辛勤浇铸，不断刮垢磨光，镜的光亮就自然显现出来。”

荷叶姑娘望着徐孺子。

徐孺子：“好比我们的太守陈仲举，他十五岁时就说，大丈夫处世，当扫除天下，不能只顾自己的一室。”

学生们认真听着。

徐孺子：“铜镜将来的形状看泥范，人将来的成就看初心。陈太守十五岁立志以天下为己任，因此他才能有今天的作为。”

荷叶姑娘忽然提问：“先生！您小时候就立志当先生吗？”

大家都望着徐孺子。

徐孺子：“我从小听恩师教诲，谨记做人应该非其力不食。”

荷叶姑娘：“非其力不食这么重要吗？”

徐孺子：“非其力不食看似简单，它可是做人的根本。一方面，它能让我们明白，一粥一饭都来之不易，另一方面，它能让我们不为物惑也。”

画外响起喊声：“先生！先生！”

姜科、亚凯、木子三位学生欣喜地来到徐孺子面前：“先生好！”他们向徐孺子行礼。

徐孺子：“你们怎么来了？”

姜科："太守府抓了孙功曹，陈大人今天高兴。"

亚凯："是啊！陈大人说我们这些天辛苦了，让我们回来看看。"

徐孺子露出笑容："你们怎么不回家？"

姜科："我们都想来看看先生。"

徐孺子看了看木子。

木子郁郁寡欢。

徐孺子："木子，你怎么闷闷不乐？"

木子眼圈红了。

徐孺子："太守对你不好吗？"

木子："陈大人严以律己，待人以宽。是木子心思狭窄……"他说着就落下了泪水。

徐孺子疑惑地看了看姜科和亚凯。

姜科："先生！木子心肠太软，他看案验时看到无辜者受苦就吃不下饭。"

亚凯："是啊！我们只听说官场腐败，恶人横行，没想到豫章官吏的心这么黑，恶人的胆这么大。"

亚凯："唐姑娘年轻貌美，被朱公子看上就没了性命。"

姜科："还有一件事。朱济调戏良家妇人，妇人的丈夫持械阻止，恶人一拥而上，将夫妇皆打死。"

木子泪流不止："先生！您说世上怎么会有恶徒呢？"

大家都望着徐孺子。

徐孺子心情沉重："世上的恶人大多因为娇生惯养，或者听其自流，没有培养仁爱之心。滋长了自私的本性，这种人不会顾及别人的感受。所谓自作孽不可活，一个人横行霸道，多行不义，那灾祸就不可避免。"

100 驿道 日 外

此时，朱俭带着随从快马加鞭赶路。

朱俭一鞭抽在马上。

朱俭一行绝尘而去。

101 太守府大堂 日 内

主簿等官员立在陈蕃身边，徐孺子的学生也穿上了官服，陈蕃在案前亲自书写告示。

陈蕃:“本府查明，朱济倚仗权贵，聚敛为奸，召树恶徒，为非作歹。”

102 街道 日 外

告示贴在城墙上。

陈蕃 :“朱济霸占江边码头，强夺酒楼店铺，出入街巷为不法，寻衅滋事，强奸良家女子，至或破亡其家。所为不轨，不胜其愤，罪当诛之。”

百姓奔走相告。

103 驿道 日 外

此时，朱俭快马加鞭，他想要救儿子于刀下。

孙功曹和宋督邮死气沉沉坐在囚车内。远处传来马蹄声，他们皆睁开眼四望。

朱俭和随从的马疾驰而来。

孙功曹像遇到救星 :“朱大人！朱大人！”

朱俭勒住马。

孙功曹 :“朱大人救我！”

宋督邮："朱大人救救我们！"

朱俭勒看了一眼孙功曹，他一鞭抽在马上绝尘而去。

孙功曹和宋督邮发出呼喊："朱大人……"

104　街道　日　外

卫兵押着囚车走在街道，朱济坐在囚车内，街上挤满了民众。徐六跟着囚车看热闹。

一些愤怒的民众用瓜果烂菜砸向囚车。

朱济的头上、脸上都是烂菜、鸡蛋。

105　刑场　日　外

刑场外围站着许多百姓。

陈蕃身边立着官吏，姜科、亚凯、木子身穿官服立在一旁。

囚车来到刑场。

106　城外　日　外

三匹快马来到城外。

朱俭一鞭抽在马上。

朱俭一行冲向城里。

107　刑场　日　外

朱济从囚车内出来，卫兵将他们押向刑场。

徐孺子的许多学生也在观看。

108　街道　日　外

三匹快马奔过街道。

朱俭心焦如火。

109　刑场　日　外

陈蕃威严的目光。

朱济跪在了刽子手前。

罗主簿：“时辰已到！”

围观群众翘首以待。

朱俭骑马赶到刑场。

朱俭的目光。

刽子手已举起了屠刀。

朱俭大喊：“住手！”

卫兵拦在朱俭马前。

朱济抬头哭喊：“父亲！父亲……”

朱俭跳下马，他想往里闯，被卫兵拦住：“陈大人！刀下留人！”

陈蕃：“你是什么人？”

朱俭：“陈大人！在下是大将军门生朱俭。犬子冒犯太守威严，望太守息怒，放犬子一条生路！”

陈蕃：“犯我威严事小，犯大汉律法事大。”

朱俭：“陈大人！我有大将军书信！”他拿出书信，“大人请看大将军书信！”

陈蕃：“有书信又如何？一封书信可以改变律法吗？”

朱俭：“陈大人！在下知你刚正，但是，大将军的书信你总该看看啊！”

陈蕃：“本官监斩罪犯，没空看书信。”

朱俭：“陈大人！我的话你可不听，大将军的话你能不听？”

陈蕃怒目圆睁：“大胆！你养儿不教，祸害街邻，给我轰出去！”

卫兵推出朱俭。

朱俭被推走时喊：“陈大人！手下留情！求求大人了……”

陈蕃：“朱济欺男霸女，无恶不作。验明正身，就地正法！”

罗主簿高喊一声：“开斩！”

刽子手手起刀落，血洒满一地。

朱俭闭上了眼睛，晕了过去。

110　徐孺子家厢房　日　内

银线在铜镜背面嵌花纹。

银线嵌入凹槽，徐孺子用小锤轻轻敲打。

徐孺子放下小锤，他满意地拿起铜镜观看。

荷叶姑娘进门：“先生！您叫我。”

徐孺子放下铜镜：“你年龄也不小了，该考虑考虑成家的事了。”

荷叶姑娘：“蒙先生不弃，我已经有家了。”

徐孺子看了看荷叶姑娘。

荷叶姑娘垂下眼帘。

徐孺子：“陈逸为人厚道，诚恳，我想你们如果能在一起，也是一桩好事。”

荷叶姑娘：“先生仁爱为怀，谢谢先生！”她说完转身出门。

111　荷叶姑娘房间　日　内

荷叶姑娘回到房间，她坐下发愣。

荷叶姑娘：“先生！”

112　徐孺子家书房　日　内

徐孺子在看书：“荷叶姑娘。”

荷叶姑娘：“我想问先生一个问题，您说天道无亲，常与善人。我看到的为什么是恶人嚣张，善人受苦？”

徐孺子放下书：“恶人嚣张，如蒿如草，善人受苦，如禾如稻。”

荷叶姑娘：“先生！您说的话我都信，唯有您说的天道，我真的不知道它有还是没有。”

徐孺子：“天道肯定是有的。如果没有天道，恶人就引不起公愤，善人就没有人同情。”

荷叶姑娘沉思。

113　荷叶姑娘房间　夜　内

油灯火苗后面是荷叶姑娘的目光。

徐孺子：“所以说天道自在人心。”

荷叶姑娘乌亮的目光闪闪发亮。

114　徐孺子家卧室　晨　内

徐孺子在铜镜前束发。

徐夫人拿出衣服放在一旁。

徐孺子更衣。

115　石桥　日　外

阳光照射着树林，鸟儿在树上欢唱。

徐孺子和季登走过石桥，季登背着包袱，两人步履轻松。

鸟儿在路上追逐，它们忽高忽低奔向树林。

116　太守府大门　日　外

陈蕃和儿子笑着迎了出来。

徐孺子拱手："徐稚拜见太守！"

陈蕃："你我不必客气！"他拉着徐孺子进门。

117　太守府后堂　日　内

大家来到后堂。

徐孺子对儿子："季登！把铜镜拿来！"

季登解开包袱拿出铜镜："大人！父亲感恩您的礼遇，特制铜镜相赠。"

陈蕃接过铜镜观看："早听说孺子先生制的铜镜能照胆通心，没想到先生舍得相赠啊！"

大家都笑了起来。

陈逸来到柱子旁解开绳索。悠扬的音乐声起。

悬榻徐徐落下。

陈逸放好座榻。（音乐止）

徐孺子和陈蕃在榻前坐下。

陈蕃："豫章安定，有赖先生功德，陈蕃谢谢先生！"

徐孺子："太守所言我实不敢当，不是你胆识过人，威仪四方，哪有豫章的安定。”

陈蕃：“先生不但有精粹的学识，还有精湛手艺，陈蕃佩服！”

徐孺子：“陈大人别笑我了！你像一柄剑惩恶扬善，彰显道义。我的手艺跟你的美名如何能比？”

陈蕃：“我是一柄剑的话你就是一束光啊！先生造福桑梓，将高尚的志向投向了世情之上，陈蕃自愧不如。”

徐孺子：“陈大人不必自谦，权力对于民众，犹如风对于大地。在明者手里，乾坤朗朗，在暗者手里，阴风瑟瑟。中兴汉室，要有像太守一样具备仁德之心的人才行啊！”

118　太守府卧室　夜　内

铜镜放在案上。

陈蕃拿起徐孺子送的铜镜观看。铜镜上的花纹精巧美丽。

陈蕃的目光。

手翻转铜镜，镜面光洁平整。

铜镜上浮现出陈蕃在石桥上送徐孺子的情景。画面充满铜镜。

音乐声起。

一组抒情画面。

119　太守府厅堂　夜　内

悬榻徐徐落下。

徐孺子和陈蕃在榻前长谈。

120　徐孺子家门口　日　外

徐孺子送别陈蕃，两人拱手分别。

路过的乡民对陈蕃笑脸相送。

121　太守府厅堂　日　内

陈蕃为徐孺子放下座榻。

122　湖边　日　外

荷叶姑娘骑着马在湖边奔跑。

秋去春来，湖边的树木黄了又绿。

123　石桥　日　外

徐孺子在石桥向陈蕃拱手告别，此时两人已长出了白发。（音乐止）

124　大将军府　夜　内

梁冀逼夫人孙寿喝毒酒。

孙寿："我不喝。"

梁冀恶狠狠拔出宝剑。

孙寿看了看倒在血泊中的女侍，她哀叹地喊："报应啊！"她喝下毒酒。

梁冀见夫人栽倒在地，拿起酒壶就喝。

叠印字幕（旁白）：延熹二年（159年）。梁太后去世，汉桓帝对大将军梁冀忍无可忍，联合五常侍夺了大将军玺印，梁冀伏诛。

125　徐孺子家　夜　内

徐孺子、荷叶姑娘和学生们围在林泰身边。

林泰悲喜交集："老天有眼啊！梁冀毒杀幼帝，自己也饮毒而死。"

126 村庄后面山坡 日 外

古树参天。荷叶姑娘穿着一身洁白的长裙在遥祭父亲。

徐孺子、林泰和几名学生立在旁边。

荷叶姑娘念念有词 :“呜呼吾父，苍天有眼。九关虎豹，作孽自毙。女儿不孝，无以为报。焚香遥祭，告慰父灵。”

镜头摇过徐孺子、林泰和学生们的目光。

127 太守府门口 日 外

一匹快马来到太守府，差役跳下马。

门口府役望着朝廷差役。

差役 :“朝廷诏令，调陈蕃回京任尚书令。”

128 徐孺子家门口 黄昏 外

陈蕃和儿子及随从来到门前，他们春风满面。

徐孺子和季登已迎在门口，大家相互行礼、问候。

129 竹林 黄昏 外

徐孺子和陈蕃在竹林散步，随从跟在远处。

陈蕃 :“此番梁冀伏诛是朝廷之幸、百姓之福。”

徐孺子 :“是啊！仲举兄这次入朝，又居三公之位，责任重大。从古到今，人君莫不是喜欢忠正而厌恶谄谀，可是臣子大多是因为忠正而获罪。”

陈蕃 :“先生所言极是，在下深受皇恩，尽股肱之力志匡汉室是我的心愿，只要汉室能就此中兴，区区陈蕃不足为道。”

徐孺子："仲举兄豪气冲天，像你这样的人我不能相伴身边，徐稚心中委实不安！"

陈蕃："先生德行高妙，真希望能和先生一起整顿朝纲。"

徐孺子："天行有常，人生有命。大人可建立不朽的功勋，徐稚惭愧。"

陈蕃："先生志节清白，你的美名早就得到了传扬。"

徐孺子："古之君王能得善终，大多是因为大权没有旁落，历代的大臣能有所作为，大多是因为得到了君王的信任。"他停了下来望着一棵枯树。

陈蕃看看徐孺子，又看了看枯树。

徐孺子："大树将颠，非一绳所系。徐稚有一言相赠。"

陈蕃望着徐孺子。

徐孺子："宫门似海，身不由己。圣人不凝滞于物。"

陈蕃："谢先生！"

130　徐孺子家灶房　日　内

灶房热气腾腾。

学生有的在劈柴，有的在担水，大家脸上都洋溢着笑容。

荷叶姑娘提着水，她在灶房帮忙。

陈逸走进厨房，一眼就看见了荷叶姑娘。

荷叶姑娘笑盈盈地干着活。

陈逸的目光跟着荷叶姑娘移动。

131　徐孺子家厅堂　黄昏　内

席上美味佳肴。徐孺子和陈蕃举杯共饮。

陈蕃放下酒杯："我来豫章十年，有孺子先生这个朋友，陈蕃如鸟有所依，此去京城，如孤鸟独飞啊！”

徐孺子："鸾凤翱翔兮万仞无惧。陈大人惩恶扬善，勤政为民，劳苦功高！”

陈蕃："此去朝廷以后，再想请教先生就没那么方便了。"

徐孺子："陈大人胆识过人，徐稚从心里佩服。"

陈蕃："孺子先生胸中囊括天地人事，在下不及也。今天我与先生开怀畅饮。"

徐孺子："开怀畅饮！”

陈蕃："干杯！”两人碰杯后一饮而尽。

季登和学生们开心的笑脸。

徐孺子和陈蕃共饮的画面叠印大家欢乐的脸庞。

荷叶姑娘抚琴吟唱："初识蕃君兮，血气方刚。再遇蕃君兮，佑我豫章。一腔热血兮，正义伸张。平生方刚兮，饮誉四方。"

陈逸望着荷叶姑娘目不转睛。

荷叶姑娘："鸾凤起舞兮，天降瑞祥。阳光照耀兮，五谷飘香。仁爱撒播兮，大道扩张。世界清明兮，百姓安康。"

一曲终了，大家响起掌声。

荷叶姑娘走向庭院。陈逸起身跟了出去。

132 徐孺子家庭院 夜 外

陈逸："荷叶姑娘！”

荷叶姑娘停下脚步。

陈逸来到荷叶姑娘面前："你的歌真好听。"

荷叶姑娘："是先生的词写得好。"

陈逸有些不好意思："我马上要离开豫章了，不知道以后还能不能见到你？”

荷叶姑娘：“陈公子英俊倜傥，你到了京城很快就会忘记我的。”

陈逸：“有段时间，我是想忘了你。现在我知道，这辈子，我肯定忘不了你，我很想你能跟我一起去京城！”

荷叶姑娘：“君子知恩于心，感恩于行。是孺子先生教导我，天下的父母就是我的父母，我这一辈子只会追随先生。”

陈逸：“孺子先生通达天下，我要是能像你一样跟在先生身边就好了。”

荷叶姑娘：“是啊！孺子先生德行高妙，有远见卓识，是他让我消除了仇恨，他让我明白，仁爱不是对别人，而是滋养自己。”

陈逸愣愣地望着荷叶姑娘。

荷叶姑娘：“时候不早了，你爹在等着你。”

陈逸：“那以后我……叫你妹妹。”

荷叶姑娘淡淡一笑：“你该叫我师姐。”

陈逸露出笑容：“师姐！”

荷叶姑娘：“谢陈公子美意！”

133　徐孺子家门口　夜　外

月挂树梢。

徐孺子和陈蕃一行出门。

陈蕃：“谢先生美酒！在下告辞！”他拱手告别。

徐孺子拱手：“陈大人慢走！”

双方行礼告别。

荷叶姑娘含笑站在徐孺子身边。

陈逸望着荷叶姑娘，他心中坦然。

134　村路　夜　外

陈蕃一行走在路上。

随从李可内心不平，他在轿前跟陈蕃嘀咕：“这个徐孺子也太高傲了，大人每次送他都送到石桥。他倒好，送大人就只送出门口。”

陈蕃笑了：“我送他到石桥只是身送而已，孺子先生送我们是用心送啊！”

李可走了几步跟陈逸耳语：“我去看看徐孺子如何用心送我们家大人。”他原路折返。

135　徐孺子家　夜　外

李可来到徐孺子家，远远看见门口站着一人，他悄悄靠近。

只见徐孺子望着天空念念有词：“仲举此时快到石桥，这场雨淋不到他了。”李可闻言心中佩服，他转身追赶太守一行。

136　石桥　夜　外

李可快步走在路上。

天空雷声滚滚。

李可跑了起来，大雨倾盆而下，李可被淋成了落汤鸡。

137　徐孺子家院子　夜　外

雨下个不停。屋檐流淌着雨水。

徐孺子和荷叶姑娘立在屋檐下。

徐孺子：“梁冀伏诛，你大仇得报。”

荷叶姑娘：“先生想说什么？”

徐孺子："陈逸这么多年都未婚娶，他还是对你念念不忘。"

荷叶姑娘眼睛红了："我想跟在先生身边。"

徐孺子："一个人要有所作为，必须胸怀天下。你有多大的力量，就看你心里装着多少人。陈大人心里装的是天下,所以他才无所畏惧。"

荷叶姑娘望着屋檐的雨水。

雨水纷纷而落。

徐孺子:"陈大人是国家栋梁,此去京城道路必定艰难。你一身武艺，也有用武之地。"

138　码头　日　外

江水滔滔。罗主簿和几个官员站在远处目送陈蕃。

徐孺子带着儿子季登和几个学生与陈蕃告别。

陈蕃笑容满面："有劳孺子先生远送，在下愧不敢当！"

徐孺子："陈大人在豫章为百姓造福，今天为你饯行，也代街邻众民敬你一杯酒。"说着要儿子亮出手中酒盅，他执壶斟酒。

清亮醇香一束细流斜入酒盅。

陈逸立在父亲身边，他的目光向远处张望。

大家看着徐孺子和陈蕃递酒。二人各执一盏。

徐孺子举杯道："此一杯，感天地恩威，富庶黎民！饮。"

二人将酒一饮而尽。

徐孺子又举一杯道："此二杯，谢太守造福豫章！饮。"

陈蕃举杯说："过誉过誉，陈蕃受之有愧。谢豫章父老！"说着将酒洒于大地。

徐孺子又举一杯道："此三杯，祝大人一路顺风，鹏程万里！请。"

二人各举酒杯，一饮而尽。

徐孺子："陈大人！我曾送你一面铜镜，镜子是用来照出原形的，追忆往事才能更好地洞察时事，成就功业。"他说话时眼中渐渐有了泪光。

陈蕃："谢谢孺子先生！铜镜我会天天带在身边的。我还带上了你的座榻，陈蕃很想和孺子先生谈古论今，商讨我大汉昌盛的良策。孺子先生可别忘了在京城有你的座榻啊！"

徐孺子嘴角露出了笑容："陈大人的坐榻是空谷中的幽兰，孺子在豫章也会化蝶而往的。"

陈蕃："孺子先生！后会有期！"他拱手后登船。

艄公解开缆绳、掩上跳板。

陈逸还在观望什么，他突然眼睛一亮。（音乐起）

荷叶姑娘从远处款款而来。

陈逸欣喜地喊："荷叶姑娘！放跳板！快放跳板！"

跳板放上岸。

陈逸奔下船，他兴奋地朝荷叶姑娘跑去。

大家的目光跟着陈逸望去。

陈逸跑到荷叶姑娘面前，高兴地说："师姐！我知道你会来送我的。"

荷叶姑娘温柔地道："叫我妹妹。"她脸上飞起红云。

陈逸目瞪口呆。

陈大人从船舱出来，她抬头望。

远处。陈逸和荷叶姑娘说着什么。

陈夫人靠近丈夫，夫妻俩望着岸上。

只见陈逸和荷叶姑娘双双来到徐孺子面前行礼，礼毕后向船上走来。

陈蕃夫妇欣喜地对望了一眼。

徐孺子立在码头，望着陈夫人在船上拉住荷叶姑娘的手，微笑的眼睛里闪出了泪光。

官船徐徐离开码头。

陈蕃一家人立在船头挥手。

徐孺子举起手，双眼噙泪。

官船顺水而去。

镜头升起转向陈蕃站立在船头。船乘风破浪而行。（音乐止）

139 朝廷 日 内

朝堂威严肃穆。

陈蕃来到桓帝面前："启奏圣上，贤善之人是天地的纲纪，是治政的依据。上天造就的有杰出才能的人，都是为圣上而出现的，他们都是能够担当辅佐盛世重任、帮助圣上成就大业的人。我见豫章郡的徐孺子、汝南郡的袁闳、京兆尹的韦著，道德品行纯正完备，世人都知道。如果使他们位登三公，辅佐圣上，他们一定能为汉室江山千秋万代立下功劳。"

桓帝问陈蕃："徐孺子、袁闳、韦著三人，谁最优秀？"

陈蕃回答说："袁闳长于公卿大族，韦著生长在三辅礼义之国。至于徐孺子，他出自江南偏僻的地方，却特立杰出，他应当是最优秀的。"

140 片尾 棚拍 特效

镜头拉开出现铜镜，铜镜内叠印字幕（旁白）：灵帝初年，朝廷用蒲轮车礼聘徐孺子，适值徐孺子去世，时年七十二岁。不久后黄巾起义爆发，起义军因敬仰徐孺子名气，过豫章皆绕道而行。"初唐四杰"王勃在《滕王阁序》中写道："物华天宝，龙光射牛斗之墟；人杰地灵，徐孺下陈蕃之榻。"为后世留下千古佳话。

字幕起。

全剧终。

风情小镇

现代农村题材电影文学

作者 / 游四清

1. 本剧题材风格：农村题材，轻喜剧。

2. 故事地点：作品以荣获“江西省风情小镇”称号的丰城市丽村镇为蓝本。作品中所描写的场景故事基本取自该地相关素材。

3. 主要人物

孙有根，男，28 岁，祖籍上海，剑丰市林业局干部、茶树村第一书记。

兰大胖，男，65 岁，茶树村原拖拉机手、砖瓦窑老板，是兰青青的父亲 。

兰青青，女，25 岁，省城某高校毕业生。茶树村大学生村官。系兰大胖的独生女。

曾金兰，女，64 岁，孙有根母亲。患有眼疾，跟随孙有根从上海来到剑丰市生活。

汪娟，女 ，28 岁，浙江商人。

兰布发，68 岁，茶树村老支书。

兰二苟，56 岁，水库养殖承包户。

1

巍峨险峻、连绵起伏的玉华山、升华山、金华山青绿诱人，山上云遮雾绕，山中遍地盛开红彤彤的映山红。

几声鸽哨划过云天。

一曲悠远缠绵的男女对唱山歌响起（丰城民间小调）：

（女）：“妹送情郎出山村，包袱雨伞交郎君。怀中掏出相片子，莫忘妹妹一颗心。”

（男）：“妹的恩情似海深，一步当作三步行。只要我俩心相印，天南海北也知音。”

一个年逾六旬的妇人系着一条洁白的丝巾，坐在一块大石上，目光深情凝视远处的群山，额头几缕白发与白丝巾迎风交织飘逸。

2

赣西北一个普通小山村。

蜿蜒的山道、青葱的田野、茂密的林木、青幽的山岗，安详宁静。背篓女人、砍柴樵夫在村子里穿行，几头黄牛和牛崽悠闲地吃草，一群穿戴不一的孩子在村头嬉闹。

村口土路旁，一块长满青苔的石头上隐约可见村牌名：茶树村。

山路上，一辆载人的摩托车从远而近缓缓驶来。骑摩托车的是一个年轻帅气的小伙子，坐在后座的是一个年逾六旬的妇人。

小伙子名叫孙有根，妇人是他的母亲，名叫曾金兰。

“妈，茶树村就在前面，马上到了，您坐好哦！”孙有根满头大汗，却一脸好奇和兴奋。

“儿子，妈虽然眼睛看不见，但心里已感觉到了，这山里的风，田里的味儿妈太熟悉了。”坐在摩托车后的曾金兰紧紧搂着孙有根的腰，仰起头呼吸着这一路的清新空气。

“妈，当年您和我爸谈恋爱时肯定很浪漫，这里的风景实在是太原始、太漂亮了！难怪您总对茶树村念念不忘的。”

“我和你爸就是在茶树村认识的，当年你爸啊，帅气又有才气。”曾金兰沉浸在当年的情景中，一脸幸福甜蜜的模样。

“当年您肯定也是一朵村花，典型的才子配佳人。”孙有根开心地打着趣说。

一处旧祠堂墙上的隐约标语出现——知识青年上山下乡接受贫下中农再教育。

孙有根一边搀着双目失明的曾金兰坐下，一边大声念着标语。曾金兰若有所思，沉默不语。孙有根独自陶醉于这里原始的生态景致，夸张地张开手臂来回跑动。

3

茶树村村民发现孙有根母子俩，好奇地上前围观。

孙有根很有礼貌地和人们打着招呼。

“这不是金兰吗？”一个上了点年纪的老妇人凑上前去轻轻拉着曾金兰的手问。

曾金兰回过神来，笑问：“您是？听着声音有点熟呢。”

“真是金兰啊！我是布发家的棟子花呀！”自称“棟子花”的老妇人惊喜地拉着曾金兰的手摇晃。

“楝子花？当年村里有名的霉豆腐楝子花？”曾金兰兴奋地一手拉着楝子花的双手，一手拉过孙有根介绍说：“这是我儿子有根。”接着又介绍楝子花：“这位是你楝子花婶，做的一手好菜，做的霉豆腐是出了名的好吃。”

“你眼睛……”楝子花发现异样，惊诧地问道。

“差不多有大半年了，这老眼昏花的，说看不见就看不见的，也不知道能不能治好,反正一直在吃药。”曾金兰苦笑一声,接着又兴奋起来。

“金兰回来了，我们茶树村的金凤凰回来了。”楝子花一声大喊，众人一起围过来嘘寒问暖。

在村民们的簇拥带领下，孙有根带着母亲在村里四处转悠。

“儿子啊，你爸曾在这里生活了十余年，和这里的人一样，是个重情重义的汉子。”曾金兰摸索着从怀里掏出孙有根父亲一张相片捧在手里，动情地说道：“文彬啊，我带着我们的儿子来到了当年你插队的茶树村，我知道，你把儿子取名‘有根’，意思是这里就是我们的根，要让儿子扎根在这里圆你当年许下的梦想。”

“妈，您又来了，我们家里的事给别人听到了多不好。”孙有根有点嗔怪曾金兰。

脚下突然被石子绊了一下，曾金兰一个趔趄，众人惊慌地搀住。

二人被热情的乡亲们争着请去家里吃饭。

楝子花家，已经胡子一大把的老支书兰布发瞧着人高马大的孙有根，特别高兴地说:“模样像他爸，但身板比他爸结实多了。要得要得，一表人才啊。”

摸着仍然是当年坐过的一条大板凳，曾金兰悄悄把手伸进衣兜，摩挲着孙有根父亲的相片，自言自语地说：“文彬啊，你看到了吗？茶树村还是这么贫穷落后，儿子会把根扎在这里吗？当初要他报考剑丰市的工作我都费了很多口舌啊！”

兰大胖一直偷偷地躲在不远不近处观察曾金兰和孙有根的一举一动。

乡亲们依依不舍地送二人回城。

4

滔滔赣江，气势不凡的剑邑大桥，飞驰的高铁。

剑丰市，高楼林立，宽阔的街道车水马龙，一派繁荣的景象。

一栋居民楼内。曾金兰对孙有根说：“儿子，听说剑丰市精心挑选优秀干部到村里去担任第一书记，许多青年干部纷纷毛遂自荐呢。”

孙有根装作没听见，同曾金兰笑着打声招呼后便出门来到居民楼旁边的林业局大院。

剑丰市林业局大院内。孙有根和朋友们打篮球。

曾金兰站在居民楼阳台上，林业局大院里的声音，她听得一清二楚。

中场休息时，上海的同学打来电话，劝孙有根报考上海的公务员，要孙有根通过考试离开剑丰市回到上海去。

“我们的大作家、大诗人，你怎么能甘心一辈子在他乡做一个基层干部呢？”

孙有根在电话里回复道：“什么他乡啊？这里也算是我的家乡吧！我的母亲就出生在这里，我的父亲也以一个儿子的身份把心留在了这里。再说，这里的变化很大，不是传说中的偏远贫穷呢。”

同学关切地说道：“你这是一时冲动，心血来潮，你会后悔的。”

孙有根：“自己选择的路自己走，管它后悔不后悔。”

同学无奈地道：“好吧，算我什么也没说，我们不少同学都已在大都市落下脚了，你去走你自己选择的路吧，拜拜。”

同学挂了电话，孙有根愣在了原地，半晌，默默走向一旁，一个人独自低头坐在一张石凳上。

5

夜，居民楼内。

缕缕月光清晖映照窗棂。

孙有根沉吟良久，突然对曾金兰说：“我想考回上海去。”

曾金兰一句话未说，默然回到房间，摸着孙有根父亲的相片，倚窗沉思，思绪回到四十年前的那个难忘的月夜。

6（回忆）

夕阳西下，月上柳梢。蜿蜒的清丰山溪，曾金兰与孙文彬在水坝下约会，二人躺在草地上聊天。

孙文彬搂着曾金兰，为她讲述历史上的经典爱情传说：“碧草青青花盛开，彩蝶双双久徘徊。这是梁山伯与祝英台的爱情故事。”说完他竟唱了起来。

唱了两句，他又接着绘声绘色地讲起《白蛇传》，说是十年修得同船渡，百年修得共枕眠；讲完《西厢记》又讲《孔雀东南飞》，说是在天愿作比翼鸟，在地愿为连理枝。

曾金兰听得如痴如醉，她忽闪忽闪的双眼望着天上的星星，好奇地问道：“文彬，你说天上的牛郎织女现在都在做什么？”

孙文彬低头吻了一下她的脸颊说：“还有半个多月时间就是七夕节，这会儿啊，他们都在各自准备着鹊桥相会，要诉说的衷肠呢。”

曾金兰：“文彬，别人都说婚姻讲究门当户对，你一个大城市来的文化人，到时候会不会嫌弃我一个乡下出身的人啊？”

孙文彬：“别人是别人，我管不了。我选定了你，你就是我一辈子的伴侣。”

二人正卿卿我我，忽然大队拖拉机手兰大胖带着一班人冲了过来，一把揪住孙文彬衣领，一记重拳打在孙文彬脸上，叫嚣：“你一个上海的穷知青有什么了不起，不就是长了一张好看的脸吗？我们茶树村的金凤凰你也高攀得起？滚回你老家去吧！”

孙文彬被打得满嘴流血，兰大胖等人仍不罢手。曾金兰不顾一切冲上去护在孙文彬身前。

众人手持木棍、树杈一起叫嚣：“把这对奸夫淫妇绑回去游村吧！”

曾金兰、孙文彬被众人绑着回村。兰大胖从家里拿出一面铜锣边敲边喊：“大家快来看啊，一对奸夫淫妇躲在水坝下苟且，草都压死了一大片，真是伤风败俗呀。”

在生产队当会计的曾方礼冲上前一个巴掌扇在女儿曾金兰脸上，羞愤道：“引狼入室，丢人现眼，丢人现眼啊。”

有好事者大喊：“扒了那公狗的裤子，让大家看看那胯下到底是个什么玩意儿。”

有人竟真的要动手。村支书兰布发一个箭步冲上前，奋力踢开那双咸猪手，大声呵斥：“哪个再敢无法无天，老子剁了他的手。”

众人不敢造次，一个个灰溜溜地走开。兰大胖吹胡子瞪眼睛，躲在一旁愤懑道：“一帮没用的孙子，白费了我一条庐山牌香烟。”

7（回忆）

村支书兰布发亲自为曾金兰、孙文彬松绑，并把孙文彬送到村里的卫生所。曾金兰全然不顾他人的异样目光，落落大方地帮着乡村医生为孙文彬擦洗伤口，包扎伤口。

楝子花和一帮乡亲也跟着进来。楝子花嘴里骂骂咧咧："大胖那帮没长脑子的后生尽做些猪狗不如的龌龊事。"

兰大胖躲在医疗室门外，鬼鬼祟祟地窥探卫生所里的动静。

月光下，曾金兰扶着孙文彬从卫生所走回家。曾方礼瞧见二人进门，冲进屋里把孙文彬的衣被盆缸等生活用品一股脑儿地丢在大门外，并对孙文彬怒吼："当初我就不该答应大队上让你住我家，有多远你就滚多远吧。"

曾金兰大喊了一声："爸，我们俩是自由恋爱，犯什么法了嘛？"

曾方礼不由分说，把曾金兰强拽入门，"呼"的一声关门。

孙文彬无言，郁闷地捡起地上自己的东西，一步三回头地离开曾家。

8（回忆）

山村寂静下来，偶尔响起几声狗吠声。

曾金兰破窗而出，疯一般地往大队部方向跑。突然，一个身影从她后面一闪而出，一把抱住了她。

曾金兰吓得本能一声大喊，嘴上迅速被一双大手捂住。月光下，二人扭成一团，旋即，她终于看清来者正是兰大胖，一甩手，一个结结实实的巴掌落在兰大胖的脑勺上。

兰大胖仍然不松手，他跪了下来任凭曾金兰左右开弓地拍打，发泄怒气。

兰大胖跪着不还手，却死死拉着曾金兰的左手不放。曾金兰终于住手，嘴里呼呼地喘着粗气。

"金兰，我们俩从小就在一块玩过家家，你不能跟那个上海知青走。我是大队拖拉机手，不比他差，你是我的，我死也不会放手的。"

“那你就死给我看吧！”曾金兰轻蔑地对他啐了一口唾沫。

兰大胖“嗖”地从裤腰带上掏出一把切西瓜的自制刀，往拉着曾金兰的自己那只手猛地一砍，一股滚烫的血汩汩流出，在月光下泛着丝丝红光。

曾金兰先是一惊愣，瞬间又想起傍晚时令人羞辱的那一幕，怒火中烧，她趁机甩开兰大胖的手，说：“你不是要让我丢尽脸面吗？你已经做到了，我现在就是无脸无面的人，这辈子我就跟定孙文彬，你趁早死了这份心吧。”说罢，头也不回地跑了。

兰大胖抚着受伤的手杵在原地。这时，他才顿感一阵钻心的疼痛，头上青筋突起，咬牙切齿。

9（回忆）

在大队部不见孙文彬人影，曾金兰转身疯一般地跑向村支书兰布发家，结果既不见孙文彬，也不见兰布发，连楝子花也不在家，又敲了几家门，都不见孙文彬。

曾金兰独自一人，失魂落魄地来到傍晚和孙文彬约会的水坝下。她一坐便坐到第二天早上。

10（回忆）

村支书兰布发一早便匆匆出现在村西头。他是从公社卫生院回来的。

曾金兰从水库坝下回村，远远看见了兰布发，就快跑过去打听孙文彬消息。

兰布发一脸憔悴，说起昨晚发生的事情。

（回忆昨晚）

村西头一阵嘈杂声响起。楝子花大声惊叫：“布发、布发，快来呀，赶快来呀。”

兰布发闻讯从家里跑到大门外。孙文彬躺在地上，弓腰抱着一条腿痛苦地呻吟。

原来孙文彬被曾父赶出家门后，本想去兰布发家打声招呼，再去邻村知青点暂住一晚，不料走到兰布发家门口不远处，腿便被一条毒蛇咬伤了。

孙文彬脸色惨白，呼吸急促。

兰布发连忙用手为孙文彬挤压伤口,并用嘴对着伤口用力吮吸毒血。

楝子花则连忙回家里取纱布，端清水，拿毛巾。

隔壁几户人家闻声也过来帮忙，有人迅速喊来村卫生所的值班医生。医生一阵忙碌后，见孙文彬意识逐渐模糊，提出尽快将其送公社卫生院。

有人去喊兰大胖把拖拉机开过来，却遍寻不见其踪迹。众人于是迅速找来一副担架，抬上孙文彬就往公社方向跑。

11（回忆）

公社卫生院。

孙文彬闭目躺在病床上。曾金兰深情地守护在旁。

医生说：“病人因有先天心脏病，心律不正常，毒蛇咬了之后直接影响心脏。如果再晚些到医院，后果不堪设想。”

村里不少人前来探望，送来的鸡蛋、水果堆成小山。

楝子花提来一个瓦罐，揭盖后冒腾起一阵扑鼻鸡肉香。她把家里一只生蛋的母鸡炖了送来给孙文彬补身子。

孙文彬醒过来，缓缓地注视着眼前一切，两行泪水顺着双颊流下。

12（回忆）

孙文彬在曾金兰陪伴下回到村里。

他跪在曾父面前说："伯父，您老膝下无儿，伯母也早不在人世，膝下就金兰一个女儿，我求您，我想娶金兰为妻，我不回上海，一辈子就在茶树村做您的女婿和儿子。"

曾父低头不语，内心大受感动，但一时又不知作何回答，欲转身离去。

"爸，文彬是认真的，您就答应我们吧。"曾金兰也跪下来了。

曾父回转身来，迟疑片刻，眼噙喜悦之泪，双手把二人扶起。

13（回忆）

茶树村热闹非凡，曾金兰家贴满喜字婚联。

兰布发亲自为孙文彬、曾金兰主持婚礼。

孙文彬胸戴红花，向全场人深深鞠了三个躬，激动说："十分感谢乡亲们对我的关怀和关心，我的第二次生命是乡亲们给的。从今天起，我就是茶树村的人，就是曾家的儿子；我一定会努力做好一个村民，做好一个儿子；我一定要用实际行动感恩村里，回报大家。"

曾金兰幸福地依偎在孙文彬身旁。

不远处，兰大胖以拳击打自己脑袋，懊恼不已。

14（回忆）

曾家。

门外出现知青纷纷回城，喜气洋洋的场面。

门内，曾金兰若有所失，她对孙文彬说："文彬，和你一起来的知青都走了，你也该回到上海去了，毕竟你的根不在这里，我不能耽误你的前途，幸好我们结婚几年没有孩子，你也就没有牵挂。”

孙文彬脸色庄重，说：“你当真把我看成一个不负责任的伪君子，大丈夫言而有信，大丈夫一诺千金。谁说我没有牵挂，茶树村就是我一生的牵挂，你就是我一生的牵挂。”

孙文彬转身进入房间，为病床上的曾父翻身按摩。

不久，孙文彬走出房间，拉过曾金兰说：“爸的病都这样了，千万不能再提我回上海的事，爸听到了不好。”

曾金兰点点头，默默走开。

屋内，曾父一阵剧烈地咳嗽。

15（回忆）

远眺，灰蒙蒙的群山，近看，阵阵秋风卷起一地黄叶碎屑。

曾金兰搀扶着孙文彬来到村里墓地，二人在一块写有“曾氏父亲大人之墓”的墓碑前跪下祭奠，墓碑上赫然写着“儿孙文彬、女曾金兰敬立”字样。

曾金兰对着墓碑道：“爸，文彬身体差了，我要带他到上海去治病，今天特地来看看您。”

孙文彬对着墓碑道：“爸，等我治好了病我就和金兰回来一直陪着您。”

又一阵秋风横扫，一行大雁在天空中留下一串哀怨叫声远去。

二人三步一回头，离开墓地。

16（回忆）

上海。

车水马龙，一派繁华景象。

孙有根兴高采烈地拿着一张大学录取通知书跑进家门，边跑边喊：

“妈，我终于被西南林业大学录取了。”

曾金兰喜极而泣，不停地擦拭眼角的泪水。她接过孙有根的通知书，来到孙文彬的遗像前激动地说：“文彬啊，我们的儿子有出息了，按照你的临终遗言，他终于考上大学了。”

孙有根拥抱着母亲说：“妈，您不能太激动了，您的眼睛越来越不好，医生说不能过多流泪的。”

曾金兰点头擦干泪，说：“儿子，妈知道，妈知道。妈是想把这个好消息和你爸分享，你爸要是能活到今天，亲眼看到你考上大学，一定会很高兴。”

“妈，我爸回到上海，几年后您生下我，他后来因病去世，是您一个人把我抚养长大。我会好好照顾您的，我会努力给您和爸争气的。”孙有根在曾金兰脸颊上吻了一下，说：“妈，我去同学家走走。”

孙有根连蹦带跳地出门，转眼隐身于大都市的繁华景象中。

17

是夜，长空月悬。

曾金兰独自坐在房内，眼前浮现当年孙文彬说过的一段话：“我的第二次生命是乡亲们给的。从今天起，我就是茶树村的人，就是曾家的儿子；我一定会努力做好一个村民，做好一个儿子；我一定要用实际行动感恩村里，回报大家。”

“问世间情为何物？直教人生死相许。”曾金兰摸出孙文彬当年送给她的一张明信片，她上面这些字滚瓜烂熟，随口念出这一行字。不觉间，曾金兰忧心忡忡起来。

孙有根走入房内，见曾金兰忧郁的样子，忙问道：“妈，您怎么了？是不是哪儿不舒服？”。

曾金兰爱怜地拉着孙有根的手说：“儿子啊，你大学毕业即将走上工作岗位，妈很欣慰很高兴。只是啊，妈下半辈子有两个最大的心愿，一是希望你过得幸福有意义，二是希望我能回到江西老家去安度晚年。”

孙有根望着曾金兰说：“妈，您的心愿儿子早已明白，您不就是希望我回江西老家工作吗？自我考上大学，您就一直在有意无意地表达着这个心愿。”

曾金兰低头擦着潮湿的眼眶，良久才说：“儿子啊，妈知道你想留在上海，如果你实在不想回江西，妈也不勉强你了，毕竟你已经长大了，有权选择自己今后要走的路。”曾金兰说完独自走出门去。

孙有根站在窗口，目光远眺，看着上海繁华的夜景，陷入沉思。这一晚，他心事重重，夜不能寐。

18

阳光明媚下，剑丰市游人如织的丰水广场，和合塔高耸云间。

剑丰市林业局办公楼前，工作人员贾芬（办公室人员）等着孙有根。

孙有根在贾芬的带领下来到林业局局长办公室。

局长笑着说：“有根，你来剑丰市林业局工作已快满两年了，你表现很不错，有理想、有抱负，又有专业知识，尤其是你放弃大城市工作的机会，主动到我们剑丰市来贡献青春年华的举动很值得当今年轻人学习。”

孙有根脸上一红，站着没吱声。

贾芬插话说：“他不仅有理想、有抱负，还是个孝子呢，为了来剑丰市工作，他把患有眼疾的母亲也接来了，并在我们单位附近租房住了下来。”

局长惊讶地说：“有根啦，这么大的事你都不和我们反映啊，有什么困难吗？有困难尽管说。”

孙有根白了贾芬一眼，对局长说："谢谢领导关心，我没有什么困难，一切都好着呢。"

贾芬冲孙有根莞尔一笑，转身对局长说："他和他父亲一样优秀，人长得英俊又有才华，在学校里就已经是一名大作家、大诗人。听说当年他母亲就是因为他父亲优秀才追求的。"

局长看看二人，再问贾芬："你对孙有根的了解蛮深的嘛，我们怎么不知道他是一个作家、诗人？我们只知道他是一个博学多才的年轻林学专家。"

"那是你们当领导的没有'明察秋毫'，网上搜索一下孙有根的大名，会发现他的许多作品，读过就会让人心生崇拜的。"贾芬调皮地揶揄着局长。

局长也不介意，笑笑说："说不定孙有根也会被我们剑丰市哪个有眼光的女孩子留下来的。贾芬，你的眼光如何？"局长笑问贾芬。

贾芬倒是落落大方地回答："我的眼光如何有什么用，关键是我们上海来的大才子眼光如何？"

局长意味深长地望望孙有根、瞧瞧贾芬，抿嘴笑着不出声。局长起身搬了一张椅子叫孙有根坐下，贾芬忙着去沏茶。

局长坐在孙有根面前郑重其事地说："经局党组会研究并报市委组织部批准，组织上决定派你去乡镇当第一书记，你的意愿如何？"

孙有根一怔，想不到组织上已经决定派他下村去当第一书记。他掏出经过整晚思想斗争后写下的《关于到茶树村任第一书记申请书》递给局长。

"呵，你和组织上想到一块去了。至于你专门申请去茶树村我们说了不算，得市委组织部决定，但我们会以组织名义提建议的。"局长十分高兴地说。

局长拍了拍孙有根的肩头接着说："你真是一个新时代的有志青年，如果你的申请得到组织同意，我相信你一定不会辜负组织，不会辜负村里的乡亲们，不会辜负你父亲。"

孙有根："感谢组织信任，谢谢局长鼓励。"

局长："当第一书记很苦很累，甚至还要受很多委屈，你可要有思想准备哟。"

孙有根："我有思想准备，我一定会努力的。"

19

贾芬随孙有根出门，她欲拉孙有根的手。孙有根环顾四下，脸红地大步走开。贾芬凑上前，说要带孙有根去一个神秘的地方吃饭。

"以后有机会再说吧，我现在有点事，先走了啊！"孙有根向贾芬礼貌地挥了挥手，骑上自行车走了。

贾芬立在原地，望着孙有根离去的背影大声说道："不解风情，还是大上海来的才子呢！简直就是木头、傻瓜！"

20

贾芬在一家水果店买了一网兜水果来到孙有根的出租屋看望曾金兰。

曾金兰拉着贾芬的手久久不放，说："你这姑娘心地太好了，人也肯定长得跟我们老家山上的映山红一样漂亮。"

贾芬关心地察看曾金兰的眼睛，心疼道："伯母，您的眼睛真得找一个医院好好医治。"

曾金兰笑了笑说："在上海时治了一段时间不见好转，这治病有时也要讲缘分的，缘分未到怎么治也不好，缘分到了一治就好。"

贾芬笑着附和，然后为曾金兰收拾东西，打扫卫生。

21

孙有根怀揣父亲照片，背起行囊欲动身去全市贫困村茶树村。临出门时又把行囊默默地丢在门后。

孙有根搀着曾金兰，心里十分歉疚，也放心不下。他突然对曾金兰说："妈，您的眼睛越来越看不清东西了，我真不放心您，对自己选择去村里工作有点后悔了。"

曾金兰一脸不高兴地说："有志向有理想的年轻人不应该畏首畏尾，妈支持你的选择，你就放心去村里吧！说不定我也会住到村里去的，我是在那里出生长大的呢。"

曾金兰摸了摸孙有根的衣衫，催他出门。

贾芬这时也来到孙有根的出租屋，含情脉脉对孙有根道："你放心吧，你不在家的日子，我来照看伯母。"

孙有根挥手向二人告别。贾芬搀扶着曾金兰，曾金兰面露不舍和欣慰。

22

乡村路上。"小康路上不落下一人""坚决打赢脱贫攻坚战"等等关于脱贫攻坚的标语处处可见。

坎坷的山路，破败的民房，如同虚设的村办公房（一所废弃的村小学），村民欣喜而又不解的目光……

"一个读过名牌大学的人怎么到我们这穷山沟来做干部啊，怕是犯了什么错误吧。"有村民疑惑。

但大多数村民们都热情地建议孙有根住进自己家。

孙有根婉拒村民们的邀请，在老支书兰布发的陪同下，首先来到外公的坟墓前，看着墓碑上已斑驳的“儿孙文彬、女曾金兰敬立”字样时，他伸出双手抚摸这几个字，久久不肯起身。

从墓地回来，他在村办公房住下。

村民们都来帮他收拾住所，桌子上堆满了村民们送来的食物。楝子花拿来一罐自制的霉豆腐，说：“你一定要亲口尝尝我做的这霉豆腐，当年你爸妈对这东西可没少流口水呢！”

孙有根听罢，也不客气，拧开罐子，一股奇特的香味立即散开，尝之爽滑尖辣，虽是辣得冒出微汗，但也勾起一种强烈的食欲。

“真是人间美味。好吃好吃！谢谢婶子。”面对如此纯朴热情的村民，孙有根眼眶湿润，颇为感动。

孙有根把父亲相片端正地放在一张旧的书桌上。旁边摆上一排林学方面的书籍和一些文学书刊。

23

深夜，灯光明亮。孙有根对着一幅剑丰市生态林业地图，伏案苦苦思索。

他不明白，眼前这片土地富含硒元素，而硒元素是人体必需的生命营养元素。剑丰境内拥有500多平方公里的富硒土地，为当地培育富硒农产品提供了得天独厚的自然条件。

这是上天赐予这块土地上的一只“金饭碗”。为什么村民们守着“金饭碗”还会受穷呢？

孙有根披衣走出宿舍，天上的星星闪烁，几只蟋蟀断断续续叫了几声，整个山村，似乎显得有些孤寂寒冷。

24

白天，孙有根在老支书兰布发陪同下在村头巷尾走访察看。

望着白发苍苍、一脸胡子的兰布发，孙有根好奇地问道："布发大叔，您这么大岁数为什么还在当村支书啊？按规定不是六十岁要退下去吗？"

兰布发苦笑一声道："我当了近四十年的村支书，早就不想再当了，奈何村里一直没有合适的人来接替我，有能力的不想当，没能力想当的组织上又不允许。唉，就一直这么让我这头年老力衰的老牛耕着地。"他说完便叹了几声。

走进村里几家贫困户家中，处处残门断垣、阴冷潮湿，人畜共居、污水横流……眼前落后贫困的情景让孙有根心情十分沉重。

兰大胖吸着烟，站在自家的砖瓦窑远远地瞧着孙有根。

兰二苟提着两条鱼去找兰大胖聚餐喝酒。二人观察着孙有根的一举一动。

兰二苟："这个第一书记怕只是作作秀走走过场的吧，鬼才相信他在村里能安得下心，吃得了苦！"

兰大胖："嗤，和他父亲一个窑里烧的坯，样子看起来真像一回事，实际做起来屁都不是，他能干出什么名堂来？保准做做样子住个两三天就会拍拍屁股有多远溜多远。"

兰二苟突然坏笑道："要不是那个上海知青横插一杠子，眼前的这个人就是你的儿子呢！"

兰大胖踢了兰二苟一脚，丢下烟头用脚踩灭，抢过兰二苟手中的鱼，进入窑场一个低矮的房子。

25

孙有根在村里住了三天，在饼干盒里突然发现的几粒新鲜老鼠屎让他呕吐，一条蛇钻进住房来让他半夜惊叫。

他一手提着一根棍子，一手抱着被子坐在床头，不敢睡。

第四天，他果然一个人悄悄地返城了。

兰大胖、兰二苟站在村头那块写有“茶树村”的石头旁大声笑道：“如今城里下来的干部哪像当年的赤脚工作组啊，时代不同了，下来的干部都是吃不了苦的哦。”

26

剑丰市林业局会议室，局长请来了市委组织部、市政府及市农业农村局有关领导参加座谈会。

参加座谈会的同志，人手一份《守着“金饭碗”为何还会受穷？》的调研文章。众人读着文章时而长叹深思，时而拍手叫好。

局长说：“这篇文章以茶树村为例子，列出了先天资源的优势，陈述了目前生态环境和村民生活的现状，剖析了村民受穷的原因，提出了许多改变现状的建议。今天座谈会的目的，就是请各位领导为我们一名驻村第一书记日后的工作给予支持和帮助。现在有请文章作者向各位领导作个自我介绍。”

孙有根恭敬地站了起来，说：“各位领导，我是受市委组织部下派到茶树村当第一书记的林业局干部孙有根。我虽是上海来的，但我的父母都是茶树村的人，我父亲曾在这里立下过要报效村里的誓言，可是，我的父亲出师未捷身先死，徒留遗憾在人间。俗话说，子承父志，我要替父亲兑现他的诺言，敬请组织和各位领导多多给予我指导。”

孙有根向全场深鞠一躬。全场为他鼓起长时间掌声。

27

孙有根带着剑丰市几个林业专家在村里、山上转悠。

兰大胖、兰二苟神情紧张地远远跟在后面，想要探听消息。

几个林业专家动情地捧着一把新鲜潮润的红土贴在脸上，孙有根用笔在一个本子上不停地写写画画。

连着一个星期，孙有根先后请了二十几位来自林业界、农业界、商业界、营养学界的专家和领导来到茶树村考察，他们被孙有根的执着热情所感动，从不嫌弃村里招待差，有时啃着从城里带来的冷馒头，也毫不吝啬地纷纷为茶树村脱贫致富出谋划策。

孙有根对待每一位专家和领导都很热情，敬重有加。

28

茶树村村口。

“我们很欣赏，也很赞成你提出的生态油茶之村的构想，茶树村完全可以打造集富硒产品生产、加工、旅游为一体的生态富硒产业集群。”几位专家鼓励孙有根。

孙有根送走林业专家。

他首先兴奋地打电话把在茶树村开展建设“生态油茶之村”的构想告诉贾芬。

贾芬并不感兴趣，笑着说他：“你还真把第一书记当成了一个官啊，难不成你真要在那穷地方扎下根来？”

“如果我的构想能得以实现，还真说不定在这里扎下根来呢！”

“你一个大城市来的知识分子，毫无农村工作经验，你就是一个无根的浮萍，你是扎不下来根的。”贾芬说着，又悄悄问了一句：“今天回城吗？我想和你吃顿饭，就我们两个。”

孙有根说：“过几天吧，这几天村里还有许多重要的事情。”说罢径自挂断电话。

贾芬苦笑一声。

29

孙有根来到一户贫困户家，带来了一袋米，一袋面，一个崭新书包和学习画册。一个女孩接过书包高兴地背着在全村跑来跑去。

孙有根来到老支书兰布发家。

“如今国家政策很支持高产油茶种植，这里的土壤非常适合种植高产油茶。我们茶树村山多坡广，应该积极主动争取国家政策的大力扶持，在科技兴农、脱贫攻坚上率先走出第一步。”孙有根情绪高涨地动员兰布发。

兰布发提出召开村“两委”干部会议。

30

村委会会议室，众人吹灰抹掸，打扫卫生。

孙有根向村“两委”提交在茶树村建设“生态油茶之村”的构想。

村“两委”干部一个个默不作声，咳嗽声不断，还有人抽烟。

村妇女主任何国花突然一声大喊：“坏了，我家锅里还煮着饭，肯定烧煳了，我得回去一趟。”说着就跑了出去。

村民兵营长兰长贵将一个香烟盒揉成碎团往门外一丢，说了声“我去买包烟”，便尾随何国花而去。

31

老支书兰布发在村头墙上向村民展示孙有根建设“生态油茶之村”的构想。

如果要实施该构想，村民们就要拆掉砖瓦窑，退出水库养殖承包，还茶树村蓝天碧水。兰大胖、兰二苟撇开众人一把将墙上张贴的“生态油茶之村”宣传画撕碎，还踩上一脚，愤愤然地说：“一个毛都没长齐的东西,吃了几瓶子墨水就不知天高地厚,想在我的头上开刀,门都没有。”

村民们见状议论纷纷。

“是啊，村集体经济收入主要靠的就是几家砖瓦窑和水库养殖，拆了退了我们就一分钱收入都没了。那个什么生态，什么油茶之村就是纸上画个饼，当真能吃吗？”

“山上的松柏杉树和成片的竹子养育了我们村几代人，如果全部挖掉等于挖了全村人的命根子，我们坚决不答应。”

“山上的野生茶树年年也能挂果够村里人吃油，就算挖掉了新栽油茶树,没个三五年也长不出油果。这三五年该不会让我们用水炒菜吃吧？”

“我们在这活了一辈子，单靠种油茶树就能赚钱致富？这简直就是异想天开，莫名其妙。”

孙有根站在一块石头上大声向村民们宣讲：“乡亲们，我们再也不能守着‘金饭碗’继续受穷啊，我们应该尽快转变我们的观念，如今时代不同了，国家拿出这么多这么好的政策来，目的就是让每一个人都脱贫致富。大家知道吗？很多比我们村落后贫穷的地方如今都富起来了，村村水泥路、户户建高楼、家家银行有存款，不少村民还买起了小轿车，人家那日子过得才亮敞呢。”

任凭孙有根如何激动地讲解，村民们先是相互笑谈，再是若无其事地一个个走开了。最后只留孙有根一个人站在那里。

会后，孙有根一个人悄悄走在村里，所到之处，村民都只是跟他笑着点点头便走，不肯多说一句话。

32

剑丰市剑邑大广场。

剑丰市林业局。

孙有根情绪低落地向领导、同事倒苦水，发牢骚。

领导、同事安慰他：“村民的思想工作是要讲究点方式方法的，不能操之过急，一竿子插到水底，要细雨润物，和风潜入。你先不要提自己的构想，先拉近与村民的感情关系试试看。”

孙有根若有所思，点头称是。他把根据专家们意见建议而设计的构想呈给了剑丰市有关部门的领导和专家，是得到了认可的。

孙有根有了底气，信心更足。

33

白天，孙有根不厌其烦地上门与村民拉家常，做家务。

晚上，孙有根召集村里孩子们教他们唱歌识字。

一日，他与县文化部门联系，在村里放映有关农业科技和山东农业发展的纪录片和全国先进农村的故事片。

一日，他与市剧团和文化馆联系，开展文化下乡活动，甚至亲自写快板在村里表演。

村民们又开始对孙有根热情起来，不少人争着拉他进家门拉家常。

34

贾芬打来电话要孙有根回城一趟，问及缘由她又支吾其词。

孙有根想到可能是母亲身体不适，便立即回城。

贾芬在公交车站接孙有根，带他进了一家小餐馆。

温馨的餐馆内，贾芬对孙含情脉脉，突然大胆抓住孙的手。孙有根有些难为情，贾芬却笑个不停。

贾芬劝孙不要那么较劲，有机会还是想办法辞职回城工作。

孙有根感激贾芬照顾自己母亲，对她劝说回城工作未予理睬。贾芬有些不悦，二人不欢而散。

35

夜。出租屋里。

曾金兰劝孙有根好好和贾芬相处："贾芬是个好女孩，她是你的同事，家境好，人又漂亮且有爱心。你已经 28 岁了，再不抓住时机可能会错过一生幸福的。"

孙有根不作回答，劝曾金兰上床休息。

他一个人走出出租屋在街上漫无目的地走着。贾芬一直悄悄跟在后面，几番欲上前却又迟疑止步。

孙有根不由自主地来到贾芬家楼下。

贾芬情不自禁地从后面一把抱住孙有根。

二人站在树下一阵窃窃私语，不多久，似是一阵吵嘴声传开，后来争吵之声越来越大。贾芬一气之下离开孙有根，边走边讥讽地说："你现实一点吧，人一辈子并不是你讲的如诗那么美好，只有书呆子、书憨子才会一直把理想看作是诗，你会后悔的。"

“后不后悔是我自己的事，不关乎他人。”孙有根亦大声回道。

“你走吧，就当我们从来就没有认识过。”贾芬性情刚烈，“砰”的一声关门。

36

孙有根回到出租屋，一言不发，不断地在客厅来回走动。

曾金兰明白了一切，手捧孙文彬的照片，和衣坐在床头。

夜深了,孙有根迟疑许久,终于拿起手机拨打贾芬的电话。贾芬关机。

孙有根再次来到贾芬家楼下，眼睛久久盯着贾芬家的窗户。直到贾芬家灯熄。

天已放亮，孙有根若有所失地坐班车返回茶树村。

37

山路弯弯，流水潺潺。

班车一路摇晃着，在青山绿水中时隐时现。孙有根一直闭目背靠在座位上。

孙有根来到老支书兰布发家。兰布发正在早餐桌前喝着本地酿的谷酒。他被兰布发热情地拉着上桌一起喝酒。

“让你笑话了,我一日三餐都喜欢喝酒,每顿也就一二两,从不多喝,也从不喝别的酒，就喝本地这个土酒。”兰布发斟了一杯酒给孙有根。

孙有根眼圈挂着红血丝，兰布发惊讶地问：“你昨晚熬夜了？眼睛怎么红红的？”

孙有根没有作答，接过酒一饮而尽，一股呛辣直抵喉底，闯入肚内。他拧了一下眉头。

兰布发哈哈大笑：“看得出，论喝酒，你比你父亲强。”

二人就着一碟霉豆腐、一碟花生米、一碟萝卜干，畅快地喝了起来。

“布发叔，婶子做的霉豆腐、萝卜干简直是天下绝味，如果放在城市里的超市去卖，我敢保证一定会让人疯抢。”

“乡下人吃的东西又丑又土，人家城里人看不上的。”兰布发今天喝酒有点超量，脸膛上有了反应。楝子花过来抢下他的酒杯。

孙有根独自又斟了一杯，当着楝子花的面直夸霉豆腐、萝卜干是天下美味。

38

孙有根走访村里。

孙有根坐在一个山坡上不停地打电话。

最后，他又回到兰布发家。

他兴奋地对楝子花说：“婶子，我想请您带个头，把村里一些懂做霉豆腐、萝卜干，懂编竹扫帚的村民组织起来，尤其是贫困的村民，你们负责做霉豆腐、萝卜干，编竹扫帚，我负责送到城里去卖。”

楝子花疑惑地问：“人家城里人哪会稀罕这土得掉渣的东西？”

“这个您不要担心，您只负责做，我负责销，销不了我全赔。婶子，相信我，我是认真的。”

楝子花动了心，她迟疑片刻，一拍大腿，说：“看你是认真的，相信你，这事应该靠谱，我马上去发动村里人。”

39

周六，孙有根回到城里。

晚上，他把所有在剑丰市关系好、情感深的同事、朋友等请来聚餐。贾芬虽是最后一个才到，但孙有根仍然非常兴奋。

他端起酒杯，说：“各位，你们是我在剑丰市的铁杆朋友加兄弟，今晚，我特地从茶树村带了一些当地的酒和小菜，一是让大家品一品天下难得的美味，二是请大家多多支持和帮助我的工作。”

“向你学习、向你致敬，祝你爱情事业一起成功。”大伙举杯敬向孙有根。孙有根望向坐在身边的贾芬，而贾芬一直低头，没抬头，没起身，一言未发。

孙有根没有计较，仍向她投以深情眷恋的目光。

酒酣之时，孙有根拿出一封情书，不由自主地靠近贾芬，再面向全场表情认真地说：“感谢大家的祝福，今晚，我要宣读一封别出心裁的征婚启事，目的是寻求一位志同道合的红颜知己与我真正实现爱情事业一起成功的美好愿望。相信这位志同道合的红颜知己就在我的身边。”

众人热烈鼓掌，一个个竖起耳朵。

孙有根声情并茂大声朗读他的征婚启事：

本人姓孙，名曰有根，大学本科，专攻林学，籍贯上海。四十年前，知青下乡，我父插队，来到剑丰，备受关爱。为感大恩，立誓报效，可怜我父，誓言未竣，人却先逝，徒留大憾。先父已去，未竟之业，其子谨记，为继其志，不恋上海，携母剑丰，扎根于此。今我任职，茶树村里，第一书记。任重道远，职责荣光，枕戈待旦，不敢怠慢，我心念念，惟愿此地，早日脱贫。今晒一帖，征婚天下，不图秀色，不论身份，不贪门第，但求真爱，肝胆相照，借你爱翼，助我飞翔，共圆夙愿。执子之手，今生无怨，犬马之劳，效你三生。

众人对孙有根新颖奇特的求爱方式、超凡脱俗的人生追求报以长时间的掌声，现场吆喝声、叫好声此起彼伏。

同事中早已有人将孙有根的征婚启事“告之天下”了。不到 5 分钟，网络浏览量 8000 多人次。

贾芬突然拂袖而去。众人一头雾水。

40

孙有根匆忙紧随。

大街上，贾芬脸色大变，怒气冲冲道："见过世上花心的男人，却没见过像你孙有根这么花心的男人，想不到你居然会向天下人征婚，我贾芬真是用热脸去贴了你的冷屁股。你征你的婚去吧，就当我们从来没认识过。"

孙有根正想解释什么，贾芬却大步离去。

孙有根杵在原地，摇头、叹气。

孙有根饭后去找贾芬。贾芬闭门不见。

41

周日，孙有根又去找贾芬。

贾芬竟然坐着别人的一辆高档轿车进了一家高档餐厅。

孙有根尾随二人，见一个男人牵着贾芬的手进门，贾芬居然很顺从地让其牵着走。

这个男人孙有根认识，是剑丰市循环产业园区有名的企业家、废旧金属材料收购站老板杨建国的儿子。

孙有根彻底傻了眼，他压根儿想不到贾芬会闪电般的移情别恋，留存于他心底的那点希冀念想随风飘散。

他知趣地返回。

42

出租屋里。

曾金兰情绪低落地数落孙有根："我们在剑丰什么条件也没有，连住房也是租的，难得人家贾芬这么好的一个姑娘看上了你，你却不知珍惜，让人家伤心离开。以后怕是难找到这么好的姑娘，你就做好打单身的准备吧。"

孙有根抖擞精神，对曾金兰读了他那个网上的征婚启事，曾金兰听完紧紧抱着孙有根："儿子啊，真难为你了，妈支持你。"

"妈，您相信我！我一定会为您找到一个更优秀的儿媳妇的。"孙有根拥抱了一下曾金兰，约上市信用社 2 名工作人员，返回茶树村。

43

茶树村里充满欢声笑语，十分热闹。

楝子花果真把村里一些懂做霉豆腐、萝卜干，懂编竹扫帚的村民全部组织起来了。人们围在兰布发家门口正在讨论分工事宜。

孙有根把他们分成霉豆腐、萝卜干制作和竹扫帚编做 3 个合作小组，每个小组选出一个负责人。

市信用社 2 名工作人员现场为 3 个小组负责人办理小微企业作坊小额贷款手续。

孙有根拿出自己的 2 万元存款分别借给村里 4 户贫困户交合作原始股金。

大家分头纷纷腾场地、搬工具、备原料。村里热闹得很。

兰布发手提一个小酒壶，呷着一口小酒，笑得很灿烂。

见孙有根走过来，问："我有做酒的技术，是不是也可以变成商品啊！"

"可以呀，这都是富硒土地上的精华，这里的每一寸土、每一滴水、每一个果子都是可以变成商品、变成钱的。"孙有根从没有过今天兴奋激动。

44

兰布发拉孙有根和市信用社 2 名工作人员到家里吃中饭。孙有根说好必须每人交伙食费才行。兰布发笑着表示理解并答应。

兰布发、楝子花做了一桌上好的家常菜，大家喝着农家自酿的酒，吃着农家自种的菜，谈笑风生。

一个大学生模样的女孩大踏步地走进屋里，进门便高声问道："哪个是孙有根孙书记？"

孙有根一头雾水。

兰布发介绍，来人是茶树村人，省城一所大学的学生兰青青，是兰大胖的女儿。

兰青青直截了当地说："我是在网上看到这奇特的征婚启事，心没动，人却首先感动了，我要好好看看这个发誓要把根扎在农村的上海青年到底是个怎样的人？"

兰青青看到孙有根，先是点头，随后笑着说："确实气宇轩昂，脱俗超凡。"

孙有根抬头多看了几眼这个不速之客，心想，好一个开朗率性、眉目俊秀的女子。

兰青青落落大方地坐下来与大家愉快地交谈，之后，点名要孙有根陪同她出去走走。

孙有根爽朗应承。二人一前一后向山上走去，到处走走停停，有说有笑。

45

兰二苟告诉兰大胖孙有根在网上征婚之事，并告知兰青青此刻就和孙有根在一起黏黏糊糊。

兰大胖脸色铁青，回家坐等兰青青回家。

傍晚，兰青青回家。

兰大胖训斥女儿兰青青，并告诉她不准与孙有根再有接触。

兰青青对父亲兰大胖的态度置若罔闻。她告诉兰大胖，自己马上就大学毕业，她已报考剑丰市大学生村官，如考上后会申请分配在茶树村工作。

兰大胖大为恼火，说："我才不管你什么大学生村官，我就是不允许你和那个姓孙的小子在一起。"

兰青青自言自语道："典型的封建残余，目光短浅，胸无大志。"

兰大胖怒气冲冲来到村委会警告孙有根："我兰大胖早年丧妻，只有兰青青一个女儿，你征婚征武则天，征慈禧太后都行，就是不许打兰青青的主意。否则别怪我不客气了！"

兰青青从家里提着一瓶酒来找孙有根，并从家里带了一块当地土法熏制的熏肉让孙有根改善生活。

见状的兰大胖气得脸都绿了，却又无可奈何，只得咬牙愤愤离开。

兰二苟过来火上添油道："姓孙的那小子就是来乡下骗吃骗喝骗女人的，你真得当心你家青青。"

46

晚上，村委会门口围了一大群男女老少。

兰青青在村里开了一个个人音乐会，一把吉他、一把手风琴，首先唱了一首那英的《山不转水转》：

山不转那水在转，水不转那云在转，云不转那风在转，风不转那心也转。没有憋死的牛，只有愚死的汉……没有流不出的水，只有搬不动的山。没有钻不出的窟窿，没有结不成的缘，那小曲好唱，唱好了那也难……

婉转而又自信的歌声在山村飘扬。

孙有根立即被歌声吸引，陷入沉思。

唱到最后一段，孙有根竟与兰青青合唱起来："再长的路程也能绕过那道弯，也能绕过那道弯。"

孙有根带头热烈鼓掌。

兰青青说了声"谢谢！"接着自弹自拉自唱了好几首曲子。新鲜好奇的村里人手都拍红了。

47

兰青青亲手为孙有根煮熏肉。

看着兰青青在灶台上麻利地忙碌，孙有根惊讶地问道："你一个年纪轻轻的姑娘家居然这么熟练厨房里的事？"

兰青青莞尔一笑说："不是有句话叫穷人的孩子早当家吗？我妈去世早，我一直和我爸生活，这吃饭是大事，当然得首先学会生存的基本技能啊。"

孙有根点头称是。

兰青青、孙有根一起吃饭，有说有笑。

兰大胖、兰二苟邀上四五个村民一起喝酒。

村民们出门时每人手上提了一条鱼回家。

兰青青回家时正好碰上兰大胖、兰二苟等，他们似乎有意无意地躲着兰青青。

48

村里霉豆腐、萝卜干制作和竹扫帚编做3个合作小组均已出了不少产品，大罐的霉豆腐、萝卜干及一大堆的竹扫帚摆满了许多家的案板、庭院。

孙有根在指导村民们用美观的方式包装这些产品。

山路上开来一辆小车。

小车进村后，下来几个干部模样的人。

干部模样的人来自剑丰市组织部门，他们分别找到兰大胖、兰二苟和其他几个村民。

最后，干部模样的人找到兰布发，开门见山说道："我们接到村民联名举报，反映你们村第一书记孙有根才能平庸，经常接受村民吃请，要求重派一个第一书记进村。"

"村民尤其是反映孙有根从不交伙食费，常到你家里吃饭，到底是吃村委会的，还是你家自己的？不管吃谁的都是违纪的，还有，他常接受村里人送的食物和生活用品，这些是否都属实？"

兰布发愣了好半天，不知风从何来。

"孙书记是到过我家吃过几顿饭，几次他都要交伙食费，最终我是都没有要他的，村里没办食堂，人情上吃几顿便饭也违纪？他也接受过村里人送的食物和生活用品，可那都是村民们主动自愿送的呀，村里条件差，人家一个大城市来的知识青年，初来乍到，生铺生灶的，什么也没有，我们帮助关心人家一下也违纪？"兰布发情绪有点激动地对调查人员说。

"我们的理解是，您的回答就是有这么一回事，村民联名举报的都是属实。”调查人员说。

49

孙有根回到原单位，组织上给他一个警告处分。

曾金兰安慰开导儿子："儿子，你受委屈了，妈相信你的人品，也相信组织上一定会还你清白的，有一个道理你比妈更懂，那就是，世上没有一条直路可以通向成功，做任何事情都不可能一帆风顺的。"

孙有根点头，对曾金兰说："妈，你放心，你儿子不会那么轻易认输的。"

茶树村的第一书记暂缺。

兰青青痛苦伤心的表情。

老支书兰布发无奈的表情。

兰青青与父亲大吵场景。

兰青青只身一人前往剑丰市。她来到市委组织部，一位分管领导接待了她。

兰青青为孙有根据理力争说："孙书记是继承其父遗志来报答茶树村的，人家才华横溢，工作有道，是个不可多得的第一书记。他很受村民欢迎，村民们都是打心里主动请他去吃饭的，再说村委会食堂已取消，他又不会做饭，难道一个城里青年下乡来工作还要饿着肚子？"

领导说："你说的情况也许是事实，但村民的举报反映也是事实。关于孙有根是离开茶树村还是继续留在茶树村，组织上正在慎重研究。"

兰青青突然说："村民的举报反映其实就是我父亲用非法手段拉拢几个村民联名告状的，目的就是逼迫孙有根离村。"

领导十分诧异，望着兰青青说："真是你父亲所为？"

兰青青有点难为情，迟疑片刻，最终点头。

领导送兰青青出门，说："我们会继续调查的，若真是你父亲非法所为，我们会公正对待孙有根的。"

50

孙有根恢复原职，但仍然保留警告处分。

孙有根与母亲惜别。

孙有根骑摩托车前往茶树村。

兰大胖、兰二苟被乡里来人训斥，并要求在乡司法所法律培训班学习一天。

兰青青终于考上大学生村官，在她的申请和要求下，组织上答应她任茶树村第一书记孙有根的助理。她在村头兴奋地等待孙有根。

兰青青把自己的喜讯一一告诉孙有根，孙有根高兴地祝贺兰青青。

孙有根、兰青青把村里用美观方式包装好的霉豆腐、萝卜干和竹扫帚装了一车开往剑丰市。

孙有根、兰青青在剑丰市各大超市、商店推销村民们的产品。

市民们争抢着购买这些农产品。

剑丰市书法界人士杨庭园送孙有根一幅书法作品，兰青青大声诵读书法内容："大鹏一日随风起，扶摇直上九万里。"

孙有根打电话给在浙江工作的大学同学，请同学帮助在浙江联系一下相关公司，并有意开展招商引资工作。

51

孙有根和兰青青带着村里支持理解他的村民去浙江考察参观美丽乡村建设。所有费用均由孙有根个人支付。

村民们睁大眼睛、争先恐后参观着一个个现代化的农业项目。

一位年轻美丽的浙江女老板汪娟来到孙有根面前打着招呼："从村民的言语中我猜想，想必你就是孙有根书记吧！"

孙有根礼貌地点头称是。

"听说您是自费带着村里人前来我的公司考察，令人佩服。"汪娟对孙有根赞赏有加。

汪娟请孙有根到公司茶室洽谈合作。

"我公司早有去江西一带投资的意向，只是一直没有合适的机会，所以就一直没有真正行动。您同学大力向我推荐，更让我对江西倍感兴趣。"汪娟坦诚而言。

大家相谈甚欢。

汪娟决定动员父亲前来茶树村考察。

孙有根喜出望外。

众人簇拥着孙有根、兰青青前往，参观。

52

从浙江考察回来后，兰大胖一巴掌将兰青青轰出门外："你个六亲不认的畜生，我就当没你这个女儿，滚！"

兰青青愤然卷起铺盖来到村委会办公处住下。

孙有根劝慰兰青青回家住。

兰大胖又来到村委会办公处大闹，坚决不许兰青青与孙有根接触。

兰青青火了，冲兰大胖大喊一声："你再闹，我就一辈子不回家，我说到做到。"

兰大胖被震住了，他深知女儿的性格，只得灰溜溜地走开。

一群看热闹的村民哄堂大笑。

53

兰青青去剑丰市委党校参加培训学习，孙有根相送。

清丰河畔，鸟鸣蝶舞。

兰青青出其不意问：“我是看到你的征婚启事才回来的，你那征婚启事可是真的？”

孙有根笑道：“但求真爱，肝胆相照，借你爱翼，助我飞翔。”

兰青青接答:“执子之手,今生无怨,犬马之劳,效你三生。君立此誓，可否算数？”

“我乃丈夫，立此一言，驷马难追。”孙有根故意加重丈夫二字的音量，直盯着兰青青笑。

“你是谁的丈夫？真不要脸！”兰青青追打孙有根，二人快乐地一路奔跑。

54

蓝天白云。

山路上，一辆小车缓缓行驶。

孙有根站在写有“茶树村”三字的石碑旁恭候来人。

孙有根与浙江女老板汪娟父女激动握手。

大家一同在村前村后高兴考察研讨。

孙有根陪着汪娟父女游玩游人如织的丰水湖，畅游杨柳湖的古长城，攀登玉华山，来到白马古村，体验冻米糖制作，吃早酒，逛夜市……

孙有根讲述剑丰市底蕴深厚的剑文化、水文化、瓷文化、书院文化、商帮文化、古建筑文化等等，讲述剑丰市诸多历史名人。汪父饶有兴致、如痴如醉地听着。

汪父盛赞此地宜居、宜业、宜游。

55

汪娟父亲先回浙江，留下汪娟继续扩大考察范围。

村办公房里，孙有根和汪娟对在茶树村的各自事业充满信心。

时令正逢九九重阳。

孙有根自己花钱买回一些食材，在楝子花等村民帮助下，做了几道当地有名的米粉肉、板鸭等。

孙有根宴请村里十几个七十以上的老人，汪娟情绪高涨。

孙有根请汪娟喝酒。汪娟高兴之际竟爽快答应。

所有老人酒足饭饱后都走了。屋里只留下孙有根与汪娟二人。

汪娟也是个性情中人。酒逢知己千杯少，兴奋之余二人对酒当歌。

深夜，二人皆醉。汪娟因不胜酒力倒在孙有根床上，她迷迷糊糊地紧紧抱着同样大醉的孙有根和衣躺在一起睡到天亮。

兰二苟趴在窗台上用手机把这一幕拍下并传到了网络上。

56

网络上一片哗然。

众人对孙有根汪娟的举止嗤之以鼻。

有人匿名告孙有根借开发之名，与汪娟不仅败坏村里风俗，而且合谋圈地侵害村民利益。

乡里来人和兰布发径自找到兰大胖、兰二苟。

二人信誓旦旦说："这次真的不怪我们，我们什么都没做，我们也没有听到过什么？"

网上舆情持续发酵。

“平时看起来外表堂堂、一本正经，原来却是这样一对伤风败俗的狗男女。”

“品行不正的人，有天大本事我们也不接受。”

“是的，不怕没文化的流氓，也不怕没文化的贼牯子，就怕有文化的流氓贼牯子。”

村里有人把已包装好的霉豆腐、萝卜干及竹扫帚等农特产品丢了一地，口口声声怒骂：“那个姓孙的不知得了多少回扣，不把我们的血汗当一回事。”

舆情的力量如洪流猛虎，二人猝不及防，糊里糊涂被击倒了。

兰青青从党校回村，一巴掌打在孙有根脸上。

汪娟一气之下取消所有合作计划，愤怒地离开茶树村。

“我们对剑丰不感兴趣，这个地方招商环境太差，不宜投资。”汪父在回答剑丰市有关领导询问时如是愤然直言。

百口莫辩的孙有根这一次主动提出离开茶树村。

57

按照组织规定，优秀青年干部下村任第一书记必须期满一年才能离任。孙有根此次主动辞职引起组织上的关注。组织上派人下来调查情况。

兰大胖、兰二苟不敢露面，但村里却有人对孙有根与汪娟败坏村里风俗，合谋圈地侵害村民利益的传闻大放厥词表示愤慨。

兰布发、楝子花等人找到调查人员，把孙有根借钱给村里贫困户加入合作小组及出钱请村里人去浙江考察等如实汇报。

调查人员相信兰布发所言，当出示孙有根与汪娟二人合睡的网上照片时，兰布发、楝子花等人均不相信二人间有苟且之事，但又无法找出更好的理由来为二人辩解。

58

孙有根沮丧至极，背着母亲曾金兰，面对窗外空几声长叹。

曾金兰安慰开导孙有根："儿子，妈相信你的人品，也相信组织上一定会还你清白的，有一个道理你比妈更懂，那就是，世上没有一条直路可以通向成功，做任何事情都不可能一帆风顺的。"

孙有根起身，未言语。

在组织下村调查情况期间，孙有根没有上班。留在家中的他安静下来拼命看书学习，并决定报考上海公务员，离开剑丰这个让他伤心的是非之地。

日出日落，一天又一天。

每一晚，窗前的灯光彻夜未眠，映着孙有根孜孜不倦读书的背影。孙有根与外界断了联系。

59

茶树村又回到昔日寂寥孤僻的日子中。

兰青青情绪异常低落，她一个人每天都往山上走，有时一坐就是大半天。

兰大胖到处寻找兰青青，兰青青对兰大胖视而不见，每天回家倒在床上就睡，不理睬人。

兰大胖着急了，他想到了当年曾金兰不顾一切地追求孙文彬的情景，担心一旦兰青青知道事情真相后会对他这个父亲不依不饶，甚至会做出什么出格的事。

兰青青从家里捡了一袋衣物，一脸憔悴，一言不发，准备离家出走。

兰大胖吓出一身汗，他深深地知道，这次兰青青动真格了。

兰大胖悄悄来到兰布发家，主动说明这一切又都是他和兰二苟合谋的事实真相。

兰布发气得胡子都翘起来了。他怒斥兰大胖："你真是狗改不了吃屎，这种损人不利己的龌龊手段你都使得出，你这种人不配做青青的父亲,我支持青青永远离开这个家,我现在就去和青青说。"说着就要出门。

兰大胖拖着兰布发，恳求道："布发叔，我不是人，我是鬼，我知道错了，您就最后一次原谅我吧。"

兰布发要兰大胖亲自去向调查组的人说明真相。

兰大胖不敢去。兰布发火了，冲兰大胖怒吼道："你损害的不仅是孙书记、汪老板的个人声誉，你更损害了剑丰市的投资环境，损害了茶树村的日后发展，你的脸面值几个臭钱，你如不去向调查组的人说明真相，我就发动全村人来评评理。"

兰大胖耷拉着头去找调查组的人。

兰大胖、兰二苟及他们唆使的一两个年轻人均受到严厉批评。因故意编造歪曲事实并在网络上引起不良社会影响，兰大胖、兰二苟二人被公安机关处以拘留三天的处罚。

60

兰大胖、兰二苟公开在网络上刊登检讨声明。

组织上及时查明真相，还了孙有根和汪娟清白。

领导关心鼓励孙有根。孙有根无动于衷，低头不语。

孙有根、曾金兰均情绪低落。

兰青青一口气跑向剑丰市孙有根家，推门而入。

她首先向曾金兰问候，送上一条崭新的白纱巾，并亲手替曾金兰围在脖子上。

兰青青走到孙有根面前，深怀歉意地牵起孙有根的手，说："我向你诚心道歉，如今拨云见日，一切都是新的，我们的理想追求，茶树村的美好明天都取决于你的态度呢。"

孙有根仍然未表态。领导们一个个无奈摇头。他默默送领导出门。

兰青青拖着孙有根出门。

一辆出租车载着两人来到赣江江畔。江水碧蓝，水鸟飞翔，一对对情侣相拥相偎。兰青青突然紧紧拥抱着孙有根说："回茶树村去吧，茶树村需要你，我们大家需要你，我，我也需要你。"孙有根长长地叹了一口气，手不由自主地回抱着兰青青。

兰青青闪烁泪光，说："在我心里，你是一个顶天立地的真正男人，人生路上不知还会有多少风吹雨打，你在任何时候都不能趴下。"

61

兰青青陪孙有根打篮球回来，两人一身大汗，笑声一路。

吃过早饭，曾金兰送两人出门。

组织上派人送孙有根回到茶树村，兰青青一路相随。

孙有根再一次以第一书记身份来到茶树村。

一条写着"热烈欢迎孙书记回到茶树村"的横幅挂在村头树下。

支书兰布发亲自带人在村口迎接。

兰大胖、兰二苟远远站着低头无语。

62

火车风驰电掣，车窗外，整齐划一的现代化农业景象一幕幕从人们眼前划过。

孙有根只身前去浙江拜访汪娟，希望她重回茶树村投资。

孙有根向汪娟深深致歉。汪娟热情地接待了孙有根。

汪娟绝口不提重回茶树村考察投资之事，她带着孙有根在浙江跑了好几个地方，考察了不少现代农业典型特色项目。

汪娟请孙有根到她家里吃饭，汪娟父亲对孙有根很有好感，听说孙有根是上海人，他的父亲又是当年下乡的知识青年时，汪父居然把戒了几年的酒杯重又端了起来。

原来，汪父也是上海人，当年也是知识青年，在江西德安县工作。

汪娟对孙有根传递着若有若无的爱意，并要求孙有根到浙江来发展，承诺年薪 50 万元，外带公司 5% 的股份分红。

孙有根婉拒，表示一个人应重信践诺，一定要实现茶树村脱贫致富的理想。他笑着说："假如汪总能帮我实现这个理想，说不定我以后考虑加盟汪氏农业集团。"

浙江某城市，孙有根站在宾馆窗前，遥望江西方向凝思，他不知不觉动情地喊了一声："妈，您身体还好吗？"再深情地唤了一声："青青，你这时在做什么呢？"

63

曾金兰突然身体不适，她打电话给孙有根未联系上，只好联系贾芬，因为她只记得贾芬的电话。贾芬正和男友热恋中，得知情况后仍然立即送曾金兰到医院。

贾芬通过大学生村官通讯录找到兰青青电话。兰青青得到消息后立即赶往医院悉心照料曾金兰。

曾金兰高烧得迷迷糊糊，病床上不停念叨儿子，希望儿子能回来陪陪她。

医生责怪："病人曾金兰意识不清，若亲人在身边对她的治疗会有很大帮助，可这个病人的家属也太不像话了，从进医院到现在连个人影也见不着。"

兰青青左右为难，伤心不已。

64

得知曾金兰病了，老支书兰布发和一些村民拿着许多鸡蛋、水果及营养品来医院。曾金兰一度昏迷，嘴里断断续续喊着孙有根的名字。

茶树村一村民自告奋勇，模仿孙有根声音，充当孙有根前去医院陪护曾金兰。

曾金兰听到有人在耳边不断喊妈，她终于清醒了一些，她舒展病容一番自责，一番教诲："儿子啊，妈拖你工作后腿了，妈眼睛不争气，这身子又不争气，难为你了，妈对不起你了，妈不该叫你回来的。"

"儿子啊，茶树村是我和你爸心心念念的一个地方，你是个听话懂事的孩子，为了我和你爸，为了茶树村，你放弃了很多，受了很多委屈。但妈相信你一定会对得起茶树村的乡亲们的。"

曾金兰一直在静静地说，断断续续地说。模仿孙有根的村民不敢吱声，只是不停地点头。最终，他竟脱口而出地应了一声："妈，您放心，我一定会对得起茶树村的乡亲们的。"

应声刚落，曾金兰心里立刻明白身边人不是自己的儿子，她尴尬地致歉："哦，谢谢，不好意思，我打搅乡亲们了，对不起啊！"

模仿孙有根的村民感动得泪流满面，当场伏在曾金兰病床边喊："妈，茶树村就是您的家，茶树村的孩子都是您的孩子。"

65

剑丰市街头。一幅“做重情重义人，创文明和谐城”的巨幅标语赫然在目。

交警城管温情执法，市民文明出行，人们相亲相爱，处处一派温馨动人景象。

曾金兰病愈出院。为了不让儿子分心，全心投入工作，在乡亲们诚挚邀请下，曾金兰决定搬到茶树村居住。

茶树村村民欢迎曾金兰来村居住，并授予她茶树村荣誉村民称号。老支书兰布发亲自为她颁发证书。

热闹之中，汪娟开着车带着孙有根回到村里。

孙有根拥抱曾金兰，愧疚的眼泪夺眶而出。

兰青青陪着曾金兰一家一户地走访，听着梦中总出现的乡音、感受梦中总出现过的乡情，曾金兰心潮起伏，泪水禁不住地往下流淌。

兰大胖一直悄悄地跟在兰青青、曾金兰后面，他一直不敢露面，只是悄悄地跟着。

“青青姑娘啊，我们家有根身上的毛病不少，你要多多包涵啊。”

“孙书记真的很优秀，我还希望他多教育和帮助我呢！”

“你爸还好吗？”曾金兰突然问。

兰青青回道：“我六岁时我妈就得病走了，是我爸辛辛苦苦拉扯我长大，供我上学。他吃了很多苦。”

“你爸辛苦了啊，当年他也是个优秀的青年。”

“我听大人们说过你们年轻时的故事，当时你们真的都不容易。”

“我想去看看你爸爸，这么多年了，我想亲口向你爸说声对不起。”

听着不远处兰青青和曾金兰的对话，兰大胖深怀内疚，迟疑片刻后，冲到曾金兰面前，扑通一声跪下。

“金兰妹子，应该是我亲口向你说声对不起。从年轻到现在，都是我对不起你，对不起孙书记，对不起村里人。”兰大胖痛心忏悔道。

曾金兰知是兰大胖，所有恩怨顷刻烟消云散，她伸手去扶兰大胖。

“求你原谅我过去的所作所为。”兰大胖跪着不起，非要曾金兰当面亲口说原谅他。

曾金兰百感交集，最终将兰大胖扶起来。

天空瞬间高远，一朵朵纯洁的白云悠悠飘在群山之巅。

兰青青、兰大胖陪着曾金兰来到清丰山溪一水坝下，来到曾金兰的父亲坟墓旁，三人一路轻松愉快交谈着。

66

汪娟察看曾金兰失明的眼睛。

汪娟联系广州、北京眼科医生。

兰大胖要求陪曾金兰去广州治眼病，说是他去世的妻子有个亲侄子就在广州的医院工作，而且刚好也是眼科专家。

曾金兰思忖良久，默许了。

临走前，兰大胖在自己的砖瓦窑旁立了一块标语，上写：“还我碧水青山，给你金山银山。”他带头拆掉苦心经营多年的砖瓦窑。

众人向兰大胖投去赞许目光。兰青青拥抱兰大胖。兰大胖露出的幸福笑脸。

汪娟的司机开着一辆小车到村里。

村里人一起送曾金兰出村外，兰大胖陪着曾金兰，几个青年人和孙有根一起喊：“祝您早日康复。”

曾金兰向村民们挥手致意。

67

孙有根与林业局干部和村干部一道在广阔山坡上丈量山地，规划方位，指挥挖掘机工作。

兰二苟也偷偷地开始放水捉鱼，退出水库养殖。

孙有根疲惫的身影。

兰青青给予孙有根温情关怀的画面。

汪娟若有所思的表情，低着头一个人悄悄走开。

68

茶树村立起了“打造全省生态油茶之村”的宣传招牌。

老圩乡大张旗鼓地组织力量在茶树村发展高产油茶种植，“四统五分”的油茶种植模式全省推广……

兰大胖陪同曾金兰从广州回村。他扶着双眼被白纱布蒙着的曾金兰在院子里一张竹椅上坐着。村委会妇女主任何国花主动过来照顾曾金兰。

兰大胖把茶树村及邻村七八户贫困户的山地全部承包下来，并聘请这些贫困户为其工作，成为老圩乡最大的油茶种植大户。

孙有根陪着汪娟和她父亲与剑丰市政府谈合作开发事宜。

茶树村里，汪娟与剑丰市政府签订“源头活水”生态酿造、“富硒佳地”生态种养等几个独具区域特色的农业项目。

孙有根与汪娟双手紧紧握在一起。

兰二苟高兴地指挥村里年轻人把这一幕用手机拍了下来。兰布发等人立马过来阻止呵斥：“你们是不是又想兴妖作怪？”

兰青青过来，笑着对大家说：“我亲自把这段视频发到网上去，我要让全世界的人都知道，从今天起，我们茶树村与浙江农业龙头企业紧密合作。”

69

曾金兰多年失明的眼睛终于重见光明，在孙有根、兰青青、汪娟的陪同下，看着生机勃勃的小山村不禁大发感慨：“茶树村终于走上了一条光明的大道啊！”

兰大胖不请自到，跟在曾金兰身后。

汪娟戏谑兰青青：“你不好好抓住孙书记，小心我要抢走他。”

兰青青回眸一笑：“真正的爱情是抢不走的。”

兰大胖痴情望着曾金兰。曾金兰有意躲开。

孙有根与兰青青相依相偎，眼含泪花。

汪娟深情靠在她父亲的肩头，笑着说：“爸，我们选择这里投资是对的。这里的山，这里的水，这里的人都是那么的淳朴。”

老支书兰布发一把拉着兰大胖骂：“你为了追求金兰妹子，从年轻时到现在，做了很多对不起人家的事，往后若再做对不起人家的事，我一定打断你的狗腿。”

兰大胖笑道：“金兰妹子有宰相的肚量，她会原谅我这个粗人的。我发誓不会再做对不起她和孙书记的事。”

70

清澈的水库、绿油油的山岗，一幢幢现代化的农业厂房如雨后春笋出现在人们面前。

“源头活水”生态酿造有限公司、“富硒佳地”生态种养合作社等几个独具区域特色的农业项目相继在茶树村建成。

村民们忙得不亦乐乎，家家都有人进厂工作，家家都有股份。一系列生态酿造品、生态种养加工品源源不断地被运出茶树村，出现在城市各大超市商场。

孙有根被评为全市优秀第一书记、全市脱贫攻坚先进个人、全市“十大杰出青年”、“最美剑丰人”等。

孙有根受表彰画面，兰青青以热烈拥抱的方式祝贺孙有根。

一日，孙有根、汪娟一同在老圩乡多个村庄转悠。孙有根向汪娟提议创建油茶文化馆、民俗文化馆、禅宗文化馆、丽村酒文化馆、知青文化馆，在此基础上，把老圩乡打造成全省风情小镇。

汪娟对孙有根竖起大拇指赞道：“孙书记的理想抱负真的很远大，才在茶树村把理想实现了，这会又把更大的理想放到全乡来了，佩服佩服。”

汪娟当场表示：“你大胆干吧，一切由我负责投资。”

孙有根紧紧握着汪娟的手致谢。

一个电话打来，孙有根忙向乡政府大院跑去。

老圩乡党委和政府会议室内。

孙有根向老圩乡党委和政府提议把老圩乡打造成全省风情小镇的方案得到一致同意通过。

老圩乡党委和政府领导与孙有根、汪娟一起察看各种馆的建设地址画面。

高速列车上，坐着兰青青和她请来的文化创意设计专家团队。

专家们在老圩乡各处忙碌的身影。

71

贾芬对着一张新出版的《剑丰报》心神不定，男友喊她数遍未见任何反应，疑惑地走了过来，只见报纸上赫然写着：全市“十大杰出青年”

孙有根的全省风情小镇之梦。

男友一把抢过报纸，有力揉作一团丢进废纸篓，怒吼道："当初嫌人家孙有根难有出息而抛弃人家，如今见人家成了名人又对人家痴心妄想，你这是用情不专、水性杨花。"

贾芬起身大怒："你还有脸骂我用情不专、水性杨花？我是瞎了眼，找了你这样一个极端庸俗又龌龊的暴发户交往。你还真把我当成了瞎子，你背着我与多少女人鬼混过，你心里清楚。我对你一忍再忍，现在我不想忍了。我们断绝一切关系吧。"

贾芬一阵胡乱收拾，愤懑地出门而去。

72

孙有根陪曾金兰在茶树村外观景。

贾芬鬼使神差地来到茶树村，独自一人远远站在孙有根、曾金兰身后。

孙有根发现贾芬，跑了过去热情问道："什么时候来的呀？也不先打个招呼？"

贾芬一笑，未答，径直走向曾金兰。

贾芬扶着曾金兰，问候一声："伯母，您身体是越来越好了啊。"

曾金兰拉着贾芬的手感谢她曾经的照顾，并关心地询问贾芬："你一个人来的？你那个男朋友呢？没一起来？"

贾芬心情沉重，一脸尴尬，未正面回答。

兰青青走了过来，兴奋地对贾芬说："芬姐，我有一个设想，待风情小镇挂牌后，我们准备邀请多对新人举办一场温馨浪漫而又风情别致的集体婚礼，到时候你和你的男朋友也报名一起来参加吧。"

贾芬向孙有根、兰青青道了声："祝福你们。"默默离开。

兰布发陪汪娟正好也走了过来，见贾芬默默离去的背影，二人不知发生了何事，一脸茫然。

73

兰大胖捧着从市里脱贫攻坚表彰大会上领回的一块“脱贫攻坚先进个人”的奖牌，回村就往曾金兰的住所匆匆走去。

兰布发、孙有根、兰青青三人一路悄悄跟着。

兰大胖把奖牌递给曾金兰，说:“军功章有我的一半也有你的一半。”

曾金兰微笑说：“这是你努力的结果，我不敢贪功。”

兰大胖一脸认真地说：“实话说了吧，如果没有你的出现，我兰大胖此时肯定还是个让人戳脊梁骨的浑蛋，因为你，我发誓要做一个让别人瞧得起的人，为了这个誓言，我差点又要剁了我的一根手指。”

曾金兰道：“我不值得你这样做。”

兰大胖急了，扑通一声跪下说：“金兰妹子，为了你，我兰大胖过去天不怕、地不怕，今天，我还是天不怕、地不怕，我要你嫁给我，如你不答应，我一辈子跪你面前不起来。”

兰大胖突如其来的举止让曾金兰惊愕不已，她连连向后退了数步，道：“你愿跪就跪吧。”说完惊慌地出门。

兰布发、孙有根、兰青青三人正好堵在门口，见里屋跪着的兰大胖，瞬间都明白了缘故。

兰布发故意大声惊问兰大胖：“哟，谁让我们的脱贫攻坚先进个人跪在这里呀，这影响多不好啊。”

兰大胖一脸尴尬地起身，连声说：“滑了一下，滑了一下。”说完也惊慌地跑出门。

兰布发、孙有根、兰青青三人笑着把兰大胖、曾金兰二人堵回屋内。

孙有根拖着曾金兰走到一旁，说："妈，大胖叔其实是很不错的一个人呢。"

曾金兰敲了一下孙有根脑袋，说："你也脑子进水犯迷糊了？滚一边去。"

兰青青拖着兰大胖走到另一旁，表情严肃道："兰大胖同志，你不要以为刚得了一个先进就有资格向我伯母炫耀，你必须更加努力，用更多更好的成绩才可以敲开成功的大门。"

兰大胖举手应答："保证做到，多谢兰青青指点。"

兰布发望着大家会心一笑，招呼着大家一起坐下，说："市里准备在我们乡风情小镇建设的基础上创办一所农民大学，设置有政策、法律、科技、文化、卫生、保健、电商等多个课程项目，目前正在招收学员，我们茶树村可不能落后，凡符合条件的都要动员去学习。"

兰大胖激动举手："我第一个报名参加，争取成为一名优秀学员。"

孙有根、兰青青相视一笑，向兰大胖竖起大拇指。

一旁的曾金兰冲兰大胖笑道："你斗大的字不识一箩筐，你还能成为优秀学员？"

兰大胖一拍胸膛，振振有词："小看我兰大胖呀，不成为优秀学员我决不回村。"

兰布发拍着兰大胖的肩膀，兴奋地说："我要的就是你这种决心，我和孙书记及青青一路悄悄跟着来找你，不仅是要动员你带头报名，而且要你去发动其他村民也报名。"

兰大胖挺直腰身，如军人一般向兰布发行了个军礼，表态道："保证完成任务，我这就去找兰二苟。"

兰大胖说完转身就走，突然又折回来，面对曾金兰也行了个军礼。

曾金兰莞尔一笑，将手上的一把鸡毛掸子扔向兰大胖，说一声："老不正经的东西。”

74

老圩乡集镇，民俗文化馆、丽村酒文化馆正在有条不紊地建设中；

升华山下，禅宗文化馆、生态文化馆的建设已具雏形；

对木村知青文化馆、红色文化馆的建设接近尾声；

茶树村，油茶文化馆正在热火朝天地建设中……

孙有根、兰青青、汪娟忙得不亦乐乎，刚在木村知青文化馆、红色文化馆建设工地忙活，转眼，他们三人便来到了茶树村油茶文化馆工地。

兰大胖、曾金兰都在油茶文化馆工地忙碌着，见孙有根、兰青青、汪娟三人到来，忙着递来茶水、毛巾。

不远处的兰布发见此情景开心地跑过来，他问孙有根：“农民大学的喜事你和乡亲们都说了吗？”

孙有根笑道：“您是德高望重的老支书，这个喜事理应由您来和乡亲们说。”

兰布发对油茶文化馆工地忙乎的乡亲们一喊：“大家都过来一下，有一件好事向你们宣布。”

兰二苟一声喊：“大家过来，又有好事啰。”

乡亲们一起围拢上来，兰布发兴奋地说：“经市里研究决定，剑丰市第一所农民大学的校址就设在我们茶树村的老村部，也就是当年的村小学院子里。以后乡亲们可以在自家门口上大学了。”

兰大胖不相信自己的耳朵，惊疑问道：“有这么好的事情，我们可以在自家门口上大学了？”

曾金兰对着兰大胖笑道：“这下啊，不成为优秀学员你决不回村的诺言兑现不了哦。”

兰大胖道："那不成为优秀学员我决不出村总可以吧？"

兰布发把兰大胖、兰二苟叫到一起，郑重其事地说："交给你们二人一项重要工作，农民大学建设期间及今后办校期间，所有日常安全维护、环境卫生保护都由你们负责，若出了半点纰漏唯你们是问。"

兰大胖、兰二苟受宠若惊，齐刷刷地立正表态："要出了半点问题我们就从茶树村滚蛋。"

75

红彤彤的映山红开遍山岗，清澈的丰水河里水鸟在悠闲游弋。

一块写有"江西省风情小镇"的巨型宣传牌格外引人注目。

茶树村里，剑丰市农民大学的校园里人声鼎沸。

孙有根、兰青青二人把一块书有"茶树村新时代文明实践站"的招牌挂在剑丰市农民大学的招牌旁边。

茶树村的众多村民热烈鼓掌，楝子花带着一帮广场舞爱好者、腰鼓爱好者翩翩起舞，敲锣打鼓。

新建立的油茶文化馆、民俗文化馆、禅宗文化馆、丽村酒文化馆、知青文化馆、红色文化馆、生态文化馆一一呈现。

记者们忙碌的身影……

各地游客兴奋参观旅游的身影……

孙有根带着母亲曾金兰来到知青文化馆，他把父亲孙文彬的照片挂在知青墙上，深鞠一躬说："爸，您的愿望终于实现了。"

兰大胖悄悄跟在身后，他也对着孙文彬的照片深鞠一躬说："文彬兄弟，恭喜你生了一个好儿子，是你们父子二人改变了我们的茶树村，你放心吧，往后我们的生活肯定会越来越好的。"

兰青青打来电话，说有记者要采访孙有根和汪娟。孙有根匆匆而去，兰大胖与曾金兰在知青文化馆逗留。

一名年逾六旬的男游客突然栽倒在地不省人事，兰大胖一个箭步冲上去，掏出手机拨打 120 急救电话。少顷，120 急救车赶到，兰大胖急忙将病人从馆里背上急救车。因寻该游客同伴未果，兰大胖便以游客家属身份一直随车前往剑丰市人民医院。

曾金兰打了一辆出租车一直跟随着兰大胖，在医院，忙得满头大汗的兰大胖双目微闭瘫软在长椅上，曾金兰掏出纸巾轻轻为他擦拭。

兰大胖故意不睁眼，享受着这大半生奢望的幸福。曾金兰发觉了兰大胖的小伎俩，一巴掌将纸巾打贴在他的脸上，说声："美的你去。"

兰大胖趁势一把紧紧抓住曾金兰的手傻笑。

76

10 月 1 日，国庆节，满山的油茶花盛开，瑞雪般的花海吐露出漫天郁香。歌曲《我和我的祖国》《谁不说俺家乡好》的优美旋律飘荡。

兰大胖与曾金兰这一对昔日冤家，孙有根与兰青青这一对现代青年，来自剑丰市的其他 6 对新人在那块写有"江西省风情小镇"的巨型宣传牌下，举行了一场温馨浪漫而又风情别致的集体婚礼！

写有"剑丰市新时代新观念集体婚礼"的大型背景墙高高地立于婚礼台后方，现场周围几处宣传标语引人瞩目：抵制高价彩礼，倡导文明新风；努力打造天蓝地绿、水清人和的美好乡村。

剑丰市相关部门领导、孙有根上海的同学、汪娟及其父亲等人前来祝贺！

剑丰市团委负责人主持全场婚礼仪式。

"良辰吉日，花好月圆。在美丽丰硕的金秋季节，在举国上下欢度国庆的大喜日子，今天，来自剑丰市的 8 对新人在此举行一场温馨浪漫而又风情别致的集体婚礼。他们以实际行动抵制婚事大操大办的陈规陋习，勇开婚事简办、新办的时代新风，他们是青年们学习的榜样典范……今天的集体婚礼上还有一对特别的新人，尊老爱幼，先长后幼是我们中华民族的优良传统。首先，有请茶树村老支书兰布发为这对特别的新人主持婚礼。”

台下一片掌声。

兰布发手执一张写好字的粉红色纸，满面红光上台主持："叹人间真男女难为知己，愿普天下有情人都成眷属。乡亲们、现场的各位领导和新人们，大家好。首先，由我来主持一对特别新人的婚礼，这对新人均年逾六旬，他们的人生都经历过无数风雨洗礼，今天有情人终成眷属，这是托了新时代的福，才结有如此喜人的果。下面，有请新郎新娘闪亮登场。”

兰大胖腼腆地被人们推着上前，曾金兰落落大方地走了过来，拧着兰大胖一只耳朵嗔怪道："你不是天不怕地不怕吗？出息去哪了？"

兰大胖乖乖地随着曾金兰步入婚礼现场。

兰布发高声大喊："一拜天地，二拜乡亲，夫妻对拜。”

兰大胖、曾金兰双双行礼。

礼毕，兰大胖红着脸就要躲进人群，众人一把将他拽回来，全场开心大笑。

兰布发："平时看是一匹劣马，这时倒成了一只灶蟋蟀，马上就是年轻新人们的集体婚礼仪式，你和金兰行了大礼，接下来你们的身份就是一对年轻新人的高堂父母了。”

西装革履的孙有根与身着红色旗袍的兰青青被众人推搡着走向婚礼现场中央，二人双双向全场观众鞠躬致礼。

兰大胖、曾金兰喜悦的脸上泛着红光。

众新人在婚礼台中央站成一排，众新人的父母在婚礼台背景前坐成一排。

孙有根代表众新人发言：“我和我的父亲一样，生在上海，根在剑丰，这片土地养育了我的母亲，寄托了父亲的夙愿。我来到这里首先是想报恩，表达绿叶对根的情意；其次想尽孝，完成父亲当年未竟的事业；最后是想在这里更好地体现自己的人生价值。我和我父母的一生，都注定与剑丰结缘。如今，我和父亲当年一样，也在这里找到了可以相守一生的另一半，我把自己的家安在这里，把自己的未来交在这里，我将为之不懈努力奋斗。”

台下掌声雷动，曾金兰的眼里泪光闪烁，一旁的贾芬、汪娟也是百感交集。

剑丰市团委负责人高声大喊：“一拜众位乡亲，祝乡亲们日子红红火火，更上一层楼；二拜高堂父母，祝父母身体健康，长命百岁；夫妻双双互拜，祝夫妻恩爱，白头偕老。”

众新人行礼。

剑丰市团委、市妇联领导向孙有根、兰青青等新人颁发“剑丰市婚恋新风尚奖”荣誉证书。

老支书兰布发向孙有根颁发“荣誉村民”证书。

孙有根将老支书兰布发授予他的“荣誉村民”牌高高举起，大声说：“我是剑丰的儿子，剑丰，我爱你。”

众人齐声说：“剑丰，我爱你。”

77

巍峨险峻、连绵起伏的玉华山、升华山、金华山。

山上云遮雾绕，山中遍地盛开瑞雪般的油茶花。

几声鸽哨划过云天。

主题歌《我在风情小镇等着你》唱响：

只是因为那一眼 / 让我相思太久 / 只是因为一承诺 / 直让我灵魂相守 / 梦里千回呼唤你啊 / 我紧紧攥着你的手；

只是轻轻一回眸 / 让我醉个不休 / 只是轻轻一笑靥 / 直叫我思念三秋 / 温婉动人的倩影啊 / 总容不下脚的停留；

我在风情小镇等着你 / 人含笑花含羞 / 相思的情意变成歌 / 相守的承诺酿成酒。

（剧终）